AF497613

Lily Braun

Die Liebesbriefe der Marquise

e-artnow 2018

Henry Fielding
Tom Jones

Else Ury
NesthäkchenBand 1 bis 10

Selma Lagerlöf
Weihnachten mit Selma Lagerlöf: Peter Nord und Frau Fastenzeit, Die Heilige Nacht, Ein Weihnachtsgast, Gottesfriede, Jans Heimweh und mehr

Charles Dickens
David Copperfield (Band 1&2): Klassiker der Jugendliteratur - Autobiografischer Roman des Autors von Oliver Twist, Eine Geschichte aus zwei Städten und Schwere Zeiten

Adalbert Stifter
Gesammelte Werke: Romane + Erzählungen + Gedichte + Briefe: Witiko + Der Nachsommer + Brigitta + Bunte Steine + Der Hochwald + …Der beschriebene Tännling + Der Waldsteig…

Lily Braun

Die Liebesbriefe der Marquise

Historischer Roman

e-artnow, 2018
Kontakt: info@e-artnow.org

ISBN 978-80-268-9028-7

Inhaltsverzeichnis

Einleitung   11

Mädchenzeit   12

Die Schloßfrau von Froberg   24

Eine deutsche Tragödie   44

Schäferspiele   59

Das Kind   74

Cagliostro   92

Der Prinz   108

Der letzte Akt   134

Ausklang   162

Einleitung

Wenn die alte Gräfin Laval, in ihren tiefen Lehnstuhl behaglich zurückgelehnt, ein heiter sinnendes Lächeln um die feinen Lippen, von Delphine Montjoie zu sprechen begann, so pflegte ihre strenge Tochter, mit einem vielsagenden Blick auf die Jugend im Zimmer, ein »aber Mamachen!« warnend dazwischen zu werfen. Sie unterbrach sich dann stets, eine zarte Röte überzog ihre Elfenbeinhaut – ob aus Ärger, ob aus Verlegenheit? –, und für den Rest des Abends blieb sie schweigsam.

Kam eine ihrer Enkeltöchter allein zu ihr, so bedurfte es keiner langen Bitten, und sie erzählte der gespannt Aufhorchenden von der Ahnfrau, die das Zaubermittel besessen hatte, alle Herzen an sich zu fesseln. Der lachende Geist des Rokoko – halb Liebesgott, halb Faun – hatte seine Schäferlieder an ihrer Wiege gesungen, das Heldenepos Napoleon hatte ihr Alter umbraust; um ihr duftendes Lockenköpfchen hatte der Sturm von 89 getobt, und von dem Gewitter der Julirevolution war ihr eisgraues Haupt noch berührt worden. Schleifende Menuettschritte, rauschende Kleider, klappernde Stöckelschuhe, Sturmläuten, Kanonendonner, dazwischen ein Flüstern, ein leises Lachen, ein verhaltenes Schluchzen, – das war ihre Geschichte.

Als eines Winters der tiefe weiche Schnee um ihr Schloß zu Füßen der Vogesen jeden Laut erstickte, da verklang ihr Leben.

»Kurz vor ihrem Tode« – so erzählte die Gräfin Laval –, »hatte sie noch sorgfältig Toilette gemacht. Mir schien, als hätte sie sogar ein wenig Rot auf ihre Wangen gelegt, und ihre immer noch schönen schwarzen Augen ganz, ganz zart unterstrichen. ›Mein letzter Gast‹, sagte sie lächelnd, ›soll sich über einen Mangel guter Lebensart nicht zu beklagen haben.‹

Ihre Enkelkinder erbten das alte Schloß, aus dem alles Leben gewichen schien und die langen Schnüre von Perlen, die aus Sehnsucht nach dem blendenden Nacken und den weißen Armen der Herrin all ihren Glanz verloren hatten. Die Gräfin Laval, ihre Nichte, nahm nur ein Päckchen vergilbter Briefe mit nach Haus. Sie waren mehr wert als ihre toten Schätze, denn in ihnen klopfte das Herz der Marquise.

Prinz Friedrich-Eugen Montbéliard an Delphine

Schloß Etupes, am 16. Juni 1771.

Reizende Delphine, holdseligste aller Nymphen! Seit gestern habe ich kein Auge zugetan. Wie Sie mir, dem verliebtesten aller Schäfer, durch die Laubengänge entschlüpften, hinter den Wasserfällen zu verschwinden und in den Teichen unterzutauchen schienen –, das alles sah ich immer wieder vor mir. Den Augenblick aber, wo die Schar der Genien vor den Verfolgern fliehend im Tempel der Venus Schutz suchte und ich Sie hier, – gerade hier! –, im Kampf gegen meinen Rivalen, den kleinen Baron Wurmser, mir gewann, diesen köstlichen Augenblick wagte ich kaum in der Erinnerung heraufzubeschwören. Das Klopfen meines Herzens, das Fliegen meiner Pulse, die glühende Röte meiner Wangen deuteten das Fieber zu heftig an, von dem ich befallen bin.

Mein Oheim, der Herzog, wollte nicht glauben, daß wir Kinder dies Fest ihm zu Ehren improvisiert hatten, und er begreift ganz und gar nicht, daß Delphine Laval, die graziöseste der Tänzerinnen, erst dreizehn Jahre alt ist. »Versailles würde sich glücklich schätzen, ihr seine Tore zu öffnen, und der König wäre der erste ihrer Bewunderer« sagte er. Ich hörte, wie er meiner Mutter zuredete, sie möge dafür sorgen, daß »die schöne Delphine« im Gefolge meiner Schwester dem Stuttgarter Hof vorgestellt werde.

Nun: wenn man mich auch noch zu den Kindern rechnet und Herr von Altenau mich zuweilen am liebsten taub und blind machen möchte, – (übrigens ahne ich noch nicht, wie dieser Brief seinem Argusauge entgehen wird!) –, so weiß ich Eins gewiß: meine reizende Freundin wäre am Hof von Versailles, dessen Oberhaupt ein Greis ist, besser aufgehoben als an dem von Stuttgart.

Ich würde Sie zwar mit dem Degen in der Hand gegen alle zudringlichen Bewunderer, und wären es die höchsten, zu verteidigen wissen, aber das Recht dafür habe ich erst von Ihnen zu empfangen. Ich fühle es: seit gestern sind wir keine Kinder mehr. Die harmlosen Spielereien vergangener Jahre lösen süßere Spiele ab.

Ich habe mir Franz, meinen jüngsten Reitknecht, verpflichtet. Er hat mir geschworen, diesen Brief nur Ihnen persönlich abzugeben und von Ihnen allein eine Antwort entgegen zunehmen. Lassen Sie mich nicht vergebens hoffen! Ihre Augen leuchteten mir schon einmal Gewährung, als ich, der arme Schäfer, der Göttin zu Füßen sank. Lassen Sie mich nicht glauben, daß es nur der Abglanz der Feuergarben war, die rings um den Tempel gen Himmel stiegen.

Sie werden am Sonntag von meiner Schwester erwartet. Habe ich erst ein paar Worte von Ihnen, in denen ein Echo, wenn auch ein noch so leises, der meinen wieder klingt, so werde ich es möglich machen, daß wir uns allein begegnen.

Prinz Friedrich-Eugen Montbéliard an Delphine

Schloß Montésliard, am 12. Dezember 1771.

Teure Delphine, Sie haben ein Herz voll Liebe auf das tiefste verwundet. Alles Unglück der Welt hätte ich mir eher träumen lassen, als daß der Himmel meines Glücks sich so verfinstern könnte. Haben Sie so rasch vergessen, was Sie mir versprachen, als ich Ihnen in der Poseidongrotte das rosenrote Band mit eigenen Händen vom Halse lösen durfte –, einem Halse, um dessentwillen die Schwäne sich jedesmal, wenn unser Boot den Teich durchstrich, flügelschlagend, neiderfüllt gegen Sie erhoben. Es war am zwanzigsten Juni. O, ich vergesse den Tag und die Stunde nicht und werde Sie stets daran zu erinnern wissen!

Seitdem wir nach Montbéliard zurückgekehrt waren und die schöne Freiheit wieder dem höfischen Zwang weichen mußte, veränderte sich Ihr Benehmen gegen mich.

Aber ich war blind dafür; ich sah in Ihrer Gemessenheit nur die Folge des Zeremoniells, in Ihrer Scheu, mir allein zu begegnen, nur die Angst vor den Augen meines Hofmeisters und Ihrer Gouvernante, in Ihrem Bemühen, stets in Gesellschaft meiner Schwester zu sein, nur ein listiges Mittel, unser Zusammentreffen harmlos erscheinen zu lassen.

Und nun, wo das Glück, oder sagen wir besser: der entzückende Leichtsinn meines Oheims uns die Gelegenheit zum Alleinsein fast aufzwang, waren Sie es, die ihr aus dem Wege gingen, um – mit meinem Hofmeister, mit Herrn von Altenau zusammen zu sein. Er las Ihnen vor dem Kamin Gedichte, noch dazu deutsche Gedichte vor!

Als ich von meiner Fahrt zurückkam, die ich auf dem Schlitten meines Oheims bis in die sinkende Nacht ausgedehnt hatte –, Gott, wie wundervoll wäre es gewesen unter der weißen Fuchsdecke, zwischen den schneeigen Flügeln des Riesenschwans meine reizende Freundin zu entführen! –, hoffte ich wenigstens, einen Ausdruck der Angst um mich in Ihren Zügen zu finden. Statt dessen ein erstauntes: »Schon zurück?«, ein Händedruck für Herrn von Altenau von einem tränenschimmernden Blick begleitet!

Ich bin töricht genug gewesen, Herrn von Altenau für meinen Freund zu halten, und mein Vertrauen, meine kindliche Begeisterung für den Reichtum seines Wissens waren so unbegrenzt, daß ich keinen größeren Wunsch kannte, als meine reizende Delphine ihm zuzuführen, damit sie genießen könnte, was ich genoß.

Und nun diese Enttäuschung: der Freund, der sich als Verräter entpuppt, die Geliebte, die mich um seinetwillen verläßt!

Aber hoffen Sie nicht, daß ich Ihr flatterhaftes Herz so leicht freigebe. Eifersucht und Haß sollen mich lehren, meinen Rivalen empfindlich zu treffen.

Johann von Altenau an Delphine

Schloß Etupes, am 16. Januar 1772.

Gnädigste Gräfin, Frau von Laroche teilte mir soeben mit, daß Sie leidend seien und wir Sie in den nächsten Wochen in Montbéliard nicht erwarten dürften. Das betrübt mich auf das tiefste. Die Stunden mit Ihnen, in denen es mir vergönnt war, die unbekannten Schätze der deutschen Dichtkunst vor Ihrer empfänglichen Seele auszubreiten, bildeten den Lichtpunkt in meinem verdüsterten Dasein.

Gestatten Sie mir, Ihnen heute ein französisches Werk zuzusenden, das zu dem Schönsten und Erhabensten gehört, was die französische Literatur hervorgebracht hat: Die Neue Heloise von Jean Jacques Rousseau, jenem vielverkannten Dichter, von dem ich Ihnen schon oft erzählt habe. Seine Lektüre stellt an Ihr Gefühl und an Ihren Verstand gleich hohe Anforderungen, aber ich glaube, Sie werden ihnen gewachsen sein.

Ich möchte nicht verfehlen, Ihnen mitzuteilen, daß Prinz Friedrich-Eugen in letzter Zeit den Studien noch ernstere Neigungen als bisher entgegenbringt, was ich Ihrem Beispiel und Einfluß glaube zuschreiben zu können. Er hält sich mehr in meinen Zimmern als in seinem Jagdgebiet auf, beschäftigt sich eifriger mit seinen Büchern als mit seinen Pferden und Hunden. Hatte sein leicht entzündliches Herz sich bisher nur an allem Schönen und Hohen begeistert, das ich ihm zu vermitteln imstande war, so scheint er jetzt den großen Fragen der Zeit mit überlegendem Verstande nahe zu treten. Hoffen wir, daß diese Richtung seines Geistes sich als eine dauernde erweisen möge. Nach dem Beispiel des Königs von Preußen sollten gerade die Fürsten, deren Denken und Tun allen sichtbar auf der Bühne des Welttheaters sich abspielt, die Genien der Kunst und der Wissenschaft zu ihren Begleitern wählen. Statt dessen versuchen sie, an nichts anderes als an devote Untertanen gewöhnt, auch diese Wesen göttlichen Ursprungs zu bloßen Handlangern ihres Vergnügens zu machen.

Prinz Friedrich-Eugen Montbéliard an Delphine

Schloß Montbéliard, den 19. Juni 1772.

Angebetete Delphine. Nach Monaten der Aufregung und der Selbstvorwürfe finde ich endlich eine Möglichkeit, mich Ihnen zu Füßen zu werfen. Die Gräfin von Chevreuse ist mit ihrem Sohn Guy bei uns zu Gast. Mir stand das Herz still, als er mir von der »reizenden« Gräfin Laval erzählte, mit der dieser Glückliche auf dem Kinderball bei der Marquise Mortemart tanzen durfte. Ich versuchte kühl zu bleiben, ich hörte mit gelangweilter Miene zu, wie er mir Ihre Frisur *à l'amoureuse* , Ihr golddurchwirktes blaues Brokatkleid schilderte, die Grazie pries, mit der Sie sich im Menuett bewegten; als er aber über die Grübchen in Ihren Wangen, über den lachenden Mund, in dessen rechtem Winkel ein Schönpflästerchen saß, – als ob es noch nötig wäre, seine Rosenfarbe besonders hervorzuheben, – selbst in der Erinnerung in Entzücken geriet, da verließ mich meine Selbstbeherrschung. Ich vertraute mich ihm an. Er gab mir sein Wort, Ihnen diesen Brief bei nächster Gelegenheit zu überreichen.

Ja, Delphine, ich bin schuldig, aber meine Schuld ist durch Ihre Abwesenheit so schrecklich gestraft, daß Sie mich wenigstens anhören müssen. Als ich mit Hilfe meines Reitknechts, der Herrn von Altenaus Diener bestach, Ihren Briefwechsel mit meinem Hofmeister entdeckte, kannte meine Wut keine Grenzen mehr; kein Mittel erschien mir niedrig genug, um sie zu kühlen. Ich schmeichelte mich so sehr in Herrn von Altenaus Vertrauen, daß mir sogar seine geheimen Beziehungen zu den Pariser Philosophen nicht mehr verborgen blieben. Ich fand in seiner Bibliothek lauter Bücher, die das Pariser Parlament öffentlich verbrannte, und deren Verfasser durch königliche Order in der Bastille, in Vincennes, in Fort-l'Evêque für ihre aufrührerischen Reden büßen mußten. Ich las darin und entdeckte, daß es diese Bücher waren, aus denen Herr von Altenau all die Gedanken, all das Wissen geschöpft hatte, das er uns in seinem Unterricht übertrug.

O Delphine, ich kämpfte einen schweren Kampf mit mir selbst, aber der brennende Wunsch, Herrn von Altenau aus Ihrer Nähe zu entfernen, ließ die Stimme des Gewissens verstummen. Ich verriet dem Herzog meine Entdeckungen, und mein Herr Hofmeister war noch am selben Tage entlassen. Er würdigte mich keines Blickes mehr, und beschämt und zerschlagen wagte ich mein Zimmer nicht zu verlassen, solange ich ihn noch anwesend wußte. Nicht ich war Sieger geblieben –, das empfand ich tief, noch ehe ich wußte, daß Sie um meiner Tat willen leiden müssen. Mein halbes Leben gäbe ich darum, könnte ich sie ungeschehen machen!

»Die fromme Atmosphäre des Klosters wird den Höllenodem rasch verbannen, den unsere liebe Komtesse geatmet hat«, sagte salbungsvoll Ihre Gouvernante, die alte Schlange, als sie uns von Ihrer Abreise nach L'Abbaye aux Bois Mitteilung machte. Als Guy uns aber das Leben in diesem Kloster schilderte, als er erzählte, daß Dauberval, der erste Tänzer der Oper, auch dort den Reigen anführt, daß Sie, schöne Delphine, von allen, selbst von Guys Schwester, die den ersten Preis in Geschichte erhielt, um den ersten Preis im Tanze beneidet wurden, und die Herzogin von Lavallière Ihnen vor Entzücken den Fächer schenkte, den sie in der Hand trug, – obwohl er nicht mit Heiligenbildern, sondern mit denen der Grazien und Musen geschmückt war –, da bekreuzigte sich Frau von Laroche und klagte über die Verderbtheit von Paris.

Wir saßen an jenem Abend zum erstenmal in diesem Jahr auf der großen Terrasse von Etupes. Alle Wasserkünste spielten. Hinter den letzten Bosketts klang melodischer Gesang hervor; es waren die Schnitter und Schnitterinnen, die die Wiese mähten. Unser neuer Haushofmeister hat sie während des Winters die anmutigen Weisen gelehrt, um uns und unsere Gäste zu entzücken. Es soll nicht leicht gewesen sein, die sonst so gefügigen Leute für die Kunst zu gewinnen. Einige gar zu aufsässige, die neulich die Frechheit hatten, zu erklären, daß dem Herzog zwar ihre Hände, nicht aber ihre Stimmen gehörten, kamen nach Montbéliard ins Verlies. Seitdem ist der Chor stets vollzählig geblieben.

Die Schar unserer Gäste ist größer als sonst; aber sie füllen die ungeheure Lücke nicht aus, die ich dauernd empfinde. Und doch: so groß sie ist, – ein kleines Stück Papier, drei Worte darauf: »Ich vergebe Ihnen«, würde sie in diesem Augenblick, wo alle übermütigen Wünsche schweigen müssen, auszufüllen vermögen. Werde ich vergebens darauf warten?

Johann von Altenau an Delphine

Paris, den 3. Juli 1772.

Gnädigste Gräfin!
Die dicksten Klosterwände werden dünn wie Seidenpapier, wenn sie sich in Paris befinden und junge Damen von Rang dahinter erzogen werden. Alle Bücher, um derentwillen ich Montbéliard verlassen mußte, würde ich mich anheischig machen, bei Ihnen einzuschmuggeln, ohne daß ein zweiter Friedrich-Eugen mein Vertrauen mißbrauchen, eine zweite Frau von Laroche Sie dafür strafen würde. Aber ich will Sie heute nicht beunruhigen. Lebte ich noch in der Luft von Montbéliard, die so sehr die des siebzehnten Jahrhunderts ist, daß das achtzehnte einen Gewittersturm entladen müßte, um sie zu verteilen, so würde ich Sie mit Handkuß und tiefer Verbeugung um Verzeihung bitten, weil ich der unschuldig Schuldige auch an Ihrer Verbannung war. Aber ich bin wie Sie in der Hauptstadt und weiß, daß selbst ein Kloster in Paris einem alten Schloß im Elsaß vorzuziehen ist.

Mit meinen verbotenen Büchern kam ich hierher und fand, daß ich mit ihnen mein Reisegepäck nicht hätte zu beschweren brauchen: ihre Ideen erfüllen Paris, so daß ein jeder sie einatmet. Sie dringen selbst in die Salons der großen Welt, denn die schönen Damen, in deren weißen Händen jede Waffe zu einem kuriosen Spielzeug, in deren Mund jeder Gedanke zu einem Bonmot wird, sind der Schäferspiele endlich müde geworden und jonglieren jetzt mit den Leuchtkugeln des Geistes, ohne zu ahnen, daß sie Sprengpulver enthalten.

Fürchten Sie sich daher nicht, liebe kleine Gräfin, wenn Sie in Ihrem Köpfchen noch Reste der Neuen Heloise und in Ihrem Herzchen Gefühle entdecken, über die ein Klosterfräulein erröten müßte, – es ist in Paris die große Mode. Und auch vor einem Wiedersehen mit mir, dem armen deutschen Baron, der den *Contrat social* nicht nur in der Tasche trägt, brauchen Sie keine Angst zu haben. Wie in der *Haute-Finance* die Aristokraten, so sind in der Hofgesellschaft die Literaten *en vogue*. Sie sind an Stelle der Narren getreten und dürfen sich daher alles erlauben, sofern sie nur die höchsten und allerhöchsten Nerven zu kitzeln verstehen.

Doch das, meine kleine Gräfin, ist im Grunde noch nichts für Sie. Ich sehe, wie sich Ihre Augen ebenso erstaunt weiten wie damals, als ich Ihnen erzählte, daß ich dicht hinter den Rosenhecken und Lorbeerbäumen von Etupes Kinder gefunden habe, die sich mit den Hunden um eine alte Brotrinde rauften, übrigens, – was ich Ihnen bei dieser Gelegenheit sagte, habe ich auch den Eltern dieser Kinder gesagt: um trockne Brotrinden mit Hunden zu raufen, ist kein gottgewolltes Schicksal der Bauern. Nun wird sich wahrscheinlich der Herr Herzog wundern, wie Bücher zu wirken vermögen, auch wenn er dafür gesorgt hat, daß seine Leute nicht lesen können.

Graf Guy Chevreuse an Clarisse

Paris, am 5 August 1772.

Meine liebe Schwester, ich schicke Ihnen die versprochene Bonbonniere. Hoffentlich wird die *mère* Sainte-Bathilde in ihrer göttlichen Einfalt die Amoretten darauf für Engel des Himmels halten und die Dragées für ihren einzigen süßen Inhalt. Sie wissen, unter welchen Bedingungen ich Ihnen versprach, die Antwort des Chevaliers in Ihre Hände zu spielen. Heute ist es an Ihnen, diese Bedingung zu erfüllen, übergeben Sie der kleinen Laval den Brief, den Sie auf dem Grunde des Kästchens finden werden, und benutzen Sie, als die ältere Freundin, Ihren Einfluß, meine inneren und äußeren Vorzüge so glänzend zu schildern, daß meine Gestalt die Träume Delphines beherrscht. Friedrich-Eugen ist ein hübscher Junge, aber allzu deutsch, als daß ich ihn nicht auszustechen vermöchte, wenn nicht jene gewisse moderne Sentimentalität, die neuerdings das Wort Liebe *au ton tragique* auszusprechen befiehlt, von Ihrer Freundin Besitz ergriffen hätte. Es ist an Ihnen, sie zu lehren, daß jene holde Anziehungskraft zwischen den Geschlechtern dazu da ist, das Leben leicht, nicht schwer zu machen. Amor hat Flügel. Nur Gefangene mit Bleigewichten an den Füßen drehen sich immer im traurigen Zirkel desselben Raums.

Graf Guy Chevreuse an Delphine

Paris, am 8. August 1772.

Reizende Delphine, der bloße Gedanke an Sie könnte mich des größten Verbrechens schuldig machen: mein Wort als Kavalier nicht zu halten. Oder gibt es für einen jungen Mann etwas Schwereres, als bei der Angebeteten seines eigenen Herzens den Liebesboten zu spielen?!

Ich unterwerfe mich, wie Sie sehen, meiner Pflicht und sende Ihnen den Brief des Prinzen. Darf ich doch hoffen, daß Sie sich meiner dann wenigstens mit einem Gefühle des Dankes erinnern, das nicht ohne Wärme ist.

Wir werden uns auf dem Ball der Herzogin von Luxemburg wiedersehen. Selbst wenn Sie mich zeihen, Friedrich-Eugens Freundesrechte dadurch zu verletzen, ich muß Ihnen gestehen, daß mein Herz schon jetzt vor Freuden klopft. Sollte es wahr sein, daß Sie sich an dem Theaterspiel bei Madame de Rochechouart beteiligen, so werde ich alles daran setzen, die Rolle des Liebhabers übernehmen zu dürfen. Verbietet mir die Freundestreue, Ihnen so zu huldigen, wie meine Bewunderung für Sie es verlangt, so wird der Befehl des Dichters mich wenigstens auf der Bühne dieser meiner schweren Pflicht entbinden.

Prinz Friedrich-Eugen Montbéliard an Delphine

Schloß Montbéliard, den 29. September 1772.

Teuerste Delphine, Ihr Briefchen hat mich in einen Rausch des Entzückens versetzt: Sie verzeihen mir! Freilich –, wenn ich es wieder und wieder lese, so verlieren die fünf Worte: »Ich bin nicht mehr böse« durch den Nachsatz: »denn es ist hier wunderschön« den süßen Klang, den ich ihnen so gern, ach so gern geben möchte! Aber ich will nicht grübeln, will den Gedanken nicht aufkommen lassen, daß Ihr Verzeihen nicht der Wärme Ihres Gefühls, sondern der Kühle des Vergessens entspringt. »Was ist Etupes gegen die Gärten von Versailles, was Montbéliard gegen Paris!« schreiben Sie und lassen an mir Bälle und Maskenfeste, Oper und Ballett in tollem Wirbel vorübergaukeln. Ich wäre grausam genug, Sie lieber in einem Kloster zu wissen, wie Frau von Laroche es sich für Sie träumte, wenn ich nicht, – kaum wage ich auszusprechen, woran ich noch nicht zu glauben vermag! –, in wenigen Monden selbst zu den Glücklichen gehören würde, die der schönen Delphine huldigen dürfen.

Entsinnen Sie sich des Marquis Montjoie, den wir seiner steifen Würde wegen Ludwig XIV. zu nennen pflegten? Er ist mit Ihrem Herrn Vater unser Gast, und ich habe ihm im stillen die Späße abgebeten, die wir über ihn machten, denn er ist es, der den Herzog bestimmte, mich mitzunehmen, wenn er in Versailles seine Aufwartung macht. Die Repräsentanten des alten französischen Adels sollten sich, – so meinte der Marquis –, beizeiten um die Person des Dauphin scharen, dessen Einfachheit und Frömmigkeit er nicht wenig zu rühmen wußte, und die jüngeren Söhne der mit dem Königshaus liierten Fürsten sollten sich in seine Dienste stellen.

Brauche ich es Ihnen, angebetete Delphine, erst zu sagen, daß es nicht mein Interesse für den Dauphin und seine Tugenden ist, was mich nach Paris zieht! Aber auch alle lockenden Freuden der Stadt, die mein Freund Guy nicht müde ward, zu schildern, verblassen vor einem einzigen Blick in Ihre Augen, auf den ich endlich wieder hoffen darf.

Doch ich fürchte, diese schwarzen Sterne überfliegen ungeduldig meine von Sehnsucht und Liebe diktierten Worte. Weiß ich doch nie: sind sie Menschenaugen, Spiegel eines fühlenden

Herzens, oder Brillanten, die zwar das Licht der ganzen Welt widerstrahlen, aber doch eben nur – Steine sind!

Sie verlangen aus der Heimat Neues zu hören. Von dem letzten längeren Aufenthalt des Herzogs von Württemberg in der Eremitage hat Ihnen meine Schwester wohl schon geschrieben. Er lebte sehr zurückgezogen, um sich von den Regierungsgeschäften zu erholen. Zu seiner Unterhaltung hatten wir Tänzerinnen aus Wien kommen lassen. Sie führten das Ballett »Medea« von Noverre auf, das alle Zuschauer entzückte. Der Herzog verteilte eigenhändig kostbare Andenken unter die Mädchen.

Ihm und den zahlreichen anderen Gästen zu Ehren wurde dann eine große ländliche Hochzeit geplant. Mein Vater hatte durch den Kaplan von Etupes verkünden lassen, daß er zehn jungen Mädchen je ein Schwein schenken wolle, wenn sie heiraten würden, und meine Mutter hatte unseren Gästen schon das idyllische Fest in Aussicht gestellt. Statt dessen –, was meinen Sie wohl, was geschah?! Einer der Vorschnitter erklärte unserem auf baldige Entschließung drängenden Haushofmeister, – die Gäste waren schon überaus ungeduldig, – daß die heiratsfähigen Mädchen und Burschen sich angesichts der großen Nahrungsnot entschlossen hätten, ledig zu bleiben. »Das Schwein würde von den Steuern gefressen, und unsere Kinder könnten verhungern,« fügte der freche Mensch hinzu.

Unsere Gäste sind durch eine Treibjagd für den peinlichen Ausfall des ländlichen Festes entschädigt worden. Die Strecke war enorm, und sogar der alte Prinz Condé, dessen zitternde Hände das Gewehr kaum mehr halten können, machte keinen Fehlschuß. Die Tiere wurden ihm freilich auch dicht vor den Lauf getrieben. Man soupierte sodann unter Zelten im Freien. Großes Aufsehen machte dabei der riesenhafte Neger, den der Marquis Montjoie von seiner letzten afrikanischen Expedition mitgebracht hatte. Allein der Schmuck, den er an Gold und Edelsteinen an sich trug, soll Hunderttausende wert sein und doch nur einen winzigen Bruchteil dessen bilden, was der Marquis an Vermögen besitzt. Er wird zu gleicher Zeit mit uns in Paris eintreffen, und ich will Ihnen verraten, daß er Ihnen, der Tochter seines alten Freundes, eine kostbare Perlenschnur zugedacht hat, die er von einem indischen Fürsten erwarb.

Meine Schwester zeigte ihm Ihre Miniatur, die ich ihr immer noch vergebens abzubetteln versuche. »Eine unschuldsvolle Schönheit!« sagte der Marquis bewundernd. Ich schwieg, hätte ich ihm sagen sollen, daß das Bild wenig ähnlich ist, daß Sie viele tausendmal reizender sind?!

Sie sehen, teuerste Delphine, ich mag noch so ernsthaft versuchen, von etwas anderem zu sprechen als von Ihnen, meine Feder, die noch nicht gelernt hat, höfische Phrasen zu formen, von denen das Herz nichts weiß, kehrt immer wieder mit meinen Gedanken zu Ihnen zurück. Aber so treu sie mir ist –, ich kann die Zeit nicht erwarten, wo das lebendige Wort sie überflüssig machen wird.

Graf Guy Chevreuse an Delphine

Paris, am 28. Dezember 1772.

Wegen eines Madrigals, um dessen beziehungsvolle Zartheit der Chevalier Boufflers mich beneiden müßte, soll ich, holde Delphine, Ihrer Gegenwart beraubt sein?! O, *mère* Sainte-Bathilde, wir werden ihnen beweisen, daß sie keine Nönnchen zu kommandieren haben! Koste es, was es wolle –, meine Angebetete wird den Maskenball im Hôtel du Chatelet besuchen. Trüben Sie darum den Glanz Ihrer Augen durch keine Träne.

Graf Guy Chevreuse an Delphine

Paris, am 30. Dezember 1772.

Alles in Ordnung. Ein paar Louisd'or überstrahlen jeden Heiligenschein und sprengen jede Klosterpforte. Die Schwester, die Ihnen diesen Zettel zusteckt, wird Ihnen alles Notwendige sagen. An der kleinen Gartenpforte erwartet Sie die Sänfte, die kurz vorher Clarisse zum Balle trug. Für die ungefährdete Rückkehr bürgt *mère* Sainte-Bathildes Gespensterfurcht. Und der Preis für meinen Ritterdienst?!

Johann von Altenau an Delphine

Paris, am 31. Dezember 1772.

Meine liebe kleine Gräfin, da ich mich doch nur in Gegenwart einer Ihrer Gestrengen steif und zeremoniös nach Ihrem Befinden erkundigen kann, und Ihnen nach dem Ereignis der gestrigen Nacht manches zu sagen habe, was Ihnen sonst niemand sagt, so schmuggle ich diesen Brief bei Ihnen ein.

Das war ein Zusammentreffen, wert von La Harpe in leichten Reimen, von Boufflers in einer zierlichen Erzählung geschildert zu werden:

Dunkle Nacht; große weiße Flocken schweben leise zu Boden, um sich hier allmählich in klebrigen Schmutz zu verwandeln. Da biegt in der Rue de Sève ein Mann um die Ecke, die Laterne unter dem Mantel halb verborgen. Er sieht sich scheu ringsum, dann hebt er die Laterne, nun folgt ihm ein zweiter, ein dritter, und danach eine Sänfte, die dicht verhangen zwischen den Trägern schwankt. Sie gehen rasch, als wären sie auf der Flucht. Irgend ein unklarer Gedanke zwingt mich, der ich ihnen begegne, umzukehren und desselben Wegs mit ihnen zurückzugehen. Plötzlich erhellt sich der Himmel vor uns, er färbt sich glutrot; die Sänftenträger erschrecken und stellen ihre Last zu Boden. Sekundenlang erscheint ein gepudertes Köpfchen zwischen den Gardinen, zwei dunkle Augen starren entsetzt hinaus. Mit einem Aufblitzen jähen Erkennens streifen sie mich. Die Diener treiben mit rohen Worten die Träger zu ihrer Pflicht zurück. Es geht vorwärts; ich bleibe von nun an gebannt dicht hinter der Sänfte. Da –, welch tosender Lärm schlägt uns entgegen: ein Glockenläuten, das aus allen Himmelsgegenden hundertfaches Echo zu finden scheint, dazwischen Trompetensignale, und, ständig anschwellend, Menschengeschrei. Wir haben den Pont Neuf erreicht, schon ist die Seine rot überhaucht wie bei Sonnenaufgang, und von rechts her schlagen Flammen gen Himmel, als ob sie seine dunkle Wölbung sprengen wollten.

»Das Hôtel de Ville brennt!«, kreischt ein altes Weib neben uns. »Mein Kind, mein Kind!« schreit verzweifelt eine andere und stürzt sich der Glut entgegen. »Zu Sartine!« ruft ein Mann und reißt einem der Diener die Laterne aus der Hand.

»Niemand kann ins Haus – die Kranken verbrennen – vierhundert Kranke!« Wir stehen erstarrt.

Und die kleine Sänfte öffnet sich, und mitten in der grauenvollen Nacht erscheint eine Lichtgestalt, von weißer Seide umflossen, einen Rosenkranz auf dem gepuderten Köpfchen, goldene Schuhe an den zarten Füßen. Ihre nackten Arme, ihr kindlicher Hals leuchten im Dunkel.

In demselben Augenblick kommt es über die Brücke uns entgegen, langsam – leise, nur von Stöhnen und Wimmern begleitet; ein Zug Armseliger, Zerlumpter, halb Nackter, mit stieren Augen, fieberglühenden Wangen. Ihre Füße tragen sie kaum. Einer stützt sich am anderen –, dort die blasse Kleine an den Greis, dem der Tod schon aus den geisterhaften Zügen leuchtet, und das unselige Weib, deren Antlitz eine schwärende Wunde ist, an den Jüngling, dessen erloschene Augen die Glut nicht mehr sehen. Manche, die nicht gehen können, werden von den Leidensgenossen halb getragen, halb gezerrt. Zwei Männer, denen selbst die Knie zittern, halten ein Mädchen unter den Armen und schleifen sie hinter sich her.

Eben will ich den Arm schützend um die schwankende Lichtgestalt neben mir legen, – da reißt sie sich los und steht schon mitten unter den Fliehenden. Man schart sich um sie, – rohe Worte fallen –, man greift nach der Kette an ihrem Hals –, aber sie zittert plötzlich nicht mehr. »Nehmt meine Sänfte für das Mädchen!« ruft sie. »Träger, hierher!« fügt sie herrisch hinzu, »nach l'Abbaye aux Bois!«

Alles gehorcht, niemand rührt sie an, jedes Wort verstummt. Und mit den Goldschuhen und dem weißseidenen Kleid geht die Gräfin Delphine durch den klebrigen Straßenschmutz zum Kloster zurück. Sie hängt immer schwerer an meinem Arm, sie schweigt und schüttelt nur den Kopf auf all meine Fragen. Erst vor der Pforte steht sie still, schaut mich an mit weiten angsterfüllten Blicken: »Gibt es so etwas?! Wirklich?! – War es kein Traum?!« – – –

Ihre Strafe wird gelinde sein, kleine Gräfin, weil das Werk der Barmherzigkeit Sie in den Augen der Frommen entsühnte. Trotzdem bleibt Ihnen viel Zeit, nachzudenken. Sie haben zum erstenmal der Wahrheit ins Gesicht gesehen, die man Ihnen hinter hohen Taxushecken und Klostermauern verbarg, vor die man seidene Vorhänge an die Fenster, dichte Schleier über die Augen zog. Es ist wirklich, Gräfin Delphine, und kein Traum! Von jenen Elenden, die Sie sahen, sind Hunderte in den Flammen umgekommen, aber trotz dieses gräßlichen Endes sind sie, die zu vieren und fünfen in einem Bette lagen, noch nicht die Ärmsten. Es gibt Hunderttausende, die der Hunger langsam zu Tode martert, die kein ander Bett besitzen als die Steine der Straße.

Wenn sie erwachen!! O, Gräfin Delphine, dann nützt auch Ihre Barmherzigkeit nichts. –

Darf ich Ihnen nun noch den Rat eines Freundes geben? Hüten Sie sich vor dem Grafen Chevreuse. Trotz seiner achtzehn Jahre ist er ein vollendeter *vaurien*, und seine Lehrmeisterin in der Liebe ist eine der berühmtesten Kurtisanen von Paris, die Tänzerin Guimard. Als Gefährtin seiner Streiche sind Sie zu schade.

Eine Antwort von Ihnen darf ich unter den jetzigen Umständen nicht erwarten, so sehr sie mich auch beglücken würde. Aber ich hoffe, Ihnen bei der Herzogin von Lavallière, in deren Kreis ich mir Eingang verschaffte, – deutsche Denker sind, seit dem Baron Holbach, zu einem notwendigen Requisit jedes wohlassortierten Salons geworden –, zu begegnen, sobald Ihre Klausur zu Ende ist.

Graf Guy Chevreuse an Delphine

Paris, am 30. Januar 1773.

Schönste! Beste! Sie sehen einen Verzweifelten vor sich. Zu allem Leid, das mich traf, als Sie in jener unglückseligen Nacht das Fest nicht erreichten, für dessen Glanz meine Augen blind waren, da Sie fehlten, kommt nun ein anderes, weit tieferes: man hat mich bei Ihnen verleumdet. Wenn nicht die Stärke Ihrer Empörung über meine vermeintlichen Sünden, – Clarisse sagte: sie sprüht vor Zorn –, mich hoffen ließe, daß Ihnen meine Person nicht ganz gleichgültig ist, ich würde Asche auf mein Haupt streuen und die Geißel über mich schwingen wie der bußfertigste unter den Wüstenheiligen. Aber ich weiß: die reizendste aller Klosterschülerinnen würde mich vollends entrüstet abweisen, erschiene ich im härenen Gewand des Asketen vor ihr.

Und so wage ich zu erscheinen, wie ich bin: als Kavalier der Königin, gepudert, parfümiert, im gelbseidenen Surtout –, gerade so wie ich den schönen Frauen gefalle. Vielen Frauen, holdselige Gräfin, die weniger streng sind als Sie, die es mir nicht verargen, wenn ich die Gesellschaft der Mätresse meines Bruders, – hören Sie: meines Bruders! –, nicht meide, eine Gesellschaft, die sogar Damen des Hofes mit Vergnügen teilen, weil alle guten Genien des Geistes und des Witzes, der Grazie und Laune in ihr herrschen.

Sie sehen Paris nur durch das Schlüsselloch der Klosterpforte. Tritt ein lahmer Bettler, ein schmieriger Strolch, ein zerlumptes Weib in Ihren Gesichtskreis, so meinen Sie: das ist Paris, während Sie nur ein paar Typen jenes in aller Welt verbreiteten Gesindels gesehen haben, das durch Völlerei, Arbeitsscheu und Verbrechen geworden ist, was es ist. Hier ist Verachtung, nicht Mitleid am Platze, denn jede Berührung mit solchen Elementen kann uns nur beschmutzen.

Bleiben Sie, reizende Delphine, auf den Höhen der Menschheit, für die Sie geboren sind! Traurig genug, daß Sie dem eigentlichen Leben so lange entzogen werden und damit auch dem treusten und ergebensten Ihrer Verehrer.

Die Pariser Geselligkeit ist glänzender denn je. Sie wissen gewiß, daß unser gemeinsamer Freund Friedrich-Eugen sich in ihren Strudel gestürzt hat. Ich hatte gerade Dienst bei der

Dauphine, als er ihr vorgestellt wurde. Er gefiel nicht übel, der gute Junge, nur lächelt man ein wenig über sein unverhohlenes Staunen, das die Provinz verrät. Übrigens hat er Talent zum Pariser: Als ich ihn bei Mademoiselle Guimard einführte, riß er zwar zunächst angesichts all der durchsichtigen Gewänder reizender Frauen die ach so deutschen blauen Augen auf, um dann um so feuriger bei den kleinen Tänzerinnen den Seladon zu spielen.

Um die Zeit Ihrer Haft, an der ich leider nicht völlig unschuldig bin, verkürzen zu helfen, sende ich Ihnen M. Dorats reizenden Roman »Sacrifices de l'amour«, der viel von sich reden macht, und den Begeisterte teils mit Rousseaus Nouvelle Héloise, teils mit Crébillons Sofa vergleichen. Das Werk gibt Rätsel auf, und es ist zum Gesellschaftsspiel geworden, sie zu erraten. Um für Sie, die sich daran nicht beteiligen können, seinen Reiz zu erhöhen, will ich Ihnen die richtige Lösung nicht vorenthalten: Die Vicomtesse de Senanges ist die schöne Gräfin Beauharnais. Sie wird viel umschwärmt, obwohl sie nicht die Jüngste ist, und ihre Gefühle nicht nur durch die stumme Sprache der Lippen, der Hände, der Arme, – den einzigen, der für unsere Väter überzeugend war –, zu zeigen versteht, sondern auch durch die sehr beredte ihrer Bücher. Für uns, ich will's nicht leugnen, bilden diese offenherzigen Bekenntnisse eines Weibes nur einen Reiz mehr: sie enthüllen ihre Fähigkeit zur Leidenschaft, ohne daß wir uns mit dem langwierigen Forschen danach bemühen müssen. Freilich, wenn Lebrun recht hat, der die dichtende Gräfin mit folgenden Strophen besang:

> Chloë, belle et poëte, a deux petit travers.
> Elle fait son visage, et ne fait pas ses vers,

so dürfte sie ihre Verehrer aufs Glatteis führen. In unserm Roman tut sie es nicht. Der Chevalier de Versenay, ihr Liebhaber, ist mehr zu beneiden als sein lebendes Vorbild, der Herr von Pezay. Auch er dichtet, er schreibt sogar seine Liebesbriefe gleich mit Rücksicht auf ihre Druckreife. Obwohl seine Mutter noch der meinen die Hemden wusch, nennt er sich Marquis, denn er kennt seinen Vorteil: der schlechteste Possenreißer ist seines Erfolges sicher, wenn er sich mindestens Baron tituliert. Hoffen wir für die Gräfin, daß ihr Anbeter seiner Herkunft wenigstens die Tadellosigkeit seiner Wäsche verdankt.

Ich sehe Sie erröten und unmutig das Köpfchen schütteln, wie damals als ich Sie auf dem Ball der Herzogin von der Last kindlichen Respekts befreite, die Sie vor jeder glänzenden Erscheinung förmlich zu Boden zwang. Damals, holdselige Delphine, blitzten in Ihren Augen, noch während Ihre Wangen glühten, schon die neckischen Geister des Spottes auf, und Ihr kleiner Mund zuckte vor verhaltener Neugierde. Ich sehe mich als den eigentlichen Vollender der mehr als unzureichenden Klostererziehung an, wenn ich dafür sorge, daß Sie nicht unwissend wie ein gefangenes Vögelchen in Freiheit gesetzt werden.

In Freiheit! Horchen Sie auf, schönste Blume der Vogesen: man erzählt sich schon von einem, der Sie in seinen Garten versetzen möchte, das heißt, Sie der Sonne, der Luft, dem Leben erobern, und –, kühn wage ich es auszusprechen, – meinem von keiner Klosterregel mehr gestörten Ritterdienst.

Prinz Friedrich-Eugen Montbéliard an Delphine

Paris, am 3. März 1773.

Nun bin ich zwei Monate in Paris, ohne Sie, teuerste Freundin, gesehen zu haben! Ich weiß nicht, welches Gefühl in mir stärker ist: das unbefriedigter und darum täglich heißerer Sehnsucht, oder das des Zorns über Ihren Leichtsinn, der mich Ihrer Nähe beraubt. Fürchten Sie nicht, daß ich ihn mit der Miene des Sittenrichters verurteile. Ich würde Ihren köstlichen Streich gesegnet, ihn göttlich genannt haben, wenn er nicht nur gelungen, sondern vor allem, wenn die kleine Nonne um meinetwillen bei Nacht dem Kloster entschlüpft wäre. Aber ich weiß ja nicht einmal, ob es wirklich nur die lockenden Geigen des Balls der Herzogin waren, die Sie verführten?! Guy zuckt schweigend die Achseln, wenn ich ihn auszuforschen versuche. Zuweilen jedoch hat er ein Lächeln –, ein Lächeln, bei dem mir das Blut in die Wangen steigt!

In der Hoffnung, des Glücks, Sie einmal zu sehen, teilhaftig zu werden, schmeichele ich mich bei Ihrem Vater ein. Aber es scheint, als ob der Marquis Montjoie der einzige Bevorzugte bleiben soll. Und ich bin in meinen Wünschen schon so bescheiden geworden, daß ich mich ihm aufdränge, um nur von Ihnen erzählen zu hören, und mich doch wieder ärgere, wenn der alte Roué vor Entzücken über das »reizende Kind« die Augen verdreht. Er hat recht, tausendmal recht: »alle Sterne von Versailles würden vor der süßen Unschuld ihrer Augen verbleichen«, aber ich wollte, daß es nur mir allein zustünde, das auszusprechen.

Clarisse Chevreuse sagte mir, Sie wünschten zu wissen, wie mir Paris gefällt. Lachen Sie nicht über meine Antwort, teuerste Freundin. Ich weiß nicht, ob es mir gefällt, ich weiß nur, daß es mich berauscht! Was in Montbéliard seltene Feste waren, das ist hier das Leben; und der Frühling, der uns in Etupes während einiger kurzer Wochen beglückte, den zwingt Paris jahraus, jahrein in seinen Dienst. Daß es draußen auch einmal stürmt und schneit, wer spürt es, wenn er im weichen Wagen von einem blumendurchdufteten Salon zum andern fährt; – daß es so etwas gibt wie Entsagung, wie Alter, wer wagt es zu behaupten angesichts all dieser lächelnden Gesichter, dieser rosigen Wangen, dieser glänzenden Augen. Ich muß an meine Mutter denken, um mich zu entsinnen, daß es Frauen gibt, die nicht jung sind. Mit den weißgepuderten Haaren scheinen sie sogar keck des Alters zu spotten, das sie nicht mehr überwältigen kann, und sein äußeres Wahrzeichen zu benützen, um den Reiz ihrer ewigen Jugend zu erhöhen. Was für die Herzogin von Lavallière gedichtet wurde, das gilt für alle:

> La nature prudente et sage
> Force le temps de respecter
> Les charmes de ce beau visage
> Qu'elle n'aurait pu répéter.

Ach, und ihr Tanz! Wissen Sie noch, wie der Wind in Etupes über die Tulpenbeete strich? Solch ein Neigen und Wiegen, solch ein Aufglühen und Verlöschen leuchtender Farben ist er! Das Schönste schien er mir zu sein, was ich bisher gesehen hatte, bis ich noch Schöneres sah. Als sich vor mir zum erstenmal die Vorhänge der Oper teilten, und ich die entzückendste aller Sylphiden, Fräulein Guimard, aus dem weißen Wolkenbett zur Erde schweben sah, wo der große Vestris sich ihr entgegenhob, als gäbe es keine Schwere für ihn, da erkannte ich erst, daß die Tulpen noch an der Erde kleben, und die Schmetterlinge, die über Rosenhecken gaukeln, die wirklich Lebendigen sind.

An Pracht, so glaubte ich, könnte dieses Schauspiel von keinem anderen übertroffen werden. Dann kam ich nach Versailles zum Ordensfest Ludwigs des Heiligen. Frankreichs Fürsten und sein Adel waren versammelt. All die Namen schlugen an mein Ohr, von denen jeder einen Quaderstein im Tempel seines Ruhmes bildet. Und die goldstarrenden Mäntel, die schweren Kronen der Männer, die schimmernden Juwelen auf den Häuptern und um die Nacken der Frauen erschienen mir wie ein einziges Symbol seines unerschöpflichen Reichtums. Alle Glocken läuteten. Durch die Spiegelgalerie flutete ein Meer von Glanz, als ströme der Regenbogen selbst durch die offenen Türen. Es war ein Brausen in der Luft. Ich wußte nicht, rauschte es mir nur in den Ohren, oder waren es Stimmen oder ferner Gesang. Der König erschien, von einem Himmel von Purpur überdacht, aus dem Tropfen von Gold und Perlen niederflossen. Auf seinem blauen Mantel strahlten die goldenen Lilien, jeden Schritt, den er vorwärts tat, begleitete das Funkeln der Diamanten an seinen Füßen.

Mein Vater liebt den König nicht. Selten sind die Ersten des Hofs beisammen, ohne daß Böses über ihn geflüstert würde. Wie oft hab' ich selbst seines großen Ahnherrn Heldenzeit herbeigewünscht, weil ich meinte, keinem anderen dienen zu können. Das war jetzt vergessen. Eine höhere Gewalt zwang alle Nacken, sich ehrfurchtsvoll zu neigen, nicht weil es der fünfzehnte Ludwig war, der vorüberging, sondern Frankreichs Majestät. Ich habe mich ihr nun angelobt, wie meine Väter es taten.

Noch viele Bogen könnte ich füllen, wollte ich erzählen, was ich sah. Alles ist für mich ein Erleben gewesen. Nur weiß ich nicht, ob Sie, mit der ich meine Kindheit teilte, mir auch jetzt noch zuhören mögen. Kein Nichtwissen schmerzt mich so tief wie dieses. Darum bitte ich Sie, antworten Sie mir, aber, wenn es sein kann, ohne Guy Chevreuse damit zu bemühen. Ich vertrage nun einmal sein Lächeln nicht.

Prinz Friedrich-Eugen Montbéliard an Delphine

Paris, den 15. März 1773.

Liebste Delphine, solch einen Brief mir! Womit verdiente ich ihn? Leichtsinn, ja Treulosigkeit werfen Sie mir vor. Schon wollte ich die Zeilen, die von Ihnen kamen, zärtlich an mein Herz drücken, als Ihre stacheligen Worte mich blutig rissen. Ich wäre trostloser, wenn ich nicht glaubte, daß die Langeweile Ihrer Gefangenschaft Sie so reizbar und der leidende Zustand Ihres Vaters Sie so trübsinnig macht. Die Zeit wird vorübergehen, Delphine; Ihr Vater wird sich erholen und Ihre schönen Augen werden mir wieder lachen, wenn Sie erfahren, daß selbst Ihre ungerechte Härte meine Gefühle für Sie nicht ändern kann.

Marquis Montjoie an Delphine

Paris 1773. Am Tage der Verkündigung Mariä.

Der kurzen Unterredung im Beisein unsers teuren Kranken lasse ich diesen Brief folgen, dessen Inhalt Ihnen die Hoffnungen meines Herzens, die zugleich die Wünsche Ihres Vaters, meines treuen Freundes sind, näher bringen sollen. Als gehorsame Tochter haben Sie der durch den Mund Ihres Vaters Ihnen übermittelten Werbung zustimmend geantwortet. Sie haben dann als Zeichen des Vertrauens Ihre kleine Hand wortlos in die meine gelegt. Seien Sie versichert, daß ich die hohe Auszeichnung, die darin liegt, zu schätzen weiß und mich bemühen werde, ihrer würdig zu sein.

Ihr Herr Vater ist über das Schicksal seiner geliebten einzigen Tochter nunmehr etwas beruhigt, und auf seinen Zustand hat die Tatsache, daß er Sie in gutem Schutze weiß, auf das günstigste eingewirkt. Möchten Sie, teure Komtesse, mit ähnlichen Empfindungen einer Zukunft entgegensehen, die, soweit es an mir liegt, eine heitere für Sie sein soll. Ein junges Mädchen, – das ist mir nicht unbekannt –, träumt gern von jener Liebe, die seichte Romane so reizend zu schildern wissen. Aber auf solchen, meist flüchtigen Gefühlen sollte keine Ehe gegründet werden. Vertrauen, ruhige Zuneigung, und vor allem die Übereinstimmung der Familieninteressen, die Gleichheit der Lebensgewohnheiten, sind vielmehr ihre einzig sichere Grundlage. Darum fürchten Sie nicht, verehrte Komtesse, daß ich, der überdies an Jahren so viel reichere Mann, von Ihnen die leidenschaftlichen Empfindungen einer Julie wünsche oder erwarte. Unser Zusammenleben wird ohne sie ein würdigeres, der Vornehmheit unserer Gesinnung entsprechenderes sein.

Wie Sie wissen, sehnt Ihr Herr Vater eine baldige Trauung herbei, und da die Ärzte uns über den Ernst seines Zustandes keinen Zweifel lassen, – so sehr unsere Liebe sich gegen die schlimmste Möglichkeit sträubt, – so vereinige ich nochmals meine Bitte mit der seinigen, die Zeremonie nicht hinauszuschieben, wie es anscheinend Ihren Wünschen zunächst entsprach. Ich begreife, daß Ihre große Jugend vor dem Ernst der vollzogenen Tatsache erschrickt, aber ich gebe Ihnen demgegenüber zu bedenken, daß der Name einer Marquise Montjoie Ihnen sofort neben der Freiheit eine neue Sicherheit und eine anerkannte Position in der Gesellschaft gewähren wird. Ich habe die Absicht, meine Gemahlin nach der Trauung dem Schutze meiner Mutter anzuvertrauen. Sie werden auf Schloß Montjoie als Herrin einziehen und dabei doch der liebevollen Erziehung und Leitung einer Frau unterstehen, die Ihnen in allen Dingen Vorbild sein kann. L'Abbaye aux Bois erscheint mir nicht geeignet, Sie länger zu beherbergen; ich wünsche, daß Sie Paris in Zukunft mit gefestigterem Charakter gegenübertreten.

Darf ich hoffen, daß die Ruhe der Überlegung Sie unseren Wünschen geneigter gemacht hat? Mein Kammerdiener wird morgen Ihre Antwort entgegennehmen.

Ihre Freude über das Diamantenkollier, das ich mir erlaubte, Ihnen als erstes kleines Angebinde zusenden zu lassen, war ein so willkommenes Geschenk für mich, daß ich es in der Hoffnung auf seine Wiederholung wage, Ihnen heute diese Perlenschnur zu Füßen zu legen. Möchte sie nicht nur ein Zeichen dafür sein, daß Sie sich mir verbinden, sondern Ihnen auch die Zuversicht einflößen, daß die Fesseln der Ehe Sie niemals stärker drücken werden als diese Kette.

Die Schloßfrau von Froberg

Marquis Montjoie an Delphine

Paris, im Juli 1773.

Meine liebe Delphine. Ihr kleiner Brief, den ich als Beilage eines längeren Schreibens meiner Mutter hier vorfand, war mir sehr erfreulich, geht doch aus ihm hervor, daß Sie den Vorsatz gefaßt haben, die ängstliche Scheu mir gegenüber allmählich abzustreifen.

Ich brauche Ihnen nicht noch einmal zu versichern, daß ich sie weder durch mein von aller schuldigen Rücksicht getragenes Benehmen verdient habe, noch daß ich sie erwarten konnte, nachdem Sie mir als eine fröhliche, ja fast allzu kecke, junge Dame bekannt geworden waren. Ihre häufigen, trüben Stimmungen, Ihre Art, sich stundenlang in Ihren Gemächern einzuschließen, durch die Sie die Würde Ihrer Stellung gegenüber den Domestiken in unstatthafter Weise gefährden, weil Sie zu allerlei Vermutungen und Geklatsch den Anlaß gaben, habe ich bisher zu übersehen versucht, da ich ihre Ursache in der Trauer um Ihren verehrten Vater zu finden glaubte. Die Marquise Montjoie, die Herrin meines Hauses, darf sich jedoch auf die Dauer solchen Empfindungen eines kleinen Mädchens nicht hingeben. Ich wünschte, daß Sie darauf bedacht sein mögen, in Ihrem Benehmen mehr Haltung zu zeigen.

Durch eine Bemerkung in dem Briefe meiner Mutter, sehe ich mich genötigt, diesem Wunsch besonderen Nachdruck zu verleihen. Sie schreibt wörtlich: »Meine gute Schwiegertochter scheint an der Unterhaltung mit Monsieur Gaillard viel Gefallen zu finden.« Daraus schließe ich, daß Sie vergessen haben, was ich Ihnen über die Stellung Gaillards in unserem Hause gesagt habe. Mein verstorbener Bruder, dessen Sorge um diesen seinen illegitimen Sohn eine um so größere war, als dessen unglücklicher, körperlicher Zustand ihn für alle bemitleidenswert machte, sprach in seinem Testament den Wunsch aus, daß ich ihm auf Froberg eine gute Erziehung und eine dauernde Unterkunft gewähren möchte. Selbstverständlich ist es ihm dabei nicht eingefallen, irgend welche Art von Familienzugehörigkeit für Gaillard zu verlangen; meine Mutter und ich sind stets bemüht gewesen, die scharf gezogenen Grenzen des Respekts aufrecht zu erhalten, was oft nicht leicht war. So wurde Gaillard ein nicht unbrauchbarer Haushofmeister, also nichts anderes als der erste unter den Bedienten.

Nun scheint er die unerfahrene Jugend meiner Gemahlin in seinem Interesse ausnutzen zu wollen, und ich muß Ihnen demgegenüber die größte Kühle und Zurückhaltung zur Pflicht machen. Nach Abschluß des Trauerjahres wird es Ihnen an Unterhaltung nicht fehlen; bis dahin sollten Sie die Zeit benutzen, um sich unter der Leitung einer so vollendeten Dame wie meiner Mutter zu einer ihr ähnlichen Persönlichkeit heranzubilden.

Damit Sie sehen, daß ich in meiner Sorge um Sie bemüht bin, Ihnen auch eine Freude zu bereiten, die Sie zugleich auf das angenehmste beschäftigen wird, teile ich Ihnen mit, daß ich beschlossen habe, an der Stelle unseres Parks, an der Sie sich einen Gartenpavillon wünschten, ein größeres Gebäude modernen Stils errichten zu lassen. Sie hatten nicht unrecht: Das alte Schloß mit seinen dicken Mauern und kleinen Fenstern entspricht unserem Geschmack nicht mehr, und, wenn es auch Einbildung ist, daß Sie sich darin zu fürchten behaupten, so wäre ein Palais im Stil von Trianon ein weitaus günstigerer Rahmen für Sie.

Ich habe meine freien Stunden benutzt, um mir die neuesten und berühmtesten Pariser Privat-Hotels anzusehen. Am meisten gefiel mir das der Tänzerin Fräulein Guimard, die ich übrigens nicht aufgesucht haben würde, wenn ich nicht in der Angelegenheit unseres Abbé Morelli ihre Intervention bei Monseigneur de Jarente, über den sie alles vermag, hätte beanspruchen müssen. Sie war ungemein liebenswürdig und zeigte mir ihr eben vollendetes Palais in allen Details. Es ist ein Bijou und bis auf jeden Stuhl, ja jeden Teller von erlesenem Geschmack. Die ersten Künstler haben daran mitgeschaffen, und ich betrachte es als ein Zeichen der Höhe unserer Kultur, daß sie ihre Begabungen auf diese Weise in den Dienst des täglichen Lebens stellen.

Auf Empfehlung der Guimard habe ich mit den Architekten Bellisard und Ledour Rücksprache genommen; sie dürften mit mir zusammen auf Froberg eintreffen, um an Ort und Stelle
die Pläne zu entwerfen.

Leider verzögert sich meine Rückkehr noch etwas. Den Ausgang des Prozesses Morangiès,
der hier alles beschäftigt und die öffentliche Meinung in jene zwei Lager teilt, die es zwar immer gibt, die sich aber leider nur zu oft verwischen: die von Hof und Adel auf der einen, von
Bourgeois und Parvenüs auf der anderen Seite, möchte ich noch abwarten. Nicht nur, weil der
Marquis mein Freund ist, sondern weil die ganze Angelegenheit mir für unsere Verhältnisse
typisch erscheint: Eine Gesellschaft von Krämern, die einen Kavalier von ältestem Adel ehrlo-
ser Handlungen bezichtigt, ein Haufe von Schriftstellern und sogenannten Philosophen, der
diesen Jägern als Meute dient, der Pöbel von Paris, der schadenfroh zuschaut, bereit, sich als
erster über das Wild zu stürzen, wenn es erlegt ist.

Angesichts solcher Zustände ist es doppelt widerlich zu sehen, wie nicht nur Aristokraten
mit bürgerlichen Emporkömmlingen fraternisieren, sondern wie leider der Hof mit dem bösen Beispiel vorangeht. Traditionen werden über Bord geworfen, sobald es gilt für irgendeinen
Financier dunkelster Herkunft Platz zu machen; die bewährte Etikette des großen Königs
wird durchbrochen, wenn irgendeine Ausländerin, die sich mit Hilfe ihres Geldes einen armen
Marquis gekauft hat, hoffähig zu sein beansprucht. Und dabei muß ich befürchten, daß der
junge Hof, auf den ich so große Hoffnungen setzte, nach dieser Richtung wenig ändern wird.
Die Dauphine wählt ihren Umgang nur nach den Beweggründen ihres Amüsements, und ihr
Gemahl huldigt allerhand bürgerlichen Passionen, die zwar schließen lassen, daß der künftige
König einige Millionen weniger verbrauchen, zugleich aber auch, daß der repräsentative Glanz
des Königtums weiter verbleichen wird. Und dieser Glanz, der es umgeben soll wie die goldene,
juwelenbesetzte Hülle das Allerheiligste, ist notwendig, um das Volk, gewissermaßen im Schiff
der Kirche, ehrfürchtig vom Hochaltar, auf dem der Herrscher thront, entfernt zu halten. Je
mehr der Pöbel bemerkt, daß die da oben auch nur Menschen sind, desto mehr wird er sie als
seinesgleichen behandeln wollen.

Verzeihen Sie, meine Teure, daß ich Sie schließlich mit Gedanken langweile, die weniger für
Ihr kindliches Gemüt als für das reife Verständnis meiner Mutter bestimmt waren: Lassen Sie
sich von ihr des weiteren darüber belehren.

Graf Guy Chevreuse an Delphine

Am 20. Juli 1773.

Vergebens suche ich, schönste Frau Marquise, in Ihrem Briefe an Clarisse nach einem noch
so leisen Zeichen, das ich als eine Erinnerung an mich hätte deuten können. Bin ich Ihnen
wirklich so ganz gleichgültig? Oder sah das Gespenst Ihrer einstigen Gouvernante Ihnen über
die Schulter, als Sie ein Schreiben verfaßten, dessen würdevoller Trockenheit sich die reizende
Klosterschülerin von l'Abbaye aux Bois geschämt hätte? Ich würde der selbstsüchtigen Sehnsucht, mich Ihnen zu Füßen zu legen, widerstanden haben, aber der ritterlichen Verpflichtung,
die Dame meines Herzens von dem Einfluß der bösen Geister Ihres alten Bergschlosses zu
befreien, kann ich mich nicht entziehen. Nur Ihr ausdrückliches Verbot wird mich davon zurückhalten, meine Schwester auf der Reise zu Ihnen, die sie unmöglich ohne meinen Schutz
machen kann, zu begleiten. Seien Sie gewiß: mit dem ersten Lächeln, das ich um Ihre roten
Lippen hervorzaubere, wird die Erinnerung an mich, als an Ihren getreusten Bewunderer, zurückgekehrt sein. Und Sie müssen und Sie werden lächeln, wenn erst ein Hauch Pariser Luft
Ihre Rosenwangen streichelt.

Sie vibriert von Leichtsinn, Erregung, Leidenschaft! sie ist wie verflüchtigter Champagner,
und wer sie ständig atmet, ist immer trunken. Es gibt Salons, die so sehr von ihr erfüllt sind,
daß die Pulse schneller klopfen, sobald man ihre Schwelle überschreitet. Darf ich Ihnen heute

zu einer Promenade *à deux* den Arm reichen, die einen der entzückendsten dieser Salons zum Ziele hat?

Wir wandern durch die Allee dunkler Taxushecken bis zu dem stillen Wasserspiegel, in dem die üppigen Leiber steinerner Nymphen baden. Ein Schlößchen, nein: ein Traum in Gold und Weiß, steigt dahinter empor. Schlanke Säulen tragen die Sternendecke der Vorhalle; jubelnde Bacchanten schwingen den Thyrsosstab auf dem Fries über den Türen. Sie stehen weit offen. Licht und Lachen, süßer Duft und rauschende Musik dringen heraus. Die Wände des Saals, den wir betreten, sind aus weißem Marmor, goldene Pilaster unterbrechen sie, und vor den hohen Spiegeln in den acht Ecken des Raums, stehen auf Sockeln von Malachit lebensgroße Bronzegestalten lichtertragender Frauen. Strahlende Helle strömt von ihnen aus und vereint sich mit dem Kerzenglanz kristallener Lüster. Auf die Decke zauberte Drouais den ganzen Olymp, aber die Grazien und Musen, ja Venus selbst werden von der Schönheit der sterblichen Frauen unter ihm überstrahlt. Von der Galerie herab singt ein Chor von Knaben –, Adonis und Ganymed konnten nicht reizender sein –, Grétrys süßeste Lieder, rings um ihn lehnen tiefdekolletierte, fächerschlagende Damen an der vergoldeten Balustrade; und unten um die runde, mit Spitzen und Blumen, mit schwerem Silber und rosenübersätem Porzellan geschmückte Tafel schart sich eine illustre Gesellschaft von Gräfinnen und Marquis, Prinzen und Herzoginnen. Ihre Augen, ihre Diamanten, ihre Wangen, ihre seidenen Kleider und goldenen Parüren wetteifern an Glanz miteinander, und schwellende Busen beschämen das schimmernde Weiß der Perlen, die zärtlich auf ihnen ruhen. Angesichts dieser chaotischen Fülle von Schönheit und Reichtum müßte sich das Auge ermüdet schließen, wenn sie nicht in einer Erscheinung wie in einem Brennpunkt zusammenflösse. In der Mitte der Tafel thront sie, Venus selbst, die eine gütige Woge aus unbekannter Tiefe an das Gestade der Irdischen warf.

Wage ich es, vor Ihren keuschen Ohren den Namen zu nennen, den sie für ihre Wiedergeburt in Frankreich gewählt hat? Es ist die Gräfin Dubarry!

Sie erschrecken! Dürfen Sie das als loyale Französin?! Wissen Sie nicht, daß Ihr König sie zu sich erhob, daß der Kanzler, daß der Finanzminister, daß die ersten Damen des Landes zu ihrem Hofstaat gehören? Und sind nicht auch Sie ihr Dank schuldig, weil sie Choiseul, den Minister der Philosophen und der Freigeister zu Falle brachte und den gefährdeten Einfluß der Kirche wieder gefestigt hat?!

Sie lächeln – endlich! Das Pathos der hohen Politik steht Guy Chevreuse so schlecht wie Ihnen die steife Würde einer elsässischen Schloßfrau. Ich frage nach den Verdiensten und den Sünden der Gräfin ebensowenig, wie der König nach der Herkunft seiner Göttin gefragt hat. Daß sie uns amüsiert, ist ein ausreichender Grund ihrer Existenz. Es scheint, wir brauchen von Zeit zu Zeit solch eine frische Quelle aus der Tiefe des Volkes, damit wir Armen, seit Urzeiten im gleichen Boden Wurzelnden, nicht verdorren.

Also sträuben Sie sich nicht länger, reizende Frau Marquise! Dort in dem runden Salon, dessen Spiegelwände Fragonards Liebesszenen, die sein Pinsel auf die gewölbte Decke malte, hundertfach zurückwerfen, schwingt sich die Volkstänzerin Courtille in ihren grotesken Vorstadttänzen, und nicht lange, so stampfen Prinzessinnenfüßchen mit ihr um die Wette die Frikassee. Das ist kein Menuett mehr mit Fingerspitzenreichen und ehrfurchtsvoller Verneigung, das ist ein Haschen und Greifen, ein Wiegen und Schmiegen voll heißer Lust.

Sie erröten? Kommen Sie weiter, holde Delphine, durch die chinesische Galerie mit ihren Vasen und Vögeln und Drachen, bis in den Theatersaal. Vor seiner Bühne verstecken selbst die Pariserinnen das Antlitz verschämt hinter dem Fächer. Man spielt nämlich nicht mehr Racine und Molière und holt sich nicht mehr die Schauspieler der königlichen Theater. Colles *»Verité dans le vin«* läßt uns plötzlich erinnern, daß wir, aller Etikette zum Trotz, noch herzhaft lachen können, und Larrinée, der Straßensänger, bringt uns mit seinen Couplets dazu, uns selbst zu verhöhnen, während Audinot, der Gott der Crapule, uns mit seinen Verbrecherromanzen Schauer des Entsetzens über den Rücken jagt, – ein Gefühl, das wir bisher nicht kannten.

Sie atmen rascher –, Sie klammern sich an mich. Jetzt sind Sie es, die nach mehr – noch mehr verlangen! Aber wir müssen gehen. Für die schwere Bronzetür dort hat, – wenigstens im Augenblick –, nur der König den Schlüssel!

Und nun ist es Abend geworden, und das Feenreich von Louveciennes versinkt im Dunkel der Nacht.

Wie denken Sie jetzt über die »wohltuende Einsamkeit von Froberg«, über »die beste Gesellschaft der vornehmen, frommen Mutter«?! Schwarze Dominos stehen Ihnen nicht, Frau Marquise! möchte auch Ihre Seele in Sonnenfarben gekleidet wissen. Darum wird es mir schwer, den einzigen Wunsch zu erfüllen, den Sie meiner Schwester geäußert haben: den nach neuen Romanen. Unsere Schriftsteller sind heute nichts als Lumpensammler; sie wühlen im Schmutz des Leids und des Elends; und finden sie wirklich einmal einen Fetzen der Vergangenheit, so ist auch er schwarz und zerrissen. Allen Schmerz der Welt versuchen sie in den engen Rahmen einer Erzählung zu spannen. Sie bilden sich ein, tiefsinnig zu erscheinen, und sind nur langweilig, schwächlich, nervös. Sie schneiden ein langes Gesicht, schlagen die Augen nieder und ziehen die Mundwinkel herab, und meinen dann den Philosophen oder den Engländern ähnlich zu sehen, die heute beinahe noch mehr gelten als jene.

Bis ich nach Froberg komme, werde ich irgend etwas finden, was französisch und daher heiter ist, aber da schöne Frauen Bücher nur lieben, wenn es Ihnen an Anbetern fehlt, so werden Sie mich gewiß des Auftrags entheben.

Verzeihen Sie die Länge dieses Briefes. Es ist so süß, wenigstens in Gedanken in Ihrer Nähe zu sein, daß man versucht wird, die Trennung so weit als möglich hinauszuschieben.

Graf Guy Chevreuse an Delphine

Am 26. Juli 1773.

Ihr rosenrotes Briefchen, schönste Frau Marquise, hat mich in einen Rausch des Entzückens versetzt. Der Schneiderin meiner Schwester werde ich Tag und Nacht keine Ruhe lassen, damit sie die Ausstattung an ländlichen Toiletten beschleunigt und unsere Ankunft in Froberg so rasch als möglich erfolgen kann. Seitdem ich weiß, das Sie uns »mit Freuden« erwarten, – (warum, ach warum sprechen Sie immer nur von »uns«, statt ein einziges Mal von mir allein?!) –, habe ich keine Ruhe mehr. Meine Koffer sind gepackt; die schönsten Liebesgeschichten, die ich finden konnte, – denn wer vermöchte in Ihrer Nähe etwas anderes zu lesen? – die neuesten Chansons, die witzigsten Couplets befinden sich schon wohl verwahrt in der Reisekalesche; die schnellsten Pferde suchte ich aus. Aber selbst wenn sie fliegen könnten, würde meine Sehnsucht ihnen immer weit voraus sein.

Noch eine Bitte, die ich für eine andere wage, weil sie zu schüchtern ist, sie auszusprechen, – für Clarisse: Sie wissen, der Chevalier de Motteville bewirbt sich um sie, und das Herz meiner Schwester ist durch seine treuen Huldigungen so ganz gewonnen worden, daß sie behauptet, sterben zu müssen, wenn der Widerstand meiner Mutter sich nicht besiegen läßt. Würden Sie Clansse den Freundschaftsdienst erweisen wollen, den Chevalier zu gleicher Zeit mit uns nach Froberg einzuladen, und ihr dadurch die Möglichkeit einer Begegnung gewähren, nach der ihr Herz stürmisch verlangt? Sie brauchten nicht zu besorgen, daß Herr von Motteville lästig fiele; er würde selbst die Göttin der Liebe nicht beachten, wenn seine Geliebte neben ihm stünde.

Seien Sie gewärtig, schönste Marquise, Ihre Gäste diesen Zeilen auf dem Fuße folgen zu sehen.

Marquis Montjoie an Delphine

Paris, den 5. August 1773.

Meine liebe Delphine! Wie konnten Sie meinen wohlgemeinten Brief nur so mißverstehen?! Nichts liegt mir ferner, als Ihren Augen Tränen erpressen zu wollen. Seien Sie versichert, ich will weder Ihre »Freiheit beschränken«, noch »statt eines Gemahls ein Schulmeister sein«. Ich will Sie nur leiten, – so unmerklich wie möglich – und auch meine Mutter hat gewiß keine andere Absicht. Hätten Sie ein wenig mehr Vertrauen gehabt, ein wenig mehr kindliche Liebe, statt Hochmut und Heftigkeit gezeigt, so wäre es zu der peinlichen Auseinandersetzung mit ihr nicht gekommen. Daß meine Mutter den Besuch des Grafen Chevreuse ablehnte, ist vielleicht etwas rigoros, aber in Anbetracht Ihrer Familientrauer und meiner Abwesenheit gewiß verständlich. Es hat mich fast amüsiert, daß Sie sich daraufhin plötzlich Ihrer Stellung als Herrin des Hauses erinnerten und den Befehl gaben, die Zimmer für die Gäste bereitzuhalten. Meine Mutter schreibt sehr verletzt, aber ich denke, mein heutiger Brief, in dem ich ihr auseinandersetzte, daß meine Gemahlin eine gewisse Selbständigkeit auch ihr gegenüber zu beanspruchen das Recht hat, wird sie beruhigen.

Ihren Zorn aber, meine Teure, hoffe ich durch den Inhalt des kleinen Koffers ein wenig zu besänftigen, den mein Kurier Ihnen übergeben wird.

Ich war selbst bei Madame Bertin, die in ihrem Schneideratelier empfängt wie eine Herzogin. Die hübschesten Mädchen mußten mir die neuesten Kleider vorführen. Merkwürdig, wie auch hier die Mode das Leichte, Weiche dem Schweren und Steifen mehr und mehr vorzieht. Man trägt sich auf der Straße, wie unsere Großmütter sich geschämt haben würden, im Hause zu erscheinen. Ich wäre fast versucht gewesen, diese Mode nicht zu akzeptieren, wenn ich mir nicht vorgestellt hätte, wie entzückend die schmiegsamen Negligé-Gewänder die zarte Gestalt meiner Delphine zur Geltung bringen, wie verlockend diese Mullfichus, diese Seidenschals sich um ihren weißen Nacken schmiegen werden. Auch bei Monsieur Bourbon, dem Schuhmacher der Dauphine, war ich und übergab ihm Ihren Probeschuh. Sie hätten seine Begeisterung, nicht über den Schuh, den er für *mesquin* erklärte, sondern über das Füßchen, für das er bestimmt war, sehen sollen. »Noch kleiner als das der Prinzessin Guéménée, und der Spann noch höher als der der Marschallin Mirefoir!« sagte er einmal über das andere. »Wir werden dies Füßchen mit Juwelen bedecken müssen,« fügte er hinzu, und ich habe mich von ihm bestimmen lassen, auf seine zarten Kunstwerke all die bunten Steine zu streuen. Von Madame Martin habe ich ein Sèvrestöpfchen *Rouge des Indes* besorgt, von Beaulard, dessen Coiffüren die des alten Belour an Geschmack und Grazie bei weitem übertreffen, den neuen *Puder d'or*.

Werde ich immer noch der gefürchtete Hofmeister sein, oder darf ich auf ein gnädiges Lächeln hoffen?!

Leider werde ich mir die Antwort auf diese Frage erst in einigen Wochen holen können. Meine Geschäfte sind noch nicht erledigt.

Ich sprach Ihnen seinerzeit von Monsieur Beaujon, dem Bankier des Hofs. Männer wie der Prinz Rohan schenken ihm unbegrenztes Vertrauen, so daß ich meine wohl etwas altmodische Auffassung, daß Edelleute keine Geldgeschäfte machen sollten, überwunden und mit ihm wiederholt konferiert habe. Sein Benehmen war ein tadelloses, und ich wäre wahrscheinlich schon zu einem gewissen Abschluß mit ihm gekommen, wenn ich nicht gestern seiner Einladung, in sein luxuriöses Haus in den Champs-Elysees gefolgt wäre, wo der Eindruck, den ich empfing, ein äußerst peinlicher war. Kein königlicher Prinz hat ein Palais wie dieser Emporkömmling; alle Künstler scheinen sich in seinen Dienst gestellt zu haben; die Gesellschaft, die er empfängt, ist in bezug auf Vornehmheit und geistige Bedeutung die erste von Paris, und die Art, mit der jeder einzelne in ihr dem Hausherrn begegnet, hat einen Anstrich von Devotion, der mir das Blut sieden machte. Um die jungen Damen seiner Familie bemühen sich Offiziere und Kammerherrn mit den ältesten Namen; sie brauchen sichtlich nur die Hände auszustrecken, um irgendeine Grafen- oder Herzogskrone in Empfang zu nehmen. Wir sind also bereits soweit, diese Finanziers nicht nur zu ertragen, sie gesellschaftlich uns gleich zu setzen, sondern wir sind in unserer aristokratischen Gesinnung heruntergekommen genug, um ihren Hofstaat abzugeben. Und das Traurige ist, daß Versailles für eine streng aristokratische Auffassung, wie ich sie noch vertrete, keinen Rückhalt bietet.

Am Tage nach dem Souper bei Beaujon habe ich die Verhandlungen mit ihm abgebrochen und eine Verbindung mit seinem Rivalen Herrn von Saint-James angeknüpft, der den Finanzier mit dem Edelmann verbindet, mir daher mehr zusagt. Er steht überdies der Regierung sehr nahe und machte mir Konfidenzen, die meine pessimistische Auffassung über unsere innere Lage nur bestätigten.

Ich war daher in keiner rosigen Stimmung, als ich am gleichen Tage nach Compiègne befohlen wurde, wo der Hof sich im Augenblick aufhält. Nebenbei bemerkt: diese unaufhörlichen Reisen des Königs, die mit seinem Alter, mit seiner wachsenden Unruhe und der krankhaften Jagd nach Abwechslung an Zahl zunehmen, sind der Schrecken des Generalauditeurs der königlichen Finanzen. Das Gefolge ist stets enorm, die Gastfreundschaft, die den persönlichen Gästen Seiner Majestät gewährt wird, ist unbegrenzt; die großen Finanziers, die, bei den häufigen Verlegenheiten des Hofs, ihm Gelder bereitwilligst vorstrecken, sind oft die gefeiertesten unter ihnen.

Im Augenblick meiner Ankunft in Compiègne erfuhr ich erst, daß die unter dem Einfluß der Dauphine wiederholt hinausgeschobene Vorstellung der jungen Vikomtesse Dubarry durch die Gräfin Dubarry heute erwartet würde. Ich hätte eine Entschuldigung gefunden, wenn ich früher davon gewußt hätte, denn dem neuen Sieg dieser Aventurière zu assistieren, widerstand mir aufs äußerste. Jetzt mußte ich bleiben und tat es nicht ohne starke Selbstüberwindung. Der Schloßhof und die Galerien waren überfüllt, und ich glaube nicht irre zu gehen, wenn ich behaupte, daß heute niemand eine von Neid und Bewunderung getragene Neugierde mehr reizt als die Kurtisanen. Ein Beweis dafür ist die Eile, mit der die Damen des Hofs jede neue Bizarrerie ihrer Toilette und ihres Benehmens nachahmen.

Nun kann ich nicht leugnen: die Gräfin überraschte mich, und zwar weniger durch ihre Schönheit, als durch die Tadellosigkeit ihres Auftretens, durch die vollendete Form, mit der sie selbst der abweisenden Kühle des Dauphins und der Dauphine begegnete. Sie verriet auch dem König gegenüber mit keiner Miene die nahen Beziehungen, die zwischen ihnen bestehen. Manche Damen von Rang, die heute etwas darin suchen, sich über gute Formen hinwegzusetzen, könnten sich an ihr ein Beispiel nehmen.

Abends war große Soiree im Schloß. Ich hatte die Freude, den Marschall Morangiès zu treffen, der seiner eben erfolgten Freisprechung wegen ein Gegenstand allgemeiner Beglückwünschung war. Seine Geschichte stand im Mittelpunkt der Diskussion, und man war sich einig über die ausschlaggebende Rolle, die Monsieur Linguet und Herr von Voltaire dabei gespielt haben. Linguet scheint ein Advokat und Schriftsteller ersten Ranges, dabei freilich ein skrupelloser Mensch zu sein. Er hat die Marotte, sich stets dem allgemeinen Urteil des Volks entgegenzusetzen und ist auf diese Weise aus einem Republikaner und Freigeist der Verteidiger aristokratischer und klerikaler Interessen geworden. Daß Herr von Voltaire ihn im Fall Morangiès unterstützte, hat jeden, der seine Vergangenheit kennt, überrascht. Es wirkt eigentümlich, diesen berühmten Mann obskurer Herkunft in seiner Verteidigungsschrift plötzlich als Wortführer des französischen Adels auftreten zu sehen, und zu erfahren, wie er mit der nirgends zu überhörenden Stimme eines Herolds für den Schutz unserer gefährdeten Ehre zu den Waffen rief. Er hat es tatsächlich erreicht, daß alle ehrgeizigen Krämer glaubten, es genüge, sich öffentlich zur Partei Morangiès zu erklären, um für einen Edelmann gehalten zu werden. Was mich betrifft, so hat die Stellungnahme der beiden Schriftsteller, obwohl ich sie billigen muß, meine Mißachtung für diese Art Leute nur verstärkt. Ich bin überzeugt: hätte man sämtliche Philosophen und »Volksfreunde« Frankreichs in die Intimität der Hofgesellschaft gezogen, statt ihre Bücher zu verbrennen, wir brauchten sie heute nicht mehr zu fürchten.

Wie sehr das Volk von Paris durch die Hetzereien dieser skrupellosen Vielschreiber schon beeinflußt wird, ging mir aus einer turbulenten Szene hervor, die ich wenige Tage nach der Prozeßentscheidung in der *Comédie française* erlebte. Man gab *»La Réconciliation normande«* und bei der Stelle: *»Dans une cause obscure des juges bien payés verraient plus clair que nous«* hallte der Saal von einem so ohrenbetäubenden Lärm wieder, daß man glaubte, das Spiel abbrechen zu müssen. Man tobte, trampelte und pfiff, dazwischen fielen die beleidigendsten Ausdrücke gegen Morangiés, gegen das Parlament, gegen Linguet und Voltaire. Ich verstand nur das eine nicht: warum die Polizei nicht einschritt.

Freuen wir uns, teure Delphine, unserer ruhigen Elsässer Bauern, bei denen die Autorität von Staat und Kirche noch nicht erschüttert ist. Hier ist das feste Bollwerk gegen den Ansturm des verdorbenen Pöbels der Großstadt.

Ich werde glücklich sein, den Frieden von Froberg wieder genießen und seine schöne Herrin an mein Herz drücken zu dürfen...

P. S. In Compiègne sah ich den Prinzen Friedrich-Eugen. Er ging mir jedoch so sichtlich aus dem Wege, und seine Erwiderung meines Grußes war so steif und förmlich, daß ich nicht in der Lage war, mit ihm zu sprechen. Ich bedauerte es sehr. Hätte ich doch die Freude genossen, mich mit Ihrem einstigen Spielgefährten über Sie, teure Delphine, unterhalten zu können.

Graf Guy Chevreuse an Delphine

Abtei Rémiremont, im September 1773.

Schönste Frau Marquise. Selbst das unangenehmste Abenteuer würde ich freudig begrüßen, wenn es mir die Gelegenheit verschaffte, Ihnen früher schreiben zu dürfen, als es sonst geschehen wäre. Um wieviel mehr ein so reizendes. Kurz vor Rémiremont brach die Achse unseres Wagens. Wir schickten einen unserer Diener bis zur Abtei und wurden in kürzester Frist von einem Vierspänner der Prinzessin Christine aus unserer unangenehmen Lage befreit und in den eleganten Räumen dieses im weitesten Sinne des Worts weltlichen Damenstifts von einem Flor reizender Frauen willkommen geheißen. Über ihre bunten Quesacos trugen sie das breite blaue Band des Ordens vom heiligen Romaric und den schwarzen hermelinverbrämten Mantel. Sie waren alle sehr erhitzt, und da ich mir leider nicht schmeicheln durfte, die roten Wangen und glänzenden Augen auf meine Ankunft zurückführen zu können, so vermutete ich in ihnen die Wirkung einer allzu üppigen Tafel, die ich beschloß durch Witz und Galanterie zu steigern und auszunützen. Aber schon bei Tisch wurde ich eines Besseren belehrt: meine Nachbarin, eine süße kleine Blondine, erzählte mir, daß die jungen Stiftsfräuleins schon seit Wochen um eine Umänderung der Satzungen kämpften, die ihnen das – Wahlrecht im Stiftskonzil vorenthielten. Je scherzhafter ich die Sache nahm, desto mehr überschlug sich ihr Vogelstimmchen. Clarisse, die mir gegenübersaß, wurde von einer anderen streitbaren jungen Dame in demselben Sinne aufgeklärt, und als wir uns am Abend im Garten ergingen, erfuhr ich zu meinem Erstaunen, daß die Prinzessin, trotz ihres Alters und ihres Ranges als Äbtissin, auf der Seite der Jugend steht.

»Wir sehen es lieber,« sagte sie, »die Fräuleins würden das Recht haben, innerhalb des Sitzungssaals zu streiten, als daß sie sich das Recht nehmen, vor geschlossener Türe zu intrigieren. Das erzieht zu jener Hintertreppenpolitik der Frauen, die das Verhängnis Frankreichs ist.«

Und nun entspann sich hinter den Klostermauern von Rémiremont eine politische Debatte wie in den Gärten des Palais-Royal in Paris, nur daß sich hier Damen des ältesten Adels über Fragen echauffierten, die dort nur zwischen Advokaten, Bummlern und Philosophen Rededuelle hervorrufen. Ich wäre mir mehr als überflüssig vorgekommen, wenn es mich nicht gereizt hätte, die jungen Amazonen mit allen Zaubermitteln der Galanterie der Waffen zu entkleiden und ihnen Rosen in die Hände zu spielen. Meine Bescheidenheit verbietet mir, das Resultat zu schildern. Ihnen, reizende Delphine, überlasse ich, es sich auszumalen. Kämpft doch auch in Ihnen die streitbare Kriegerin mit der hingebenden Nymphe.

Wie haben Sie mich mißhandelt! Und wie wenig haben Sie die Wunden, die Sie schlugen, zu heilen gewußt! In den hohen Räumen ihres schrecklichen alten Schlosses, zwischen seinen steifen Stühlen und dunklen Schränken erschienen Sie unnahbar, feierlich. Ihre Lippen waren bleich, Ihre Blicke abweisend, Ihre Hände eiskalt. Schloß sich die eisenbeschlagene Pforte hinter Ihnen und Clarisse und mir, und waren wir erst weit draußen im sonnendurchglühten Park, – unerreichbar für das Auge der alten Marquise, für die Stimme des Herrn Marquis! –, dann kehrte wohl das Leben in Ihre Marmorglieder zurück, – aber nicht ich durfte mich einen

Prometheus preisen, der es einhauchte –, dann lachte Ihr Auge wieder, aber es lachte nicht mir! Trotzdem ist mir jeder Augenblick unvergeßlich, den ich mit dieser Delphine zusammen war, aber am unvergeßlichsten die, ach so seltenen, die ich allein mit Ihnen verleben durfte!

Warum haben Sie meine Bitte nicht erfüllt, den Herrn von Motteville einzuladen? Warum, vor allem, haben Sie sie nicht verstanden?! Die Lektüre von Boufflers, von Prévost, von Marivaux wäre dann nicht nötig gewesen, um Clarisse zu verscheuchen!

All meine Ritterdienste haben nicht erreicht, was die Leidenschaft, was das beklagenswerte Schicksal der Romanheldinnen erreicht hat: Ihnen wenigstens die Liebe Ihres Anbeters verständlich zu machen. O, Aline, Manon und Marianne, auf eure Gräber würde ich, wenn ich sie finden könnte, Floras schönste Kinder streuen! Euch verdanke ich, daß Delphines rosige Ohren sich nicht abwandten, als ich ihr von meiner Liebe sprach, daß sie nach langem, langem Flehen die einzige Gunst gewährte und meinen heißen Lippen den schneeigen Arm nicht entriß!

Zürnen Sie mir nicht, weil die Erinnerung mich fortreißt. Die schönen Pariserinnen werden Mühe haben, ihre schmerzhaften Spuren zu verwischen, aber ihre Süßigkeit und – die Hoffnung, die sie erwecken, werden sie nicht verscheuchen können. Sollte der heiße Atem von Paris das Eis um das Herz der reizenden Marquise nicht zu schmelzen vermögen?!

Darf ich erwarten, daß Sie mich mit einer Zeile von Ihrer schönen Hand beglücken werden, damit der Faden zwischen uns, der heute noch so spinnwebfeine, nicht ganz zerreißt? Als ein Bittender küsse ich diese Hand und hoffe, sie bald als ein Dankbarer küssen zu dürfen.

Graf Guy Chevreuse an Delphine

Paris, am 21. Februar 1774.

Endlich, schönste Marquise, ein Brief von Ihnen! Ich hatte schon aufgehört, darauf zu hoffen; ich kämpfte mit mir, ob ich Sie noch einmal an mich erinnern dürfe, ich fürchtete, als ein Zudringlicher von Ihnen abgewiesen zu werden. Nun ist es zwar nicht gerade schmeichelhaft, daß Sie mir »nur aus Langerweile« schreiben, und ich weiß nicht, ob es mir gelingen wird, diese Langeweile zu verscheuchen, um so mehr, als sie jetzt in Paris ein allgemeines Leiden ist.

Die Krankheit des Königs liegt wie ein Alp auf dem Hof von Versailles. Priester, wie der Abbé Beauvais, Nonnen wie Madame Louise gewinnen wechselnden Einfluß; allerlei dunkle Gestalten werden durch Hinterpforten eingelassen, denn Seine Majestät ist abergläubisch geworden und läßt sich weissagen. Nur auf Stunden, höchstens Tage, vermag die schöne Bacchantin Dubarry ihn seiner Melancholie zu entreißen. Alles um ihn zittert –, teils aus Angst, teils aus Hoffnung –, und bei manchen Leuten habe ich immer den Eindruck, als hätten sie schon heimlich ihre Koffer gepackt. Nur in den inneren Gemächern der Dauphins und im kleinsten Kreise wird noch gelacht, gespielt, getanzt. Sonst hat sich die Fröhlichkeit in die kleinen Hotels der Duthé, der Guimard, der Raucourt geflüchtet und mit ihr manche lebenslustige Dame der Gesellschaft, – nicht zu ihrem Schaden, denn erst hier lernt sie, was Vergnügen und was – Liebe ist.

Ich erinnere mich noch Ihres Erstaunens darüber, daß die Romanheldinnen, die ich Sie kennen lehrte, lauter Kurtisanen sind. Wenn Sie nicht wie eine Eingekerkerte in Ihrem alten Schlosse lebten, – die Vollendung des neuen Palais wird doch wohl noch lange auf sich warten lassen und die des Pavillons, den ich Ihnen riet für sich allein errichten zu lassen, gewiß noch länger! – so würden Sie rascher als viele andere die Ursachen begreifen lernen. Diese Mädchen sind frei; keine Schere der Rücksichten und der Etikette beschneidet ihre Gefühle, damit sie hübsch artig in Reih und Glied stehen wie die Kugelakazien; kein Ehemann macht sie zu seinem Privatbesitz, ähnlich seinem Hunde, den er darauf dressiert, selbst wenn ihn hungert, von einem anderen kein Stück Brot zu nehmen.

In den Hotels der Raucourt, – einer unvergleichlichen Schauspielerin, die der Herzog von Argenson lanciert hat, und der im Augenblick halb Paris zu Füßen liegt, – und der Guimard, die infolge der gefährlichen Rivalin alle ihre Künste spielen läßt, all ihren Liebreiz entfaltet, traf ich wiederholt unseren gemeinsamen Freund Friedrich-Eugen. Erfüllt wie ich von Ihnen, schönste Marquise, bin, wurde ich nicht müde, von Ihnen zu sprechen; die wortkarge Ruhe, um nicht zu sagen Gleichgültigkeit, mit der er mir zuhörte, hätte mich fast auf eine ernstere Differenz zwischen Ihnen und dem Prinzen schließen lassen, wenn er nicht mit einer mir in diesem Maße freilich auch unverständlichen Gereiztheit eine harmlose Bemerkung meinerseits, – daß die reizende Marquise das alte deutsche grämliche Froberg demnächst in einen blühenden französischen *Mont de joie* verwandeln würde –, als eine Beleidigung Ihrer Person betrachtet hätte. Er warf sich dabei zu Ihrem Verteidiger auf und spielte die Rolle eines alten, einzig dazu berechtigten Freundes so täuschend, daß ich nicht wußte, was ich davon halten sollte, und die kleine Guimard vielsagend lächelte.

Nur ein paar Tage lang wünschte ich Ihnen übrigens den Verkehr mit der himmlischen Tänzerin. Sie erinnert mich oft an Sie in der Art, wie sie langsam die schweren Lider von den dunklen Augen hebt und in den weichen Bewegungen ihres zarten Körpers. Nur daß er fessellos ist, der neuesten Mode Englands entsprechend, – fessellos wie ihre Hingabe, ihre Zärtlichkeit.

»Wer in der Liebe nicht verschwenden kann, ist selbst ein Bettler,« sagte sie mir neulich, und einer kleinen Gräfin, die ihr klagend von der Wankelmütigkeit ihres Liebhabers erzählte, rief sie höhnend zu: »Füttern sie ihn nur weiter mit den Almosen heimlicher Blicke und Händedrücke, dann wird er ihr ärgster Feind, ein Revolutionär wie das frierende und hungernde Volk von Paris angesichts der brennenden Holzstöße, die die großen Herren ihnen zuliebe vor ihren Palais entzünden, und der Brosamen, die sie ihnen zuwerfen.«

Mein Brief wird Sie enttäuschen, denn ich fürchte, daß er Sie nicht einmal für eine Stunde von Ihrer Schwermut befreit, ja, daß er sie vielleicht noch vertieft. Ich bin so grausam, schönste Frau, diese Folge sogar zu wünschen, denn Sie sind so starrköpfig, – oder so sanftmütig?! – daß Sie sich erst sehr unglücklich fühlen müssen, um sich vom Unglück zu befreien.

Lucien Gaillard an Delphine

Paris, März 1774.

Hochzuverehrende Frau Marquise. Zwei Pferde ritt ich zuschanden. Ob infolge der Schwere meines Buckels oder der Schärfe meiner Sporen, will ich dahingestellt sein lassen. Ich habe mich weder vom Staub gereinigt, noch gegessen und getrunken. Ich bin mit der Tür ins Haus gefallen. Der Kammerdiener des Prinzen Friedrich-Eugen hat erst durch ein paar Louisd'or an meine Ehrlichkeit geglaubt.

Euer Gnaden können ohne Sorgen sein. Die Schreiberseele des *Mercure de France* hat natürlich die Provinz schaudern machen wollen. Es bestand keinerlei Lebensgefahr. Der Degen des Grafen Guy Chevreuse hat nur die Wange Seiner Erlaucht ein wenig zerschlitzt und ihm einige Unzen Blut abgezogen. Das dürfte nicht ungünstig sein, sondern die allzu große Hitze des Prinzen kühlen.

Über die Ursachen des Duells weiß selbst der Kammerdiener, dessen hingehendste Freundschaft ich mit einigen weiteren Louisd'or gewann, nichts Bestimmtes. Das eine nur scheint gewiß: Der Streit entstand im Hotel der Demoiselle Guimard, derselben schönen Dame, die der Prinz gestern empfing. Es scheint danach in Paris Mode geworden zu sein, daß auch der männliche Teil der vornehmen Welt im Bett Audienz erteilt.

Ich selbst bin, da Euer Gnaden mir nicht gestatteten, den Namen derjenigen, die mich sandte, einem anderen als dem Prinzen selbst zu nennen, natürlich nicht empfangen worden. Es war nur die Folge meiner eigenen Dummheit. Morgen werde ich den simplen Gaillard mit irgendeinem sieben- oder neunzackig gekrönten Namen vertauschen, und man wird nicht die Hinterpforte, sondern die Flügeltüren weit vor mir aufreißen.

Ich lasse dann sofort einen zweiten Kurier dem heutigen folgen.

Gestatten mir Euer Gnaden, meiner unvergänglichen Dankbarkeit und Ergebenheit Ausdruck zu verleihen. Ich bedaure, der Frau Marquise nicht mehr opfern zu können als ein paar Pferdebeine.

Lucien Gaillarb an Delphine

Am 22. März 1774.

Hochzuverehrende Frau Marquise. Soeben verlasse ich den Prinzen. Meine Eröffnung ließ ihn vom Bett emporschnellen. Ich konnte mich von der gesunden Menge von Blut überzeugen, das seine Adern noch füllt, denn es ließ sein Gesicht wie ein Feuer glühen, als ich zuerst Ihren Namen nannte.

»Schreiben Sie Ihrer Gebieterin,« sagte er, »daß ich jetzt nichts sehnlicher wünschte, als wirklich todkrank zu sein, um von ihr und ihrer rührenden Sorge um mich dem Leben zurückgewonnen zu werden.«

Fast drei Stunden hielt er mich fest. Er hörte nicht auf, mich auszufragen, mir zuzuhören. Ich durfte mich glücklich schätzen, daß Euer Gnaden Erscheinung sich mir so unauslöschlich eingeprägt hat, und ich imstande war, jeden Blick, jedes Lächeln, jede Bewegung zu schildern, so daß Seine Erlaucht mir versicherte, die Farben Bouchers könnten nicht lebensvoller malen als meine Worte. Eine Demoiselle Raucourt, die sich während meines Besuchs melden ließ, hat er mit einem so verächtlichen Stirnrunzeln abweisen lassen, daß sie nicht wiederkommen würde, wenn sie es gesehen hätte.

Meine »kranke« Mutter habe ich heute besucht. Ich brauche dem Herrn Marquis sonach keine Märchen aufzubinden. Ihre »Sehnsucht« war übrigens so groß wie die meine. Erst als sie sich überzeugte, daß ich nichts zu fordern kam, erwachte ihre mütterliche Zärtlichkeit gegenüber ihrer Mißgeburt. Es geht ihr übrigens vortrefflich. Von dem Gelde ihres Liebhabers, dem ich infolge eines unglücklichen Zufalls mein Leben verdanke, – daß ich ihm wirklich dafür Dank schuldig bin, weiß ich erst, seit ich Euer Gnaden dienen darf –, hat sie im Garten des Palais-Royal ein Café-Restaurant gepachtet. Die größten Räsonneure von Paris verkehren bei ihr. Ich habe in einer Stunde mehr gehört, als ich in meinem ganzen Leben gedacht habe, obwohl, wie Euer Gnaden wissen, das nicht wenig ist, da man mir ja reichlich Zeit dazu gelassen hat. War ich doch ein Bastard, also gemieden von den Herren wie von den Dienern. Aber wessen ich mich schämte, dessen werde ich mich auf Grund meiner neuen Einsicht noch rühmen können. Als »Bastarde im Geist« bezeichnete einer der Gäste Madame Gaillards, in dem ich den einstigen Hofmeister des Prinzen Friedrich-Eugen, den Herrn von Altenau, wieder erkannte, all jene Aufklärer, Schriftsteller und Philosophen, die zwischen dem Volk und dem Adel stehen, nicht etwa als ein verbindendes, sondern als ein zersetzendes Element. Was die großen Denker, die Herren Voltaire, Rousseau, Diderot und wie sie alle heißen, – ich hörte die Namen zum erstenmal –, in ihren Werken niedergelegt haben, das verbreiten jene anderen durch die Zeitungen, durch Flugschriften und Reden jetzt im Volk. In jeder kleinen Wirtschaft, zwischen Krämern und Handwerkern, hört man infolgedessen politisieren und philosophieren. Vom König redet man, als wenn er schon tot wäre. Man erörtert eifrig das Für und Wider der Männer, die der Dauphin berufen wird. Es gibt Hoffnungsvolle, die eine glorreiche Zeit und ein Ende aller Not erwarten. Die meisten lächeln zweifelnd dazu oder zucken nur stumm die Achseln. Für einen, der, wie ich, aus lebenslanger Einsamkeit hierher verschlagen wurde, ist das alles wie ein Fiebertraum. Wenn ich im Frühling durch die Froberger Gärten ging, hatte ich zuweilen solch ein Gefühl in den Gliedern, als stünde etwas Ungeheures bevor. Aber dann fiel mir stets rechtzeitig ein, daß das nur die Gradegewachsenen erwarten dürften. Hier habe ich die unbestimmte Empfindung, als bedürfe es nur eines graden Geistes, um das Große, das wird, mit zu empfangen.

Euer Gnaden haben mich, den immer Schweigsamen, zuerst sprechen gelehrt, und müssen mir daher gütigst verzeihen, wenn ich nun schwatzhaft werde.

Ich erwarte, der Verabredung gemäß, Euer Gnaden weitere Befehle.

Johann von Altenau an Delphine

Paris, am 30. März 1774.

Verehrte Frau Marquise! Als die kleine Gräfin Laval sich in eine Marquise Montjoie verwandelte, war sie mir, offen gestanden, entschwunden wie ein schöner Traum. Einmal, so dachte ich, würde ich wohl der Frau Marquise begegnen, aber sie wäre dann eine Fremde für mich, eine der vielen schönen Frauen, mit demselben *Rouge* auf den Wangen, das alle Spuren von Leid und Liebe verwischt, demselben Lächeln um die Lippen, das Freund und Feind gleichmäßig grüßt, demselben Geist, dem Himmel und Erde nichts anderes bedeutet als einen Gegenstand der Konversation.

Und nun ließ mich ein Zufall, der sich in der dicken Wirtin des *Café de la Regence* verkörpert hatte, einen buckligen Menschen kennen lernen, von dem ich noch nicht weiß, ist er Ihr Hofnarr oder Ihr Kavalier, und dieser seltsame Kauz machte mich mit der Marquise Montjoie bekannt. Die Gräfin Laval ist sie nicht, – darin ging mein Vorgefühl nicht fehl –, aber sie ist auch nicht eine von den Vielen. Ich glaube fast, sie ist ein Mensch, denn sie fühlt die Qualen des Lebens.

Zürnen Sie mir darum nicht, wenn ich Ihnen mitteile, daß in Paris ein Mann lebt, der sich Ihnen ganz zur Verfügung stellt. Vielleicht findet er, wenn Sie nur gütigst eine Verbindung mit ihm herstellen wollen, irgend ein Mittel, das Ihre Schmerzen, wenn nicht in Freuden verwandelt, so doch betäubt.

Prinz Friedrich-Eugen Montbéliard an Delphine

Paris, den 3. April 1774

Teuerste Delphine, unvergeßliche Freundin! Meinen heißen Dank für die Wohltat, die Sie mir erwiesen haben, muß ich Ihnen persönlich, nicht nur durch Ihren treuen Boten, auszudrücken versuchen. Sie können in Ihrer Reinheit nicht ermessen, was Sie für mich getan haben; Sie retteten mir vielleicht mehr als das Leben, nachdem Sie mich in einen schlimmeren Abgrund als den des Todes gestürzt hatten. Ich war auf dem Wege, mich selbst zu verlieren –, ach, ich möchte Ihnen das alles beichten dürfen und von Ihnen eine Absolution empfangen, die mich sicherer von allen meinen Sünden freisprechen würde, als wenn der Papst in eigener heiliger Person es täte! Mir ist Paris verleidet; ich kann seine schwere stickige Luft nicht mehr atmen; mich verlangt nach dem kräftigen Vorfrühlingsbrodem, den die heimatliche Erde ausstrahlt. Sobald meine Verwundung die Reise möglich macht, will ich nach Montbéliard zurückkehren und dort bleiben, bis die tiefere Verwundung meines Herzens es mir erlaubt, nach Etupes – unserem schönen Etupes! – überzusiedeln. Noch weiß ich nicht, wie sie zu heilen ist: die Vergnügungen von Paris haben sich nur als der Verband eines ungeschickten Chirurgen erwiesen, denn die Trennung von Ihnen war wie fressendes Pfeilgift, das die Vernarbung verhindert. Wird ein Wiedersehen sie schließen machen?! Einerlei! Und wenn ich im voraus wüßte, daß ich daran verblute, ich würde keine Minute zögern, es herbeizuführen. Nur Ihre Ablehnung, meine Freundin, würde wirken wie Königsbann. Aber ich weiß, Sie vermögen nicht, sie auszusprechen. Monsieur Gaillard wußte nicht, was höher zu preisen sei: Ihre Schönheit oder Ihre Güte! Der arme Kerl, der sich wie ein Nachtfalter am Licht Ihrer Augen die grauen Flügel verbrannte!

Ich werde Sie wiedersehen und werde versuchen, zu vergessen, daß es die Marquise Montjoie ist, die ich begrüße.

Verzeihen Sie die zitternde Greisenschrift dieses Briefes. Sie dürfen sich darum nicht sorgen, liebste Delphine –, so sehr mich auch diese Sorge beglückt –, denn es ist weniger die Schwäche, die sie verursacht, als die Erregung. Ich weiß jetzt, wie einem Wüstenwanderer zumute ist, der mit ausgedörrter Kehle und zerrissener Haut, dem Tode nahe, die schattende Kühle hoher Palmen, die klaren Wellen sprudelnden Quells vor sich sieht.

Prinz Friedrich-Eugen Montbéliard an Delphine

Montbéliard, 30. April 1774.

Delphine, liebste Delphine, warum antworten Sie mir nicht?! Ich wartete in Paris vergebens darauf und hoffte, hier ein Lebenszeichen von Ihnen vorzufinden. Vergebens! War ich zu vorschnell, als ich aus Ihrer Sorge um mich auf einen Rest alter Neigung schloß? Als der Graf Chevreuse vor Dirnen und Roués von dem *Mont de joie* erzählte, auf dem er den Palast der Venus gefunden hat, glaubte ich die ganze Frechheit seines Wortspiels zu verstehen. Daß ich es tat, war eine Beleidigung gegen Sie, – und Sie hätten ein Recht, mich deshalb keines Wortes mehr zu würdigen.

Aber um unserer Kindheit willen, Delphine, die mir hier aus jedem Busch, jedem Wasserspiegel entgegenlacht, verzeihen Sie mir! Und um meiner Liebe willen schenken Sie mir ein einziges gutes Wort. Nur Ihr Mitleid und Ihr Zorn sind mir unerträglich.

Sollte aber Krankheit die Ursache Ihres Schweigens sein, – ich wage es nicht zu denken, daß Sie leiden –, so beauftragen Sie Gaillard mit Ihrer Antwort. Ich klammere mich zu sehr an jeden Strohhalm der Hoffnung, ich fürchte mich zu sehr, daß Sie selbst ihn mir entreißen könnten, als daß ich es wagte, ein Begegnen mit Ihnen zu erzwingen.

Marquis Montjoie an Delphine

Paris, am 8. Mai 1774.

Meine Liebe, die Nachricht vom Tode des Königs wird meinem Briefe vorangegangen sein. Als ich am Donnerstag früh in Versailles eintraf, war die Aufregung bereits eine allgemeine. Sowohl die Partei Dubarry mit dem Herzog von Aiguillon an der Spitze, hatte sich versammelt, als die Partei Choiseul, die mit der zur höchsten Empörung des Königs aus dem Exil zurückberufenen Herzogin von Gramont bei der Dauphins zusammentraf. Ein Uneingeweihter hätte aus der unverhohlenen Angst in den Zügen der einen, dem nicht mehr zu unterdrückenden Triumphgefühl in denen der anderen, auf den Stand der Dinge schließen können.

Gegen Abend wurde der König aus Trianon, wohin die alles vermögende Favorite ihn entführt hatte, um ihn womöglich bis zuletzt in ihrer Gewalt zu behalten, zurückgeführt. Der Eindruck dieser Heimkehr mußte auch einen kühlen Beobachter erschüttern: es regnete in Strömen, als die goldüberladenen Karossen des Königs sich langsam wie ein Leichenzug durch den Schlamm der Straße dem Schlosse entgegen bewegten. Die Federbüsche der Pferde hingen schwer vom Wasser an ihren Köpfen hernieder. Man hob den König aus den Kissen; sein Kopf sank vorn über, der Schweiß perlte auf seiner wachsgelben Stirn, zwischen den aufeinandergepreßten Lippen drangen hie und da gurgelnde Laute hervor, als er an seinem Hofstaat vorübergetragen wurde. Sobald er auf sein Lager gebettet war, beschwor er seine Umgebung ängstlich, ihm den Stand seiner Krankheit mitzuteilen. Wenn er auch von seinem Heldenmut viel zu reden pflegt, so fürchtete er sich doch von jeher vor nichts so sehr, als sterben zu müssen, und umgab sich auf Schritt und Tritt mit einer offenen und geheimen Schutzgarde, ohne daran zu denken, daß der Tod sich von ihr nicht würde zurückhalten lassen.

Im Verlaufe der nächsten Tage wurde der König zweimal zur Ader gelassen. Als die Ärzte von der Möglichkeit eines dritten Males sprachen, wurde ihm und seiner Umgebung der Ernst der Lage erst völlig klar. Die Herzöge von Richelieu und von Aumont traten den Ärzten in meiner Gegenwart mit geballten Fäusten entgegen, um die Operation zu verhindern, und da diese ihre Stellung bedroht sahen, gaben sie nach. Am Sonnabend, den 30. April, bedeckte sich plötzlich der Körper des Königs mit demselben Ausschlag, unter dem er schon in seiner Jugend gelitten hatte. Die Ärzte bezeichneten ihn auch jetzt offiziell als Blattern. Während der König in einen Zustand von Apathie verfiel, gelang es der Partei Choiseul, den Zutritt von Mesdames Adélaide, Sophie und Victoire zu ihrem königlichen Vater zu erzwingen. Der Erzbischof hielt sich erwartungsvoll im Vorzimmer auf; man rechnete bestimmt darauf, durch seinen Einfluß die Ausweisung der Dubarry und ihres Anhangs durchzusetzen. Aber sobald der Kranke zu sich kam, wies er seine Töchter hinaus und verlangte heftig nach der Gräfin. Die Prinzessinnen hätten übrigens die pestilenzialische Atmosphäre im Zimmer des Königs nicht länger ertragen können, während die Gräfin, ohne schwindelig zu werden, in seiner nächsten Nähe aushielt.

Kein Wunder, wenn man selbst aus der Gosse stammt!

Wie erzählt wird, soll sie die Kühnheit gehabt haben, ein Diamantenhalsband von märchenhaftem Wert, das der Juwelier Boehmer ihr zum Kauf angeboten hatte, dem sterbenden König vorzulegen und zum Geschenk zu erbitten. Er verstand kaum noch etwas davon, aber er zog das Schmuckstück immer wieder durch seine fieberheißen, von Schwären bedeckten Hände, die die kalten Steine wohltätig kühlten.

Durch Scherze und Zärtlichkeiten suchte die Gräfin den Lebensglauben des Sterbenden aufs neue anzufachen, worin der Herzog von Richelieu sie insofern unterstützte, als er den Erzbischof, der nicht von der Stelle weichen wollte, um dem König rechtzeitig die Beichte abzunehmen, fern zu halten vermochte.

»Wenn es Ihnen, Monseigneur, durchaus nach großen Sünden gelüstet,« sagte der alte Roué mit seinem ganzen Zynismus, »so nehmen Sie die meinen dafür. Ich garantiere Ihnen, Sie haben in den zwanzig Jahren Ihres Pariser Erzbistums nichts Ähnliches gehört.«

Der Kampf der Parteien um den sterbenden König wurde schließlich so heftig, daß der Lärm bis in sein Zimmer drang. Vergebens bemühte ich mich, Ruhe zu stiften, denn so feindlich ich auch der Partei Dubarry gegenüberstehe, der König ist immerhin des großen Ludwig Nachfolger gewesen und verdient als ein Sterbender zum mindesten den stillen Respekt, der allen gewährt wird, die dem ewigen Richter nahen. Erst von dem schon halb Besinnungslosen erreichten die Priester die Entfernung der Gräfin.

Wenige Stunden nach dem Tode des Königs kam ich nach Paris. Überall begegnete ich jubelnden Volksmassen, und das »Es lebe Ludwig XVI.!« klang in allen Gassen wieder. So antipathisch mir sonst jeder öffentliche Auflauf ist, in diesem Falle fühlte ich mich durch die Gesinnung mit dem Pöbel eins.

Die erschütternden Ereignisse, die die Geschicke Frankreichs umgestalten werden, haben die persönlichen Differenzen zwischen Ihnen und mir, wie sie kurz vor meiner beschleunigten Abreise von Froberg in Erscheinung traten, in den Hintergrund gedrängt. Ich denke jetzt ruhiger darüber, da ich annehme, daß Ihr Verhalten nur eine Folge der Beschwerden ist, die Ihr Zustand Ihnen verursacht. Ich will mich bemühen, Sie wie eine Kranke zu behandeln, möchte Sie jedoch nur daran erinnern, daß es bei Frauen von guter Erziehung bisher selbstverständlich war, sich auch in der peinlichsten Lebenslage zu beherrschen. Ich verstehe noch heute nicht, wie die liebenswürdige Einladung der Fürstin Montbéliard und mein Wunsch, durch Ihre Zusage die freundnachbarlichen Beziehungen aufrecht zu erhalten, Ihre Aufregung verursachen konnte. Die Fürstin ist Ihnen, nach Ihrer eigenen Versicherung, eine zweite Mutter gewesen, sie sprach in ihrem Brief ausdrücklich von einem »stillen Landaufenthalt in Etupes«, der Ihnen geboten würde; Ihr Einwand, daß Sie sich mit Ihrer »deformierten Gestalt« nicht sehen lassen könnten, ist also in diesem Fall nichts als ein leerer Vorwand. Sie würden zu gesellschaftlichen Triumphen gar keine Gelegenheit haben, die Beeinträchtigung Ihrer Schönheit hätte also keinerlei Konsequenzen. Da Ihnen Froberg überdies so unbehaglich ist, würde Ihnen das sonnige Etupes gerade jetzt doppelt wohltätig sein, und die Fürstin würde es in ihrer Güte an hingehendster Pflege nicht fehlen lassen.

Aber die Auseinandersetzung über die Frage der Einladung war ja nur das Vorspiel der Szene, die Sie mit einem unleugbaren Talent für die Rolle einer tragischen Heldin mir dann vorzuführen die Güte hatten. Ich glaubte, Sie damit zu besänftigen, daß ich Sie an die notwendige Rücksicht auf das Kind erinnerte, aber ich warf damit nur neue Nahrung in das Feuer ihres Zorns. »Rücksicht auf das Kind?!« schrien Sie, ohne bemerken zu wollen, daß Gaillard sich in unverhohlener Neugierde vor Ihren offenen Fenstern zu schaffen machte, »ich will – ich will kein Kind von Ihnen! Ich schäme mich dieses Kindes!« Ich hoffe, Sie schämen sich jetzt Ihres eigenen Benehmens, das ich in Ihre Erinnerung zurückgerufen habe, um es Ihnen wie einen Spiegel vorzuhalten.

Wie gesagt: ich nehme an, Sie waren von Sinnen, wie es bei jungen Frauen in gewissen Zuständen vorkommen soll, und ich verzeihe Ihnen den Affront, den ich durch Sie erleben mußte. Auch auf den Besuch in Etupes will ich nicht bestehen. Soll es doch vorkommen, daß schwangere Frauen gerade ihren Lieblingsspeisen gegenüber einen unüberwindlichen Ekel empfinden.

Ich schreibe Ihnen das alles, weil ich wünsche, daß nunmehr von der ganzen Sache zwischen uns keine Rede mehr ist.

Prinz Friedrich-Eugen Montbéliard an Delphine

Montbéliard, am 10. Mai 1774.

Angebetete Delphine! Je länger Ihre Antwort ausblieb, desto fieberhafter arbeitete meine Phantasie; Himmel und Hölle sah ich vor mir und glaubte, alles ertragen zu können. Und doch würde mich die Wirklichkeit vernichtet haben, wenn ich nicht zwischen den Zeilen Ihres Briefes das Klopfen Ihres Herzens gespürt, die Tränen in Ihren Augen gesehen hätte.

Sie lehnen meinen Besuch ab; Sie fürchten sich vor ihm; Sie wünschen, daß ich Delphine Laval nicht vergesse und darum Delphine Montjoie nicht wiedersehe. Sie lassen mir nur die leise Hoffnung auf eine Zeit, wo irgend eine große Wendung des Schicksals die Jugendfreundin aus dem Starrkrampf erweckt. Sie sind unglücklich, Delphine, unglücklich wie ich, und Sie gestatten mir nicht, Ihnen zu helfen! Ich beneide den Grafen Chevreuse, ja ich will mich sogar bemühen, seine leichtfertigen Reden zu vergessen, weil er imstande gewesen ist, Ihnen die Stunden des Frohsinns zu schaffen.

Es gab seit dem Empfang Ihres Briefes Augenblicke, in denen der Wunsch, Ihnen helfen zu können, jedes eigennützige Gefühl erstickte. Ein solcher war es, als ich meine Mutter bat, Sie zu sich zu laden; ich hätte, Ihrem Wunsch unter allen Umständen gehorchend, Etupes helles Schlößchen ebensowenig betreten wie Ihre dunkle Burg.

Noch Vieles möchte ich Ihnen sagen, denn mein Herz ist übervoll, aber ich würde kein Ende finden, wie der Strom um so weniger versiegt, je tiefer er aus dem Innern der Erde kommt.

Johann von Altenau an Delphine

Paris, im September 1774.

Verehrte Frau Marquise! Die Hoffnung, auf Nachricht von Ihnen, hatte ich schon aufgegeben, und ich respektiere Ihre Zurückhaltung, die bei vielen Menschen, wie bei zu Tode getroffenen Tieren, die Folge der tiefsten Schmerzen ist.

Und nun lese ich Ihren Brief wieder und wieder und versuche mir aus seinen leisen Untertönen, aus den Erzählungen des Herrn Gaillard und aus den Buchstaben Ihrer Schrift, die früher wie lauter kleine Kobolde lustig durcheinander tanzten und jetzt brav und ernsthaft in gleichmäßiger Reihe vor mir stehen wie ängstliche Kinder vor dem strengen Schulmeister, ein Bild der Frau zu machen, an die ich schreibe.

»Ich bin schon viele Wochen krank«, sagen Sie, »und liege in einem schrecklich großen Bett, das nie ganz warm wird, mitten in einem hohen, dunklen Zimmer wie eine Tote in der Kirche. Daß es draußen Sommer ist, merke ich nicht. Ich glaube, man hat in diesem Schloß die Fenster absichtlich so gebaut, daß nur die Wintersonne hineinkann.« Und dann erzählen Sie von den Sälen, die immer leer aussehen, auch wenn man noch so viel Möbel hineinstellt, und von dem Leben, das ebenso ist, weil man es auch nur mit totem altem Kram erfüllt; – ist das die kleine Delphine, die ich kannte, oder die Marquise, die ich zu begegnen erwartete?!

Ich soll Ihnen »Lebendiges« bringen, »damit wenigstens ein Echo von all dem Lärm und Lachen bei mir wiederklingt«. Ich werde Sie enttäuschen, Frau Marquise, denn das Paris, das ich kenne, lärmt zwar, aber es lacht nicht. Zu der Stunde, wo die großen Kurtisanen, die Duthé, die Cléophile auf der Promenade von Longchamps ihre sechsspännigen Karossen von Sèvres-Porzellan, ihre Quefacos von Damast, ihre hochgetürmten Locken und ihr verführerisches Lächeln zur Schau stellen, begafft vom Pöbel, gefolgt von der *Jeunesse dorée*, versammelt sich eine täglich wachsende Zahl von Männern in den Kaffeehäusern des Palais-Royal, um die neuesten Zeitungsberichte, die neuesten Flugschriften zu lesen, den neuesten politischen oder gesellschaftlichen Skandal zu besprechen, philosophische und literarische Fragen zu diskutieren. Für viele treten diese öffentlichen Zusammenkunftsorte allmählich an Stelle der berühmten Salons, nicht nur, weil diese sich mehr und mehr auf ihre gewohnten Kreise beschränken und die alten Celebritäten den jungen Unbekannten vorziehen, sondern weil man in der Ungezwungenheit der Kleidung und der Konversation einen Reiz entdeckte, der den Salons fehlt. Bei vielen der seßhaftesten Kaffeehausbesucher ist noch ein anderer Umstand für ihre Flucht aus den Salons ausschlaggebend gewesen: ihre Einsicht in die traurige Wirkung, den der Einfluß, den man den Frauen in diesem Jahrhundert in wachsendem Maße einräumte, auf Frankreichs innere und äußere Lage ausgeübt hat.

Von einer männlichen Kultur erwarten viele die Rettung vor dem Abgrund, dem wir zusteuern. Amüsant ist dabei, daß man sich um so mehr mit der Frau beschäftigt, je mehr man sich von ihr emanzipiert; statt der Liebeslieder an sie, schreibt man gelehrte Abhandlungen über sie, in denen ihre Kräfte und Fähigkeiten eingehender Prüfung unterzogen werden. Herr Thomas von der französischen Akademie veröffentlichte zuerst einen Essay über den Charakter, die Sitten und den Geist der Frauen. Mir fiel bei der Lektüre folgende Anekdote ein: Sophie Arnaud, die wegen ihrer Bonmots berühmter ist als wegen ihres asthmatischen Gesangs, bat einmal Herrn Thomas, der damals Administrator eines Pariser Departements war, um den Umbau des Schornsteins an ihrem Hause. »Ich habe mit dem Minister«, so gab er ihr schließlich Bescheid, »Ihre Angelegenheit als Bürger und als Philosoph besprochen.« »Aber mein Herr,« unterbrach sie ihn, »was nützt mich das! Als Schornsteinfeger hätten Sie davon sprechen müssen!« Ich fürchte, es ging ihm mit den Frauen wie mit den Kaminen: nicht als Bürger und Philosoph hätte er von ihnen sprechen dürfen, sondern als empfindsamer Mensch –, kurz so wie es Denis Diderot in seiner Besprechung der Schrift des Akademikers getan hat. Ich kann mir nicht versagen. Ihnen einige seiner Sätze, auch wenn ich sie aus dem Zusammenhange reißen muß, wiederzugeben. Er erzählt: »Ich sah eine anständige Frau bei der Annäherung ihres Gatten vor Entsetzen zittern; ich sah, wie sie im Bade untertauchte und doch glaubte, sich von der Erfüllung ihrer ehelichen Pflicht nie reinigen zu können. Solch ein Gefühl körperlicher Scham ist uns so gut wie unbekannt. Das höchste Glück flieht die Frauen nur zu oft sogar im Arm des Mannes, den sie lieben; während wir es an der Seite eines gefälligen Weibes finden können, das uns gleichgültig ist...« Und an andrer Stelle, wo er die Gesetze und Gebräuche schildert, die den Frauen auferlegt wurden, heißt es: »In allen Ländern hat sich die Grausamkeit der bürgerlichen Gesetzgebung mit der Grausamkeit der Natur gegen die Frauen verbunden. Wie Kinder und Blödsinnige werden sie behandelt. Es gibt, selbst bei kultivierten Völkern, keine Art von Quälerei, die sich der Mann nicht gegenüber der Frau erlauben dürfte. Wagt sie, sich zu empören, so wird ihre Handlungsweise durch allgemeine Mißachtung gestraft.«

Selbst der Patriarch von Ferney, der es nicht verträgt, daß die Öffentlichkeit sich auch nur vier Wochen lang nicht mit ihm beschäftigt, hat sich in die Diskussionen über das Thema »Frau« eingemischt, wenigstens nimmt man an, daß ein kürzlich erschienenes geistvolles Pamphlet seiner Feder entstammt. Es fordert nichts weniger als die größtmögliche Erleichterung der Ehescheidung, die eine Sache des Staats im Interesse des Familienglücks und nicht eine Sache der Kirche sei.

»Daß der Mann sich durch Mätressen, die Frau durch Liebhaber schadlos zu halten suchen,« schreibt er, »ist jedenfalls keine Lösung des Problems.«

Der Verfasser einer anderen anonymen Broschüre verlangt gar als Heilmittel der todkranken Ehe die Abschaffung der Mitgift. Danach wäre jedoch, wie mir scheint, die Korruption nur halb beseitigt: die Männer zwar würden nur aus Liebe wählen, die dann völlig besitzlosen Frauen dagegen noch mehr als bisher aus Berechnung.

Ich habe all diese kuriosen Dinge vor Ihnen ausgebreitet, weil ich glaube, daß sie mindestens Ihre Neugier, vielleicht auch nur Ihr Lächeln hervorrufen werden. Und das wäre schon ein Fortschritt! Dabei verlor ich den Faden meines Briefes und kann mich über meine Stilverletzung nur durch die Zuversicht trösten, daß meine Korrespondenz niemals die Bekanntschaft eines Setzers machen wird. Ich knüpfe also wieder am Anfang an, um Ihnen zunächst einmal den Rahmen des Bildes zu geben, daß ich Ihnen später, wenn Sie mich nicht etwa schweigen heißen, im einzelnen schildern werde.

Wir befanden uns zuletzt im Kaffeehaus. Ist das Wetter schön, so ergeht sich die Menge in den späten Nachmittagsstunden in den Alleen davor. Hier zeigen sich dann auch Frauen in hübschen Polonaisen, mit Riesenmuffs oder langen Spazierstöcken. Ihre Zahl nimmt Jahr um Jahr zu; es ist Mode geworden, sich in freier Luft zu ergehen, und die Ärzte unterstützen sie nach Kräften. Die Vapeurs, die man für eine Einbildung mondäner Damen hielt, haben sich nämlich als eine ernste Erkrankung herausgestellt, und unsere Mediziner führen sie auf die Zimmerluft, die sitzende Lebensweise, den Mangel an Bewegung, ja selbst auf das viele Teetrinken und den Gebrauch des Schnürleibs zurück. Man kann daher neuerdings vor den Toren von Paris sogar Herzoginnen zu Fuß begegnen, die der leichteren Bewegung zuliebe den Umfang ihrer Röcke einschränkten; und im Garten des Palais-Royal erschienen kürzlich junge, hübsche Frauen, die ihren Busen, statt ihn in ein Mieder einzuzwängen, nur mit einem Mullfichu verhüllten.

Sie sehen, meine liebe Marquise, der Stil meines Briefs ist hoffnungslos; der Gedanke an meine schöne Adressatin wirft alle Sätze aus ihrer Bahn, und ich rede, da ich nicht von Ihnen allein reden darf, wenigstens immer von Ihrem Geschlecht. Gestatten Sie mir noch einen letzten schüchternen Versuch, den Fluß meiner Rede in das alte Bett zurückzuleiten!

Schließen sich abends die Pforten des Palais-Royal, so öffnen sich die der Klubs. Es sind das Vereinigungen mit literarischen, philosophischen und politischen Zwecken, die wir in dieser Form aus England übernommen haben. Sie vermehren sich wie Unkraut. Fast jeder kleine Krämer sucht nach dem Essen seinen Klub auf, wo er nach Herzenslust das Vergnügen genießt, über alles räsonieren zu dürfen. Jener Volksauflauf im vorigen Monat, als die Nachricht vom Sturz des Kanzlers sich verbreitete, wäre ohne die Klubs und ihre Aufklärungsarbeit nicht möglich gewesen. Die Pariser pflegten bisher nur zusammen zu strömen, wenn eine alte königliche Mätresse ins Exil geschickt wurde oder eine junge in die *petites appartments* einzog. Sie hatten gewissermaßen ein väterliches Interesse daran; sie waren stolz darauf, die Hauptlieferanten der Liebesgenüsse großer Herren zu sein; sie zogen tief den Hut vor der eignen Tochter, wenn irgend ein Prinzlein sie mit Brillanten behängte –, heute spucken sie vor ihr aus. Etwas wie Selbstbewußtsein erwacht in diesen armen kleinen Hirnen, nur daß es niemand von den Herrschenden wahr haben will.

Während die Männer in den Klubs sich Abend für Abend über Fragen des Freihandels oder der Zölle die Köpfe zerbrechen, Fragen, die seit Turgot, der Anhänger der Physiokraten, am Ruder ist, zu wahrhaft brennenden wurden, sitzt der Sultan der Oper, der Prinz von Soubise, nach wie vor in seinem Serail, der Loge, um die von ihm pensionierten Tänzerinnen neben den jüngsten Eleven huldvollst zu empfangen, und die »gute Gesellschaft« strömt nach Pantin zur Guimard, um Komödien zu sehen, von denen eine die andere an Laszivität übertrifft, oder sie füllt das Hotel der Madame de Montesson, die, trotz ihres Alters, noch immer als jugendliche Liebhaberin auf ihrer Bühne auftritt und noch immer die Egeria des Herzogs von Orléans ist.

Ich aber, teuerste Marquise, bringe meine Abende am liebsten in einer Gesellschaft zu, die nicht durch Namen und Titel, wohl aber durch Geist und Witz die erste von Paris genannt werden darf. Sie versammelt sich im Hause Madame Geoffrins.

Wie wünschte ich Ihnen die Bekanntschaft dieser wundervollen Frau, die es verstanden hat, ohne jung und ohne schön zu sein, die besten Köpfe Frankreichs an sich zu fesseln. Hier sind d'Alembert, Turgot, Diderot fast tägliche Gäste, hier wird freimütig ausgesprochen, was außerhalb dieses Salons noch in die Bastille führt und die Wahrheit und die Religion des kommenden Jahrhunderts ist.

Sie werden finden, daß ich unbescheiden bin, indem ich Ihre gütige Erlaubnis, Ihnen schreiben zu dürfen, in dieser Weise ausnutze. Aber mir ist, als wäre es wieder Nacht um Sie, die ein fernes Feuer rot durchglüht, und als stünden Sie vor mir, die kleine Gräfin Laval mit den großen brennenden Augen und der stockend hervorgestoßenen Frage: »Ist es wirklich, kann es wirklich sein?!«

Ob ich sie weiter beantworten darf, das haben Sie zu entscheiden.

Johann von Altenau an Delphine

Paris, am 3. Oktober 1774.

Verehrteste Frau Marquise, Ihre rasche Antwort würde mich entzückt haben, wenn ich sie der Wirkung meines Briefes zuschreiben dürfte. Aber selbst Ihr Dank, dessen Wärme so gar nicht im Verhältnis zu meiner Leistung steht, zeigt mir nur das Eine: daß Sie verschmachten und somit auch den kleinsten Tropfen Wasser als Labung empfinden. Dabei überschütten Sie mich mit einer bunten Vielheit von Fragen, die zu beantworten ich eine wahre Encyklopädie schreiben müßte. Sie erwarten wohl auch dergleichen gefährlich Freidenkerisches, sonst würden Sie mich nicht bitten, als Deckadresse die Ihres Hofnarren zu benutzen, ein Vorgehen, das vielleicht gefährlicher ist, als wenn ein Unberufener meine Briefe liest. Sind Sie des Mannes so sicher, in dessen Hand Sie sich begeben? Ich erfuhr jetzt erst, daß er der Sohn unserer robusten Kaffeehaus-Wirtin ist, einer skrupellosen Person, die den einträglichen Weg vom Straßenmädchen zur Kupplerin hinter sich hat und sicher für ein paar Louisd'or ihre intimsten Freunde an den Galgen brächte.

Doch genug davon. Ich will versuchen, Ihre Fragen zu beantworten und zwar möglichst der Reihe nach, weil ich gewiß zu sein glaube, daß diejenigen, die Ihnen am meisten am Herzen lagen, auch an erster Stelle stehen. Dabei muß ich meine Fragen nach dem Warum der seltsamen Reihenfolge in den Hintergrund schieben.

Also zuerst: Marie-Madeleine Guimard. Ich wundere mich nicht, daß Sie so viel von ihr gehört haben; mir scheint ein Teil des Geistes unserer Epoche in ihr verkörpert, wie denn überhaupt die Frauen, sei es infolge ihrer größeren Sensibilität, sei es, weil sie den geheimnisvoll wirkenden Kräften der Natur näher verwandt sein dürften als wir, in besonderem Maße die Produkte ihrer Zeit und ihrer Umgebung sind. Von majestätischem Wuchs und üppigen Formen, mit unbewegt regelmäßigen Zügen, waren die Frauen unter dem Zepter des *Roi soleil*; ihre Schönheit war eine rein körperliche, zu der das steife, prunkvolle Hofkostüm ebenso paßte wie die antikisierenden Gewänder des Schauspiels und des Balletts; graziöser, lebhafter erschienen die Zeitgenossinnen der Marquise Pompadour; der Geist fing an, auch das unregelmäßige Gesicht von innen zu verklären; heute hat er sich den ganzen Körper unterworfen. Ein seelenvolles Auge, ein kapriziöses Näschen, ein Mund, der, selbst wenn er stumm bleibt, jeden Gedanken, jedes Gefühl wiedergibt, seine, schlanke Glieder, die nicht mehr um ihrer selbst willen da zu sein scheinen, sondern nur neue Ausdrucksmittel der Empfindungen sind –, das ist die Frau *fin de siècle*, das ist Madeleine Guimard. Sie ist nicht mehr jung, sie ist keine Schönheit, und doch ruiniert sich der Prinz von Soubise für sie, und der Herr von Laborde, ihr *amant de cœur* aus der Vergangenheit, bewahrt ihr die Treue eines Hundes, obwohl er stets neue Rivalen hat. Sie ist aus der Hefe des Volks emporgestiegen wie alle ihresgleichen und würde am Hofe von Versailles keiner Prinzessin von Geblüt nachstehen, denn sie besitzt in höchstem Maße jene Anpassungsfähigkeit der Frauen, die in wenigen Jahren aus einem kleinen Vorstadtmädchen eine Dame macht, während ein Bauer immer ein Bauer bleibt, auch wenn er Jahrzehnte lang Titel, Degen und seidene Strümpfe trägt.

Wenn sie tanzt, so könnte man ihr Antlitz verhüllen und würde doch jedes ihrer Gefühle verstehen. Man sieht, wie Himmel und Hölle um ihre Seele streiten. Ihre Luxusbedürfnisse sind ohne Grenzen, und doch kann man ihr in den Elendsquartieren der Butte St. Roche begegnen, wo sie, dicht in den Capuchon gehüllt, Geld, Kleider, Lebensmittel unter die Armen verteilt. Kaltblütig hat sie schon Dutzende von Männern zu Bettlern gemacht, daneben rettet sie im stillen junge Offiziere und arme Kollegen vor dem Elend. Die Orgien in ihrem Hotel bilden den Skandal der Nachbarschaft; dabei ist sie imstande, am nächsten Tage mit vollendeter Dezenz Damen des Hofs, Männer der Kunst und der Wissenschaft zu empfangen, für die einen ein Beispiel in der Toilette wie im Haushalt, für die anderen eine sprudelnde Quelle der Anregung.

Und nun die Raucourt. Ihre Schönheit ist eine völlig jünglinghafte, ihr Geist hat in seiner kühlen Schärfe etwas Männliches. Man erzählt sich nur eine weibliche Schwäche von ihr: als vor Jahr und Tag der Patriarch von Ferney, in dessen Tragödie »*Les Lois de Minos*« sie sich weigerte, aufzutreten, ihre Tugend angriff, fiel sie in Ohnmacht. Seitdem ist sie unempfindlicher geworden. In den Rollen tragischer Heldinnen ist sie unvergleichlich, dagegen fehlt es ihr für die Rollen der Liebhaberin, die sie im Leben zu spielen versucht, an Grazie. Daher sind wohl auch ihre Verehrer meist sehr junge Leute, die mehr bewundern als lieben, mehr Schüler als Herren sind. Sie gehört zu den ständigen Besucherinnen der Gärten des Palais-Royal, wo sie weit mehr Frauen als Männer um sich versammelt. Eine der Pariser Sensationen war es, als sie kürzlich in einem der berühmten Privatzimmer der Madame Gaillard einen Frauenklub gründete, von dem die Lästerzungen der Kaffeehäuser, die viel giftiger sind als die der Salons, weil sie jeder guten Form entraten, allerhand Böses zu sagen wissen. Im übrigen glaube ich nicht, daß Mademoiselle Raucourt mehr als irgend eine andere der neuen Frauentypen ein Gegenstand Ihres Interesses zu sein verdient.

Sie fragen sodann, verehrte Frau Marquise, nach neuen Romanen, nach dem Befinden der Königin, nach den Aussichten des Ministeriums, nach einer Adresse zum Bezug der Parfilage, jener gräßlichen neuen Beschäftigung für nervöse Frauenfinger, nach den Ideen Diderots; – ich stehe vor dieser bunten Vielheit wie ein Kind vor der Jahrmarktsbude und weiß nicht, wohin ich zuerst greifen soll, auch sind leider zu wenig Geistespfennige in meinem Besitz, um für all das mit der richtigen Münze zu zahlen.

Neue Romane? Frauen schreiben sie mit derselben Fingerfertigkeit, wie sie Goldfäden zupfen. Es sind Herzensergüsse auf dem Papier, weil die Liebhaber sich aus dem Staube machten, die sonst zuhörten. Ich schicke Ihnen einige Proben und weiß, daß Ihr guter Geschmack Sie vor weiterem Bezug warnen wird. Die Zeit der Dichter ging vorüber, sobald die Wirklichkeit an den kühlen Verstand zu große Anforderungen stellte. Erst wenn wir das prosaische Problem des Sattwerdens gelöst haben, können wir uns wieder an der Tafel Anakreons mit Rosen kränzen.

Das Befinden der Königin? Sie baut in Trianon Sennhütten und interessiert sich für das Melken der behäbig blökenden Kühe und die Aufzucht friedvoller Lämmer.

Die Aussichten des Ministeriums? Sie werden unter diesem König, dem seine Räte täglich in ein anderes Jagdrevier nachreisen müssen, dem die Zahl der erlegten Rehböcke wichtiger ist als die Zahlen des Staatsdefizits, der mit vielem Schweiß Schlösser konstruiert, die seine Garderobenschränke, nicht aber sein Reich vor Dieben sichern, – niemals zu berechnen sein.

Die Adresse für die Parfilage? Ich verschweige sie, weil Strümpfe stricken und Hemden nähen immer noch geistvoller ist als dieser Zeittotschläger.

Die Ideen Diderots? Sie unterwühlen wie eine Herde hungriger Ratten den Boden, auf dem unsere Welt gebaut ist, obwohl in Frankreich nicht hundert Menschen den Namen dessen kennen, der sie, ein umgekehrter Rattenfänger, hervorgezaubert hat. Sie sind wie vergiftete Pfeile, an denen der, den sie trafen, langsam hinsiecht. Rousseau hat die Rückkehr zur Natur wie ein neuer Religionsstifter gepredigt; Voltaire, der Hofnarr Seiner Majestät des achtzehnten Jahrhunderts, hat alles, was der Menschheit heilig erschien, mit der scharfen Lauge seines Spottes übergossen; Diderot aber ist der Held, der mit blanker Waffe, ein offner Feind der Gesellschaft, ihr gegenübertritt. Von ihr, so sagt er, stammen alle Leiden, alle Laster; von ihr, die die Religion und den Reichtum, das heißt Unterdrückung der einen durch die anderen, die vor allem die Moral erfunden hat. Die Religion ist die Quelle von Verfolgungen und Verbrechen, von

Kriegen und Ketzergerichten; die Moral die Quelle der Heuchelei, des Seelenselbstmords, der
Versklavung aller natürlichen Triebe; ihre Überwindung ist Wiedergeburt.

Sie erschrecken, Frau Marquise?! Ach, ich dachte nicht daran, daß Sie sich in Ihren angst-
vollen Stunden noch betend auf die Knie werfen, daß Sie Ergebenheit in das Geschick, Unterdrückung der aufrührerischen Stimmen Ihres Inneren für Tugenden halten. Oder irre ich mich?
Die kleine Gräfin Laval ist gegen den Befehl der Äbtissin bei Nacht und Nebel dem Kloster
entflohen, die kleine Gräfin Laval ist, trotz der sicheren Strafe, freiwillig zurückgekehrt, um
einer Sterbenden die letzten Stunden zu erleichtern.

Verzeihen Sie! Das Bild dieses reizenden, tapferen Kindes hat sich meinem Herzen so unauslöschlich eingeprägt, daß ich darüber die Marquise Montjoie vergaß!

Johann von Altenau an Delphine

Paris, am 20. Oktober 1774.

Verehrte Frau Marquise! Einen Augenblick lang war ich wie vor den Kopf geschlagen, daß
mein Mißtrauen in Ihre Willensstärke, in Ihr Selbstbewußtsein Sie dermaßen hat empören
können. Jetzt freue ich mich der – ich gestehe – nicht ganz unabsichtlichen Wirkung, denn sie
hat Ihre Kraft gestählt.

Die kleine Abhandlung *»Du droit au divorce«* lege ich bei; von Diderots Dialog *»Est-il bon?
Est-il méchant?«*, der in knapper Form das Wesentliche dessen enthält, was Sie wünschen, hoffe
ich Ihnen eine Abschrift verschaffen zu können.

Daß Sie die Möglichkeit eines Pariser Aufenthalts in Aussicht stellen, wenn »alles vorüber
ist«, – Sie meinen doch wohl die Geburt Ihres Kindes? –, hat mich entzückt. Ich habe am letzten
Mittwoch schon mit Madame Geoffrin gesprochen, die außer Fräulein de Lespinasse Damen
nicht zu empfangen pflegt, weil sie, wie sie sagt, doch »nur aus Neid oder Neugierde kommen
und zum Klatschen und Keifen weggehn«, aber bei Ihnen eine Ausnahme machen will. Ihre
Briefe fand sie bezaubernd; »eine Frau von Geist und Herz ist heute, wo der Verstand wie ein
Prinz erzogen, gepflegt und gehätschelt, das Herz dagegen als Aschenbrödel behandelt wird,
eine solche Ausnahme, daß ich sie liebe, ohne sie zu kennen.« Ein Urteil wie dieses aus dem
Munds der Madame Geoffrin ist in den Kreisen des geistigen Frankreich, was der Nachweis
von zweiunddreißig Ahnen für das Königshaus ist.

Darf ich Sie noch bitten, Herrn Gaillard daran zu erinnern, daß er mir von Ihrem Befinden
Nachricht geben möchte, sobald Sie selbst, teuerste Marquise, mir nicht mehr zu schreiben
imstande sind.

Lucien Gaillard an Delphine

Froberg, den 20. November.

Hochverehrte Frau Marquise, Euer Gnaden werden mir diesen ungewöhnlichen Schritt verzeihen. Ich kann nicht anders, da es mir unmöglich gemacht wird, bis in Ihr Zimmer vor-
zudringen.

Ehe die Frau Marquise auf Froberg einzogen, hat mich niemand in diesem Hause wie ein
Mensch behandelt. Alles was an Empfindung in mir lebte, hatte sich darum nur zu einem Gefühl
verdichtet: dem Haß. Euer Gnaden Güte und Teilnahme haben mich erst bemerken lassen, daß
ich ein Herz in der Brust habe wie die gerade Gewachsenen. Jeder Schlag dieses Herzens gehört
der Frau Marquise.

Daß ich einen Menschen leben sehen muß, der Euer Gnaden Leiden und Schmerzen verursacht, ist schon gräßlich genug. Aber daß dieser Mensch sich nicht scheut, Euer Gnaden im
eigenen Hause zu demütigen und, – es muß gesagt werden –, zu betrügen, das ertrage ich nicht.

Madame Paumille, die für den jungen Herrn engagierte Amme, ist die Geliebte des Herrn Marquis, ihre Tochter die seine. Zum Beweis diene beiliegender Brief, den ich aus ihrem Schubfach entwendet habe.

Marquis Montjoie an Delphine

Froberg, den 22. November 1774.

Meine Liebe! Sie verweigern mir den Zutritt, und nur, um einen noch größeren Skandal zu vermeiden, der unsere Differenzen in die Mäuler aller Untergebenen trägt, füge ich mich zunächst. Auch glaube ich, daß es tatsächlich förderlicher ist, wenn wir eine mündliche Auseinandersetzung wie die gestrige bis zu Ihrer völligen Wiederherstellung vermeiden. Nur, weil ich befürchte, Sie haben in Ihrer Erregung nicht alles gehört, was ich gesagt habe, will ich versuchen, mich schriftlich verständlich zu machen, wobei ich nochmals ausdrücklich betone, daß ich mich weder gestern noch heute veranlaßt fühle, etwa wie ein Schuldbewußter vor Ihnen zu erscheinen.

Ich wiederhole: Madame Paumille ist nicht meine Geliebte, was Ihre Kenntnis meines Geschmacks Ihnen ohne meine Versicherung hätte sagen müssen. Ich bin nicht zu tugendhaft, aber zu ästhetisch veranlagt, als daß ich die Absurdität begehen könnte, meine Mätresse in mein Haus zu nehmen. Der freche Brief meines Reitknechts, der Ihnen in die Hände gespielt wurde, bezeugt nichts anderes, als daß ich auf der Jagd in den Wäldern von Goultz eine Nacht bei dem Weibe zubrachte. Es wäre auch das nicht geschehen, wenn Sie, meine Teure, mir nicht gerade damals Gelegenheit gegeben hätten, Sie von Ihrer unliebenswürdigsten Seite kennen zu lernen.

Ob die Tochter der Paumille die meine ist, kann ich nicht wissen. Ich halte es aber für eine einfache Anstandspflicht, auch auf die bloße Möglichkeit hin der Mutter des Kindes die nötige Unterstützung zukommen zu lassen.

Was ihre Wahl als Amme meines Sohnes betrifft, so hat sie sich, wie Sie wissen, selbst gemeldet und ist von unserem Arzt unter allen Bewerberinnen als die geeignetste bezeichnet worden. Da mir die Gesundheit meines Sohnes jetzt in erster Linie am Herzen liegt, – ganz abgesehen von der notwendigen Rücksicht auf das Gerede der Leute, – wünsche ich, daß keine Änderung eintritt. Ich werde dafür Sorge tragen, daß Madame Paumilles Haus in einen Stand gesetzt wird, der dem Range ihres Pflegebefohlenen entspricht. Sie wird Ihnen dann aus den Augen sein, und in wenigen Monaten werden Sie sich Ihrer Aufregung über die ganze Sache nur noch lächelnd erinnern.

Nun zu dem Brief, den Sie mir übergeben ließen. Sie fordern nichts mehr und nichts weniger als eine Trennung unserer Ehe und begründen diesen Wunsch mit einer Überfülle an tönenden Worten, wie Wahrhaftigkeit, Selbstachtung, persönliche Freiheit. Sie sind wirklich noch ein Kind, sonst müßten Sie wissen, daß es überhaupt keine Ehe mehr geben würde, wenn die Scheidung jedesmal die Folge solch einer »Untreue« wäre; sonst würden Sie sich auch sagen können, daß die Marquise Montjoie sich niemals zum Gegenstand eines allgemeinen Hohngelächters machen darf.

Ich fürchte nach allem Geschehenen, daß Sie, meine Liebe, noch sehr viel werden lernen müssen, ehe ich wagen kann, mit Ihnen nach Versailles zu gehen. Ich habe daher Auftrag gegeben, unser seit Jahren leerstehendes Palais in Straßburg in stand zu setzen, damit ich Sie zunächst der dortigen Gesellschaft vorstellen kann.

Noch eins: Lucien Gaillard, dieser Schurke, der die Wohltaten, die meine Mutter und ich ihm seit seiner Geburt erwiesen haben, in so schändlicher Weise lohnte, ist von mir entlassen worden. Ich darf von der Vornehmheit Ihrer Gesinnung doch wohl so viel erwarten, daß Sie jeden Versuch dieses Menschen, sich mit Ihnen in Verbindung zu setzen, gebührend zurückweisen werden.

Eine deutsche Tragödie

Prinz Louis Rohan an Delphine

Straßburg, den 21. Februar 1775.

Schönste Frau! Meine Umgebung schließt aus meiner üblen Laune bereits auf die schwersten politischen Komplikationen. Sie ist so deutsch, so grenzenlos deutsch, daß sie die Größe meines Schmerzes, eine Einladung zu Ihnen ablehnen zu müssen, ebensowenig versteht, wie sie von der Größe der Wirkung eine Ahnung haben kann, die Ihr Erscheinen in Straßburg auf mich ausüben mußte. Seit Eröffnung des Hotels Montjoie verwandelt sich der Ort der Verbannung in eine Insel der Seligen.

Mein Pariser Kurier hat die kleinen Pasteten, die ich Ihnen für das Souper versprochen hatte, mitgebracht. Der Neid auf Ihre glücklichen Gäste könnte mich fast verführen, sie vergiften zu lassen! Was er sonst mitbrachte – Briefe und Journale – ist kaum der Rede wert. Hier haben Sie im Zeitungsstil unserer jüngsten Literatur ein Ragout von allem. Ihr Geist wird verstehen, es Ihren Gästen als das Neueste aus Paris geschmackvoll vorzusetzen.

Aus den Zeichen am Himmel Frankreichs verkünden unsere weisen Sterndeuter das Nahen starker Gewitter. So hat die kleine Lucy vom Vaudeville jüngst in der Komödie zwei Verse bedeutungsvoll betont: *»Il est des sages de vingt ans et des ètourdis de solxante«* und ist wegen Majestätsbeleidigung auf zwölf Tage eingesperrt worden. Ich überlasse es Ihrem Scharfsinn, zu enträtseln, ob es der tote oder der lebendige König war, den sie beleidigte.

Sodann ist in Voltaires neuester Tragödie der Satz: *»sous les débris du trône écrasent les subjets«* wütend applaudiert worden, wobei das Parterre an den Trümmern des Throns, die Logen an den niedergeworfenen Untertanen ihren Enthusiasmus entzündeten.

Ferner hat Herr von Malesherbes seinen feierlichen Einzug in die Akademie gehalten, »Herr von Malesherbes,« so schreibt mein Korrespondent, »der das Erscheinen der Enzyklopädie ermöglichte«. Er begleitet diesen Satz mit drei schreckhaften Ausrufungszeichen; er ist nämlich noch nicht alt genug, um wissen zu können, daß nur Tote unter die »Unsterblichen« gehen.

Und schließlich hat der Marquis Mirabeau sich der Öffentlichkeit als Plato eines neuen Sokrates vorgestellt, indem er einen gewissen Dr. Quesnay, der jüngst das Zeitliche segnete, als den Erlöser von allen Übeln, an denen wir kranken, pries. Das ist meines Erachtens das einzige Ereignis, das einen Augenblick lang nachdenklich stimmen könnte. Nicht wegen des Herrn Quesnay, der den gloriosen Gedanken, den Degen mit der Mistgabel, den Fächer mit dem Milchkübel zu vertauschen, im Boudoir der Marquise Pompadour konzipierte und nun der Heilige der Ökonomisten geworden ist, von dessen Wundertaten sie die Rückkehr zur Natur erwarten, sondern wegen der Persönlichkeit seines Propheten. Schiffbrüchige Aristokraten, die sich mit Volksbeglückung befassen, sind gefährlich, denn das aufreizende Gift der Unzufriedenheit brennt denen, die alles verloren haben, stärker im Blut als armen Hungerleidern, die nichts besaßen und sich mit einem Stück Brot den schon zum Schreien aufgerissenen Mund wieder stopfen lassen.

Im übrigen, schönste Frau, seien Sie gewiß: Sie würden in Paris so sicher tanzen können wie in Straßburg, denn die einzige Revolution, die wirklich die Gemüter erhitzt, spielt sich nicht auf der Straße, sondern in der Oper ab, wo die Piccinisten mit den Glucksten in wütendem Kampfe stehen; selbst dem Frieden der Familien droht Zerstörung, wenn der eine Teil für die Melodien des Italieners, der andere für die Trommeln und Trompeten des Deutschen schwärmt.

Ich werde mir gestatten, mich nach Ihrem Fest persönlich um Ihr Befinden zu erkundigen und hoffe, mir dadurch für die verlorenen Stunden in Ihrer Nähe reichlichen Ersatz zu schaffen.

Marquis Montjoie an Delphine

Froberg, am 25. Februar 1775.

Meine Liebe! Ich beeile mich, Ihnen mitzuteilen, daß die Erkrankung meiner Mutter eine leichtere ist, als ich glaubte fürchten zu müssen, die Vorbereitungen zu Ihrem Fest daher nicht unterbrochen werden sollen. Die Blumen aus unseren Warmhäusern gehen zu gleicher Zeit ab. Meine Leibjäger dürften bereits heute in Straßburg eintreffen. Die Fracht aus Paris mit der Bühnendekoration begegnete mir unterwegs. Sie wird also rechtzeitig zur Stelle sein.

Sie werden anerkennen müssen, daß ich keinen Ihrer extravagantesten Wünsche unerfüllt ließ, obwohl, wie Sie wissen, das System Herrn Turgots, der es darauf abgesehen zu haben scheint, den König der festesten Stütze des Throns, der Aristokratie, zu berauben, sich auch bei dem höchsten Einkommen schon peinlich bemerkbar macht. Ich habe mich trotzdem zu Opfern entschlossen, weil ich Ihnen in dem Bestreben, mit einem Schlage die erste Position in der Straßburger Gesellschaft zu erobern, nur beipflichten kann. Nun darf ich aber auch von Ihrer Seite einiges Entgegenkommen erwarten, um so mehr als Ihr Eigensinn alles vernichten könnte, was Sie mit Ihrem Fest bezwecken.

Daß wir Mademoiselle Guimard bewogen haben, bei uns zu tanzen, wird nicht nur in Straßburg, sondern auch in Paris, – was erheblich wichtiger ist –, das Gespräch der Gesellschaft bilden; das Fräulein jedoch, wie Sie es wünschten, als Gast in unserem Hause zu beherbergen, würde uns lächerlich machen. Ich ersuche Sie daher, es bei meinen Arrangements mit dem *Hôtel de France* zu belassen.

Da ich in bezug auf unsere zweite Differenz Ihrer schließlichen Geneigtheit weniger sicher zu sein glaubte, habe ich Ihrer Entscheidung vorgegriffen und den Grafen Chevreuse auch in Ihrem Namen eingeladen. Es wäre ein nicht wieder gut zu machender *faux-pas*, einem Protegé der Königin, der sich noch dazu in ihrem Dienste in Straßburg aufhält, unser Haus zu verschließen. Ihre Gründe kenne ich nicht, habe auch nicht die Absicht, mich in ihr Vertrauen einzudrängen; ich weiß nur das eine, daß sie unmöglich gewichtig genug sein können, um uns zu einer Brüskierung des Grafen zu zwingen.

Ich habe im Interesse Frankreichs den lebhaften Wunsch, zu dem Gelingen seiner Mission beizutragen. Es handelt sich, – das sei Ihnen im tiefsten Vertrauen mitgeteilt –, um die Anbahnung einer Versöhnung der Königin mit dem Prinzen Rohan. Die Kaiserin von Österreich hat ihre Tochter sehr zu seinen Ungunsten beeinflußt, indem sie ihr einerseits mitteilte, in welcher Weise er sich erlaubte, kurz nach seiner Abberufung aus Wien über sie zu sprechen, und ihr andererseits darstellte, welch ein Leben er als Gesandter und Priester zu führen sich gestattete. Beides sind zweifellos große Unvorsichtigkeiten, aber nicht ausreichend, um einen Mann von so erprobter Gesinnung und so einflußreichen Familienverbindungen kalt zu stellen.

Graf Chevreuse erhielt vom König direkt den geheimen Auftrag, die Angelegenheit zu untersuchen, und, wenn irgend möglich, beizulegen.

Ich hoffe, der Juwelier hat Ihnen die Smaragden zur Auswahl vorgelegt, wenn nicht, so lassen Sie ihn rechtzeitig daran erinnern. Es wird sehr darauf ankommen, die Nuance der Steine zu der Rosenfarbe Ihrer Toilette richtig abzustimmen. Ich empfehle Ihnen, Herrn Duplessis, der für Ihr Porträt gerade diese Farben wählte, dabei zu Rate zu ziehen.

Prinz Louis Rohan an Delphine

Straßburg, am 27. Februar.

Alles ist berauscht von dem Fest im Hotel Montjoie und bezaubert von Ihnen, schönste Frau. Wollen Sie selbst urteilen, ob man mir gut berichtet hat: Sie haben die Natur Ihrem Willen unterworfen, indem Sie den Sommer zwangen, mitten im Winter Ihre Säle zu schmücken, und

Lukull von den Toten erweckten, damit er die Genüsse Ihrer Tafel bereite; eine neue, liebenswürdigere Circe, haben Sie die schwerfälligen Damen Straßburgs in eine Schar übermütiger Grazien verwandelt und haben Terpsichore zu sich berufen, deren Hexenkünste die steifsten Glieder gelenkig machte, so daß sie sich bis zum grauenden Morgen unermüdlich im Reigen schwangen. Ihre Augen haben Herzen gebrochen; Ihr Lächeln hat Freunde entzweit, den Frieden der Ehen erschüttert. Wollten Sie beweisen, daß eine einzige schöne Frau größere Revolutionen verursachen kann als alle Pariser Skribenten zusammengenommen?!

Daß Sie mitten in Ihren Triumphen meiner gedachten und mir, dem einsamen Kranken, köstliche Proben Ihres Überflusses zukommen ließen, betrachte ich als eine Auszeichnung, deren ich mich erst würdig erweisen muß. Befehlen Sie über mich! In wenigen Tagen hoffe ich, das Zimmer verlassen zu können; mein erster Weg wird mich zu Ihnen führen.

Marschall Maxim von Contades an Delphine

Straßburg, am 28. Februar.

Verehrte Frau Marquise, darf ich Sie an ein Versprechen das Sie vielleicht schon vergessen haben, auf dessen Erfüllung ich aber bestehen muß, weil es mir die Möglichkeit gewährt, Sie wenigstens auf ein paar Stunden nicht mit der Schar Ihrer Bewunderer teilen zu müssen?! Sie wollten meine Schimmelstute unter meinem Schutz zu reiten versuchen; das Pferd steht zu Ihrer Verfügung wie sein Herr, und das Wetter ist milde. Mein Reitknecht erwartet Ihre Bestimmung über Tag und Stunde.

Karl von Pirch an Delphine

Straßburg, den 28. Februar.

Gnädigste Frau Marquise, hier ist das Büchlein, von dem ich mit Ihnen sprach. Keiner anderen hätte ich das mir so teure Werk anzuvertrauen vermocht, aber als Sie mitten im Gewirr französischer Konversation gütig lächelnd die ersten deutschen Worte an mich richteten, da stand ich nicht nur ganz in Ihrem Bann, sondern ich wußte auch, daß Sie den Dichter verstehen, mit seinem Werther weinen würden.

Ich wage nicht, es Ihnen selbst zu überbringen. Ich fürchte, zudringlich zu erscheinen. Ich fürchte noch mehr, mich in ein Gefühl zu verstricken, das dem Franzosen ein Spiel, dem Deutschen aber ein Schicksal ist.

Graf Guy Chevreuse an Delphine

Straßburg, 2. März 1775.

Zürnende Göttin – darf ein armer Sterblicher voller Zerknirschung Ihrem Throne nahen? Sie waren verschwenderisch in Ihren Gnaden, wie es einer Olympierin zukommt; vom Marschall bis zum kleinen deutschen Offizier rühmt sich ein jeder. Sie anbeten zu dürfen. Ich allein stehe vor verschlossenen Tempeltüren. Sie verweigerten mir sogar im Menuett Ihre Hand, auf der ich eben noch die Lippen des Herrn von Contades selbstvergessen hatte ruhen sehen. Ich vermutete in Ihrem Benehmen zunächst nichts anderes als das Raffinement einer Frau, der die Langeweile der Ehe zur Schule der Koketterie geworden ist, und ich fühlte mich fast geschmeichelt.

Nun bin ich aufgeklärt: die kleine Guimard, die Sie unvorsichtig genug waren, nach Straßburg kommen zu lassen, weil Sie offenbar ihre Kenntnisse in der Wissenschaft der Galanterie unterschätzten, ist mittels einiger Flaschen Champagner sehr gesprächig geworden.

»Die Marquise war gnädig, außerordentlich gnädig,« erzählte sie und ließ den Brillanten in der Sonne funkeln, den Sie ihr schenkten, – »für meinen Tanz, natürlich nur für meinen Tanz,« wie sie mit listigem Augenzwinkern versicherte. »Ich mußte ihr von Paris erzählen,« plauderte sie dann weiter, »von meinem Hotel, meinen Soupers, – soweit man sie einer elsässischen Marquise schildern kann! –, von meinen Gästen vor allem.« »Von Ihren Gästen?!« machte ich erstaunt. Sie blinzelte mich von der Seite schelmisch an: »Aha, ich merke, Sie möchten wissen, für wen sich die schöne Frau so lebhaft interessiert, um eine Guimard in ihr Vertrauen zu ziehen, aber ich sage nichts, gar nichts! Ich kann diskret sein wie eine große Dame.«

Ich wechselte das Thema des Gesprächs und ließ eine Flasche Burgunder entkorken, – sie liebt diesen dunkelroten Wein besonders, seitdem der Prinz von Soubise sie damit taufte und seine Feuerfarbe die Weiße ihrer Haut so leuchtend erscheinen ließ, daß er auf immer geblendet wurde – ; ich spielte den schmachtenden Anbeter mit all der Virtuosität, die ich noch der Schule Dubarry verdanke. Und sie wurde weich, wurde schwärmerisch, sie erinnerte sich, Manon Lescaut und die Neue Heloise gelesen zu haben. Jetzt warf ich Ihren Namen ins Gespräch. »Die arme Frau,« seufzte sie tränenschimmernden Blicks, »sie liebt, liebt unglücklich – «

Nach diesem Geständnis, schöne Marquise, bedurfte es nun keiner Bitten mehr!

Zwar weiß ich, meine stolze Feindin hat die kleine Balletteuse nicht zu ihrer Vertrauten gemacht, aber für eine Liebeskünstlerin wie diese war Ihre vornehme Reserve nichts als ein durchsichtiger Schleier.

Also darum bin ich in Ungnade gefallen?! Und doch ritzte ich nur die glatte Haut des Prinzen und verlieh ihm einen Reiz mehr –, den des Helden!

Wären Sie übrigens huldvoller gewesen. Sie hätten sich nicht zu einer Guimard herabzulassen brauchen, um von dem Gegenstand Ihres Interesses näheres zu hören. Ich bin sehr gut orientiert, denn seit seiner Rückkehr nach Paris tut der Prinz Dienst bei der Königin.

Er ist der Liebling der Damen; sie vermuten hinter seiner Melancholie einen erschütternden Roman, und da die große Leidenschaft Mode zu werden beginnt, fehlt es ihm nicht an Anbeterinnen, die jederzeit bereit sein würden, ihn zu trösten. Die Gräfin Diane de Polignac hat sich seiner, – sagen wir höflich als Kavalier: mütterlich –, angenommen. Er seufzt ihr zu Füßen, wenn auch vielleicht noch nicht um sie. Sammle ich nicht feurige Kohlen auf Ihr Haupt? Werde ich endlich hoffen, von Ihnen beachtet zu werden? Oder wird nur der Mann im tête-à-tête empfangen, der den Namen eines Rohan mit der Aussicht auf einen Kardinalshut verbindet?! Ich weiß von ihm, wie gern Sie, reizende Delphine, Straßburg mit Versailles vertauschten. Aber leider ist ein Rohan immer noch der ungeeignetste Führer dorthin.

Graf Guy Chevreuse an Delphine

Straßburg, den 3. März 1775.

In jedem Buchstaben Ihrer Antwort, verehrteste Marquise, bebt die Entrüstung: Weil ich »eine trunkene Tänzerin herausforderte«, von Ihnen Märchen zu erzählen, weil ich »so tief gesunken« bin, zu glauben, die Marquise Montjoie könnte mit einer Guimard auch nur einen Gedanken teilen. Ich fühle mich geschlagen, vernichtet, gnädigste Marquise; ich bin bereit, für meine Sünden kniefällig um Verzeihung zu bitten, – wenn Sie mir gestatten wollten, es nicht nur auf dem Papier zu tun!

Fordern Sie, was Sie wollen, – nichts wird mir zu erfüllen unmöglich sein, ist Ihre Gunst der Preis dafür. Ich fühle mich schon als Ihren Beauftragten gelegentlich meines heutigen Gesprächs mit dem Herrn Marquis.

»Nur des Königs ausdrücklicher Wunsch würde mich bewegen können, in Versailles zu erscheinen,« sagte er; »die Berufung Turgots ist ein Schlag ins Gesicht für den Edelmann; der

König muß wenigstens durch unser Fernbleiben empfinden, was die Loyalität uns auszusprechen verbietet.« Meinen Einwand, daß die Königin dem gesamten Ministerium feindlich gegenübersteht und nichts sehnlicher wünscht, als durch die Heranziehung Gleichgesinnter ihre Position zu stärken, beantwortete er mit einem: »So mag Ihre Majestät uns rufen!«

Auf Grund dieser Bemerkung dürfen wir hoffen, Frau Marquise. Wie dieses »wir« mich entzückt! Sie mögen sich sträuben, wie Sie wollen, schöne Delphine: ein Gefühl und ein Geheimnis haben Sie gemeinsam mit mir –, das sind die ersten Glieder einer Kette, die ich fester zu knüpfen mich rastlos bemühen werde.

Wann empfangen Sie mich? Ihrer gnädigen Antwort sehe ich entgegen.

Karl von Pirch an Delphine

Straßburg, am 9. März 1775.

In der sternhellen Frühlingsnacht, angebetete Frau, bin ich stundenlang über die Wälle gegangen, habe vom feuchtwarmen Wind meine Haare durchwühlen lassen, und, von Zeit zu Zeit erschöpft mich auf die Erde werfend, meine glühenden Wangen an ihrer Brust gekühlt.

Und nun sitze ich auf hartem Stuhl in meinem unwirtlichen Gemach, und es dünkt mir ein seliger Traum gewesen zu sein, daß ich in einem blauen, fliederdurchdufteten Boudoir, vor dem sprühenden Feuer eines Alabasterkamins geweilt habe, das vollendetste Geschöpf, das aus Gottes Hand je hervorging, mir gegenüber!

Ich bin ein zufriedener Mensch gewesen; mein brennender Ehrgeiz ließ mich vergessen, daß ich ihm Vaterland und Heimat geopfert habe, er verschloß mir die Augen vor meinem eigenen Elend. Seit ich Sie kenne – ach, erst seit gestern kenne ich Sie ganz! – fühle ich meine schreckliche Armut, meine grenzenlose Verlassenheit.

O, warum weckten Sie mit Ihrer weichen Stimme, die so verständnisvoll von Werthers Leiden sprach, den Menschen in mir auf? Nun möchte ich Ihnen die Wunden des eigenen Herzens enthüllen, um Ihre Stimme um meinetwillen zittern zu hören!

Und warum streichelte Ihre weiße Hand das kleine Buch; – wenn ich es in der meinen halte, spüre ich Ihren Zauber, wenn ich die Lippen darauf presse, wird meine Sehnsucht zu einer Furie, vor deren Streichen ich nur eine Zuflucht weiß: Sie!

Haben Sie Erbarmen mit einem Rasenden! Bettelarm stehe ich vor Ihnen, und doch können Sie den Reichtum nicht ermessen, den ich Ihnen zu Füßen lege: die Menschen verschenken ihr Herz stückweise, – den Freunden, den Geschwistern, der Mutter, – ich aber gebe es Ihnen ungeteilt! Die Menschen spielen mit ihrem Gefühl und verkaufen es gegen bare Bezahlung wie eine Ware, – ich aber flehe nur um die Gunst, daß Sie es nicht von sich stoßen mögen! –

Erschrecken Sie nicht vor de« Größe meiner Leidenschaft. Sie ist ein Atlas, der die ganze Welt zu tragen vermag, und ist vor Ihnen doch ein kleines Kind, das kein Haar Ihres Hauptes zu krümmen imstande wäre. Den Saum Ihres Kleides an meine Lippen pressen zu dürfen, wie gestern, ist das Höchste, was ich begehre.

Marschall Maxim von Contades an Delphine

Straßburg, am 16. März 1775.

Verehrteste Marquise! O, über die Launen schöner Frauen! Sollte man es glauben, daß die kühnste aller Reiterinnen, die einen alten Soldaten, den noch keiner ungestraft schief ansehen durfte, zu einem wehrlosen Feigling macht, – sie schlug ihm Wunden, die er nicht rächte!! –, daß dieselbe grausame Schöne eines kleinen Kapitäns mitleidsvolle Wohltäterin werden will?! – Sie haben recht: Herr von Pirch ist blutarm, aber er trägt bereits die Anwartschaft auf ein Vermögen in der Tasche. Er steht unter persönlicher Protektion des Herzogs von Aiguillon, die er sich durch seine genauen Kenntnisse der Kriegskunst des Königs von Preußen erworben hat. Wir würden diesen deutschen Baron nicht angestellt haben, wenn wir uns nicht große Vorteile davon versprächen. Sie haben es in der Hand, reizende Samariterin, Ihrem Schützling eine glänzende Situation zu bereiten: bestimmen Sie ihn zu rückhaltloser Preisgabe seiner Geheimnisse. Sie leisten damit zu gleicher Zeit Ihrem Vaterlande einen wichtigen Dienst.

Meine Stute erwartet ungeduldig ihre Gebieterin. Ich verzeihe es ihr, daß Sie mich nicht mehr im Sattel dulden will. Wer vermöchte die rauhe Faust noch zu ertragen, der von der zarten Führung Ihres Händchens verwöhnt worden ist?!

Graf Guy Chevreuse an Delphine

Straßburg, Freitag.

Schönste Marquise, der König hat befohlen, daß ich den Prinzen Rohan nach Versailles begleiten soll, und die letzten eiligen Geschäfte, die ich vorher noch abzuwickeln habe, zwingen mir das Opfer auf. Sie nicht mehr sehen zu können. Es würde mein Herz noch heftiger bluten machen, wenn ich nicht in letzter Zeit unter dem merkwürdigen Zufall, Sie bei meinen Besuchen stets in Gesellschaft des Herrn von Pirch zu treffen, so sehr gelitten hätte. Oder sollten diese Begegnungen einem Plan Ihres entzückenden Köpfchens entsprechen, das in seiner Klugheit sicher ebenso unergründlich ist wie Ihr Herz in seinen Gefühlen? War es Ihre Absicht, mich den Stachel der Eifersucht immer heftiger empfinden zu lassen, damit ich alle Kraft daran setze, mich von ihm zu befreien, und helfe. Sie möglichst weit aus dem Gesichtskreis des kleinen Barons zu entfernen?!

Seien Sie versichert, ich werde intrigieren wie Mademoiselle de Lespinasse, die Minister und Akademiker kreiert, und plädieren wie Monsieur Linguet, der die Gräfin Bethune sogar dann noch rettete, als er bereits gestürzt war.

In Paris sehen wir uns wieder – in diesem göttlichen Paris, wo alle Pulse schneller schlagen, wo das Leben ein spannendes Glücksspiel, die Liebe ein Champagnerrausch ist. Die Atmosphäre von Straßburg würde mich schwermütig gemacht haben, wenn die Luft, die Sie umgibt, nicht gesättigt gewesen wäre von diesem Paris.

Aber zuweilen entdecke ich, daß die feuchten Nebel des Rheins Ihre Augen zu verschleiern beginnen, daß die erschreckende Nähe deutschen Barbarentums einen fremden Zug von Ernst um Ihre schwellenden Lippen legt; – Paris allein kann Sie entzaubern! Auf Wiedersehen in Paris! Soll ich den Prinzen Friedrich-Eugen von Ihnen grüßen? Darf ich ihm auch vom Baron von Pirch erzählen?!

Mit deutscher Andacht küsse ich Ihnen die Hand und denke dabei mit französischer Verwegenheit des rosigen Grübchens auf Ihrem Ellenbogen.

Karl von Pirch an Delphine

Straßburg, am 29. März 1775.

Angebetete Frau Marquise! Wie lange noch soll ich es ertragen, daß Sie mir so kühl gegenüberstehen, mich wie einen Fremden betrachten, der ich Ihnen mein ganzes Wesen preisgab?! Ich weiß gar wohl: ich spiele eine schlechte Figur zwischen Ihren glänzenden Gästen; zähneknirschend empfand ich den hohnvollen Blick, mit dem der Graf Chevreuse meine schlichte Uniform zu streifen pflegte; der Zorn schnürte mir die Kehle zusammen, wenn ich. Sie erwartend, vor der *Porte du Roi* auf- und niederging und der Marschall Contades an Ihrer Seite vorbeigaloppierte, so daß der arme Fußgänger im Staub, den die Pferdehufe aufwirbelten, verschwand; und der Neid jagte mir kalte Schauer über den Rücken, sobald der Prinz Rohan sich Ihnen nahte, der nie ohne kostbare Blumen Ihre Schwelle überschritt, während ich daneben stand mit leeren Händen!

Aber heißt es nicht. Sie beleidigen, wenn ich solche Gründe für Ihre Ungnade annehme? Habe ich überhaupt ein Recht, mich zu beklagen –, ich, der ich versprach, wunschlos Ihre Nähe zu suchen?! Ach, Engel meines Lebens, ich bin nur ein Sterblicher und bin jung, und habe noch nie geliebt! Vermessene Gedanken, die ich niemals wagen würde, vor Ihrer Reinheit auszusprechen, lassen mich das Licht des Tages schamvoll fliehen und das Dunkel der Nacht fürchten wie höllische Finsternis.

Können Sie mir nicht lächeln wie einst? Muß ich die Qual erdulden, immer hinter den anderen zurückzustehen? Darf ich nie mehr allein den Raum betreten, der voll Ihres Atems ist, nie mehr meinen heißen Kopf in die Falten Ihres Kleides vergraben? Ich bin jedes Verbrechens fähig um den Preis eines Blicks voll Güte!

Marschall Maxim von Contades an Delphine

Straßburg, am 16. April.

Verehrte Frau Marquise, noch habe ich mich von meinem Erstaunen nicht erholt, daß Sie den Baron von Pirch nicht beeinflußt haben wollten und meine Vermutung entrüstet von sich wiesen! Wozu dies Versteckspiel, schönste Frau? Meinen Sie, vor Ihrem grauhaarigen Verehrer Ihr warmes Interesse für den jungen Mann verstecken zu müssen? Was ich bei meinem letzten Gespräch mit Ihnen aus der veränderten Lage des Kapitäns, seinen englischen Pferden und Pariser Westen, nur schließen zu müssen glaubte, ist mir inzwischen zur Gewißheit geworden: der Herzog von Aiguillon erhielt die gewünschten Papiere, sie sind mit besonderem Kurier an den Kriegsminister, Herrn Marschall de Muy abgesandt worden, und Herr von Pirch hat durch den Herzog bereits den ersten klingenden Lohn empfangen.

Warum weisen Sie das Verdienst einer Tat von sich, die Ihrem Patriotismus wie Ihrer – christlichen Nächstenliebe in gleicher Weise Ehre macht? Vielleicht, weil Sie mich nicht verletzen wollen?! Ist solche zarte Rücksicht noch nötig, nachdem Sie mir neulich deutlich genug zu verstehen gaben, daß ein grauer Bart zu stachlig ist für eine zarte Haut wie die Ihre?

Zuverlässige Gewährsmänner erzählten mir, daß eine gewisse kleine Gräfin Laval als Klosterschülerin nachts in den Straßen von Paris mit einem jungen Manne gesehen wurde, und daß um die Gunst einer reizenden Marquise, – deren Name Ihnen nicht fremd sein dürfte –, der Prinz von Montbéliard mit dem Grafen Chevreuse ein blutiges Renkontre hatte. Ist es demnach so verwunderlich, wenn der Marschall Contades auf ein kleines Douceur für seine Ritterdienste glaubte rechnen zu dürfen ?

Ich küsse Ihnen die Hand –, das Einzige, was Sie mir nicht verweigerten –, und verharre in der Hoffnung auf kommende Geneigtheit.

Karl von Pirch an Delphine

Dienstag.

Teuerste Marquise! Mit fliegender Feder beantworte ich Ihre Zeilen. Kniefälligen Dank dafür, daß ich Ihnen dienen darf! Ich werde zur angegebenen Stunde bei Ihnen sein. So habe ich nicht umsonst gelitten, gehofft und – gesündigt!

Karl von Pirch an Delphine

Straßburg, den 17. April 1775.

Teuerste Marquise. Meine Forderung an den Marschall ist abgesandt, und ich erwarte seine Antwort mit jener Ruhe, die nur der Mensch empfinden kann, dem selbst der Tod gleichgültig ist. Ach, wie flog ich zu Ihnen, von kühnster Hoffnung beschwingt, wie liebeglühend warf ich mich nieder vor Ihnen, als ich Ihre Tränen sah und sie zu meinen Gunsten deutete! Sie aber sprangen auf und stießen mich zurück, und wilder Zorn, nichts als Zorn, brannte in Ihrem Antlitz, als Sie mir des Marschalls Brief vor die Füße warfen.

»Rächen Sie mich – «, ich erkannte Ihre Stimme nicht wieder, als Sie mir, heiser vor Erregung, diese Worte zuriefen. Und ich Betörter fühlte, während ich las, nur das eine: daß Sie mich gerufen hatten, daß ich Ihnen dienen durfte, daß ich des köstlichsten Lohnes dafür sicher sei! Bis ich aus dem Traum gräßlich erwachte, bis ich endlich verstand, – verstehen mußte, daß ich nicht einmal besaß, wessen der letzte Ihrer Diener sich rühmen durfte: Ihre Achtung.

»Ein Vaterlandsverräter!« Darum also haben Sie sich von mir gewandt, während ich glaubte, Sie mit Prunk und Glanz gewinnen zu können! O, daß ich Sie nicht früher kannte, daß meine Liebe nicht hellsehend genug war, um mich Ihre Größe erkennen zu lassen!

Ich ging von Ihnen, ein Vernichteter, dem nur eines bleibt, zu sterben. Jetzt aber kehre ich zurück, teuerste Frau, um Ihnen aus tiefster Seele dafür zu danken, daß Sie mich dieses Sterbens würdigten. Nach Stunden, in denen die ganze Hölle sich meiner Seele bemächtigte, ist es still in mir geworden, und ich sehe klar: der Weg, den Sie mich zu gehen heißen, ist der einzige, der mich zu Ihnen zurückführt. Ich werde fallen, und entsühnt werde ich nur noch in Ihrer Erinnerung weiter leben. Was verlange ich mehr?

Bis in den Tod nannte ich mich einst den Ihren, bis über den Tod hinaus bin ich es jetzt erst.

Karl von Pirch an Delphine

Straßburg, am 17. April 1775.

Herr von Contades hat meine Forderung abgelehnt. Er schlägt sich nicht mit Ehrlosen. Wenn Sie diese Zeilen erhalten, wird er trotzdem gerichtet sein wie ich.

Graf Guy Chevreuse an Delphine

Versailles, am 29. April 1775.

Teuerste Marquise. Kaum haben wir Straßburg verlassen, und glauben, dem Zentrum aller großen Ereignisse näher zu kommen, als es sich mit einer *cause célèbre* an uns Provinzverächtern rächt. Ganz Paris spricht von der Ohrfeige, die der Straßburger Marschall empfing, und von der Kugel, die der deutsche Baron sich danach in die Schläfe jagte. Empfindsame Seelen lassen ein paar Tränentropfen über die Wangen fließen und flüstern einander in schauernder Bewunderung Ihren Namen zu. Unsere schöne Polignac hat, – ob aus Mitleid mit dem Opfertod des jungen Mannes, oder aus Neid über Ihren Ruhm?! –, einen Weinkrampf bekommen und quält seitdem den Prinzen Montbéliard mit unermüdlichen Fragen nach der Marquise Delphine, in der sie bereits die kommende Rivalin fürchtet. Ich selbst habe mich nicht ohne Erfolg bemüht, die Geschichte zu unserem Vorteil – »unserem«, schöne Frau! – auszunutzen; die Gelegenheit dazu ist so günstig wie der kleine Roman selbst.

Sie wissen: die Natur beginnt der Kunst den Rang abzulaufen; ihr Kredit ist im Wachsen, seitdem sie Rousseau nicht mehr kompromittiert; die Ärzte führen die famose Damenkrankheit der Langenweile, die sie in ihrer Weisheit als ein bedenkliches Nervenleiden erkannt haben wollen, auf die – Kunst zurück: auf das Korsett, das Sylphidentaillen vortäuscht, wo in Wahrheit die vierschrötige Figur einer Bauernmagd vorhanden ist, auf den Puder, der gelbes Leder in weiße Lilienblätter umwandelt, auf die Schminke, die bleichsüchtigen Lippen und Wangen blühende Rosenfarbe verleiht, auf Liköre und Zuckerwerk, die an Stelle von Wasser und Brot getreten sind, auf das Leben bei Nacht im Glanze des neuen Gaslichts, das uns die Sonne vergessen machte. Und sie verordnen keine bitteren Mixturen mehr, sondern – Natur: kaltes Wasser, frische

Luft, schwarzes Landbrot, saures Obst, Leibesübungen, Morgenspaziergänge. Die Königin und ihre Damen zeigten sich zuerst als willfährige Patienten; ganz Paris folgt ihrem Beispiel. Die Kavaliere werden nicht mehr zum Lever im parfümierten Boudoir empfangen, sondern zum Spaziergang im taufrischen Garten. Und bei den Wanderungen zwischen den knospenden Alleen Trianons, über den smaragdgrünen Rasen, den bunte Krokus und gelbe Narzissen mit ihren leuchtenden Farben durchziehen, liebt es die Königin Geschichten *à la* Marmontel zu hören. Es müssen aber, wie wir als Kinder zu sagen pflegten, »wirkliche« Geschichten sein. Welche hätte den Wünschen der hohen Frau besser entsprechen können als die Ihre?

Unter den eben aufblühenden Syringen erzählte ich von der kleinen süßen Klosterschülerin; vor den rosa Tulpenbeeten schilderte ich die ach so stolze Schloßfrau von Froberg; auf der weißen Bank zwischen den Oleanderbäumen sprach ich von der geistvollen Königin der Straßburger Feste; und als wir an der Schäferhütte unter den hellgrünen Schleiern zarter Birnen saßen, schwärmte ich von der wunderschönen Frau, um derentwillen ein deutscher Träumer sterben mußte und ein französischer Kavalier nichts heißer begehrt, als zu leben!

Der Königin blaue Augen schwammen in Tränen; unter den duftigen Mullfichus, die die Damen des Hofes am Morgen um die Schultern legen, – natürlich nur, weil der Arzt verordnet, daß Luft und Licht den Körper berühren! –, bebten rosige Busen.

»Schreiben Sie der Marquise Montjoie, daß ich mit ihr leide,« sagte die Königin; »fügen Sie auch hinzu, daß es mir eine besonders Freude sein würde, sie zu empfangen.« Und mit jener rührenden Einigkeit, die, wie Sie ahnen werden, die erste Tugend der Hofdamen ist, machten sie alle den Wunsch der Gebieterin zu dem ihren. Nur die Gräfin Polignac schwieg zerstreut. Der Prinz Montbéliard war kurz vorher im Boskett verschwunden.

Können, nein, dürfen Sie jetzt noch zögern? Versailles erwartet Sie im schönsten Frühlingsschmuck und Paris mit einer Fülle amüsanter Attraktionen. Der Barbier von Sevilla füllt täglich das Theater, und der glückliche Verfasser, Herr von Beaumarchais, – ein Emporkömmling dunkelster Herkunft, ein verkrachter Advokat, ein skrupelloser Geschäftsmann, – ist dermaßen in Mode, daß Prinzessinnen sich um ihn reißen. Die drollige Komödie: »Die Kurtisanen«, versorgt die Salons mit Bonmots, die die Gesellschaft um so herzhafter belacht, je mehr sie sich getroffen fühlt. Mit dem Besten lassen Sie mich diesen langen Brief beschließen, damit sein Effekt wenigstens zuletzt der ist, ein Lächeln bei Ihnen hervorzuzaubern –, jenes verführerische Lächeln, das Perlenzähne zwischen glutroten Lippen hervorblitzen und zwei tiefe Grübchen in zarten Pfirsichwangen sich eingraben läßt. Ein junger, vornehmer Mann, der wahrscheinlich allzuviel moderne Romane gelesen hat, deren Heldinnen tugendhafte Kurtisanen zu sein pflegen, verliebt sich in eine der Art. In ihrem Boudoir, dessen sich eine Gräfin nicht zu schämen brauchte, zu ihren Füßchen, die in der Höhe des Spanns und der Schmalheit der Fesseln der blaublütigsten Aristokratin gehören könnten, macht er ihr einen Heiratsantrag, den sie mit vollendeter Form akzeptiert. Er fühlt sich im siebenten Himmel. Da öffnet sich die Tür, herein tritt der Bruder der Schönen, – Schmierstiefel an den klobigen Füßen, schmutzige Nägel an den breiten Händen, im roten Gesicht eine noch rötere Nase –, ein echter Pariser Droschkenkutscher. An dem verblüfften Biedermann, der den Schwager gerührt in die Arme schließen will, stürzt im selben Augenblick der verliebte Jüngling vorüber, zur Tür hinaus. Der Anblick genügte, ihn von seiner Liebe und die kleine Dame von einem Bräutigam zu befreien!

Und die zweite Geschichte, die nichts ist als ein kurzer Dialog: »Wissen Sie schon, Alcest hat die kleine Herzogin verlassen.« – »Nicht möglich! Und warum?« – »Wegen der niedlichen Tänzerin Cléone.« – »Gewinnt er denn bei diesem Tausch?« – »Vom Standpunkt der guten Sitten – gewiß!« – Von nun an erwarte ich Sie täglich!

Prinz Louis Rohan an Delphine

Paris, am 7. Mai 1775.

Meine liebe Frau Marquise. Zugleich mit meinem längeren, ich möchte beinahe sagen: geschäftlichen Schreiben an den Herrn Marquis, mache ich mir das besondere Vergnügen, diese freundschaftlichen Zeilen an Sie zu richten. Der Eindruck meines letzten Besuchs bei Ihnen ist ein so nachhaltiger gewesen, daß ich, offen gestanden, das meiste Gewicht auf Ihre Bundesgenossenschaft lege. Wer hätte hinter der Marmorstirn dieser reizenden Frau so kluge und so – kühle Gedanken vermutet; wer hätte je geglaubt, daß Ihre große Jugend der Erkenntnis so ernster politischer Fragen fähig wäre!

Und nun ist, dank eines glücklichen Zwischenfalls, der große Moment gekommen, wo es gilt, die bisher – unter uns gesagt – noch spielerische Stellungnahme der Königin zu stärken und damit der Herrschaft dieses unseligen Ministeriums ein rasches Ende zu bereiten.

Wir hatten vor drei Tagen so etwas wie eine Revolution, die die selbst in unseren Reihen so sehr gefürchteten Theorien der Philosophen und Physiokraten über den Haufen stieß, denn sie entstand nicht als Folge der von diesen als so gräßlich geschilderten Mißstände, sondern entsprang dem Reformversuch Herrn Turgots, durch Freigabe des Mehl- und Getreidehandels jene Mißstände zu beseitigen. Ich kam gerade aus Versailles, wo ich den König zwar nicht traf, – sein ganzes Interesse gehörte in diesem kritischen politischen Augenblick der Schnepfenjagd! – und stieß in der Rue St. Honoré mit einem Haufen aufgeregten Volks zusammen, der mich nötigte, meinen Wagen zu verlassen. Junge Vagabunden, kreischende Weiber, alte Trunkenbolde, Dirnen und verwahrloste Kinder sperrten unter Führung einiger behäbiger Mehlhändler die Straße vollständig ab und brachen mit dem Gebrüll »nieder Turgot!« Türen und Fenster ein. Während des ganzen Tages hörte der Lärm nicht auf, so daß ich vorzog, mein endlich erreichtes Quartier nicht mehr zu verlassen.

Inzwischen hat der König von den Ereignissen erfahren; seine Haltung, als er Turgot gestern empfing, soll schon eine merklich kühle gewesen sein.

Zur rechten Zeit ist eine Broschüre Herrn Neckers erschienen, die sich gegen die Theorien der Ökonomisten wendet und die Folgen Turgotscher Reformpläne so voraussieht, wie sie bereits anfangen, einzutreten. So wenig ich nun auch diesen Mann goutiere, der nicht nur ein Bürgerlicher im tiefsten Sinne des Worts, sondern überdies noch ein Schweizer mit all seiner Steifheit ist, so halte ich ihn in diesem Augenblick so sehr für unsern Freund, daß ich mich entschloß, Madame Necker meinen Besuch zu machen. Ich habe es nicht bereut, selbst wenn ich dabei nichts anderes gewonnen hätte als den Einblick in eine neue Welt. Wir mögen sie ignorieren, aber sie besteht, sie entwickelt sich, sie nimmt die Allüren der unseren an, und wir selbst haben sie ins Leben gerufen, indem wir all diesen Leuten, die noch vor zwanzig Jahren kleine Krämer waren und sich nicht tief genug vor uns beugen konnten, die Ausnutzung der finanziellen Kräfte des Landes überließen. Heute sind sie Bankiers und Generalpächter, haben Schlösser auf dem Land, Hotels in der Stadt, spielen die Mäzene aller unruhigen Geister, und uns, den Privilegierten bis zum König hinauf, sind zu dem im Grunde gebotenen Kampf gegen diese neuen Mächte die Hände gebunden, weil wir ihren Einfluß und – noch mehr – ihr Geld gebrauchen.

Sie hätten mit mir beobachten sollen, wie Madame Necker, die ihre mangelhafte Grazie durch kühle Klugheit zu ersetzen sucht, in ihrem eleganten Salon empfängt, wie sich Politiker, Philosophen und Poeten um ihre Tafel drängen. Wohl dachte ich dabei an die Glanzzeit Madame de Tencins und ihrer eleganten Besucher, deren Esprit alle Tagesinteressen graziös zu umflattern pflegte wie Schmetterlinge die Blumen, während der schwerfällige Geist der Gäste des Neckerschen Hauses an jeder Einzelheit kleben bleibt wie Raupen, die sich einspinnen wollen. Hat man es selbst im Salon der Marquise Dudeffant je gehört, daß Frauen sich über die Fragen der Getreideausfuhr, der Preßfreiheit, der ostindischen Bank, der amerikanischen Vermittelungen echauffieren?! Es nimmt mich nicht wunder, daß im Kreise der Madame Necker der Plan auftauchen konnte, Herrn von Voltaire ein Denkmal zu setzen, obwohl er vom Poeten soweit entfernt ist wie der berüchtigte Abbé Galiani vom Priester.

Trotz alledem, meine schöne Marquise, müssen wir klug genug sein, diese Situation zu benutzen, und ich würde auch Ihnen raten, bei Ihrem hoffentlich nunmehr gesicherten Hiersein den Salon Necker zu frequentieren, denn er ist der Herd der Feindschaft gegen das Ministerium Maurepas und mindestens so einflußreich wie die Königin, auf die wir uns natürlich in erster Linie stützen müssen.

Sie hatte leider nicht die Gnade, mich in privater Audienz zu empfangen. Ich sah sie nur bei Gelegenheit einer offiziellen Festlichkeit in Versailles, ihre unbeschreibliche Lieblichkeit würde mich ganz bezaubert haben, wenn ich nicht inzwischen von der Schönheit einer Ihnen nicht unbekannten Dame selbst für den Reiz der Königinnen unempfindlich geworden wäre! Graf Chevreuse, ihr getreuester Kavalier, – er gehört zu den wenigen Hofherren, die, als sie jüngst an den Masern erkrankt zu Bette lag, ihre Anhänglichkeit so weit trieben, daß sie nur nachts zu bewegen waren, das Schlafzimmer der hohen Frau zu verlassen, – zeigte mir die entzückenden neuen Gärten von Trianon, die Herr von Caraman im englischen Stile anlegt. Der Königin ganzes Interesse gehört dieser neuen Schöpfung und ihr ganzer Zorn denen, die sie ihr durch grämliche Sparsamkeitsrücksichten vergällen wollen. Herr Turgot ist der erste unter den Spielverderbern. Als ob man einer Königin versagen dürfte, was jeder Parvenü heute schon besitzt! Die Rücksicht auf ihre Trianon-Phantasie vermag, was der Hinweis auf die politischen Interessen Frankreichs nicht vermocht haben würde: Marie Antoinette für unsere Intrige zu gewinnen, vorausgesetzt, daß einer von uns sie beeinflussen kann.

Sollte mein Brief an den Herrn Marquis, der noch ein wenig trockener ist als dieser, – ich fürchte fast, der Neckersche Salon hat seine Spuren bei mir hinterlassen und Sie werden sich beeilen müssen, sie zu verwischen! –, ihn noch nicht zu einem festen Entschluß geführt haben, so rechne ich, teure Marquise, auf Ihre ausschlaggebende Unterstützung.

Darf ich Ihrer gütigen Verzeihung sicher sein, wenn ich eine andere, Sie persönlich betreffende Sache dem Herrn Marquis gegenüber zu meinen Zwecken auszunutzen versuchte? Ich schrieb ihm, daß die Affäre des kleinen Kapitäns viel Staub aufgewirbelt habe, und daß es im Interesse Ihrer gesellschaftlichen Stellung wünschenswert sei, Straßburg mit Paris zu vertauschen. So kann die voreilige Tat des jungen Mannes, – hätte er nicht für die Unnahbarkeit der schönen Delphine gefällige Trösterinnen gefunden?! – den Interessen des Vaterlandes doch noch zugute kommen.

Marquis Montjoie an Delphine

Paris, am 1. Juni 1775.

Meine Liebe. Nach einer ziemlich beschwerlichen Reise bin ich vor acht Tagen hier angekommen. Die Unsicherheit der Wege ist groß; lichtscheues Gesindel wagt sich mit frecher Miene und einer Art Bettelei, die fast eine Drohung ist, bis dicht an die Wagen, so daß wir bei Ihrer Übersiedelung nach Paris für eine größere Eskorte Sorge tragen müssen, als ich sie hatte. Sie sehen aus dieser Bemerkung, daß mein Entschluß nunmehr feststeht, und ich bitte, die Vorbereitungen für die Reise treffen zu wollen.

Es geschieht nicht leichten Herzens, daß ich mich der klar erkannten Pflicht, dem Beispiel meiner erlauchten Ahnen folgend, unterwerfe, in gefährlicher Zeit das Herrscherhaus nicht zu verlassen. Die Tage, die ich hier in fast ständiger Gesellschaft der Minister und des Hofes verlebe, genügten, um mir die Lage sehr schwarz erscheinen zu lassen. Wir dürfen uns vor allem eins nicht verhehlen: der König folgt in seinen Handlungen keinerlei festem Plan, sondern teils seiner Laune, teils den Ratgebern, die ihm im Moment das meiste versprechen. Diese Tatsache bietet uns freilich die Gewähr, daß auch Turgot sich über kurz oder lang beseitigen läßt, aber – dessen fürchte ich sicher zu sein – nur um durch neue vorübergehende Experimente ersetzt zu werden. Vorläufig sucht der König sein Heil noch darin, den Freidenkern und Ökonomisten Konzessionen zu machen. Man spricht sogar davon, daß Herr von Malesherbes in das Ministerium berufen werden soll, der der offene Beschützer und Parteigänger der Leute vom Schlage der Herren d'Alembert, Diderot e tutti quanti ist. Die einzige Stütze für uns ist der ehemalige

Polizeileutnant Sartine, der aber leider auch durch Frau von Maurepas' Boudoir den Weg zu seinem Posten als Marineminister gefunden hat. Sein augenblickliches Verdienst ist die geschickte Inszenierung der Brotrevolten, die Turgots Ansehen nicht wenig erschüttert haben.

Die schwankende Haltung des Königs ist jedoch nicht das einzige, was zu schweren Befürchtungen Anlaß gibt. Die Konflikte mit England nehmen leider in Verbindung mit den amerikanischen Unruhen eine drohende Gestalt an, umsomehr, als der König gewissenlosen Einbläsern ein geneigtes Ohr leiht, die ihn glauben machen wollen, daß ein Krieg der allgemeinen Erregung eine andere Richtung geben und sein glücklicher Ausgang die seit der Schmach des Siebenjährigen Krieges rapid wachsende Mißstimmung beseitigen würde. Schwärmer, die in einem freien Amerika die Träume der Philosophen glauben verwirklichen zu können, schlaue Geschäftsleute, die überall im trüben fischen und, wie ich von zuverlässiger Seite hörte, schon jetzt den Bostonianern heimlich Waffen liefern, haben sich zusammengetan und schüren die Flammen. Wie weit es ihnen gelingt, geht schon daraus hervor, daß ein so kühl-reservierter Edelmann wie der Prinz von Montbéliard, mir gegenüber die Absicht aussprach, sich dem Unabhängigkeitskampf der amerikanischen Kolonien anzuschließen, auch wenn Frankreich neutral bleiben sollte, und daß Herr von St. James mir ernstlich zumutete, mich mit einigen Tausend an dem geschäftlichen Unternehmen zu beteiligen. Übrigens bat mich der Prinz, Sie als seine Jugendfreundin von seiner Absicht in Kenntnis zu setzen. Man müsse sich der Treibhausschwüle des untätigen Lebens entziehen, sagte er, um nicht zu enden wie Herr von Pirch.

Da, wo er sich aufhält, – in der nächsten Umgebung der Königin, – ist allerdings diese Schwüle am fühlbarsten, und von hier aus drohen uns, wie ich glaube, die schwersten Gefahren. Ich darf von Ihrem Charakter erwarten, daß Sie, meine Liebe, sich der Aufgabe, die sich Ihnen hier bietet, gewachsen zeigen werden. Sie besteht weniger darin, die Königin in ihrem Kampf gegen das Ministerium zu unterstützen. Das ist die Absicht des Prinzen Rohan, der nicht nur den Wünschen der Königin schmeicheln, sondern seine eigenen Interessen fördern will. Sein Ehrgeiz hat die Abberufung von dem Wiener Gesandtenposten nicht verwunden; der Kardinalshut ist das mindeste, durch das er befriedigt werden kann, und die Rücksicht auf seine einflußreiche und vermögende Familie wird den König schließlich zur Zustimmung bewegen, während die Königin den Prinzen nach wie vor zu empfangen sich weigert. Als Erklärung ihrer Stellungnahme, – denn Rohans Wiener Ungeschicklichkeiten scheinen mir für ihre Schroffheit doch keine ausreichende zu sein, – kam mir das Gerücht zu Ohren, daß er die kleine Erzherzogin mit deutlichen Liebesanträgen verfolgt haben soll. Ich halte es daher für ratsam, ihn etwas fern zu halten, um so mehr als sein Ruf auch hier in Paris der denkbar schlechteste ist. Er hat, wie er mir selbst erzählte, seit seiner Ankunft täglich im Hotel irgendeiner Kurtisane soupiert. Männer wie er würden die verderblichen Neigungen der Königin nur noch unterstützen und den Kreis leichtfertiger Damen und Herren vergrößern, mit dem sie sich umgeben hat.

Sie wissen, wie wir uns beglückwünschten, als die Mätressenwirtschaft mit der Thronbesteigung des Königs aufhörte. Ich scheue mich nicht zu erklären, daß wir bei dem Changement eher verloren als gewonnen haben. Marie Antoinette lebt nur dem Vergnügen und geht darin so weit, daß sie ohne Rücksicht auf die Würde ihrer Stellung in den gewagtesten Komödien vor einem Parterre applaudierender Kavaliere auftritt und ihre Günstlinge auf Grund ihrer schauspielerischen Talente auswählt. Ist es doch bereits so weit gekommen, daß hohe Herren, wie der Graf von Artois, sich in Versailles als Seiltänzer produzieren, und die Gräfin Polignac Unterricht im Ballettanzen nimmt! Kein Wunder, daß die Ehrfurcht vor dem Herrscherhaus mehr und mehr schwindet und Couplets gesungen werden, die die Neigung der Fürsten, sich in dieser Weise zu encanaillieren, in bitterster Weise verspotten.

Ich habe Ihnen nur noch mitzuteilen, daß wir das liebenswürdige Anerbieten Ihres Herrn Onkels, des Grafen Waldner, zunächst in seinem Hause Wohnung zu nehmen, akzeptieren müssen, da es nicht leicht ist, ein passendes Hotel zu finden und unser Bleiben in Paris immerhin noch von der Gestaltung der Dinge abhängt.

Teilen Sie mir beizeiten Ihre Reisedispositionen mit.

Lucien Gaillard an Delphine

Sehr verehrte Frau Marquise, Ihr Auftrag ist ausgeführt. Ich faßte den Prinzen Montbéliard ab, als er von einem Spazierritt mit der Gräfin Polignac nach Hause kam. Seine heitere Miene verfinsterte sich schon bei meinem Anblick. Als ich Ihren Brief übergab, färbte sich sein blasses Gesicht dunkelrot. Er entließ mich sehr ungnädig. Oder sollte mir Paris den Star gestochen haben, so daß ich die gewohnte schlechte Behandlung hoher Herren erst jetzt als solche erkenne?!

Euer Gnaden sind gütig genug, sich nach meinem Ergehen zu erkundigen. Ich müßte *Mémoires* schreiben wie Herr von Beaumarchais, um darüber gehörige Auskunft zu geben. Ich erlebte in ein paar Monaten mehr als in den fünfundzwanzig Jahren, die ihnen vorangingen. In aller Kürze will ich Bericht erstatten. Nicht, weil ich an das Interesse glaube, das Sie für mich haben wollen. Es gehört, wie ich nachgerade weiß, zur vornehmen Erziehung, Interesse zu zeigen, um harmlose Seelen dadurch zu gewinnen. Aber ich möchte es Euer Gnaden ersparen, mich wiederzusehen, wenn die neue Ausgabe eines gewissen Gaillard Ihrer Zensur verfallen sollte.

Ich reiste zu Fuß; der Notgroschen, den der Herr Marquis mir mitgab und den die Frau Marquise so erheblich vermehrte, sollte durch keine überflüssige Ausgabe verringert werden. Diese Sparsamkeit hat mich reich gemacht. Ich sammelte Erfahrungen, deren Menge oft erdrückend war.

Kaum hatte ich das Gebirge hinter mir, als sich auch schon Ländereien vor mir ausbreiteten, die eben von plünderndem Kriegsvolk verlassen schienen: Einöden, Heide und Brachland, von schlammigen Wegen durchzogen, meilenweit kein Mensch. Nur hier und da tauchte ein lebendes Wesen auf mit strähnigen Haaren über schmutzstarrenden Zügen, das mich aus roten Augen erschrocken anglotzte.

Vor dem Einbruch der ersten Nacht klopfte ich in der Gegend von Noroy an eine rußige Hütte. Mit einem Geheul, das an die Wölfe der Vogesen erinnerte, stürzte mir ein Mensch entgegen.

»Ich habe nichts, gar nichts,« schrie er, »selbst das Schloß an der Tür hat der Steuereinnehmer schon genommen.«

Im Mondlicht sah ich erst, wen ich vor mir hatte. Es konnte nur eine Hexe sein: ein paar schmutzigweiße Haare standen um ihren gelben Schädel, über die bloßen Knochen ihres nackten Oberkörpers spannte sich die braune Haut, ihre Brüste hingen, leere Schläuche, über dem gedunsenen Leib. Ich bekreuzigte mich. Da hörte ich ein Wimmern aus dem Dunkel der Hütte. Ich vermutete ein Verbrechen und sprang der Hexe nach, die hineinlief. Aber schon hatte sie ein Etwas vom nackten Boden aufgerissen, ein Bündel Lumpen, wie mir schien. Sie wiegte es in den Knochenarmen, sie preßte es an die welke Brust, und Tränen, die aus ihren Augen flossen, fielen darauf. Ich sah ein greisenhaftes Gesicht, nicht größer als meine Faust, sich aus den Lumpen heben. Sie küßte es.

Nun wußte ich, daß sie ein Weib war.

Allmählich im Weiterwandern hörte ich auf, mich zu entsetzen. Ich sah immer dasselbe: Häuser ohne Fenster und ohne Dielen, nichts darin als schmutziges Stroh. Die Möbel hatten im letzten Winter das Kaminfeuer nähren müssen, ebenso wie die letzten Obstbäume vor den Türen. Alles andere Besitztum hatten Steuererheber und Grundherren aufgefressen. Die Winzer in Laferté ließen den Wein ins Wasser fließen, weil sie zu arm waren, die Abgaben dafür aufzubringen.

Als ich bei Chatillon die Seine erreichte, kamen mir Banden von Bauern entgegen, die ihre Äcker im Stiche gelassen hatten, um in die Fremde zu wandern. Andere drängten sich in der Stadt, wo jedes Haus einer Ruine glich, und bettelten um Arbeit bei dem Schweizer Tuchhändler, der kürzlich gekommen war, um die Weiber für billiges Geld an seine Webstühle zu spannen. Viele priesen ihn, als wäre er der Herrgott selbst. Es waren Leute darunter, die wie das liebe Vieh schon Gras gefressen hatten. Daß sie jetzt schwarzes Brot bekamen, schien ihnen die Erlösung, für die sie willig Tag und Nacht hinter dem Webstuhl schanzten.

Ich näherte mich Paris mit leeren Taschen. Angesichts all des Elends brannte jeder Sous mir in der Hand, bis ich ihn weggab. An üppigen Schlössern und wundervoll blühenden Gärten kam ich vorbei. Aber ob sich mir selbst jetzt vor Hunger der Magen zusammenzog, lieber hätte ich die Hand ausgestreckt, um eine Brandfackel in all die Pracht zu werfen, als um zu betteln!

Die Not trieb mich zu der Frau, bei der ich zu Beginn meiner Existenz schon neun Monate zu Gast war. An ihren Kaffeetischen, die von früh bis spät von aufgeregten Weltverbesserern besetzt sind, lernte ich Männer der Feder kennen, bei denen ich Schreiberdienste tat. Jetzt arbeite ich bei Herrn Linguet, einem Mann, dessen Eitelkeit noch größer ist als sein Geist. Weil einige Kaffeehausbummler sich über seine Prozesse und seine Artikel erhitzen, glaubt er die Augen von ganz Europa auf sich gerichtet.

Ich dränge mich auch in die Klubs und lese viel. Alle Augenblicke bilde ich mir ein, bei den Philosophen oder den Ökonomisten die richtigen Rezepte für die Volksseuche, die ich aus nächster Nähe kennen lernte, gefunden zu haben. Aber ich sehe immer wieder, daß selbst die berühmtesten Ärzte die Krankheit, die sie heilen wollen, gar nicht erforscht haben. Herr Necker schrieb neulich in einem Libell gegen die Ökonomisten: »die ökonomische Freiheit, die Ihr propagiert, ist die Tyrannei der Grundbesitzer,« und der Abbé Baudeau antwortete ihm: »Ihr Angriff auf den Grundbesitz ist der Kommunismus der Bankiers.« Ich fürchte, sie haben alle beide recht.

Verzeihen mir Euer Gnaden diesen langen Brief. Ich denke zu viel und spreche zu wenig, darum strömt mein Inneres in die Feder.

An Froberg denke ich zurück wie an einen anderen Stern. Dort war alles satt und sauber. Euer Gnaden riß die dunklen Vorhänge meiner Erfahrungen von dem Fenster meiner Erdenwohnung, so daß ich plötzlich wieder in das ferne Licht hinübersehen mußte. Trotzdem möchte ich nicht zurück; kämpfen ist besser als leben. Nur daß sich die Herrin dieses Sterns mir wieder vor Augen rückte, war grausam. Ich könnte über ihr die Hexe von Noroy vergessen! Darf ich hoffen, daß Euer Gnaden sich in Paris meiner erinnern werden?

Prinz Friedrich-Eugen Montbéliard an Delphine

Paris, am 2. Juli 1775.

Verehrte Frau Marquise. Ihr Schreiben hat mich überrascht, da ich mich der Ehre, Anspruch auf Ihr Vertrauen zu haben, nicht mehr rühmen darf. Ich glaubte einmal die Triebkraft erkannt zu haben, die Sie bestimmte, ein Wiedersehen mit mir zu verhindern, und mein Herz war so tief beglückt, daß es die gebotene Trennung ertragen konnte. Seit einiger Zeit weiß ich, daß es eine Täuschung war.

Der Prinz Rohan und der Graf Chevreuse wußten, begeistert von Ihrer seduisanten Persönlichkeit, die alle in ihren Bann zu ziehen versteht, viel von Ihnen zu erzählen. Noch mehr als durch ihr Reden erfuhr ich jedoch durch das Schweigen eines anderen, der um Ihretwillen auf ewig verstummte.

Sie verteidigen sich, Frau Marquise, wegen dieses Toten, als ob ich mir erlaubte, mich zu Ihrem Richter aufzuspielen. Da ich mich aber leider nicht taub und blind stellen kann, so gestatten Sie mir, Ihnen einige Tatsachen ins Gedächtnis zurückzurufen: Der Marschall von Contades hatte, als er zum Zweck seiner Rehabilitierung in Versailles erschien, ein Portefeuille des Herrn von Pirch in seinem Besitz. Es enthielt unter anderem ein Billett von Ihrer Hand mit der unverblümten Aufforderung zu einem auf das strengste geheim zu haltenden Rendez-vous, und einige Verse des Herrn von Pirch »an die Geliebte«, worin er den Duft Ihrer Haare, die Weichheit Ihrer Arme, die Wärme Ihres blühenden Busens in so stürmischen Strophen besingt, wie sie nur der Genuß all dieser Herrlichkeit, nicht aber die Sehnsucht danach zu diktieren vermag. Sie sind weiterhin so gnädig, an meinen Interessen und Plänen insoweit Anteil zu nehmen, als sie Ihnen »gefährlich« und »abenteuerlich« erscheinen. Zu Ihrer Beruhigung sei Ihnen von vornherein versichert, daß es nicht »Herzensenttäuschungen« sind, die den Wunsch in mir entstehen ließen, Frankreich den Rücken zu kehren. Es mag die Art der Frauen sein, ihre Überzeugungen und Interessen nach der Wetterfahne ihrer Gefühle zu drehen, die der Männer ist es nicht.

Meine Abneigung gegen die Hohlheit des Hoflebens, gegen meine eigene tatenlose Existenz wären schon Grund genug, eine andere Lebenssphäre sehnsüchtig zu suchen. Viel ausschlaggebender aber ist für mich der Einblick in die Tatsache geworden, daß alle Systeme und Ideen unserer Denker und Dichter, für die ich mich einst begeisterte, – ich würde an dieser Stelle gern »wir« gesagt haben, Frau Marquise, wenn ich nicht wüßte, daß Sie jene Stunden in Etupes längst vergessen haben, – nichts als Phrasen blieben, hohlere noch als die der Priester, deren Versprechungen sich nur auf den Himmel beziehen, also völlig unkontrollierbar sind.

In Amerika sehe ich ein Volk, das um seine Freiheit kämpft, statt nur über sie zu reden. Dort würde ich also erfahren können, ob sie ein Gut ist, für das es sich lohnt, Kraft und Leben einzusetzen.

Ich gedenke demnächst zur Vermählung meiner Schwester mit dem Großfürsten Paul von Rußland nach Petersburg abzureisen, um danach Europa zu verlassen.

Vielleicht vermögen Sie diesen kurzen Zeilen wenigstens das Eine zu entnehmen, daß ich nicht gewillt bin, in Hofintrigen und Liebesgetändel mich zu verlieren, auch keine Anlage habe, den tragischen Helden zu spielen.

Damit, Frau Marquise, dürften wir wohl das letzte Wort miteinander gewechselt haben.

Ich hoffe, Paris wird Ihre Ansprüche und Erwartungen ganz befriedigen.

Schäferspiele

Graf Guy Chevreuse an Delphine

Paris, am 1. August 1775.

Hiermit sende ich Ihnen, schönste Marquise, Ihre Rolle als Daphnis. Die Königin ist entzückt in dem Gedanken an Ihre Mitwirkung, und ich – o, es gibt keinen Ausdruck für meine Empfindung!

Delphine lacht über Guys Liebesschwüre, – Daphnis wird sogar Philidors Zärtlichkeit dulden müssen!

Graf Guy Chevreuse an Delphine

Versailles, am 15. August 1775.

Holdseligste! Noch fühle ich Ihren Atem auf meiner Wange, Ihren schwellenden Körper in meinen Armen und Ihre Lippen, kühl und weich wie Rosenblätter auf meinem glühenden Mund. War es nur Daphnis, war es Delphine?!

Ach, als ich noch trunken vor Seligkeit im Schatten der Kulissen Ihnen zu Füßen sank, bereit, für ein zärtliches Wort mein Blut tropfenweise zu verspritzen, rissen Sie mich mit Ihrer Frage: »War Friedrich-Eugen unter den Zuschauern?« aus allen Himmeln. Als ich durch stummes Nicken bejahte, tief verletzt durch Ihr dauerndes Interesse an einem unliebenswürdigen Sonderling, und meine Leidenschaft die quälende Frage laut werden ließ: »Lieben Sie den Prinzen?« Da erfüllte mich Ihre rasche Antwort: »Ich hasse ihn!« mit neuer seliger Hoffnung. Und als Sie, an mich geschmiegt, strahlend von Schönheit, leuchtend von Übermut, vor dem entzückten Hof erschienen, und ein leiser Druck Ihres Arms mir die Erlaubnis gab, neben Ihnen bleiben zu dürfen, fühlte ich mich dem schwindelnden Glück Ihres Besitzes nahe.

Ihr kühler Abschied im Morgengrauen stürzte mich wieder in ein Meer von Zweifeln. Retten Sie einen Schiffbrüchigen, und wenn Ihnen das nicht der Mühe wert erscheint, die Hand auszustrecken, so retten Sie Ihre eigene blühende Jugend! Erinnern Sie sich, süße Delphine, daß Ihre Schönheit zwar göttlich, Sie aber trotzdem nicht unsterblich sind! Soll der Frühling Ihrer Jugend welken, noch ehe die Sonne der Liebe den Sommer entfaltete?

Sie leiden; ich weiß es, denn ich kenne alle Qualen wie alle Wonnen des Herzens. Die Sehnsucht glänzt aus Ihren Augen, glüht aus Ihren Fingerspitzen.

Wenn ich die Rosen, die ich Ihnen sende, heute abend an Ihrem Busen wiedersehe, soll mir das ein Zeichen süßester Hoffnung sein. Mag dann immerhin Guiberts Trauerspiel, dem der ganze Hof mit Spannung entgegensieht, so langweilig sein wie seine Kriegskunst, ich werde es unterhaltend finden; Sie werden also, reizende Daphnis, nicht nur für Ihres Schäfers Glück, sondern auch für des Dichters Ruhm verantwortlich sein.

Graf Guy Chevreuse an Delphine

Versailles, den 20. August 1775.

Seit jenem Abend, wo ich die dunkelroten Rosen meiner Leidenschaft an der weißen Seide Ihres Kleides glühen sah und hingerissen, mitten im Spiegelsaal von Versailles das Knie vor Ihnen beugte, bin ich im Zweifel, ob das Leben vorher mein Leben war, ob all die Liebe, die ich früher genoß, Liebe gewesen ist.

Wie im Traum höre ich noch Grétrys schmelzende Weisen, an deren Tönen das Licht in Ihren Augensternen sich entzündete, sehe in Ihren Händen das Glas mit dem perlenden Wein, dessen Feuer sich langsam in Ihre Adern ergoß, und fühle den heißen Atem all der schönen Frauen, all der glänzenden Kavaliere, der allmählich die duftenden Kerzen flackern, die schwüle Luft vibrieren ließ und Sie hineinzog in sein Fieber. War es nur die Pracht dieses königlichen Festes, die Sie berauschte, war es der Duft meiner Rosen?

Ich will keine Antwort auf diese Frage, ich will sie nicht! Nur dem göttlichen Augenblick will ich leben, süße Frau, gleichgültig, welch einem Wunder ich ihn verdanke.

Was in Paris an Blumen aufzutreiben war, sende ich Ihnen heute. In Lilienblätter will ich das Köpfchen der Geliebten betten, wenn ich komme, roten Mohn will ich über ihre weißen Glieder streuen, und Amor selbst erfülle mich mit seiner Kraft, daß ich die schönste der Frauen zum Leben der Liebe erwecke.

Graf Guy Chevreuse an Delphine

Versailles, am 10. September 1775.

Holde! Süße! Daß ich Sie gestern nicht sehen durfte! Und doch empfingen Sie den Grafen Guibert! Die wütendste Eifersucht würde mich plagen, wenn ich nicht wüßte, daß der berühmte Poet und Kriegsmann ebenso berühmt als der Liebhaber der Lespinasse ist. Aber ich gönne es ihm nicht, auch nur den Geist meiner Geliebten anbeten zu dürfen.

Selbst die Königin bemerkte meinen Unmut. »Wo ist Daphnis, armer Philidor?!« neckte sie. Wo ist Daphnis? wiederholt mein Herz jede Stunde, die ich fern von ihr bin.

Und auch heute wollen Sie mich nicht empfangen, weil Ihre Majestät die Schneiderin Bertin Ihnen Audienz erteilt?! Grausame, bedarf es wirklich noch neuer Spitzen, Gaze und Seidenstoffe, ist es nötig, die zarte Tüllwolke um den Busen, den schweren Brokat um die Hüften immer raffinierter zu falten und zu raffen? Sind Sie nicht verführerisch genug für mich, oder haben Sie die Absicht, mich durch Liebestollheit anderer Männer rasend zu machen oder durch ihre neidischen Blicke zu spießen?

Unten im Hof pfeift ein Schweizer sein Liedchen, drüben aus den Zimmern der Polignac klingen schwärmerische Harfentöne, aus den Hecken trillert ein Vogel, der vom Frühling träumt –, ich höre nur ein Wort aus allen Tönen: Delphine, Delphine! Und seine Melodie begleitet meines Herzens sehnsuchtsvoll-stürmisches Pochen: Denn in wenigen Tagen wird meine Geliebte mit mir in den Zaubergärten Armidens sein!

Keinen preise ich heute mehr als den Prinzen Condé, der Chantilly zum Sitz der Musen und Grazien schuf. Herr von Beaumarchais, der diesmal bei ihm den Zeremonienmeister spielt, machte mir mit seinem beziehungsvollsten Figarolächeln allerlei Andeutungen über die Wunder, die sich begeben werden.

»Für Liebhaber der Einsamkeit«, sagte er, »finden sich im meilenweiten Park stille Einsiedeleien, für philosophische Gespräche, die ungestört bleiben müssen, gibt es im riesigen Schloß hinter unsichtbaren Tapetentüren sichere Verstecke.« Alles, was jung ist und schön, hat der Prinz geladen: »damit weder die bösen Zungen alter Weiber, noch die lüsternen Blicke verlebter Gecken die Liebe hindern, sich selbst zu leben.«

Darum, geliebteste aller Frauen, werden Sie nicht um unser Geheimnis zu zittern brauchen, werden nicht erbleichen, wenn meine Hand die Ihre sucht und fremde Blicke uns streifen, und nicht im Augenblick süßesten Taumels die schönsten Augen der Welt angstgeweitet auf mich richten. Sie werden endlich rückhaltlos mein sein.

Schon sehe ich uns in den verschwiegenen Tempeln der Gärten zu Eros, dem reizenden Gott, die verschlungenen Hände erheben und im stillen Dunkel der Hütte leise verschwinden, um die graue Buchenstämme als eherne Wächter stehen, und deren kleine Fenster Efeuranken schamhaft verhüllen.

Lucien Gaillard an Delphine

Paris, am 20. September 1775.

Verehrte Frau Marquise. Euer Gnaden gütige Erlaubnis, mich Ihnen bei Ihrer Anwesenheit in Paris wieder persönlich vorstellen zu dürfen, habe ich bisher nicht in Anspruch genommen. In den Ernst meines Lebens und meiner Gedanken sollte kein Strahl jener Welt fallen, der ich endgültig den Rücken kehrte. Ich, selbst ein Enterbter, will ganz meinen Brüdern gehören. Ich verzeihe es mir nicht einmal, wenn hier und da noch ein Gefühl der Sehnsucht in mir rege wird.

Um nicht zu wecken, was leider nicht tot ist, sondern nur eingeschläfert von dem Liede der Not, komme ich auch heute mit meinem Anliegen nicht in Person. Es handelt sich nicht um mich. Selbst wenn ich am Verhungern wäre, würde ich eher rauben als betteln. Ein paar arme Kinder sind es, für die ich Euer Gnaden Güte in Anspruch nehmen möchte.

Ich fand sie auf meinen Streifereien im Norden von Paris, der gewohnten Beschäftigung meiner Mußestunden. Wer immer über das Pflaster zwischen dicht gereihten Häusern trottet, vergißt allmählich, daß man auch auf weichem Rasen zwischen grünen Bäumen gehen kann. Und das ist gut.

Die Kinder bettelten. Eins von ihnen, ein Mädchen, suchte im Kehricht nach etwas Eßbarem. Ich folgte ihnen, als sie abends heimgingen. Das eine Mal stieg ich bis unters Dach. In eine Kammer, die weder Schloß noch Riegel hatte, blickte ich durch die fingerbreiten Spalten der Holzwand. Ich sah eine Schar von Kindern, die sich, von Hunger gepeinigt, über die eklen Speisereste stürzten, die das Mädchen aus der Gosse gefischt hatte und ihnen zuwarf. Ein andermal folgte ich einem Kinde in ein feuchtes Kellerloch tief unter dem Boden der Straße. Ein triefäugiges Weib riß ihm die Lumpen von den mageren Gliedern, ein anderes betrachtete die armselige Gestalt mit gierigen Blicken, als wäre es ein Stück raren Fleisches. Um fünf Sous kaufte sie schließlich die Kleine.

Seitdem ist es meine Leidenschaft, Kinder zu suchen. Ich habe mir schon eine lange Liste von denen angelegt, die ich fand. Es sind in sechs Gassen schon dreiundsiebzig, Mädchen und Knaben. Am liebsten hätte ich sie heimlich entführt. Aber in meiner Kammer hat nur mein eigenes Bett Platz, weil ich ein Krüppel bin und nie gerade liege, und das Weib, das mich geboren hat, würde mit meinen Schützlingen auch nur ein Geschäft machen wollen. Abnehmer hat sie immer für Menschenware.

Nun hörte ich, daß es bei den vornehmen Damen neuerdings Mode ist, arme Leute mit dem Abfall ihrer Küche und abgetragenen Kleidern dankbar zu machen. Einige gründen auch Hospitäler, weil sie für ihre glatte Haut die ansteckenden Krankheiten derer fürchten, die frei herumlaufen.

Wäre es nun nicht möglich, nachdem durch Herrn Rousseau sogar die Liebe zu den Kindern Mode wurde, einen Zufluchtsort für sie zu schaffen? Sie fänden wenigstens Schutz vor den wilden Bestien, die sie verfolgen: dem Menschen und dem Hunger. Auch würde es weniger kosten als ein neues Kleid, wenn die Damen des Hofs sich alle daran beteiligten.

Ich fürchte, ich kann für andere nicht betteln. Nichts macht so inbrünstig hassen, als bitten zu müssen.

Verzeihen mir Euer Gnaden gütigst all die Worte, die wie Steinwürfe sind und wie Schnee-flocken sein sollten. Wenn Sie all die Güte, die Sie an mich verschwendeten, den armen Kindern zuwenden wollten, so wären sie gerettet.

Meine Liste steht Ihnen zur Verfügung.

Prinz Rohan an Delphine

Chantilly, am 25. September 1775.

Reizende Marquise. Sie weichen mir aus. Kaum glaube ich. Ihnen im Garten nahe zu sein, so glitzern die Goldschuhe an den kleinen Füßchen schon wieder fern zwischen den Hecken; sehe ich Sie im Salon, so umgibt Sie die Schar Ihrer Bewunderer wie eine Mauer; wage ich es, Ihnen abends zu folgen, so verscheucht mich gar bald die Kavalierpflicht der Diskretion. So wähle ich diesen Weg, der es mir zugleich erleichtert, vor Ihnen der zürnende Priester, statt der bewundernde Mann zu sein.

Sie vergessen über Ihrem Schäferspiel unser Intrigenstück, schöne Marquise, vielleicht weil der liebenswürdige Graf Chevreuse Ihr Partner ist? Daß der Weg zum Kopf der Frau immer durch das Herz geht!

Aber auch dort, wo ich den Einfluß des Liebhabers nicht zu entdecken vermag, hat Ihr Gemüt Ihren Verstand unterjocht.

Hören Sie, was mir jemand erzählte: »Jüngst ging die Königin, nur von wenigen ihrer Damen begleitet, durch die neuen Gärten von Trianon. Im Schatten der Weiden, vor dem Fischerhaus, begann sie, Geschichten zu erzählen, wie die Umgebung sie ihr eingab. Jede der Frauen folgte unter Lachen und Scherzen ihrem Beispiel. Nur die Marquise Montjoie, sonst die heiterste von allen, blieb schweigsam. »Sollte unsere reizende Freundin sich angesichts dieser Hütte keiner Idylle erinnern,« mahnte die Königin; die Marquise entgegnete: »Einer Idylle?! Nein! Wohl aber eines Trauerspiels!« und mit einer Beredsamkeit, bei der jedes Wort sich am Wort entzündete, sprach sie von den Bauern der Champagne, ihren Hütten ohne Fenster und ohne Bett, ihren verödeten Feldern und leeren Scheuern, ihren Weibern, deren Jugend die Not zerfrißt, an deren ausgedörrten Brüsten die Kinder verhungern. Die Damen hörten staunend zu, und die Königin weinte ...«

Was ich fast nicht glauben wollte, hörte ich heute mit eigenen Ohren. Als mitten im Pfänderspiel die Reihe an Sie kam, mit einer kleinen Erzählung Ihr Perlenhalsband einzulösen, sprachen Sie mit jener Wärme, die der nüchternen Wahrheit stets fern bleibt, von dem Elend der Kinder von Paris. Sie erwähnten Dinge, die Ihr kultivierter Geschmack nicht wissen, Ihr weicher Mund nicht aussprechen dürfte. Aber je hinreißender Sie im Feuer Ihres Mitgefühls waren, um so gefährlicher war der Einfluß, der von Ihnen ausging. Heißt das, teure Marquise, die Stellung Turgots erschüttern, der nicht müde wird, dem Volke goldene Berge zu versprechen, wenn er seine Reformen durchführen kann?

Ich muß Ihnen den ganzen Ernst der Lage ins Gedächtnis zurückrufen, um Ihnen daran den Ernst unserer Aufgabe klar zu machen. Die Situation ist auf die Spitze getrieben, und nicht nur das Vaterland, sondern auch unsere heilige Kirche sind in höchster Gefahr, besonders seitdem der Herzog von Choiseul aus der Verbannung zurückberufen wurde, derselbe Choiseul, der – ein Pompadourminister – die frommen Väter des Ordens Jesu auswies und zu gleicher Zeit die Philosophen und Gottesleugner beschützte. Der Unglaube, die Verhöhnung menschlicher und göttlicher Autorität breiten sich aus wie eine Seuche; ein verworfener Mensch wie Voltaire wurde zum Orakel Frankreichs, die Enzyklopädie erscheint ungehindert und trägt die Ideen der sogenannten Aufklärer, die bisher nur in kleinem Kreise Unheil stifteten, in die Welt. Unsere Journale und Pamphlete, ja selbst unsere Konversationen bis in die Kreise des Hofs hinein sind erfüllt mit ihren Redensarten von der rechtlichen Gleichheit und der politischen Freiheit, und der Name der Vernunft wird häufiger angerufen als der Name Gottes.

Verzeihen Sie, daß meine Vaterlandsliebe und meine Pflicht als Diener der Kirche mich so weit treibt und in diese wolkenlosen Tage Ihres Vergnügens seine Schatten wirft. Aber gerade hier ist mir deutlich geworden, wie wertvoll Sie, verehrte Frau Marquise, unserer Sache werden können, denn alles, von unserem edlen Gastwirt und dem Herzog von Bourbon angefangen, huldigt Ihrer Schönheit, bewundert Ihren Geist. Ich appelliere an Ihren Ehrgeiz, den Sie leicht befriedigen könnten, wenn Sie Ihrer Pflicht als Tochter Frankreichs und der Kirche eingedenk wären. Sie können der Königin beweisen, daß Frankreich weiter reicht als die Gärten von Trianon, daß sie berufen ist, ihre Rolle in der Welt zu spielen, nicht nur auf der Bühne.

Wenn Sie daneben im stillen als heilige Elisabeth wirken wollen, – ohne die leicht erregten Gemüter überflüssig zu erhitzen –, so bin ich der Erste, der Sie unterstützen wird. Hundert

Louis aus meiner Schatulle sende ich Ihnen noch morgen für Ihre armen Kinder und bin gewiß, daß Sie überall eben so offene Hände finden werden. Um Tränen zu trocknen, bedarf es, weiß Gott, keiner Reformgesetze. Das war von je die schönste Aufgabe guter Christen.

Darf ich Sie an dieser Stelle noch an eins erinnern, schöne Frau? Der Herr Marquis von Contades ist bereit, sein Wort als Edelmann dafür zu verpfänden, daß Sie – eine Französin! – Herrn von Pirchs Handlungsweise als Vaterlandsverrat verurteilt haben. Er versprach mir zwar, weil es meinem Einfluß gelang, ihn von der erhaltenen Ohrfeige rein zu waschen, von seiner Kenntnis keinen Gebrauch zu machen; aber es liegt natürlich in meinem Belieben, ihn dieses Versprechens zu entbinden. Wird die Marquise Delphine noch in der Lage sein, der Königin Geschichten zu erzählen, wenn die hohe Frau erfährt, daß ihre jüngste Freundin – preußisch fühlt?! Sie haben jetzt die reichste Gelegenheit, den kleinen Fehler, den Ihre Jugend gewiß entschuldigt, wieder gut zu machen.

Jedenfalls sind Ihnen die Unvorsichtigkeiten Ihres warmen Herzchens leichter zu verzeihen als die Ihres Kopfes. Der gute Marquis ist wirklich kein geeigneter Partner für die holden Freuden der Liebe. Darum drückte ich als Ihr ergebener Freund beide Augen zu, als ich diese Nacht an einer gewissen versteckten Hütte vorüberkam und bemerkte, wie entzückend natürlich Daphnis und Philidor ihre Rolle weiter spielen, – obwohl ich als Priester hätte zürnen und strafen müssen. Erschrecken Sie nicht, reizende Sünderin. Nur wenn das Vaterland es befiehlt, verrät ein Rohan eine Frau, die er anbetet.

Trüben Sie auch nicht den Glanz Ihrer Augen durch Tränen falschen Mitgefühls. Seien Sie gewiß: soweit der Arm der Kirche reicht, hungert kein Mensch auf dem üppigen Boden Frankreichs!

Ich kehre schon morgen nach Straßburg zurück. Sie werden mich gütigst bei der Königin in Erinnerung bringen.

Zum Abschied werde ich Sie morgen früh –, falls die Türe zu Ihrem Boudoir sich mehr als einem Kavalier öffnet –, nur um die eine Gnade bitten, den rosigen Arm küssen zu dürfen, der sich so zärtlich um den Hals des beneidenswerten Geliebten zu schlingen weiß.

Graf Guibert an Delphine

Paris, den 6. Oktober 1775.

Als ich mich Ihnen, verehrte Frau Marquise, für das Werk Ihrer Menschenliebe zur Verfügung stellte, hätte ich nicht geglaubt, daß wir so rasch das Ziel erreichen würden. Aber Schönheit und Güte vereint wirken Wunder! Die sechzig Kinder, die das Kloster zum Herzen Jesu aufnahm, sind ein lebendiger Beweis dafür.

Was mich aber noch tiefer ergriff als Ihr Eifer, eine Not lindern zu wollen, welche leider nur ein Symptom der großen Krankheit ist, die Frankreichs Leben bedroht, ist Ihr Unverständnis für die Medikamente, die die Wurzeln des Übels ausbrennen sollen.

Seien Sie versichert: Reformen, und wären Sie noch so gut gemeint, sind nichts als Betäubungsmittel. Neue Quellen des Reichtums gilt es zu erschließen. Und dafür, – ich wiederhole, was Herr von Beaumarchais und ich Ihnen schon auseinanderzusetzen versuchten –, bietet sich jetzt eine willkommene Möglichkeit. Unterstützen wir Amerikas Freiheitskampf, so wird Amerika uns für den Kampf gegen die Not die einzig siegreichen Waffen – die pekuniären Mittel – zur Verfügung stellen.

Ihre Schönheit, Frau Marquise, preist ganz Versailles; von Ihrer Güte spricht halb Paris; Ihrem Geist aber winkt erst ein fruchtbares Feld des Wirkens. Ihr Salon sollte der Mittelpunkt der besten Köpfe Frankreichs sein! Meine Vaterlandsliebe läßt mich freilich aussprechen, was mein Gefühl für Sie unterdrücken sollte. Oder dürfte ich hoffen, in Ihrem Salon auch unter vielen immer noch einer zu sein?

Graf Guy Chevreuse an Delphine

Paris, am 10. Januar 1776.

Ist meine Göttin so wankelmütig wie die Sonne, die sich mehr und mehr hinter grauen Winterschleiern versteckt?

Als ich gestern die sonst so freudig empfangenen Konfitüren brachte, sagten Sie wegwerfend: »Die immer gleichen Süßigkeiten! sie widern mich an!«

Zum Abschied nach einem gequälten Zusammensein hielten Sie mir die Wange hin, als wären wir ein Ehepaar. Und als ich heute des kommenden Festes bei der Prinzessin Lamballe Erwähnung tat, riefen Sie aus, die Lippen unmutig schürzend: »Bietet Paris denn nichts anderes als Komödien und Feste, Feste und Komödien?!« Die neuesten Anekdoten, die ich erzählte, die pikantesten Chansons, die ich vortrug, nötigten Ihnen kaum ein Lächeln ab.

Da meldete Ihr Diener Herrn von Beaumarchais. Ihr Gesichtchen erhellte sich, und Sie, die Sie bisher unser *tête-à-tête* durch niemanden unterbrechen ließen, empfingen den Gast mit einem Aufatmen der Erleichterung.

Jetzt verstehe ich, reizende Delphine: auch bei Ihnen blühen Liebe und Treue nicht auf demselben Stamm. Ihre rasche Jugend, – an deren Existenz ich Sie zuerst erinnerte! –, Ihr stürmisches Temperament, – dessen Fesseln erst an meiner Glut zerschmolzen! –, Ihr sprühender Geist, – dessen Funken freilich erst der Dichter Beaumarchais herauszuschlagen vermochte, – verlangen nach Abwechslung.

Der große Dramatiker Beaumarchais ließ das ganze Welttheater an Ihnen vorüberziehen: die Kämpfe der Amerikaner, die Parlamentsreden der Engländer, die Finanzen Frankreichs –, und Ihre Begeisterung für die »Menschenrechte« der Bewohner der Neuen Welt flammte so hoch auf, daß die arme kleine Liebe daneben erlosch wie der Morgenstern vor der Sonne. Weiß Gott, ich, Guy Chevreuse gestehe ein, meine Rolle als Liebhaber noch nicht ausgelernt zu haben: Neben der Kleinigkeit des Herzens verlangt die kapriziöse Frau von heute auch noch Geist, auch noch Kenntnisse, am Ende gar Taten von uns!

Süße Delphine, um einen Kuß von Ihren Lippen, – aber einen, der der Sehnsucht, nicht der Gewohnheit entspringt, – könnte ich Riesen bezwingen und Drachen erlegen. Fordern Sie jedoch nicht, daß ich mich wegen so gemeiner Dinge wie der Zänkereien unserer unsympathischen Nachbarn mit ihren langweiligen Kolonialbrüdern echauffieren soll. Freilich, wenn ich mich erinnere, was uns alles Böses von England kommt: die Grundsätze der Moral, die demokratischen Ideen, die geschlossenen Kleider, die hohen Stiefel –, ich könnte doch am Ende noch rasend werden!

Darf ich morgen kommen? Zur gewöhnlichen Stunde? durch das Gartenpförtchen? Allein?! Ich bringe, da meine Zärtlichkeit mit den Konfitüren auf einer Stufe der Ungnade zu stehen scheint, ein ganzes Vergnügungsprogramm mit: Mademoiselle Duthé spielt in ihrem Privattheater ein von der Zensur verbotenes Stück, – der Graf von Artois ist seit acht Tagen bei ihr der glückliche Nachfolger des Herrn Larive; – eine vergitterte Loge steht Ihnen – mit mir?! – zur Verfügung.

Der Graf von Chartres arrangiert eine Schlittenfahrt, die in einem nächtlichen Fest im Schloß von Monceau enden soll.

Der junge Vestries wird bei seiner neuesten Gönnerin, der Gräfin Miramont, tanzen. Die weiblichen Gäste werden gebeten, die Belohnung des Tänzers für seine Sprünge wenigstens an diesem Abend der Gräfin allein zu überlassen!

Lucien Gaillard an Delphine

Paris, den 30. Januar 1776.

Hochverehrte Frau Marquise! Weil Sie es wünschten, bin ich im Kloster zum Herzen Jesu gewesen. Ich erkannte meine Kinder nicht wieder. Buben, die mich angespuckt hatten, küßten mir die Hände und nannten mich »gnädiger Herr!« Alle sind sauber und satt und lernten beten. Ich weiß nicht, warum mich die Lust ergriff, sie in die Höhlen ihres Elends zurückzubringen. Bleibt armen Leuten immer nur die Wahl zwischen der Knechtschaft der Seele und der des Körpers?

Sie müssen Nachsicht haben mit mir. Es ist mein Unglück, daß ich ebensowenig danken kann als bitten.

Meine Spaziergänge, nach denen Sie fragen, setze ich fort. Doch ich mache keine Listen mehr. Es lohnt sich nicht. Man müßte einen Strom von Gold durch die Häuser und Gassen leiten, um sie von Schmutz und Jammer rein zu waschen. Aber die großen Herren fürchten so sehr, zu verdursten, daß sie mit ihren Eimern und Flaschen schon an seinen Quellen stehn, um ihn abzufangen.

Gestern Nachts fand ich einen armen Jungen, einen Hessen, der über die Grenze gelaufen war, weil der Markgraf seine Untertanen gegen bare Münze verschachert. Englische Menschenhändler, so sagt er, kaufen Soldaten für den Krieg gegen die Amerikaner. So ist's recht: Während die Könige Europas den Philosophen Beifall klatschen, die von den Menschenrechten deklamieren; – die Kaiserin von Rußland bezahlt sie sogar dafür, daß sie ihr auf so amüsante Art die Langeweile vertreiben, – bauen die Fürsten aus Menschenleibern einen Damm gegen die Freiheit.

Es sieht fast aus, als sehnte ich mich nach der Bastille. Aber leider weiß ich: Sie sind sehr gut oder nicht gut genug, um mich hineinzubringen. Ich denke es mir nämlich wundervoll, einmal nichts zu sehen als Kerkerwände.

Herr von Beaumarchais an Delphine

Paris, den 3. Februar 1776.

Verehrte Frau Marquise! Erst heute, bei Gelegenheit eines meiner kurzen Aufenthalte in Paris komme ich dazu, Ihnen für Ihren Empfang und – was mehr bedeutet – für die Art Ihres Empfangs meinen Dank auszusprechen. Sie sind die erste Frau unter den vielen geistreichen Frauen Frankreichs, die für meine umfassenden politischen Pläne Verständnis und Interesse gezeigt hat.

Selbst die Männer begegnen mir mit Mißtrauen. Weil man über meine Komödien lacht, hält man auch meinen Ernst für Witz; daß Staatsmänner Komödianten sind, wundert niemanden, aber daß Komödianten Staatsmänner sein können, erscheint abstrus. Nichts ist heute für einen Mann von Geist kompromittierender, als wenn er sich mit Politik beschäftigt. Und unsere Minister vor allem wollen sich nicht kompromittieren!

Herr von Vergennes war für die großen Aussichten blind, die der Konflikt zwischen England und Amerika Frankreich bietet. Ich öffnete ihm wenigstens ein Auge. Trotzdem bleibt er Philosoph aus Bequemlichkeit und beruft sich auf Grundsätze der Moral, weil das am wenigsten kostet. Heimlich gegen England zu konspirieren, das beleidigt seine Grundsätze. Wie kommt es nur, daß soviel Edelmut die Teilung Polens, die Kolonialkriege, den Sklavenhandel dulden konnte?!

Auch Turgot ist gegen alle Feindseligkeiten; er will nicht einsehen, daß es häufig sparsamer ist, Millionen zu verschwenden, als mit einem Sous zu geizen. Wenn Frankreich Partei ergreift, wird es die Scharte von 1762 wieder auswetzen und durch ein Bündnis mit Amerika alle die Vorteile genießen, durch die England sich seit einem Jahrhundert bereichert. Wir brauchen nichts als Schiffe, Munition, Waffen. Die Menschen sind da. In fieberhafter Ungeduld warten der Marquis Lafayette, der Prinz von Montbéliard und ihre Freunde darauf, den Namen Frankreichs wieder leuchten zu lassen wie unter dem großen König, wo die Welt ihr ganzes Licht von ihm empfing.

Verzeihen Sie mir die Kühnheit meiner Sprache; gedenke ich der schönen Frau, an die sie gerichtet ist, so müßte ich mich schämen, wenn sie nicht so klug wäre, nicht nur durch Schönheit herrschen zu wollen! Ich wage zu hoffen, daß Ihr Enthusiasmus diesen Wunsch unterstützt; macht der Kuß der Muse mir das Komödienschreiben zur Spielerei, so würde ich meine schwere verantwortungsreiche Arbeit unter den Strahlen Ihrer Gunst auszuführen vermögen, als tanzte ich Menuett mit Ihnen.

Wollen Sie die Gnade haben, meinem Diener wissen zu lassen, wenn Sie mich empfangen wollen? Ich bleibe bis nächsten Mittwoch hier und stehe ganz zu Ihrer Verfügung.

Prinz Louis Rohan an Delphine

Straßburg, am 10. März 1776.

Schönste Frau! Vergebens wartete ich auf eine Antwort von Ihnen und fürchtete schon, meine reizende Gönnerin durch ein paar harmlose Bemerkungen verletzt zu haben, als ich von Ihren Leistungen unterrichtet wurde: Sie eröffneten den Salon der Kriegspartei! Vortrefflich, ganz vortrefflich, Frau Marquise! Sollte die Gicht, die das gesamte Ministerium zu plagen scheint, weniger auf die guten Diners im Hause Geoffrin als auf die Enthaltsamkeit, die Sie ihm auferlegen, zurückzuführen sein? *»Les ministres s´envont goutte á goutte,«* schrieb mir neulich der Herzog von Chartres. Sie wissen, er hat für seine Bonmots seit einiger Zeit den Geist der Frau von Genlis zu freier Verfügung, – womit ich natürlich nichts Böses angedeutet haben will, denn Frau von Genlis spielt die Harfe und schreibt moralische Stücke für die Jugend.

Derselbe Korrespondent berichtet mir, daß Sie der Königin neuerdings von gefesselten Indianermädchen und liebenden Farmern rührende Geschichten erzählen. Ausgezeichnet, Frau Marquise! Man trägt sogar schon Federn *à l´Amériquaine,* und die Mode ist bei uns nicht nur Vorkämpfer, sondern Gradmesser der Gesinnung.

Auch Ihre Trabanten haben Sie gewechselt. Der kleine Chevreuse ist wohl jetzt *vieux jeu?* Ich wäre auch damit zufrieden, wenn ich nicht erfahren hätte, daß der Graf Guibert sich nicht ohne Erfolg um seine Stellung in Ihrem Boudoir bemüht. Er ist zwar im Augenblick sehr *à la mode,* – ein Hofdichter, ein Kriegsgelehrter, ein Herzensbrecher – aber sein Ruf als Freidenker, seine Freundschaft mit Fräulein von Lespinasse prädestinieren ihn zum Spion, nicht aber zum Mitglied unseres Kreises.

Sie haben die Wahl zwischen so vielen, warum muß es dieser sein?

So habe ich mir sagen lassen, daß der Prinz von Montbéliard sich nur darum grollend auf sein Schloß zurückzog, weil eine gewisse reizende Dame ihm ihre Gunst versagt. Er ist mit fast allen Höfen Europas verschwägert, also eine sehr beachtenswerte Potenz. Übrigens ist er hübsch und jung und erstaunlich tugendhaft. Er hätte sich gewiß nicht, wie der Graf Chevreuse, – den vielleicht nur die Verzweiflung über Ihre Untreue dazu getrieben hat! –, an dem berüchtigten Fest der Kavaliere beteiligt, das unter Leitung des Grafen Artois in Gesellschaft der bekanntesten Kurtisanen und im Hotel der Guimard stattfinden sollte. Gott sei Dank, daß der Erzbischof rechtzeitig Einspruch erhob! Eine reizende Geschichte übrigens: Hundert der vornehmsten Männer Frankreichs vereinigen sich. Um dem Vaterlande zu dienen? Nein! Der Religion? Noch weniger! All diese Gottheiten der Vergangenheit sind heute veraltet!

Lassen Sie bald von sich hören, teuerste Frau! Der Herr Marquis ist zwar im Augenblick in Straßburg, – erfolgreich beschäftigt mit der Sammlung des einheimischen Adels zu einem letzten Coup gegen Turgot; (die Stimmung ist eine aufs äußerste gereizte) –, er dürfte aber kaum zu Ihrer Intimität gehören.

Graf Guibert an Delphine

Paris, am 15. März 1776.

Ihr Wunsch, liebenswürdigste aller Marquisen, ist mir Befehl, um so mehr, als ich begreife, daß eine Frau wie Sie im Hofleben kein Genüge findet und das geistige Leben von Paris gerade dort kennen lernen will, wo es am stärksten pulsiert. Fräulein von Lespinasse wird sich freuen. Sie zu empfangen. Sie finden in ihr zwar eine schwer Kranke, aber um so bewundernswürdiger wird Ihnen ihre geistige Kraft, ihre immer gleiche Güte erscheinen. Wenn Sie den morgigen Tag zu ihrem Besuch wählen wollten, so würden Sie unter anderem auch den Erzbischof von Toulouse, Loménie de Brienne, bei ihr treffen, dessen Persönlichkeit insofern von größerem Interesse ist, als man ihn in eingeweihten Kreisen als den Nachfolger Turgots bezeichnet.

Leider hatte ich heute in der Akademie keine Gelegenheit, Ihre Eindrücke, teuerste Marquise, über die Aufnahme des Herrn von Boisgelin unter die Unsterblichen zu erfahren. Ist die ganze Feierlichkeit nicht mehr und mehr eine Farce?! Der Enzyklopädist d'Alembert, der einen konservativen Priester preisen mußte, und der konservative Priester, der der Nachfolger eines Voisenon, des typischen Abbé libertin, geworden ist! Die französische Akademie wird mehr und mehr aus einer Gesellschaft von Gelehrten zu einem Konzil der Ekklesiastiker und der Prinzen.

Werden Sie mir die Gunst gewähren, Sie morgen nach dem Besuch bei Fräulein von Lespinasse in die *Comédie francaise* zu geleiten? Ich nehme das Stück meines Rivalen gern in den Kauf, wenn es mir zum Vorwand dient, einige Stunden länger dieselbe Luft mit Ihnen zu atmen.

Johann von Altenau an Delphine

Paris, am 1. April 1776.

Verehrte Frau Marquise! Ich kann nicht anders, als meinem Erstaunen, meiner Überraschung, Worte zu verleihen. Nie hätte ich mir träumen lassen, eine verwöhnte *femme du monde*, wie Sie, in dem schlichten Salon unsrer guten Julie wiederzusehen! Alles, was man mir von Ihnen erzählt hatte, – Ihrer Stellung in Versailles, der Schar Ihrer Verehrer, mit denen man Sie spielen sieht wie mit Billardkugeln, – ließ mich, offen gestanden, fürchten, daß das Leben der großen Welt Sie die Existenz anderer Welten, die sich früher um Ihre Seele stritten, völlig vergessen ließ. Als Sie eintraten, – die schmale Tür schien viel zu eng für die starrende Seide Ihrer Polonaise, viel zu niedrig für die nickenden Federn auf Ihrem hochfrisierten Haupt –, und Fräulein von Lespinasse Ihnen entgegenkam, diese überschlanke Leidensgestalt in dem nonnenhaften Gewande, – und Ihnen die bleiche, blaugeäderte Hand entgegenstreckte, ein gütiges Lächeln um die blutleeren Lippen, richteten sich die Blicke aller fast erschrocken auf Sie, so fremd wirkte Ihre Erscheinung in diesem Kreise. Sie fühlten es selbst, Sie saßen, der einzige weibliche Gast, in all Ihrer Pracht neben der zusammengesunkenen Julie, eine stumme Zuhörerin! Sie lauschten staunend, als Bernardin de St. Pierre, der jüngste Dichter unter den Protégés dieses Salons, die schwärmerische Ode zum ewigen Frieden vorlas und d'Alembert über die Verbrüderung der Menschheit sprach. In Ihren Augen sah ich eine Flamme leuchten, – deren plötzliches Aufglühen nur an der kleinen Delphine Laval so vertraut war –, als der Chevalier von Chastellur Voltaires *Eloge de la raison* vorlas, jene herrlichen Sätze, durch die der Patriarch wieder einmal alles vergessen läßt, was er Falsches getan hat. Sähe auf Frankreichs Thron ein Friedrich von Preußen, des großen Weisen Hoffnungen auf seine Regierung würden erfüllt, seine Ratschläge befolgt werden. Aber es gibt nur einen Friedrich. Ludwig XVI. tafelt, jagt und zeichnet dazwischen Allegorien; Marie-Antoinette spielt die Harfe. O du glückliches Frankreich, wo es für die Könige nichts weiter zu tun gibt!

Sie vernahmen dann verwundert das ungeteilte Lob Rétif de la Bretonne's, dessen *Payson perverti* natürlich vom Hof, – dessen Sittenstrenge ja über allen Zweifel erhaben ist! – als unmoralisch verurteilt wird. Ich schicke Ihnen, wie ich versprach, das Buch, urteilen Sie selbst! Man reißt sich bei den Händlern darum, aber weniger weil man hinter seiner Schlüpfrigkeit das Medusenhaupt der Wahrheit sucht, als weil man auch die Wahrheit für Schlüpfrigkeit hält. Lassen Sie sich von all dem Unrat, den der Dichter aufrührt, nicht abschrecken. Die Schäferspiele der guten Gesellschaft, die den Schmutz unter Blumen verstecken, sind lasterhafter.

Rousseau schilderte die Tugend und Glückseligkeit einer kommenden Welt; – seine Predigt von der Rückkehr zur Natur wurde nur zum Vorwand neuer Moden. Es müssen andere kommen, um dem von grausen Gebrechen entstellten Gesicht der Gesellschaft einen mitleidslosen Spiegel vorzuhalten, damit das Entsetzen sie an den Arzt erinnert, – sagte Fräulein von Lespinasse.

Nicht wahr, hier spricht man anders als in Versailles, das von dem geistigen Leben der Gegenwart weiter entfernt ist als der Mond von der Erde, oder gar in Trianon, wo man zwischen Ställen mit Marmorkrippen und Hütten mit Damastmöbeln vom »natürlichen« Leben schwärmt.

Erst als Sie gingen, waren Sie wieder die Marquise Montjoie, so sehr hatte ich inzwischen die holde Gräfin Laval wiedergefunden. Graf Guibert, dessen schönheitsdurstiger Blick keinen Augenblick von Ihnen gewichen war, folgte Ihnen. Sie sahen nicht mehr, wie Julies bleiches Gesicht sich dunkel rötete, wie ihre Augen fiebrigen Glanz bekamen. Wir alle verabschiedeten uns rasch. Nur der treue d'Alembert wird den Tränenstrom der Unglücklichen noch gesehen haben. Guibert ist Julies letzte, große Leidenschaft. Und obwohl er ihr fast alles verdankt, – sie bahnte ihm den Weg zum Ohre des verstorbenen Kriegsministers, sie interessierte den Grafen St. Germain so sehr für ihn, daß er ihn zu seinem Adjutanten ernannte, sie korrigierte seinen »Connetable von Bourbon«, so daß er auf der Bühne aufführbar wurde, – vernachlässigt er die Arme und gönnt ihr nicht einmal den frommen Betrug seiner Liebe.

Sie waren so gütig, mich zu Ihren Empfangstagen einzuladen; werden Sie auch so gütig sein, meine Ablehnung zu entschuldigen? Ich möchte Delphine Laval wiederfinden; die Sehnsucht danach ist nie erloschen. Unter den vielen Gästen der Marquise Montjoie, wo ein Abenteurer wie Beaumarchais zu den geehrtesten gehören soll, fürchte ich, Sie nur noch mehr zu verlieren.

Aber vielleicht gestatten Sie mir, Sie an einem der nächsten Tage zu Madame Geoffrin zu geleiten. In der Atmosphäre dieses Salons müssen all die verborgenen Knospen Ihres Wesens aufspringen, die weder die Treibhaushitze, noch die Schneeluft Ihrer Welt zum Blühen zu bringen vermag. Meine alte Gönnerin wird Sie, wie ich Ihnen schon einmal schrieb, gern empfangen, obwohl sie nur selten Frauen bei sich sieht. Alles, was sie in ihrem langen Leben an Bitternissen erfahren, ist nämlich, wie sie sagt, von weiblichem Neid und weiblicher Eifersucht ausgegangen.

Prinz Louis Rohan an Delphine

Straßburg, am 20. April 1776.

Eine Antwort, die an Deutlichkeit nichts zu wünschen übrig läßt, Frau Marquise:
»Ich bin weder eine Puppe, die Sie dirigieren, noch Ihre Dienerin, der Sie befehlen können.« Teuerste, warum so heftig? Habe ich je etwas anderes gewollt, als daß Sie im Einverständnis mit mir handeln möchten? Bin ich Ihnen nicht dankbar ergeben für die Klugheit, mit der Sie vorgehen, und wenn Ihre Handlungsweise, wie Sie so scharf betonen, nur von Ihrem Willen geleitet wird, muß ich Ihnen dann nicht für diesen Willen doppelt dankbar sein?

»Einen Hofmeister brauche ich nicht,« schreiben Sie weiter. Wann hätte ich mir angemaßt, es zu sein? Aber einen Freund werden Sie doch hier und da brauchen, holde Delphine, wenn Sie den Priester auch glauben entbehren zu können!

»Ihre Drohungen fürchte ich nicht – .« Drohungen?! Ein Rohan gegenüber einer Frau?! Wenn ich nicht wüßte, daß Sie scherzen, würde ich glauben, daß Sie – ein schlechtes Gewissen haben! Sie müßten wissen, daß ich in dieser Zeit sanfter Sitten trotz meiner religiösen Strenge aufgeklärt genug bin, um einer reizenden Frau jedes Vergnügen zu gönnen, wenigstens insoweit, als mein Neid es zuläßt.

Aber selbst für meine vermeintlichen Sünden will ich, weil Sie mich ihrer zeihen, Buße tun: Graf Guibert sei Ihnen verziehen. Sie reiten mit ihm, wie ich höre. Hoffentlich stört Sie die Erinnerung an den Marschall Contades nicht in Ihrem Vergnügen!

Von Straßburg wird Ihnen der Marquis erzählt haben. Es ist zum Sterben langweilig; reichten die Fluten der Erregung nicht von Paris hierher, wir würden nicht wissen, daß wir leben. Ach, die Pariser Freuden, die Frauen, die Nächte! Können Sie sich vorstellen, daß wir hier nicht nur bei Tage schlafen?!

Johann von Altenau an Delphine

Paris, 10. Mai 1776.

Teuerste Marquise! Noch klingt jedes Wort in mir nach, das wir auf dem Heimweg von Madame Geoffrin miteinander wechselten. Einen tiefen Blick ließen Sie mich in Ihre Seele tun. Werden Sie mir je verzeihen, daß ich Sie so sehr verkannte, daß ich die Maske, mit der Sie selbst die bezaubernde Schönheit Ihres Innern deckten, nicht durchschaut habe? Ich war tagelang verzweifelt, weil ich Delphine nicht wiederfand. Oder konnte Delphine es sein, die die Liebe lästerte? »Daß eine Julie Lespinasse ihr Herz ebenso wegwerfen kann wie andere Frauen!« riefen Sie aus. Delphine hätte gewußt, daß ein Herz nur hat, wer es wegwirft, dachte ich!

Und nun hat die milde Hand einer alten Frau die Maske von Ihrem Antlitz genommen. Fast klang es brutal, als sie Ihnen, kaum daß Sie neben ihr saßen, die Frage stellte: »Womit beschäftigen Sie sich?« Und rasch griff ich ein, um Ihnen aus der Verlegenheit zu helfen, und erzählte von den armen Pariser Kindern, denen Sie helfen konnten. Madame Geoffrin streichelte Ihnen freundlich die Hand. »Das ist hübsch, sehr hübsch, Frau Marquise,« sagte sie lobend, um Ihnen gleich darauf mit der neuen Frage: »Haben Sie selbst kein Kind?« das Blut abermals siedendheiß in die Wangen zu treiben.

Sie waren tief erschüttert von dem, was Ihnen begegnete, und es ist doch nichts gewesen als eine alte Frau im Kreise ernster Männer. Sie fühlten plötzlich: Ihre Welt hat alles, was schimmert und funkelt, – Reichtum, Schönheit, Esprit – aber nur Kurzsichtigen täuscht dieser Glanz Feuer vor, kein Frierender kann sich daran wärmen; die Flamme der Begeisterung, die leuchtet und glüht, brennt auf unseren Altären. Fräulein von Lespinasse ist eine Sterbende, Madame Geoffrin eine alte, einfache Frau, Madame Dudeffant eine blinde Greisin, Frau von Epinay eine Schwerkranke –, und doch strömen bei ihnen all die Männer zusammen, die die Könige des Himmels und der Erde entthronten, so daß, wer jetzt vor ihnen kniet, nur zu Phantomen noch betet.

Woher kommt das? fragen Sie. Weil diese Frauen zuerst bei sich die Tyrannei des Herkommens, der Gesellschaft, der Küche und – der Ehe zertrümmert haben. Weil sie in diesem Kampf ihre Menschlichkeit zurückeroberten und nun erst Freundinnen, Beraterinnen, Trösterinnen sein konnten.

Herr von Condorcet hat Ihnen seine Ideen über die Befreiung der Frauen von einem Jahrtausende alten Joch entwickelt. Innerhalb der ungeheuren Umwälzung, die sich vorbereitet, wird dieser Kampf eine maßgebende Rolle spielen. Sie dürfen damit nicht verwechseln, was man Ihnen von dem Frauenklub, den Fräulein Raucourt gegründet hat, erzählte. Der Loge von Lesbos gehören Weiber an, die, entweder von Liebe übersättigt, neue Reizmittel suchen, oder an unbefriedigter Liebessehnsucht kranken. Sie bemänteln ihre Wünsche nur mit den tönenden Phrasen von der Gleichstellung der Geschlechter und glauben ihre Freiheit dadurch zu dokumentieren, daß sie Männerkleider tragen und in den Kaffeehäusern mit den Männern faulenzend umhersitzen, alle Probleme der Welt beschwatzend.

Herrn von Condorcets Bestrebungen haben damit nichts zu tun; er wünscht nicht die Freiheit von der Sitte, sondern die sittliche Freiheit. Ist es nicht eine innere Notwendigkeit, daß Sie zu uns gehören ?

Ich schicke Ihnen Rousseaus »Emil«, den Madame Geoffrin Ihnen so dringend zu lesen empfahl. Ob seine Probleme Ihnen nicht noch allzu fern liegen?

Johann von Altenau an Delphine

Paris, am 30. Mai 1776.

Die Nachricht vom Tode unserer teuren Julie, der für sie eine Erlösung ist, für all ihre Freunde aber ein unersetzlicher Verlust, ging mir zugleich mit Ihrem inhaltsreichen Briefe zu.

»Sie mißverstehen mich,« schreiben Sie. »Wenn mich die stille Größe all dieser Menschen so sehr ergriff, so vielleicht gerade darum, weil ich nur der Zuschauer dieses Schauspiels sein kann. Ich habe eingesehen, daß ich viel zu klein bin, um mich neben sie stellen zu dürfen. Madame Geoffrins Fragen fühle ich wie ein Brandmal. Ich möchte nicht eher zu ihr gehen, als bis ich ihr antworten und ohne Schamröte ins Auge sehen kann. Rousseaus wundervolles Buch ist eine Offenbarung für mich.«

Mir ist, als finge ich an. Sie zu verstehen. Sie erzählten mir von Ihrem Sohn und klagten sich an, ein Gefühl der Mutterliebe niemals empfunden zu haben. Hier sprach die Natur deutlich genug; in einem Überschwang der Empfindung sollten Sie nicht daran denken, sie bekämpfen zu wollen. Ihrem eigenen Kinde nur dürfen Sie leben, dem Kinde, das ein Pfand freier Liebeshingabe ist. O, daß Sie dieses Augenblickes noch warten wollten!

Graf Guibert an Delphine

Paris, am 3. Juni 1776.

Sie haben warme Worte der Teilnahme an mich gerichtet, teuerste Frau; Sie fühlten die ganze Zerrissenheit meines Herzens angesichts dieses Todes: Ich habe meiner wunderbaren Freundin nicht sein können, was sie mir sein wollte; ihre blasse Leidensgestalt ergriff mein Herz, ihr Verstand entzückte meinen Geist, aber für meine Sinne blieb sie nur meine Schwester. Als ich Ihnen begegnete, schönste Zauberin, war alles was in mir lebte, hingerissen, entflammt, und ich Unglückseliger besaß nicht genug Stärke, um vor der armen Julie heucheln zu können. Das ist meine Schuld, von der kein Beichtiger mich freizusprechen vermöchte, auch wenn ich an die Macht der Sündenvergebung zu glauben imstande wäre. Daß aber Sie sich mit Vorwürfen quälen, Sie, die Sie grausam genug sind, meine Anbetung nur zu empfangen wie ein Götze die Opfer – kühl, unnahbar –, das schmerzt mich tief. Muß sich die Sonne schämen, weil sie leuchtet und arme Sterbliche ihre Strahlen suchen? An einen warmen Blick Ihrer Augen, an einen leisen Druck Ihrer Hand hoffte ich oft mehr glauben zu dürfen als an die Zurückhaltung Ihres Wesens. O Delphine, war sie vielleicht nur der Ausfluß Ihrer Güte, Ihres Mitleids für Julie?! Ich muß aussprechen, was meine größte Sünde ist: am Sarge der Unglücklichen schlägt meine selig-unselige Hoffnung die sehnsuchtsgroßen Augen auf. Werde ich Vergebung finden?

Herr von Beaumarchais an Delphine

Paris, den 12. Juni 1776.

Meine verehrte Frau Marquise, Ihnen zuerst, der ich so viel verdanke, sei die Nachricht mitgeteilt: das Unternehmen ist gesichert. Herr von Vergennes hat mir vorgestern die Summe angewiesen, die es mir ermöglicht zusammen mit den Geldern, die in Ihrem Salon gesammelt wurden, die ersten Schiffe auszurüsten! Ist es auch nur ein schüchterner Anfang, so fühle ich mich doch der Sache sicher, denn die Regierung, die den ersten Schritt getan hat, wird weiter gehen müssen, wenn sie sich nicht selbst desavouieren will.

Der Herr Kriegsminister hat mich, wohl infolge der Empfehlung durch den Grafen Guibert, – deren Wärme nur eine Frau entzünden konnte! – auf das liebenswürdigste empfangen. Glauben Sie mir nun, daß Venus eine Kriegsgöttin ist?

Ich habe jetzt die Arbeit von hundert Köpfen zu verrichten, was mein Herz nicht hindert, immer für Sie frei zu sein. Wenn Rodrigue Hortalez –, Sie erinnern sich, daß der Deckname unsrer Reederei schon feststand, als wir noch keinen Sou im Vermögen hatten! –, in Bordeaux und Marseille Waren kauft und Schiffe verfrachtet, wird Beaumarchais am Hofe von Versailles, dessen Tore die schönsten Hände der Welt ihm geöffnet haben, den Schöngeist spielen. Wenn Hortalez den jungen Helden Frankreichs, – Lafayette und der Prinz Montbéliard werden unter den ersten sein, – die Wege über den Ozean bahnt, wird Beaumarchais der Königin von Frankreich die Rolle der Rosine einstudieren, und während gekrönte Häupter nach Figaros Pfeife tanzen, wird er selbst als gefesselter Sklave seiner Herzenskönigin dienen.

Ich sehe Sie schelmisch lächeln wie damals, als Sie mich schwarz auf weiß lesen ließen, daß »Herr von Beaumarchais ein Verschwender und ein Geldschneider ist, daß er – *fi donc!* – Mädchen aushält.«

Wer täte dergleichen sonst in diesem tugendhaften Lande?! Etwa der Graf Artois, der Herzog von Bouillon, der Graf von Chartres, der Prinz Rohan – Ihr Freund!! –, der für seine Verdienste Erzbischof von Straßburg geworden ist und demnächst Herrn von Malesherbes ersetzen dürfte, um die französische Literatur seiner sittlichen Empfindung anzupassen?! Verleumdung – nichts als Verleumdung, nicht wahr, schöne Frau? Werft den Beaumarchais in die Bastille!

Zur Strafe für Ihr Mißtrauen verrate ich Ihnen die bösen Dinge, die ich von Ihnen weiß.

Sie waren bei Madame Geoffrin. *»Mais, voilà ce qui est bon!«* Mit diesen sechs Worten regiert sie, so sagt man, alle Philosophen. Ich würde dem König von Frankreich diesen Zauberspruch verraten, aber ich fürchte, er wirkt nicht. Im Salon der Rue St.-Honoré werden nämlich den Schreihälsen heimlich die Mäuler gestopft, ehe der Spruch ihnen den Mund verbietet. In Versailles fehlt es zu diesem Zweck an überflüssigem Kuchen. Sie sehen, Baron Holbach hat recht: nur das Materielle existiert!

Sie waren auch in der Kirche, aber nicht um den lieben Gott zu suchen, dem man es übrigens nicht verdenken könnte, wenn er vor den Herrn Philosophen in die dunkelste Kapelle flüchten würde. Sie hörten unsere modernsten Priester, die nur noch *à la grecque* von Moral und Tugend reden, weil das Wort »Religion« sie gar zu lächerlich machen würde.

Und man munkelt sogar, Sie hätten im *Café de la Regence* Linguets Journal gelesen, jenes Chamäleons, der nur eins in der Welt fürchtet: man könne ihn in irgendeine Sekte oder Partei einreihen. Darum wechselt er rasch die Farben, sobald er merkt, daß ein anderer dieselben trägt. Vor zehn Jahren erklärte er emphatisch: »Der Arbeiter hat keinen Anteil an dem Überfluß, dessen einzige Quelle seine Arbeit ist, und von der Aufhebung der Sklaverei hat er nichts gewonnen als die Freiheit, zu verhungern,« und heute beschimpft er Philosophen und Minister, so daß sein Blatt zum Leibblatt des Adels geworden ist; denken und regieren kann seiner Ansicht nach in Frankreich nur einer: Monsieur Linguet selbst.

Ich muß Atem holen. Das war ein zu langer Satz für mich. Nur der Haß konnte mich dieser Anstrengung fähig machen. Herr Linguet war nämlich mein bester Freund.

Mein Vorzimmer steht voll Wartender. Weiß Gott, fast vergesse ich über der reizenden Marquise die Befreiung Amerikas!

Graf Guibert an Delphine

Paris, den 21. Juni 1776.

Sie empfangen mich nicht, teuerste Frau? Verletzte Sie mein Geständnis? Nur um ein Wort, meinetwegen einen Gruß durch Ihre Zofe, bitte ich Sie!

Herr von Beaumarchais an Delphine

Paris, den 30. Juni 1776.

Verehrte Frau Marquise. Der Diener wies mich ab, weil Sie krank seien, und doch sah ich Sie gestern erst in Ihrem Wagen. Was bedeutet das? Unsere gemeinsame Arbeit ist noch nicht zu Ende. Wir bedürfen gerade jetzt Ihres ganzen Einflusses, schöne Frau.

Graf Guy Chevreuse an Delphine

Versailles, den 6. Juli 1776.

Turgot ist gestürzt, Malesherbes geht, hinter ihnen blüht wieder die Lust, der Leichtsinn, das Leben. Ich zürnte Ihnen, holde Delphine, weil die Amazonen-Rüstung, in der Sie sich gefielen, auch Ihr Herz grausam umhüllte. Nun sehe ich erst: die reizende Streiterin im Kampfe der Männer war nur die Windsbraut, die den Winter vertreiben half.

Jetzt schüttet Flora wieder ihr ganzes Füllhorn über unsere Gärten, und in einem Regen von Rosen kehrt Delphine uns zurück. Sie warfen den Panzer von sich; endlich sah ich wieder, daß der Atem den schönsten Busen leise bewegt; Sie legten das Schwert aus der weißen Hand; endlich war sie wieder frei für meine Küsse.

Warum zögerten Sie, als die Königin Sie bat, in dem neuen Singspiel unseres Hofdichters mitzuwirken? Weil Herr von Laharpe nicht Herr von Beaumarchais ist, oder der Graf Chevreuse nicht – der Graf Guibert? Ich würde trostlos sein, wenn Sie nicht verraten hätten, daß der Rivale von Ihrem Herzen noch nicht vollständig Besitz ergriff.

»War es amüsant in den Bädern am Barrêge?« frugen Sie mich; »Sie waren, wie ich höre, in lustiger Gesellschaft!« Dabei zuckte es um Ihren Mund, und der Ton Ihrer Stimme war ein Dolch, der mich armen Sünder durchbohren sollte. Sie versuchten sogar mir Ihre Hand zu entziehen, die ich in überströmender Dankbarkeit für dies Zeichen Ihrer Eifersucht an meine Lippen preßte.

Ja, süße Delphine, es war sehr amüsant und Mademoiselle Duthé eine reizende Trösterin für Ihre Untreue!

Meinen Sie, Guy Chevreuse könne ehrerbietig wartend im Vorzimmer stehen, bis seine Gebieterin die Gnade hat, ihn wieder zu empfangen? Jeder vertreibt sich die Zeit nach seinem Geschmack: Die Marquise, indem sie mit dem Grafen Guibert – philosophiert und mit Herrn von Beaumarchais intrigiert, der Graf, indem er in den Bergen mit einer kleinen Freundin – die Natur bewundert.

Müssen wir einander nun mit Vorwürfen quälen? Die Liebe, schönste Frau, hat weder Vergangenheit, noch Zukunft, nur Gegenwart. Sie ist wie der farbenleuchtende Schmetterling, den wir gestern über den Oleanderblüten gaukeln sahen: wer denkt daran, daß er eine häßliche Raupe war, wer wüßte nicht, daß man ihn spießen muß, um ihn zu erhalten?...

Wollen wir morgen unsere Rollen zusammen lesen, verehrte Marquise? In Ihrem blauen Boudoir, dessen Blumenteppich die Wiese vorstellen kann, auf der wir tanzen, dessen Nische mit den schwellenden Kissen auf dem Diwan und den goldenen Amoretten, die darüber die Vorhänge lächelnd heben, die Laube sein soll, in der wir uns finden?

Marquis Montjoie an Delphine

Froberg, am 8. Juli 1776.

Meine Liebe! Ihr rascher Entschluß, nach Froberg zurückzukehren, ist ein erfreuliches Zeichen Ihrer Einsicht. Ich ersehe daraus, daß wir uns die peinlichen Auseinandersetzungen über Ihre Unterstützung der Kriegspartei hätten ersparen können. Es war, wie ich von vornherein annahm, eine Laune, die nur ein wenig zu weit ging. Sie haben den Sturz des Ministeriums beschleunigen helfen und erwarben sich dadurch nicht nur meine Anerkennung, sondern auch ein Recht auf meine Nachsicht für Ihre übrigen Eskapaden.

Zu ihrer Ankunft ist alles bereit. Ich werde auch Ihren Wunsch, unseren Sohn zu Ihrem Empfang kommen zu lassen, gern erfüllen, obwohl ich diese überraschende Anwandlung von Sentimentalität nicht verstehe.

Graf Guy Chevreuse an Delphine

Versailles, am 12. Juli 1776.

Seltsam: auf einmal ist mir, als wäre meine Liebe eine Blume mit tiefen, starken Wurzeln. Hätte ich Sie bisher nicht geliebt, ich müßte Sie um des Abschieds willen lieben, den Sie mir geben.

Meine Zunge und meine Feder sind um Worte nie verlegen gewesen, heute versagen sie den Dienst. Ich kann nur ein Echo Ihrer Stimme sein und antworte Ihnen darum mit Ihren eigenen Worten:

»Noch sah ich überall: auch das süßeste Liebesglück hinterläßt schließlich nichts als Wunden. Ich aber möchte mich seiner erinnern können, wie man im Winter an einen sonnigen Sommertag denkt. Ich möchte nicht, daß Eitelkeit, Mitleid, Respekt vor der Tugend der Treue die Existenz eines Gefühls vorzutäuschen versuchen, das schon entschwand. Wir wollen darum den Schmetterling, statt ihn zu spießen, in der blauen Luft davonflattern lassen.«

Folgen Sie ihm nicht mit den Blicken, holde Delphine; mir gingen im Nachschauen die Augen über, denn der helle Himmel blendet so sehr. Ich möchte Ihnen auch diesen Schmerz ersparen.

Das Kind

Johann von Altenau an Delphine

Paris, am 30. September 1777.

Sie hatten mich, teuerste Marquise, durch Ihr monatelanges Schweigen auf die Folter gespannt. Stellten Sie Ihre Freunde schon durch Ihre fluchtartige Abreise vor ein Rätsel, wie viel mehr durch Ihr völliges Verstummen. Die abenteuerlichsten Gerüchte trug man einander zu: daß Sie mit einem Liebhaber entflohen seien, daß Sie sich in ein Kloster zurückgezogen hätten. Schließlich verschwand Ihr Name aus der *Chronique scandaleuse*; die sturmbewegten Wellen unserer raschlebigen Zeit peitschten darüber hinweg; nur wer sich selbst noch nicht ganz verliert, dem blieben auch Sie unverloren.

Haben Sie Dank, wärmsten Dank, daß Sie in Ihrem Kummer meiner gedachten. Sie gaben mir damit den kostbarsten Beweis Ihrer Freundschaft. Nur daß Sie über ein Jahr stumm gelitten haben, mache ich Ihnen zum Vorwurf, nicht, weil ich Ihr Vertrauen teile, der Einzige zu sein, der zu helfen vermag, sondern weil die Aussprache an sich schon Erleichterung bedeutet. Es ist eine der wertvollsten Errungenschaften unserer Epoche, daß wir unsere eigenen Gedanken denken, unsere eigene Sprache sprechen lernten.

Sie haben sich, wie Sie schreiben, ganz Ihrem Sohn gewidmet, nachdem Sie ihn durch »einen wahren Feldzug von Kämpfen und Intrigen« sich erst erobern mußten; und mit einer Ehrlichkeit, die zu der Sentimentalität der meisten Frauen, die sich heute ihrer Mutterschaft erinnern, in erfreulichem Gegensatz steht, fügen Sie hinzu: mich trieb nicht die Liebe, sondern nur das Gefühl einer heiligen Pflicht, deren Erfüllung meinem Leben Inhalt und Ziel geben sollte.«

Ich habe den Satz zehnmal gelesen, ehe ich mir vorzustellen vermochte, daß von den Rosenlippen der Marquise Delphine so schwere Worte fallen konnten, und erst als ich weiter las, sah ich Sie wieder lebendig vor mir. »Aber die Aufgabe erhebt mich nicht, sie drückt mich nieder,« schreiben Sie. Ein Tempel der Mutterliebe sollte das Schlößchen sein, das sich im Park von Froberg am Ufer des Sees weiß und leuchtend erhebt. *»A L'Enfant«* ließen Sie in goldenen Lettern über die Türe meißeln, wo kurz vorher *»Mont de ma joie«* gestanden hatte. Die schönsten Blumen ließen Sie pflanzen, mit Tieren aller Art bevölkerten Sie den Park – »die Natur selbst sollte meines Sohnes Erzieherin sein.« Und dann kam das Kind, »es zerpflückte und zertrat die Blumen, es schlug nach dem sanften Reh und dem kleinen Kätzchen, es warf mit Steinen nach den Tauben,« und seine Häßlichkeit zwang Sie, alle Spiegel aus den Zimmern entfernen zu lassen, um sie nicht verzehnfacht um sich zu sehen.

»Was soll ich tun?« fragen Sie mich verzweifelt; »alle Mittel das Kind zu beeinflussen, sind erschöpft; seine Neigungen bleiben roh wie die Umgebung, aus der es seine ersten Eindrücke empfing.« Vielleicht waren Sie zu gut für diesen kleinen Wilden; vielleicht bedarf es nur eines Mittels, seine unbändige Tatkraft in richtige Wege zu leiten; vielleicht fehlt ihm der Ernst und die Strenge eines männlichen Erziehers.

Sie erwähnen Ihres Herrn Gemahls nicht, und ich darf wohl annehmen, daß er sich selten in Froberg aufhält, da ich ihm in Paris häufig begegne und man sogar von der Möglichkeit seines Eintritts in das Ministerium schon gesprochen hat. Er scheint sich also wenig um seinen Sohn zu kümmern.

Werden Sie mich recht verstehen, wenn ich Sie darum bitte, mir zu gestatten, zu Ihnen zu kommen? Nur als ein Gast zunächst und als ein Freund, dem nichts mehr am Herzen liegt, als Ihnen helfen zu können, der aber mit einem bloßen Rat nicht zu helfen vermag, solange er sich nicht durch eigenen Augenschein ein klares Bild von der Lage der Dinge hat machen können.

Ihrer Antwort sehe ich klopfenden Herzens entgegen. Ein Ja würde den düsteren Nebel, der seit Monaten mein Leben verschleiert, wie mit einem ersten Sonnenstrahl durchbrechen.

Seit dem Tode der Lespinasse und der Geoffrin bin ich, wie viele mit mir, heimatlos geworden. Niemand und nichts hat für das Verlorene einen Ersatz schaffen können. Mit dem fehlenden geistigen Mittelpunkt, um den sich die ersten Männer Frankreichs versammelten, lockert sich auch mehr und mehr ihr geistiger Zusammenhang. Müssen wir es doch jetzt erleben, daß der aufs neue wütend entfachte Kampf zwischen den Anhängern Glucks und denen Piccinis auch die Reihen der Enzyklopädisten in zwei feindliche Lager teilt.

Mehr denn je gehen die Männer in ihre Klubs und Kaffeehäuser; die Frauen dagegen haben in den überhandnehmenden Teevisiten ein Mittel des Zusammenseins gefunden. In der Vergröberung der Sitten meine ich jetzt schon den Fortfall des zugleich anregenden und mildernden weiblichen Einflusses im Leben der Männer zu spüren; treffen sich die beiden Geschlechter bei festlichen Gelegenheiten, so herrscht zwischen ihnen, die geistig nicht mehr miteinander leben, nur die Atmosphäre schwüler Sinnlichkeit.

Sie sehen, es wäre für mich eine Erlösung, die Mauern von Paris hinter mir zu haben; Sie müssen aber auch wissen, teuerste Marquise, daß ich das Glück, bei Ihnen zu sein, selbst seinen größten Genüssen vorziehen würde.

Marquis Montjoie an Delphine

Paris, den 3. Oktober 1777.

Meine Liebe, die Nachricht, daß der Deutsche Kaiser noch diesen Monat nach Straßburg kommt, veranlaßt mich, schleunigst dorthin abzureisen, ohne Froberg zu berühren. Er befindet sich auf dem Wege nach Paris, und es ist von größter Wichtigkeit, den Monarchen vor der Begegnung mit seiner erlauchten Schwester, der Königin von Frankreich, zu sprechen und, wenn irgend möglich, zu beeinflussen. Er reist zwar, ein moderner Harun al Raschid, als einfacher Edelmann, sollte aber trotzdem vom elsässischen Adel kaiserlich empfangen werden. Ich muß daher in diesem Falle darauf bestehen, daß meine Gemahlin in unserem Hotel die Honneurs macht, wobei ich nicht unterlassen will zu bemerken, daß ich es endlich, nach Monaten der Nachsicht, müde bin, die Marquise Montjoie die Rolle einer Kinderfrau spielen zu sehen. Engagieren Sie so viel Personal, als Sie es für nötig finden, aber schützen Sie unser Haus vor den wahnwitzigen, alle guten Traditionen umstürzenden Ideen der Pariser Philosophen; sie führen unser Vaterland dem Verderben entgegen; wenigstens die Familie will ich vor ihnen gerettet wissen.

Wie wenig besonders Herr Rousseau, auf den Sie sich zu berufen pflegen, das Vertrauen verdient, das Sie in seine Erziehungsprinzipien setzen, habe ich jetzt erst erfahren. Ganz abgesehen davon, daß er durch seine Undankbarkeit jeden seiner Gönner vor den Kopf stieß, hat er es –, nachdem er schon fast vergessen war –, für nötig befunden, seine Memoiren zu schreiben, die, was Mangel an Diskretion, an Takt und Schamgefühl betrifft, aller Beschreibung spotten sollen. Er liest sie gegenwärtig in Pariser Salons vor und hat erreicht, was offenbar seine einzige Absicht war: wieder von sich reden zu machen. Intime Erlebnisse, die Menschen von guter Lebensart ebenso sorgfältig dem Anblick Fremder entziehen wie ihre körperlichen Mängel und Gebrechen, schildert er mit derselben Behaglichkeit, mit der sich die Schweine in ihrem eigenen Schmutze wälzen, und bis in die Kreise des Hofes hinein gibt es Leute, die vor diesen Bekenntnissen der »Wahrheit und Natürlichkeit« bewundernd in die Knie sinken; die Marquise Girardin ist sogar soweit gegangen, dem Verfasser ihr Schloß Ermenonville als Zufluchtsort anzubieten.

Auch sonst mehren sich die Zeichen der gesellschaftlichen Auflösung. Hatte man bisher nur ganz im stillen gewagt, die Handlungsweise des Marquis Lafayette und seiner Freunde, – zu denen ja leider auch der Prinz Montbéliard gehört –, zu entschuldigen, während die einflußreichen Kreise der Gesellschaft in der Verurteilung der französischen Offiziere und Aristokraten einig waren, die ihren Degen in den Dienst von Insurgenten, und damit gegen das Königtum zu stellen wagten, so beginnt man jetzt, sich in aller Öffentlichkeit für sie und damit für die Sache, der sie dienen, zu begeistern. In einigen Journalen wird bereits dem offenen Kriege gegen England das Wort geredet, und wir können uns im Augenblick glücklich schätzen, daß wenigstens Herr Necker, in Rücksicht auf die Finanzen, hirnverbrannten Plänen wie diesen abgeneigt ist. England bekämpfen, hieße die amerikanische Republik unterstützen und die Berechtigung der republikanischen Ideen auch bei uns anerkennen. Ich hatte kürzlich eine ernste Aussprache mit Herrn von Vergennes, aber so sehr mir der Minister prinzipiell recht gab, so sehr scheint er praktisch durch seine unvorsichtige geheime Unterstützung von Herrn von Beaumarchais' amerikanischen Unternehmungen bereits engagiert zu sein.

Wir haben also zunächst nur an Herrn Necker einen Rückhalt. Dieser bourgeoise Genfer Bankier, dem man die Ordnung der Finanzen Frankreichs anvertraute, aspiriert jedoch leider den Ministerposten und damit eine Hofstellung, und der König, in unbegreiflicher Nachgiebigkeit gegenüber der nivellierenden Zeitströmung, zieht ihn bereits ganz in sein Vertrauen.

So sehr man sich diesen Herrn als ein notwendiges Übel gefallen lassen muß, so gehört er doch ebensowenig in unsere Intimität wie ein Haushofmeister, dem man seinen Weinkeller anvertraut.

Hofften wir bisher, auf die Königin rechnen zu können, – ich glaube sogar, daß Ihr Einfluß, meine Liebe, nicht zu unterschätzen gewesen ist, und der Fall Turgots, der klüger und darum weit gefährlicher war als Necker, auf das vorübergehende politische Interesse der Königin zurückgeführt werden kann, – so ist jetzt, wo die Gräfin Polignac und die Prinzessin Lamballe nichts als ihre teils sentimentalen, teils luxuriösen Neigungen unterstützen und die vergebliche Hoffnung auf einen Thronerben den König ihr entfremdet, keine Rede mehr davon. Sie spielt Komödie, sie tanzt, sie erteilt Schneiderinnen, Künstlern und Poeten Audienzen, – das ist die harmlosere Seite ihres Lebens –, sie erlaubt nicht nur dem Prinzen Artois, sondern auch den Kavalieren des Hofs, ihr zu huldigen als wäre sie keine Königin.

Alle dem gegenüber werden Sie begreifen, daß der Besuch des Deutschen Kaisers von größter Bedeutung ist.

Ich erwarte, daß Sie bereits Ende dieses Monats alle Anstalten zu unserem Straßburger Aufenthalt getroffen haben werden.

Kardinal Prinz Rohan an Delphine

Straßburg, am 18. Oktober 1777.

Es bedurfte also eines gekrönten Hauptes, um unsere schöne Marquise aus der selbstgewählten Verbannung zurückzurufen! Ich war entzückt, als ich auf meiner gestrigen Ausfahrt über den Platz St. Pierre le Jeune, die Pforten Ihres Hotels offen fand, und ich beeile mich, mit diesen Blumen und Konfitüren an die mir hoffentlich nicht immer verschlossene Pforte Ihres Herzens anzupochen. Sie haben für Ihre reizenden Sünden genug gebüßt; ich spreche Sie los und ledig, Frau Marquise!

S. M. der Kaiser wird mir die Ehre erweisen, morgen nach der Parade das Frühstück bei mir einzunehmen. Der Herr Marquis hat seine Teilnahme zugesagt; darf ich auch auf die Ihre rechnen? Ein Fest ohne Sie wäre keins, auch wenn alle Monarchen der Welt zusammen kämen.

Für den »Barbier von Sevilla«, – durch dessen Aufführung wir dem gekrönten Puritaner wohl beweisen wollen, wie wenig wir uns durch die Satire des Stücks getroffen fühlen! –, stelle ich Ihnen meine kleine Loge zur Verfügung. Herr von Beaumarchais, dessen Anwesenheit in Straßburg mich schließen läßt, daß eine politische Intrige in der Luft liegt, wird Sie dort ungestört begrüßen können, nachdem Ihr Herr Gemahl, wie er mir soeben mitteilte, ihn zu empfangen nicht geneigt ist. Sie sehen, schönste Frau, wie ich mich bemühe, Ihre unausgesprochenen Wünsche zu erfüllen. Darf ich dafür hoffen, endlich zu dem Kuß zugelassen zu werden, den Sie mir seit Chantilly schuldig sind?!

Herr von Beaumarchais an Delphine

Straßburg, am 25. Oktober 1777.

Verehrteste Frau Marquise, Sie haben es mir nicht glauben wollen, daß die Aussicht auf ein Wiedersehen mit Ihnen mir Straßburg anziehender machte als die auf eine mögliche Begegnung mit dem Sohne Maria Theresias? Wir, denen die Politik noch eine Kunst ist, bedürfen der Frauen mehr als die gekrönten Handelsreisenden, die sie als ein Geschäft betreiben.

Nun haben Sie mich zwar mit größter Liebenswürdigkeit begrüßt, – vor dem ganzen Theater, in Ihrer großen Loge, ohne diskrete Vorhänge –, aber ich bin ein zu guter Kenner aller Nuancen des Frauenlächelns, um nicht empfunden zu haben, daß es weniger meinen Handkuß, als das Stirnrunzeln des Herrn Marquis, das sarkastische Lippenkräuseln des Herrn Kardinals hervorzurufen bestimmt war. Ich weiß darum nicht, ob ich die reizende Marquise Montjoie noch als meine Alliierte betrachten darf.

Frauen sind wie Kinder: sie spielen jedes ihrer Spiele mit vollkommener Hingabe, aber ohne die geringste Ausdauer. Wenn es keine Könige gäbe, würde ihr Wankelmut durch nichts übertroffen werden.

In diesem Fall wäre ich fast geneigt, ihn zu entschuldigen. Nicht, weil Sie augenblicklich Mutter spielen und damit mehr tun als Rousseau, der wie alle Priester sich auf bloßes Predigen seiner Lehre beschränkt hat, sondern weil ich selbst häufig genug das Bündnis mit mir brechen möchte.

Sie wissen: seit der Unabhängigkeitserklärung der Vereinigten Staaten ist unseren Philosophen ein Stein von der Seele gefallen, denn sie sehen ihre Ideen verwirklicht, ohne selbst dabei sein zu müssen. Man brüstet sich vor Stolz, daß der Abbé Mably von der jungen Regierung beauftragt wurde, seine Prinzipien der Gesetzgebung zu einem Verfassungsentwurf auszuarbeiten, und man schwärmt begeistert für die kommunistische Demokratie in – Amerika. Ich, der Erste, der Frankreich für Amerika engagierte, müßte mitschwärmen, aber seitdem Herr Franklin die Freiheit und die Gleichheit repräsentiert, bin ich geneigt, die Despotie zu vertreten.

Das Feuer der Begeisterung scheint auch bei den französischen Kämpfern jenseits des Meeres, nach denen Sie, verehrteste Frau Marquise, sich mit solchem Interesse erkundigen, um so niedriger zu brennen, je mehr sie einsehen, daß die Göttin der Freiheit für die biederen Farmer und kleinen Krämer doch nur ein Marktweib ist, das ihre Waren möglichst teuer an den Mann bringen soll. Die Nachrichten über die kriegerischen Erfolge lauten momentan nicht erhebend.

Ich wollte durch eine Politik, die eines Alexander würdig war, die Welt reformieren, aber ich sehe ein, unsere Reformen schädigen uns heute noch mehr als unsere Laster. Darum vertausche ich zu meiner Erholung das Schwert, das sich in dem Riesenviehstall Frankreichs als Ersatz für eine Mistgabel als unzureichend erweist, wieder einmal mit der Feder, die wenigstens spitz genug ist, um einzelne Stücke allgemeinen Unrats aufzuspießen.

Die guten Straßburger hätten es freilich lieber gesehen, wenn der andalusische Barbier aus Sevilla sich über spanische Sitten lustig machen würde, als französische Zustände zu kritisieren; ich habe ihnen zu ihrer Beruhigung versichert, daß ich mein Stück gewiß spanisch geschrieben haben würde, wenn Voltaire seine *Lettres anglaises* englisch und Montesquieu seine *Lettres persanes* persisch geschrieben hätten. Daß Sie mir übrigens zum Beifall des Kaisers gratulierten, beweist, wie lange – eine Ewigkeit von anderthalb Jahren! – und wie weit Sie von Paris entfernt sind. Nichts kompromittiert heute mehr als der Applaus der Fürsten, und ich würde gestern an meinem Talent irre geworden sein, wenn ich nicht zwischen dem Deutschen Kaiser in der grünen Uniform und Herrn Benjamin Franklin in dem erdbraunen Quäkerrock eine Ähnlichkeit entdeckt hätte: Beide freuen sich über meine Komödie nur darum so sehr, weil sich ihre eigene Tugendhaftigkeit so strahlend von dem dunklen Hintergründe abhebt.

Darum wird mir auch die Ehre einer Audienz zuteil. Joseph II. ist ein »aufgeklärter« Monarch, der Dichter und Denker zu schätzen weiß. Ich verstehe: wie bisher in der Garküche der Welt alle Gerichte nur deshalb hergestellt wurden, um den Gaumen hoher Herren zu kitzeln, so sind heute Gedanken und Gedichte für sie nichts weiter als Reizmittel für ihren erschlafften geistigen Magen.

Erzählen Sie dem Herrn Marquis von der Ehre dieses Empfangs, dann wird er nicht daran zweifeln, daß ich nur ein öffentlicher Spaßmacher bin, und die Stirn nicht mehr in Falten ziehen, wenn die Lippen eines Aventuriers die schöne Hand seiner Gattin berühren. Bedürfen Sie jedoch eines Funkens, um das Pulverfaß eheherrlichen Zorns zum Explodieren zu bringen, – wie ich fast vermute! – so sehen Sie mich mit Freuden auch zu dieser Rolle bereit. Sie dürften ja von vornherein der Gefahr sich bewußt sein, daß in Ihrer Nähe jeder Funken zur Flamme wird.

Herr von Beaumarchais an Delphine

Straßburg, den 30. Oktober 1777.

Teuerste Marquise – Welch eine Nacht liegt hinter mir! Angesichts der Nachrichten aus Paris sah ich alle Träume meiner Jugend vor mir auferstehen: Helden in Silberrüstung schlugen mit feurigem Schwert die bösen Geister meines skeptischen Alters in die Flucht!

Saratoga gefallen – die Engländer vernichtet – Amerika befreit! Das ist der Anfang einer neuen Epoche der Weltgeschichte! Wäre ich in Paris, ich würde sogar Benjamin Franklin in meine Arme schließen!

Wir müssen die Stunden, die wir durchlebten, festhalten, damit sie unser Leben noch erleuchten, wenn jede Erinnerung sich uns verdunkelte!

Wissen Sie noch, wie ich Ihnen nach der Tafel in der üppigen Bibliothek des Prinzen Rohan, wo es mehr schwellende Sofas und tiefe Polsterstühle als Bücher gibt, die Provinzkomödie schilderte, die Straßburg aus der Tiefe meines Tintenfasses grinsend hatte auftauchen lassen. Ich zeichnete Ihnen gerade die Porträts ihrer Helden: des Kardinals Rohan als des Hauptes aller Gläubigen, wie er in der roten seidenen Soutane, von Spitzen überrieselt, die an Wert eine Diözese aufwiegen, an der weißen Hand einen Brillanten, den die ganze Krone Frankreichs nicht ersetzen könnte, morgens an dem mit Rubinen und Smaragden besetzten Missale die Messe zelebriert und sein »Apage Satanas« gegen alle Aufklärer schleudert; des Prinzen Rohan sodann als des *maître de plaisir* der besten Gesellschaft, wie er im goldgestickten Surtout mit gemalter Weste, an der jeder Knopf eine kostbare Perle ist, abends vor der beladenen Tafel kleinen Tänzerinnen mitleidig Durst und Hunger stillt und sein Evoë allen Puritanern entgegenjubelt.

Ich höre noch Ihr helles Lachen, – das ich schon ganz verstummt glaubte –, als ich Ihnen auseinandersetzte, daß die beiden Helden notwendig von einem Schauspieler gespielt werden müßten! Und ich sehe noch das Zucken um Ihre Mundwinkel, – war es unterdrückte Freude oder niedergezwungene Empörung?! –, als ich Ihnen verriet, daß meine Bekanntschaft mit diesem Kardinal und Prinzen mir das Rätsel, warum die Theologen sich neuerdings so sehr bemühen, die Göttlichkeit Christi weg zu disputieren, gelöst hat: welch ein Triumph wäre es für die Kirchenfürsten, die Autorität dessen, der die Armut predigte, so erschüttert zu sehen!

Im Augenblick dieser blasphemischen Äußerung hörten wir Türen schlagen, Stühle rücken, lautes Stimmengewirr, – wir traten neugierig in den großen Saal –, es war ein unvergeßlicher Anblick für den Physiognomiker: alle Gemütsbewegungen malten sich auf den Gesichtern, Zorn und Freude, Enttäuschung und Befriedigung, Haß und Liebe.

»Saratoga ist gefallen!«

Die jungen Offiziere ließen die Sporen klirren, das Gefolge des Deutschen Kaisers verbarg hinter blassen festgeschlossenen Lippen seine Wut und affichierte durch sein Schweigen seine monarchische Gesinnung, während französische Aristokraten, ihren Jubel schwer unterdrückend, mich umringten, um mir verständnisvoll die Hand zu schütteln.

Den Grafen von Falkenstein, – wie der Deutsche Kaiser sich zu nennen beliebt, um seines Menschseins ein wenig froh zu werden –, sahen wir in ernstem Gespräch mit dem Kardinal Rohan und dem Marquis Montjoie.

»Sie konspirieren gegen die Freiheit«, sagte ich. Da fühlte ich Ihre Hand auf meinem Arm, sah in ein glühendes Antlitz, in tränenfeuchte Augen und hörte eine süße Stimme flüstern: »Ich bin noch Ihre Alliierte!«

War diese Nacht Fortuna selbst, die ihres Füllhorns ganzen Reichtum über mich auszuschütten im Begriffe stand?! Ich zog Ihre Hand an meinen Mund, der sekundenlang auf der weißen duftenden Haut zu ruhen wagte –, ich sah auf, – noch zitternd wie vom plötzlichen Fieber, da traf mich Ihr Blick –

O, Frau Marquise, ich hatte wahrhaftig vergessen, daß ich Figaro bin – nichts als Figaro! Wenigstens will ich mich jetzt dieser Rolle würdig erweisen.

Die Ereignisse fordern meine schleunige Anwesenheit in Paris. Dieser Brief, zwischen Nacht und Morgen geschrieben, ist mein schriftlicher Abschied.

Leider muß ich erwarten, daß diese Eile Ihren Beifall findet: Figaro sollte ja Erkundigungen einziehen nach dem »Jugendfreunde«, dem Prinzen Montbéliard. Er wird es tun, und sollte er zu diesem Zwecke den Ozean durchkreuzen müssen! Nur daß er lächelte, als Sie mit dem ernstesten Gesichtchen von dem »Freunde« sprachen, dürfen Sie seiner Menschenkenntnis nicht verargen. Glauben Sie wirklich an eine Freundschaft zwischen Mann und Weib?! Sie ist entweder ein Deckmantel für die Asche ausgebrannter Flammen oder für die Glut entstehender! Trotz alledem: Figaro hält Wort!

Marquis Montjoie an Delphine

Paris, den 5. November 1777.

Meine Liebe! Sie werden inzwischen eingesehen haben, wie sehr ich recht hatte, als ich die Nachricht von unseres Sohnes Erkrankung nicht so tragisch nahm wie Sie und Ihre Abreise von Straßburg zu verhindern suchte. Der Anfall wäre auch ohne Ihre Anwesenheit vorübergegangen. Herr *Dr.* Tronchin wird Sie gewiß inzwischen über den Zustand des Kindes beruhigt haben.

Erwarten Sie übrigens nicht, daß ich über die eigentliche Ursache Ihrer Abreise und Ihrer Weigerung, mich zu begleiten, im Zweifel wäre. An Ihre überschwengliche Mutterliebe werden Sie mich kaum glauben lassen, nachdem Sie sich bis vor anderthalb Jahren um das Kind gar nicht gekümmert haben und ich seitdem oft genug beobachten mußte, wie Ihr allzu sprechender Blick eher mit einem Ausdruck des Erschreckens als der Zärtlichkeit auf dem Kleinen ruhte. Sie suchen vielmehr jeden Vorwand, um sich von mir fern zu halten. Ihre Auseinandersetzungen über die Gegensätze der Ansichten zwischen uns, die jede Annäherung verhinderten, sind auch nur ein solcher.

Die Ehe ist kein Ministerium, sonst müßten ihre Teile ebenso häufig wechseln wie ein solches; sie ist aber auch kein Liebesverhältnis, sonst würde sie vollends von kürzester Dauer sein. Sie ist vielmehr ein Bündnis zum Zweck der Förderung gemeinsamer Familieninteressen. Von diesem Standpunkt ausgehend, habe ich ein Recht, Ihre Teilnahme an meinen Bestrebungen, die das Ansehen, den Reichtum, die Macht meiner Familie zum Ziele haben, zu fördern. Daß dazu in erster Linie die Sicherung unserer Erbfolge gehört, ist selbstverständlich. Unser Sohn ist, – ich bin, wie Sie sehen, ebensowenig blind wie Sie –, kein erfreulicher Sproß unseres Hauses. Es ist nicht unmöglich, daß er nicht alt wird. Ich, als der Letzte meines Stammes, habe die Verpflichtung, für die Erhaltung meines Geschlechts zu sorgen. Nur deshalb wählte ich ein junges, blühendes Mädchen zu meiner Frau, ohne mich darum zu kümmern, daß sie nichts weniger als eine gute Partie gewesen ist.

Ich denke. Sie verstehen mich jetzt, meine Liebe, und werden sobald ich zurückkehre, Ihr Benehmen danach einrichten.

Mein Aufenthalt hier ist leider nicht so befriedigend, als ich gehofft hatte. Zwar haben unsere Ratschläge den Deutschen Kaiser nicht unbeeinflußt gelassen; seine große Einfachheit wirkt auf den Hof sichtlich beschämend; auch das Volk begeisterte sich vorübergehend für einen schlichten Soldatenrock.

Eine Fischhändlerin, – vermutlich die Geliebte irgend eines Philosophen –, hatte sogar die Keckheit, ihm einen Blumenstrauß mit den Worten zu überreichen: »Wie glücklich muß das Volk sein, das Ihre Tressen zu bezahlen hat.«

Aber im allgemeinen finde ich meine Ansicht bestätigt, daß ein Monarch, wenn er die Loyalität erhalten will, sich der Menge ebenso fern halten soll wie Gott den Gläubigen, den sie auch aufhören würden anzubeten, wenn er ihresgleichen wäre. Der Deutsche Kaiser ging ohne Gefolge spazieren, besuchte die Philosophen, ließ sich von Herrn von Vaucanson seine neue Spinnmaschine, von Buffon die geologischen Perioden erklären, sah in den verschiedensten physikalischen Kabinetten den elektrischen Experimenten zu und schien diesen Dingen eine größere Bedeutung beizulegen als den Fragen der Politik. Nach drei Tagen war er für Paris kein Kaiser mehr.

Ob er gegenüber seinen erlauchten Verwandten seinen Einfluß im Sinne des Friedens geltend gemacht hat, läßt sich heute noch nicht feststellen. Der allgemeinen Stimmung sich zu widersetzen, dazu bedürfte der König eines energischen Ratgebers. Alle Anstrengungen, die von mir und meinen Freunden ausgehen, werden in ihren Folgen von vornherein in Frage gestellt, wenn wir nicht einmal unser eigenes Haus von Leuten wie Herrn von Beaumarchais frei halten können.

Johann von Altenau an Delphine

Paris, 5. November 1777.

Meine teuerste Marquise! Schon fürchtete ich aus Ihrem Schweigen schließen zu müssen, daß ich Sie in irgendeiner Weise verletzt haben könnte. Und nun begegnet mir das große, unaussprechliche Glück, dessen Fehlen wohl die Einsamkeit der Einsamen so fürchterlich macht: einem Menschen notwendig zu sein!

Sobald ich hier die nötigsten Geschäfte erledigt habe, werde ich auf dem raschesten Wege in Froberg eintreffen. Meine Freude würde mein Mitleid überflügeln, wären Sie nicht sein Gegenstand. Arme Delphine! kaum glaubten Sie sich dem Bann, der auf Ihnen lag, durch den Straßburger Aufenthalt ein wenig entrissen zu haben, als er Sie durch die schreckenerregenden Krämpfe des Kindes wieder in seine Gewalt bekam; und nicht genug, daß die Angst Sie peinigt. Sie überlassen sich auch in grausamer Selbstquälerei den Vorwürfen eines allzu zarten Gewissens.

Ist es Ihre Schuld, daß Sie, wie Herr *Dr.* Tronchin Ihnen sagte, zu früh Mutter wurden? Ist es nicht Schuld der Gesellschaft, die es zur Sitte werden ließ, daß die Töchter vornehmer Familien so früh als möglich – verkauft werden? Ist es Ihre Schuld, daß Sie nicht warten durften, bis Ihr Herz und Ihre Sinne den Vater Ihres Kindes wählten? Oder ist es nicht abermals die unsühnbare Schuld einer bis ins innerste Mark hinein verdorbenen Gesellschaft, daß sie die Ehe zu einem Geschäft erniedrigte und damit die Liebe zu einem Laster werden ließ? Ist es wirklich Ihre Schuld, daß der zarte Knabe einer derben Bäuerin zur Pflege anvertraut wurde? Kein Gärtner ist in seinem Fach so ungebildet, daß er eine blasse Treibhausrose in einen Küchengarten der Vogesen verpflanzen würde, aber die Gesellschaft rühmt sich, ihre Glieder dann am besten erzogen zu haben, wenn sie sich am weitesten von den Gesetzen der Natur entfernen.

Ich möchte Ihre Seele heilen, Frau Marquise, damit Sie die Dolchklingen des Gewissens nicht mehr selbstmörderisch gegen sich selber zückten, sondern gegen die großen Verbrecher wider die Natur: Staat und Gesellschaft. Die Zeit kann nicht mehr fern sein, wo sich alle seine unschuldigen Opfer wider ihn erheben. Wie Sturmzeichen wirkte schon der Fall von Saratoga auf die Pariser: arme Handwerker und kleine Staatsbeamte, die bis vor kurzem zu denken sich nicht erlaubten, sah ich mit erhitzten Köpfen und aufgeregten Gebärden im Garten des Palais-Royal zusammenströmen, als die Botschaft vom Siege der Freiheitskämpfer sich verbreitete; einer von ihnen, ein stubenblasser Schneider, sprang auf einen Stuhl und rief mit einer Stimme, die seine schmale Brust zu sprengen schien: »Nun, Europa, folge nach!« Eine Stunde später war sein Aufruf zum Refrain eines Liedes geworden, das heute schon die Kinder in den Höfen singen.

Sie schrieben von dem einsamen Winter in Froberg, als ob Sie sich darum bei mir entschuldigen müßten. Unsere hoffnungsvollen Träume sollen ihn bevölkern!

Herr von Beaumarchais an Delphine

Paris, den 16. April 1778.

Verehrte Frau Marquise. Seit meinem Abschied von Straßburg ist fast ein halbes Jahr verflossen.

Mit den Farben der schönsten Frau geschmückt, vertraute ich mich, ein zweiter Bayard, den Meereswogen an und lenkte mein Schiff durch wilde Stürme und drohende Klippen dem fernen Ziele zu, das sie mir bestimmt hatte. An unwirtlicher Küste warf mich ein rasender Orkan ans Land. Mein Schwert hieb mir Bahn durch dunkle Urwälder, streckte gräßliche Ungeheuer vor mir nieder, verteidigte mein Leben gegen Horden feindlicher Rothäute und führte mich schließlich, sieggekrönt, in die Stadt der weißen Marmorpaläste und goldenen Bildsäulen. Vor dem Tempel der Freiheit, der wie die Sonne leuchtet, von Rosenbäumen, die hoch und stark sind wie unsere Eichen, dicht umgeben, fand ich die Helden Frankreichs auf purpurnem Pfühle von ihren Taten ruhen; die holdesten Töchter des Landes wuschen den Staub von ihren Füßen und boten ihnen lächelnd die Blüte ihrer Jugend dar.

Sie schütteln den Kopf, Frau Marquise, Sie glauben mir nicht? Sie behaupten, Beaumarchais habe Frankreich nicht verlassen? Wissen Sie vielleicht ebenso genau, wo Figaro inzwischen gewesen ist?! Mit Eiden, so heilig wie das Keuschheitsgelübde der Priester und der Treueschwur der Gatten, bezeuge ich Ihnen, daß er vor dem Tempel der Freiheit seine Andacht verrichtete und den Prinzen Montbéliard, den tapferen Kämpen, begrüßte.

Sie glauben mir noch nicht, Frau Marquise?! Wehe, wenn sogar bei Ihnen die verderbte Zeit den Glauben an die unverbrüchliche Heiligkeit des Eides zerstörte!!

Kurz und gut: der Prinz ist gesund, hat sich geschlagen wie ein Franzose, wird angebetet wie Apoll und ist keusch wie Joseph.

Nicht wahr, nun blättern Sie geärgert die nächsten Seiten meines Briefes um: »Habe ich ihm erlaubt, mir mehr zu schreiben?!« sagen Sie. Und doch müssen Sie mir zuhören, denn durch mich kommt in diesem Augenblick nicht nur Paris, sondern die Welt zu Ihnen, nachdem Jean-Jacques Sie dem einen entzog, der anderen entfremdete.

Voltaire ist in Paris! Das Pariser Parlament verbrannte seine Bücher, die französische Regierung trieb ihn aus seinem Vaterlande, aber seine Ideen stiegen, die Welt erleuchtend, aus dem Scheiterhaufen bloßen Papiers, und jedes Jahr seiner Verbannung bahnte ihm mit Feuer und Schwert den Weg nach Frankreich.

Das Erscheinen eines Propheten und Apostels hätte in Paris keine größere Begeisterung entfachen können als das seine. Alle anderen Interessen traten zurück: die Kriegsgerüchte, die Hofintrigen, selbst der große Kampf zwischen den Piccinisten und den Gluckisten. Das Parlament verstummte, die Sorbonne zitterte, die Enzyklopädisten, die sich sonst als Riesen gebärdeten, erschienen wie Zwerge. Und der König, eben gewillt, sich daran zu erinnern, daß der Ausweisungsbefehl gegen Voltaire noch nicht aufgehoben ist, fühlte plötzlich, daß es größere Mächte gibt als die der Majestät von Frankreich.

Nach Voltaires Ankunft drängte sich ganz Paris zu seiner Huldigung und mit jenem Esprit, jener Grazie und Höflichkeit, die nur er aus der Vergangenheit in die rauhe Gegenwart hinübergerettet hat, antwortete er jedem einzelnen.

Dann kam der Tag, der die Erfüllung seines Lebens war. Mittags empfing ihn die Akademie; sämtliche ihrer Mitglieder mit Ausnahme der Bischöfe, die sich hatten entschuldigen lassen, gingen ihm bis zum Portal entgegen, – eine Ehre, die noch keinem, selbst dem Könige nicht, zuteil geworden ist. Er stieg aus der Kalesche: klein und schmal mit der grauen Perücke, wie er sie schon vor vierzig Jahren trug, über der blassen Stirn, dem roten pelzverbrämten Samtrock um die fleischlosen Glieder und den breiten Spitzenmanschetten über den schmalen gelben Händen, deren lange Finger an die Krallen seines Geistes gemahnten, die er, ein blutdürstiges Raubtier, allem niedrigen Gezücht in die Flanken schlug, – da neigten sich jene Unsterblichen, die ohne ihn sehr sterblich geblieben wären, vor einem einzigen blitzartig aufzuckenden Blick seiner Augen.

Doch die Huldigungen der Akademie waren nur das Präludium dessen, was ihn im Theater der Nation erwartete. Der Einzug eines Triumphators war schon sein Weg vom alten Louvre bis zu den Tuilerien: Tausende säumten die Straße, alle Rangunterschiede vergessend; die roten Hacken der Kavaliere berührten sich mit den Holzschuhen der Handwerker, die seidenen Polonaisen der Damen mit den blauen Schürzen der Mägde. Im Theater empfing ihn frenetischer Jubel. Alles erhob sich, als er eintrat; von der ungeheuren Bewegung zitterten die Kerzen, das Rauschen der Kleider war wie fernes Wellenbrausen, und als eine reizende Schöne das greise Haupt des großen Mannes mit Lorbeer krönte und alle Blumen, die eben noch Haar und Busen der Frauen geschmückt hatten, ihm zuflogen, da schien der Augenblick gekommen, wo Intoleranz und Fanatismus, gefesselte Giganten, der Göttin Vernunft zu Füßen gezwungen wurden.

Dunkle Nacht empfing den Gefeierten, als das Theater sich hinter ihm schloß; aber kaum erschien er auf der Freitreppe, so flammten schon ringsumher Fackeln auf, unter denen sich eine unabsehbare schwarze Menschenflut auf und ab bewegte. War sein Antlitz bisher fast unbewegt geblieben, so sah ich ihn jetzt erbleichen, sah seine Augen sich weiten, sah wie die Arme, die eben noch schwer auf den Schultern seiner Begleiter gelegen hatten, sich aufwärts bewegten, wie die wächsernen Hände sich streckten.

Der Priester der zukünftigen Religion segnete die Menge. Ihr feierliches Schweigen bewies, daß sie ihn verstand.

Im Augenblick aber, da er, wieder ein müder Greis, auf die Freunde gestützt, die Stufen hinabzuschreiten begann, rief einer von unten, den niemand sah, der aber die Stimme aller zu sein schien, mit dem getragenen Tonfall des psalmierenden Kirchenchors:

> »Je suis fils de Brutus et je porte dans mon coeur
> La liberté gravée et les roi en horreur.«

Im Takt seiner eigenen Verse, die, ein unendliches Echo, von der Menschenmauer zu beiden Seiten der Straße widerklangen, fuhr Voltaire durch die Straßen. Erst die Ehrfurcht vor dem Schlaf des Erschöpften brachte sie vor seinem Hause zum Verstummen.

Daß uns unser gefährlicher Konkurrent, die Weltgeschichte, mit ihren großen Tragödien und kostbaren Lustspielen immer wieder als jämmerliche Stümper erscheinen läßt, sind wir nachgerade gewöhnt, daß sie uns aber auch mit der Aufführung der ergreifendsten Pantomime zuvorkam, ist beschämend. Herr Cochin, der Sekretär der Kunstakademie, der nicht aufhört zu verkünden, die Zukunft der Bühne gehöre der Pantomime, darf heute neben Voltaire den Triumphator spielen.

Nur in der Moral könnte die Weltgeschichte von uns Komödienschreibern lernen: wir entlassen unser Publikum im Augenblick der höchsten Gefühle: in seinem Schnupftuch trägt es seine Rührung, seine Erschütterung und Begeisterung nach Hause, wenn das Stück zu Ende ist.

Aber die Weltgeschichte! – hören Sie selbst:

Herr von Voltaire fühlte sich leidend –, sei es, daß er zu viel vom Champagner der Huldigungen getrunken hatte oder zu wenig, denn die Flasche aus den königlichen Kellern fehlte noch! – man schickte ihm den Arzt, aber er verlangte nach – dem Priester. Der Abbé Gauthier kam in fliegender Eile; es galt einen fetten Bissen für die Kirche! In einem Schlafgemach, das mehr dem Tempel der Wollust als dem Heiligtum der Musen glich, – Herr von Billette, Voltaires Freund und Gastgeber, huldigt wie die Weisen Griechenlands dem Kultus jener Liebe, die unsere christliche Moral zwar verdammt, unsere antike Bildung aber großzüchtet –, nahm er die Beichte des Ketzers entgegen. Wäre der Kranke gleich danach gestorben, sein letztes Wort würde nicht, wie wir großen Dichter es auf der Bühne wirkungsvoll arrangiert haben würden, *»écrasez l´ infâme«* gewesen sein, sondern: »ich sterbe in der heiligen katholischen Religion...«

Daß der König ihn trotz dieses reumütigen Bekenntnisses nicht empfing, als er wieder genesen war, hat Herrn von Voltaire sehr gekränkt!

Aber unsere große Pantomime hatte noch mehr Mitwirkende, denken Sie. Das Alter hinderte den Patriarchen, die Rolle des Helden bis zu Ende zu spielen, das Schwert wurde ihm zu schwer. Die, die ihm zujubelten, nahmen es auf.

Es scheint mir nachgerade, daß es törichter ist, den Glauben an die Menschen zu bewahren als den an Gott und alle Heiligen. Denn trotz aller Beweise der Atheisten und der tausendneunundneunzig Paragraphen des Baron Holbach gibt es schlagendere gegen den Menschen- als gegen den Gottesglauben.

Zwei Tage nach dem Triumph Voltaires führte mich die Neugierde zu einem gewissen Herrn Mesmer, dem als Helfer in allen Leibesnöten ein geheimnisvoller Ruf vorangeht. Um einen Tisch fand ich dicht gedrängt eine Menge Menschen sitzen. Mit dem Ausdruck inbrünstiger Andacht drückte ein jeder das Ende eines Stahlrohrs, das aus dem Tisch hervorragte, an irgend einen, auch den unbeschreiblichsten Körperteil. Dazu spielte ein schwarzgekleideter Mann Harmonika, und ein anderer ging feierlichen Schrittes hin und her, die Fingerspitzen seiner Hände sekundenlang auf die Köpfe der Sitzenden pressend. Es waren Leute mit klingendem Namen darunter, – die Herzogin von Granville, der Graf von Artois und sogar einer Ihrer »Freunde«, der Graf Chevreuse –, manche von ihnen hatten vorgestern erst Voltaires Hand an die Lippen gezogen. Und heute glauben sie an die magnetische Zauberei Herrn Mesmers und würden ihm am liebsten die unheilbarste aller Kranken anvertrauen: Madame la France, – schon um Herrn Necker endlich wieder los zu werden!

Finden Sie nun nicht auch, schönste Frau, daß die Wirklichkeit ein miserables Stück ist?! Wo bleibt die Einheit der Handlung, die Steigerung des Konflikts, die erhebende Lösung?!

Wenn ich nicht wüßte, daß Sie in der Wüste leben, – gibt es außerhalb von Paris etwas anderes? –, ich würde mich dieses Briefes wegen entschuldigen, der mehr für die schwarzen Setzerfinger des Mercure de France als für die weißen Hände der reizenden Marquise bestimmt scheint.

Graf Guy Chevreuse an Delphine

Paris, 19. Juli 1778.

Ein Brief aus dem Jenseits, meine liebe Marquise, hätte mich nicht mehr überraschen können als der Ihre! Sie waren verschollen, wohl auf irgend eine selige Insel entführt, in Gesellschaft eines deutschen Philosophen, – kann man deutlicher zeigen, für uns eine Verstorbene sein zu wollen?

Sie fragen nach der neuesten Attraktion von Paris, Herrn Mesmer, bei dem mich Ihr geheimer Berichterstatter beobachtet haben will. Natürlich hat er richtig gesehen. Ich versäume grundsätzlich keine Sensation, weder die Menschenrechte, noch den Magnetismus. Es ist so wundervoll, sich auf die Freiheit berufen zu können, wenn man nichts anderes tun möchte, als was einem gefällt, und auf die Gleichheit, wenn man ein kleines Vorstadtmädchen verführen will! Da ich nun, wie Sie wissen, seit zwei Jahren am Herzen leide, ging ich zu Doktor Mesmer. Er heilte mich nicht, – seinem Magnetismus wirkt offenbar ein stärkerer entgegen! – aber sonst heilt er alles, selbst chronischen Blödsinn. Wir sind infolgedessen in Versailles erstaunlich geistreich geworden. Wollen Sie ernstere Beweise für seine Zauberkünste? Fragen Sie die Gräfin Polignac, die ihre Vapeurs, den Herrn von Champcenetz, der seine böse Zunge verloren hat, die Prinzessin Guéménée, die einen üppigen Busen bekam, und den Herzog von Orleans, dem die Haare wieder gewachsen sind. Am besten tun Sie aber, wenn Sie selber kommen! Mesmer heilt Ihren Sohn von seiner Krankheit, und Paris heilt Sie von der Philosophie.

Seit der Deklaration unseres offenen Bündnisses mit Amerika sind wir der Reden satt geworden und dürsten nach Taten: Der Herzog von Chartres, der im Gefecht von Quessant das erste Pulver gerochen hatte, wurde in der Oper gefeiert wie ein zweiter Turenne. Kriegshelden mit Lorbeeren zu schmücken ist etwas Neues für die Pariser und sich freuen zu können, ist, nachdem sie seit Wochen keine Zeit mehr hatten, lustig zu sein, ein so erfrischender Zustand, daß sie Siegeshymnen singen, wenn ein Franzose einem Engländer auch nur einen Nasenstüber versetzt.

Voltaire und Rousseau zu betrauern war notwendig, in Rücksicht auf unser Ansehen in Europa, aber im Grunde sind Berühmtheiten unbequem. Auch die Kinder amüsieren sich besser, wenn die Alten nicht daneben sitzen, übrigens hat Jean-Jacques noch seinen letzten Atemzug benutzt, um seinen Rivalen Voltaire, den der Ruhm und der Tod ihm vorgezogen haben, einen Denkzettel auf den letzten Weg zu geben:

> Plus bel esprit que beau génie
> Sans foi, sans honneur, dans vertu.
> Il mourut comme il a véou
> Couvert de gloire et d′infamie.

Eine Freundin der Philosophen, der es wohl darum zu tun war, im Himmel ihren Salon rasch zu eröffnen, ehe Voltaire und Rousseau sich von der Geoffrin oder der Lespinasse einfangen ließen, die Marquise du Chatelet, ist vor ihnen gestorben. Infolge einer Frühgeburt –, müßte man nicht bei ihren Jahren eher von einer Spätgeburt sprechen?! Ihr Mann, der Marquis, war sehr verzweifelt und versicherte jedem Kondolierenden, daß er an ihrem Tode vollständig unschuldig sei. Als ob irgend jemand daran zweifeln könnte!

Wenn Sie sich entschließen, rasch zu kommen, teuerste Delphine, so würde die Königin sich freuen, Sie auf ihrem Sommerfest in Trianon, das diesmal dem Andenken griechischer Götter geweiht ist, begrüßen zu können. Seit Herr Laharpe Sophokles übersetzt, sind wir sehr klassisch geworden, und ich würde für die Antike schwärmen, wenn die reizende Marquise Delphine im Gewande olympischer Göttinnen an unseren Spielen teilnehmen wollte.

Johann von Altenau an Delphine

Paris, am 30. Juli 1778.

Teuerste Frau Marquise. Sie fühlten, daß ich schweren Herzens von Ihnen ging; kein Opfer würde mir zu groß sein, wenn ich Ihnen damit nur eine frohe Stunde zu bereiten vermöchte. Was Sie jetzt von mir verlangen, ist aber nicht nur darum so schwer, weil ich meiner Überzeugung und meiner Erkenntnis zuwider handeln muß, indem ich einen Charlatan, wie diesen Herrn Mesmer, ernst nehme, sondern mehr noch deshalb, weil ich keine Hilfe von ihm erwarte.

Ich bin gleich nach meiner Ankunft zu ihm gegangen, habe ihm, – an dem nur die hellen, fast völlig farblosen Augen, die einem Wassertropfen gleichen, in dem sich ein Sonnenstrahl bricht, merkwürdig sind –, den Zustand Ihres Kindes geschildert: seine Apathie, seine Wutanfälle, seine grundlosen Tränenströme, seine Neigung zur Grausamkeit, sein Sprechen, das mehr dem Stöhnen eines wilden Tieres gleicht.

Er unterbrach mich mit keiner Silbe und frug danach nur nach Ihnen, nach der Amme und nach dem Vater des Kindes. »Ich will es versuchen«, sagte er dann; nichts weiter. Dutzende Wartender lösten mich ab. Die Erkundigungen, die ich über den Mann einzog, lauten sehr widersprechend: Die einen lachen und erklären ihn für einen Schwindler, den andern gilt er als Wundertäter. Da dieselben Enthusiasten mir aber zu gleicher Zeit von den Wundern des Herrn Sage, der Gold zu machen versteht, und des Herrn Dufour, der Wahnsinnige heilen soll, erzählten, so habe ich den Berichten von den Erfolgen des Mesmerschen Magnetismus wenig Glauben zu schenken vermocht. Aber den Versuch zu unterlassen, würde Sie wahrscheinlich noch mehr quälen, als wenn er sich schließlich als ein vergeblicher erweist, darum wage ich nicht, Sie zu beeinflussen.

Was ich empfinde, seit ich Froberg verließ, ist unsagbar. Die vergangenen Monate sehen mich an wie Freunde, die wir um so zärtlicher lieben, je mehr ihr Antlitz von Leid durchfurcht ist. Jeder Tag war ein Kampf mit dem kleinen wilden Tier, das seiner eigenen, wundervollen Mutter das Herz zerreißt und über nichts kreischender lacht als über ihre Tränen.

Aber dann kamen die Abende mit Ihnen, Delphine! Im Dunkel der Fensternische hörte ich Ihrem Harfenspiel zu; am Tisch unter dem rosigen Lichte der Lampe lauschten Sie mir, wenn ich Rousseau, Voltaire, Diderot und dazwischen die herrlichen Verse junger deutscher Dichter, eines Bürger, eines Goethe las. Und oft schwiegen wir zusammen, wie nur sehr Vertraute miteinander schweigen können. Die Stunden verflogen; mit müden Augen starrten Sie mich an; ich war vermessen genug, zu wähnen, daß Sie von mir sich nicht zu trennen vermöchten.

Bis ich eines Nachts hörte –, ich sprach niemals davon, Sie sollten sich vor mir nicht schämen müssen. – Aber von da an stand ich allnächtlich vor Ihrer Türe, bereit, sie einzustoßen und den Mann von Ihrer Seite zu reißen, der, weil er Sie zwang, seinen Namen zu tragen, ein Recht über Sie zu haben glaubt. Wußte er von dem Wachtposten? Fürchtete er die Wiederholung des auch für sein abgestumpftes Gefühl nicht gerade ehrenvollen Ringkampfs mit einer Frau? Oder klang ihm noch der Schrei in den Ohren, mit dem die Verzweifelte ihn von sich stieß: »Ich will keine zweite Mißgeburt von dir!«

Zürnen Sie mir nicht, daß ich an das schreckliche Geheimnis rühre. Ich konnte nicht anders. Sie sollen sicher sein, daß ein Mensch lebt, der noch als Leiche den Weg zu Ihnen versperren würde, daß Sie einen Freund besitzen, den die ungeheuerlichste Tat nicht zu schrecken vermöchte, wenn sie der Preis Ihres Glückes wäre.

Graf Guy Chevreuse an Delphine

Versailles, am 8. August 1778.

Holdseligste! Ist es möglich, daß die entzückende Frau in dem rührenden weißen Leinenkleide, mit der breiten Bergère auf den offenen Locken, den Namen derer trägt, die ich einst anbetete?

Sie war eine stolze Marquise; herrisch klapperten ihre Stöckelschuhe über das Parkett von Versailles; in ihren Augen lachte der Leichtsinn, ihre Lippen waren leuchtend rot. Aber diese Delphine, der ich gestern begegnete, schwebt auf weichen Sohlen über den Rasenteppich, ihre Augen sind tief und von Geheimnissen voll wie das Meer in der Mondnacht, ihre Lippen sind blaß wie ungeküßte Mädchenlippen.

Ich bin untreu aus Grundsatz; wer Treue glaubt fordern zu müssen, hat Liebe schon verraten. Und Sie, schönste Delphine, liebte ich viel zu heiß, als daß ich Ihnen hätte treu sein können. Gibt es einen stärkeren Beweis für meine Untreue, als daß ich mich Ihnen heute zu Füßen werfe? Mit der ganzen wundervollen Wandlungsfähigkeit des Weibes, die sich der Natur anpaßt wie die Blume dem Frühling, dem Sommer, der Nacht, dem Morgen, dem Regen und dem Sonnenschein, – immer dieselbe und doch immer eine andere, – sind Sie eine neue Delphine geworden. Diese, nur diese liebe ich –, und werde sie hoffnungslos lieben müssen. Denn an meinem Gesicht ging das Schicksal, der große formende Künstler, achtlos vorüber, und nur der Stümper, die Zeit, pinselte zum Ersatz ein paar winzige Fältchen hinein.

Ich will Sie nicht täuschen, Delphine; wenn ich philosophiere wie jetzt, bin ich darum noch kein Philosoph. Nur eine Wissenschaft habe ich studiert: die Liebe. Und so gewiß wie einst, als ich so glücklich war, Daphnis in ihre süßesten Mysterien einzuweihen, weiß ich heute, daß Delphine nach ihr verschmachtet.

Herr von Altenau erzählte neulich mit einem Stolz, als wäre es sein Werk, von den Büchern, die Sie gelesen, von den wohltätigen Anstalten, die Sie in Froberg gegründet haben. Ich sah indessen zu Ihnen hinüber, in Ihr schmales Gesicht, Ihre trauernden Augen, und mich fröstelte. Wissen Sie, warum unsere Königin unersättlich von einem Fest zum andern hetzt und nicht genug kühle Edelsteine haben kann, um die heiße Haut zu bedecken? Wissen Sie, warum die Marquise de Nesle und die Gräfin de Pons sich für die chemischen Experimente des Herrn Rouelle begeistern, und warum die kleine Coigny gelernt hat, Leichen zu sezieren?! Weil die Liebe an ihnen vorüberging, weil sie sie – aus Feigheit oder Sittsamkeit?! – vorübergehen ließen! Sie haben einen Gatten –, bedeutet das Liebe haben? Sie hatten wohl auch einen Geliebten –, heißt das die Liebe erschöpfen? Sie ist tief wie das Meer, reich wie das Herz der Erde, mannigfaltig wie ihr Kleid. Ihr Gegenstand mag wechseln wie die Generationen auf Erden; sie selber bleibt. Aber brächte die Erde keine Menschen hervor, existierte sie dann? Wer sähe, wer fühlte, wer besänge ihre Pracht!

Frauen altern rascher als Männer, sagt man. Weil Männer länger lieben. Ninon de l'Enclos war ewig jung, weil sie immer liebte.

Wird Daphnis gestatten, daß ich Delphine in meine Schule nehme?

Johann von Altenau an Delphine

Paris, den 25. August 1778.

Sie beriefen sich auf meinen letzten Brief, teure Marquise, verlangten von mir, daß ich Ihr Haus verlasse, Ihre Nähe meide, weil Herr Mesmer die Wirkung seiner Kur durch meinen dem seinen widerstehenden Magnetismus gefährdet glaubt! Obwohl ich genau weiß, daß Herr Mesmer nicht meinen Magnetismus, sondern meinen klaren Blick und meine Zweifel fürchtet, die ihm einen so wertvollen Patienten entziehen könnten, habe ich gehorcht. Ich bin ohne Abschied bei Nacht und Nebel wie ein Verbrecher von Ihnen gegangen. Ich hätte mich sonst vielleicht nicht beherrschen können.

Während eines unserer letzten langen Gespräche sagten Sie: »Wie viel glücklicher sind Homers Zeitgenossen gewesen als wir! Jeder Baum und jede Quelle war von Dryaden und Nymphen bewohnt; für uns ist sogar der Himmel leer geworden!« Ersetzt nicht aber unser Wissen den verlorenen Glauben, ist es notwendig, die Leere wieder mit Phantomen zu füllen, auf Hexenmeister und Zaubersprüche zu vertrauen, wie im dunkelsten Mittelalter? Sie sind müde, teuerste Delphine, von schlaflosen Nächten, erschöpft von selbstquälerischen Gedanken; sonst würden Sie nicht an all der Erkenntnis irre werden, die Sie vor kurzem noch reich und stark gemacht hat. Sie arbeiten an dem gräßlichen Werk der Selbstzerstörung, und das alles um eines Geschöpfes willen, das schlimmer ist als ein Tier. Noch einmal flehe ich Sie an: bringen Sie diesem Kinde, das kein Lebensrecht besitzt und in einer Anstalt für Unheilbare am besten untergebracht wäre, nicht sich selbst zum Opfer. Ich weiß, Sie antworten wie so oft: »Was habe ich dann noch vom Leben?« Das Leben, Delphine! Als ihr Freund, der seinen kühnsten Traum, Ihr Führer in eine neue Welt sein zu dürfen, begraben hat, spreche ich zu Ihnen.

Sie klagen um die entgötterte Welt. Und doch gibt es eine Macht, die alle Götter Himmels und der Erde zu ersetzen vermag. Sie sieht tiefer in die Herzen der Menschen, als sie selber sehen, sie gewährt sichereren Schutz, als je ein Gott hat gewähren können, und verleiht stärkere Kraft als der Glaube, der Berge versetzte. Weil ich mich ihr ergab, von dem Augenblick an, da Delphine Laval in mein Leben trat, habe ich in Ihrem Innern lesen können wie in einem aufgeschlagenen Buch. Ich fand ein verschüttetes Gefühl, eine schlafende Hoffnung; die Glut meiner Sinne malte mir ein leuchtendes Bild eigenen Glückes, so daß ich nicht sehen wollte, was ich sah. Jetzt, da ich weiß, daß ich die Frau, die ich mit der ganzen Kraft meines Herzens liebe, nie mein eigen nennen kann, will ich sie wenigstens vor ihrem größten Feinde, sich selber, retten.

Sie lieben. Ihr Stolz verbietet Ihnen nur, es sich einzugestehen. Sie hoffen. Ihr krankes Gewissen hindert Sie nur, diese Hoffnung zu Ihrer Lebenskraft werden zu lassen. Haben Sie den Mut zu sich selbst. Erhalten Sie sich dem Manne, der in die Fremde ging, weil er sich von Ihnen verlassen glaubte.

Jedes Wort, das ich schreibe, stößt mir den Stahl tiefer ins Herz. Einerlei. Meine erste Aufgabe im Leben ist Ihr Glück.

Johann von Altenau an Delphine

Paris, am 18. September 1778.

Wie soll ich Ihnen danken für die Wohltat Ihrer Zeilen, teuerste Delphine, die am deutlichsten durch das sprechen, was sie verschweigen. Sie nennen mich Ihren einzigen Freund, denn nur Freundschaft, sagen Sie, vermag selbstlos zu sein. Sie wollen mir dadurch beweisen, daß ich mich über meine eigenen Gefühle täusche! – Ich soll Ihnen weiter ein Freund sein, soll Ihnen sagen, wie es mir geht.

Ich möchte darauf nicht mit banalen Phrasen antworten, sondern lieber versuchen, unsere Gespräche von einst fortzusetzen, also möglichst unpersönlich zu sein. Die Eindrücke, die ich bei der Rückkehr in meine alten Kreise empfing, sind bedeutungsvoll genug, um Ihnen dargestellt werden zu müssen.

Seit dem Tode unserer großen Vorkämpfer beherrscht eine tiefe Depression die Geister. Wir sehen uns einer neuen Generation gegenüber, finden eine beunruhigte, fiebernde, auch oft sentimentale Menge, in der das Vulgäre dominiert. Die wenigen Alten, die blieben, haben an Kraft und Einfluß verloren, sind in Cliquen zerrissen. Sollte die Zeit der Enzyklopädisten vorüber sein, ohne daß aus ihrem Samen die Frucht erwächst, für die wir allein gearbeitet haben?

Die Verfolgungen früherer Tage haben sie groß und stark gemacht. Um sich vor ihnen zu schützen, galt es alle Kräfte anzuspannen, galt es, sich fest zusammenzuschließen und mit dem Feuer ernster Überzeugung die geistige Welt zu erobern. So nur konnte im brandenden Meer des öffentlichen Lebens der Leuchtturm der Enzyklopädie errichtet werden, von dessen Spitze seine Erbauer das ganze Universum übersahen und allen Schiffen Richtung gaben. Ist nicht schon das Eine bezeichnend genug, daß die Männer, die dieses Werk geschaffen haben, heute für den Mercure de France Tagesartikel schreiben?!

Dann kam die Zeit, wo Europa die Verfolgten zu ihren Helden machte, wo der Ruhm eines Voltaire, eines Montesquieu, eines Rousseau über die Scheiterhaufen, auf denen ihre Bücher immer noch verbrannten, triumphierte, wo unterdrückte Menschlichkeit, vergewaltigte Unschuld bei dem Patriarchen von Ferney Zuflucht fand, und in seinem Namen Vernunft und Gerechtigkeit oft genug über alle Gewalthaber der Welt den Sieg errang.

Die Verfolgungen ließen nach; einige Prinzipien der Philosophen gelangten zu allgemeiner Anerkennung, ihre Ideen hatten sich, wie die Samenfäden von Bäumen und Blumen, von ihnen losgelöst und erfüllten die Luft. Aber indessen lockerte sich die Einheit der Menschen; Rousseaus Trennung von den Enzyklopädisten machte die innere Zerrissenheit zu einem öffentlichen Skandal. Seine Opposition gegen den Materialismus Holbachs und seiner Anhänger zeigte deutlich, daß auch die mit solcher Sicherheit verkündeten Überzeugungen und Erkenntnisse auf schwankendem Boden stehen.

Die Vertreter der Kirche und der Regierung, ja der Hof von Versailles selbst hörten auf, die Philosophen zu fürchten. Voltaires Triumphtag in Paris war seine Niederlage.

Als ich mich gestern, in meine pessimistischen Gedanken verloren, im Café de la Régence befand, traf ich Herrn Gaillard, mit dem ich mich lange unterhielt. Er lachte über meine Niedergeschlagenheit – kein freudiges, sondern ein hartes Lachen. »Was tut's, daß Rousseau ein Schwächling, Voltaire ein Verräter seiner eigenen Lehre war,« sagte er. »Die Ideen der Denker zeugen erst die Männer der Tat.« Ich glaubte, er spiele auf Necker an, dessen Tätigkeit im Volk eine so laute Anerkennung findet. Er lachte noch einmal. »Necker?!« rief er höhnend, »ein Mensch, der in seinen Schriften und öffentlichen Reden dem Volke schmeichelt, und im geheimen mit dem König die Waffen des Despotismus schleift!«

Am Abend führte er mich in seinen Klub, wo ich Zeuge leidenschaftlicher Diskussionen war. Junge Leute aus dem Bürgerstande überboten sich in wüstem Geschimpf auf alles Bestehende. Religion, Monarchie, Kunst, Frauen, selbst der sonst so verherrlichte amerikanische Freiheitskrieg, – nichts blieb von ihrem bitteren Spott verschont. Mißmutig wandte ich mich zum Gehen; Gaillard begleitete mich. »Sind das Ihre Männer der Tat?« frug ich ihn. »Gewiß,« antwortete er; »um bauen zu können, muß man erst einreißen.«

Vor dem Palais Royal begegneten wir übrigens dem Marquis, der sich zu spät in seinen weiten Mantel hüllte, um nicht erkannt zu werden. »Er ist ein häufiger Gast in den Hinterzimmern meiner Mutter,« sagte Herr Gaillard. Mir scheint, teuerste Delphine, daß eine solche Entdeckung Sie vollends jeder Rücksicht entbindet. Ich werde natürlich nicht versäumen, seiner Spur zu folgen, um Ihnen eine sichere Handhabe gegen ihn liefern zu können.

In vier Wochen also entscheidet sich das Geschick des Kindes; ich nehme an, Herr Mesmer wird klug genug sein, diese Entscheidung um abermals vier Wochen hinauszuschieben!

Graf Guibert an Delphine

Paris, den 25. September 1778

Ihre Rückkehr, verehrteste Marquise, hat mich mit den schönsten Hoffnungen erfüllt. Paris ist sehr öde geworden in den Jahren, die Sie fortgewesen sind. Der Salon Necker konnte, das brauche ich Ihnen kaum noch zu versichern, Menschen wie mir kein geistiges Obdach bieten. Sie selbst fühlten sich, wie ich bemerkte, recht unbehaglich im Kreise des Hauses, neben dem sentenzenreichen, tugendstolzen Minister, der nüchternen klugen Frau, dem frühreifen Töchterchen, dessen schriftstellerische Leistungen die Gäste zu bewundern genötigt wurden. Die Luft des achtzehnten Jahrhunderts weht hier nicht, und wenn es die des neunzehnten sein sollte, so möchte ich es nicht erleben.

Übrigens ist der Salon Necker typisch für alle jene vielen anderen, die heute, dank ihres Reichtums, den Ton angeben, Künstler protegieren und Kunstwerke sammeln. Wie ihre Frauen sich nur für die anderen anziehen, in der Intimität der Familie aber den ganzen Tag im Negligé bleiben, so schmücken sie ihre Zimmer mit berühmten Namen nicht zur Bereicherung ihres eigenen Lebens, sondern für den Eindruck nach außen. Sie können nicht anders, daher verzeihe man ihnen. Daß aber Künstler und Schriftsteller von Ruf sich dazu hergeben, ist ein trauriges Zeichen geistiger Dekadenz.

Das Theater bestätigt diesen Zustand, wie Sie gestern gesehen haben. Wir besitzen keine Schauspiele und keine Schauspieler mehr. Kleine Talente mit etwas Esprit aber ohne Geist. Raffinierte Dekorationen und reizende entblößte Glieder sollen uns darüber trösten, daß die Stücke nichts als Mittel zu diesen Zwecken sind.

Ich schlage Ihnen vor, schönste Frau, all diese mäßigen Vergnügungen aufzugeben und unsere jählings unterbrochenen Ritte in die freie Natur wieder aufzunehmen. Wir werden zwar gut tun, uns nicht allzu weit von Paris zu entfernen, denn seit dem trockenen Sommer dieses Jahres, der Mensch und Vieh mit der berechtigten Angst vor einer Hungersnot dem Winter entgegengehen sieht, muß man sich von den erregten Landleuten fern halten. Obwohl Grundbesitzer und Finanziers einander überbieten, durch Verteilung von Geld und Nahrungsmitteln, Gründung von Hospitälern und Asylen der Not abzuhelfen, läßt die Hast, mit der es geschieht, so viel mehr auf Angst als auf Menschenliebe schließen, daß die Empörung der Geister dadurch eher geschürt als unterdrückt wird. Auch werden jene frommen Seelen immer seltener, die sich mit Wohltaten abspeisen lassen, während die Ideen der Menschenrechte schon ihre Köpfe erhellen.

In meiner Begleitung werden Sie trotzdem nichts zu fürchten haben, und ich darf hoffen, in der frischen Luft Ihre Wangen sich wieder röten zu sehen, – ein um so holderer Anblick, als er uns Männern durch das stereotype Rouge, mit dem die Frauen die natürliche Farbe ihrer Haut versteckten, ein so vollkommen neuer ist.

Graf Guibert an Delphine

Paris, am 30. Oktober 1778.

Meine verehrte Frau Marquise! Endlich darf ich aufatmen! Wenn Sie mich auch noch nicht sehen wollen, so waren Sie doch gütig genug, mir durch ein paar Zeilen Ihrer eigenen Hand zu beweisen, daß ich nicht mehr um Sie zu zittern brauche.

Es waren entsetzliche Wochen seit unserem unglückseligen Ritt. Ich glaubte Sie schon verloren, als ich im Rasen neben Ihnen kniete und das rieselnde Blut aus Ihrer weißen Stirn vergebens zu stillen suchte; obwohl Sie die schönen Augen wieder aufzuschlagen vermochten, verging seitdem kein Tag, keine Nacht, ohne daß die Angst um Sie mir jede Ruhe benahm. In meiner ersten Verzweiflung erschoß ich den Rappen, der Sie trug; er starb unschuldig, aber ich hätte ihn nicht mehr sehen können.

Wie es möglich war, daß das ruhige Tier ohne jeden äußeren Anlaß über Stock und Stein mit Ihnen davonflog, um sich schließlich beim Sprung über die hohe Hecke zu überschlagen, ist mir noch heute ein Rätsel.

Sie waren seit langem nicht so heiter gewesen. Die mögliche Heilung Ihres Sohnes, von der Sie erzählten, machte mich mit Ihnen froh. Und der Herbsttag, der uns so sonnig umgab, schien nur ein Widerschein Ihrer Freude. Ich konnte an diesem Tage nur über Dinge sprechen, bei denen sich's lächeln läßt. Noch ganz erfüllt von der Neuigkeit, teilte ich Ihnen mit, daß unser tapferer Lafayette mit seinen Freunden sich in Amerika einzuschiffen im Begriffe wäre, um ihre Kräfte für den französisch-englischen Krieg dem Vaterland zur Verfügung zu stellen. In diesem Augenblicke sah ich Sie erblassen, sah Ihre Augen auf mich gerichtet, als wäre ich ein Gespenst, und fort ging's in wilder Jagd, als ob Sie stürzen wollten!

Mit bezaubernder Grazie haben Sie verstanden, während unserer Ritte das Gespräch von dem Thema abzulenken, auf das ich es zu richten suchte. Heute, holde Frau, wo die Freude über das Glück Ihrer Genesung mir jede Zurückhaltung unmöglich macht, können Sie mich nicht hindern. Ihnen zu sagen: wären Sie gestorben, auch ich lebte nicht mehr.

Johann von Altenau an Delphine

Paris, den 3. November 1778.

Den grauen Novembernebel, der heute noch schwer auf meinem Herzen lag, hat Ihr Atem weggeweht, teuerste Marquise. Ein Blick in Ihr Antlitz zeigte mir, was ich Ihren Versicherungen nicht glauben wollte: nicht nur die Wunde auf Ihrer Stirne heilt, sondern auch die Ihres Innern. Ich vermag Sie mit meinen Zweifeln nicht mehr zu quälen, seit ich Sie wiedersah –, so wiedersah: schlank und blaß, zwei Augen wie glühende Kohlen unter der weißen Stirn mit der schmalen roten Narbe, um die sehnsüchtig geöffneten Lippen ein süßes Lächeln, der Körper, der noch matt in der Causeuse lag, in weiße Seide gehüllt, und die ganze Gestalt vom Feuer des Kamins übergossen. »Er sagt, der Knabe wird gesund,« flüsterten Sie und streckten mir beide Hände entgegen, »dann werde ich frei sein, ganz frei – für ein neues Leben!«

Sie sind wie ein gläubiges Kind. Wer hätte den grausamen Mut, ihm zu sagen: Der Gott, zu dem du betest, existiert nicht! Ich will von nun an mit Ihnen glauben. Am Tage der Entscheidung – Sie sprachen vom 21. Dezember? – werde ich vor Ihrem Hause die Nachricht erwarten. Bis dahin ergebe ich mich wieder in meine Verbannung.

Was ich über den Herrn Marquis erfuhr, wollen Sie jetzt nicht wissen. »Es ist mir jetzt so gleichgültig,« meinten Sie. Aber wenn einmal Ihre Freiheit von der Kenntnis dieser Dinge abhängt, dann vergessen Sie nicht, daß ich zu Ihrer Verfügung stehe.

Graf Guy Chevreuse an Delphine

Paris, den 20. Dezember 1778.

Sie ließen mich zu sich bitten, schönste Delphine, Sie lachten über all die Geschichten, die ich vor Ihnen auskramte und an denen die Welt nicht arm wird, obwohl die Menschen vor lauter Eifer, Gott und die Könige zu entthronen, für den Unsinn keine Zeit mehr zu haben behaupten.

Hat der famose Dr. Mesmer Ihr gelähmtes Herzchen wieder zum Schlagen gebracht oder war es die Erschütterung des Sturzes, die es aus der Lethargie aufrüttelte? Jede einzelne Ihrer rosigen Fingerspitzen ließen Sie mich küssen; »aber nicht als Liebhaber!« drohten Sie. Fast wäre ich darüber schwermütig geworden, wenn ich nicht inzwischen für meinen schrecklichen

Kummer um Sie eine Trösterin mir hätte suchen müssen. Besinnen Sie sich? Sie sahen die kleine Thévenin kurz vor Ihrem unseligen Ritt in der Oper; sie war die jüngste der Nymphen im Ballett La rose, hatte nichts als ein rosa Wölkchen um die Hüften, die schönsten goldenen Haare auf dem Kopf und ebenholzschwarze an anderer Stelle.

Bitte: bedecken Sie den Mund nicht mit der Hand, ich weiß trotz Ihrer entrüsteten Blicke, daß Sie lachen!

Ich bin der Marquise Delphine sprechender Papagei, dem alles zu sagen erlaubt ist, vorausgesetzt, daß es die Herrin amüsiert! Und Sie sind ja im Augenblick allein„ ohne den schrecklich ernsthaften Hausphilosophen und ganz gewiß ohne den Herrn Marquis. Soll ich weitere Proben meiner Künste zeigen?

Herr von Genlis überraschte neulich Mademoiselle Justine, seine niedliche Mätresse, im zärtlichen *tête-à-tête* mit dem Marquis Löwenstein. »Was wollen Sie, mein Herr,« sagte sie, als er ihr Vorwürfe machen wollte; »ich gebe mir die größte Mühe, den Herrn Marquis für Ihre Tochter zu interessieren – « Und schon am nächsten Tage war die kleine Genlis glückliche Braut. Haben Sie ihr nicht auch eine innige Gratulation zukommen lassen?!

Madame Chamans fand ihre siebzehnjährige Tochter vertieft in die Lektüre der *Lettres du chevalier de Saint-Ilme.* Sie riß ihr entrüstet das Buch aus der Hand. »Retif de la Bretonne«, sagte sie, »hat keine schlimmeren Bücher geschrieben.« Die Tochter starb fast vor Lachen. Der Roman ist nämlich von ihr!

Die Herzogin d'Anville wollte ihren Liebhaber, der an Leidenschaft manches zu wünschen übrig ließ, mit ihren Beziehungen zu Herrn d'Alembert eifersüchtig machen. »Er ist ein Gott!« schwärmte sie. »Ach, Madame, wenn er ein Gott wäre,« antwortete der Liebhaber gelassen, »so würde er damit angefangen haben, sich zu einem Manne zu machen.«

Und nun noch ein hübscher Spaß, der Paris während Ihres Krankseins tagelang amüsierte: Ein paar polnischen Edelleuten mit besten Empfehlungen erteilte der Graf Artois die Erlaubnis, seinen Pavillon de Bagatelle besichtigen zu dürfen. Vor einer Marmorbüste brachen sie in Tränen aus: »Wie gleicht sie unserer verstorbenen Schwester!« Zuvorkommend, wie er ist, machte der Graf die Büste noch am selben Nachmittag den Herren zum Geschenk. Sie wiederholten das gelungene Manöver bei einer Reihe unserer Mäzene und waren, ehe man den Schwindel entdeckte, mit ihrer reichhaltigen Kunstsammlung verschwunden.

Wenn Sie wieder lachen wollen, reizende Marquise, erinnern Sie sich meiner, der Vorrat ist unerschöpflich und mein Bestreben, mich Ihnen unentbehrlich zu machen, um so eifriger, als ich in der Ferne bereits die Rüstungen unserer heimkehrenden Kriegshelden klirren höre und leider weiß, wie oberflächlich alle Frauen sind: sie schwärmen für blutbespritzte Röcke und übersehen dabei die im stillen blutenden Herzen.

übrigens bringen sie einen Harem bronzefarbener Indianerinnen mit, und ich sehe es kommen, daß ihre Toilette, – drei Federn auf dem Kopf und zwanzig Ringe durch die Ohren –, die große Mode der nächsten Saison sein wird. Sie würde Ihnen, Holdseligste, zum Entzücken stehen!

Vergessen Sie Ihr Versprechen nicht: übermorgen treffen wir uns auf dem Maskenball!

Johann von Altenau an Delphine

Den 21. Dezember.

Kniefällig bitte ich Sie: lassen Sie mich ein! Nach dieser Nachricht dürfen Sie nicht allein bleiben.

»Alles ist vorbei. Ich fahre morgen mit dem Kinde nach Hause, um mich mit ihm zu vergraben.« Dieser gräßliche Zettel kommt mir in die Hand. Sie dürfen nicht fort. Sie müssen dem Schicksal trotzen, nicht sich ihm ergeben. Ich weiche nicht von Ihrer Schwelle und werde mich den Pferden in die Zügel werfen; hören Sie denjenigen, den Sie selbst Ihren einzigen Freund nannten.

Graf Guy Chevreuse an Delphine

Am 21. Dezember.

Sie halten sich allzulange mit der Toilette auf, Sie wollen zu schön sein, reizende Frau; nur darum, nicht wahr, lassen Sie mich warten? Bekomme ich keine Antwort durch meinen Jäger, so bin ich in einer Stunde bei Ihnen und entführe meine Schöne mit Gewalt.

Johann von Altenau an Delphine

Paris, am 22. Dezember 1778.

Es ist geschehen. Ich war es. Sie, die einzige, die es wissen, können mich als den Mörder Ihres Kindes verfolgen lassen, und noch unter dem Galgen würde ich schwören, daß es die beste Tat meines Lebens war. Ich habe, barmherziger als die Mutter, einem armen Idioten eine Kugel in die Schläfe gejagt und eine Frau, die sich selbst zum Tode verurteilen wollte, dem Leben zurückgegeben.

Daß ich in der Nacht, als ich zum Zimmer des Kindes schlich, dem Grafen Chevreuse begegnete, hat meine Freude gedämpft. Sie ließen ihn zwar abweisen, aber er schien zu seinem Kommen ein Recht zu haben. Ich bedaure Ihre voreilige Wahl, aber ich habe mich durch meine Tat aller Ansprüche der Freundschaft, also auch der, zu warnen, begeben.

Leben Sie wohl, Delphine. Werden Sie glücklich!

Baron Ferdinand Wurmser an Delphine

Petersburg, am 2. Juli 1779

Verehrte Cousine! Sie werden sich des blassen Jünglings kaum mehr entsinnen, der vor Jahren in Etupes die reizendste Nymphe dem kühnsten Schäfer vergeblich zu entreißen versuchte. Prinz Friedrich-Eugen blieb Sieger, und auf seine Stirn neigte sie sich zum Weihekuß, während ich im stillen Boskett meine Niederlage beweinte und tagelang den düsteren Gedanken erwog, nächtlicherweile im schwarzen Schwanenteich zu verschwinden.

Der plötzliche Tod meines älteren Bruders zwingt mich, meine Stellung am Hofe des Großfürsten Paul aufzugeben, um mich der Verwaltung unserer Güter zu widmen. Ich reise in diesen Tagen ab, und wenn der Schmerz, meine gütige Herrin, die Großfürstin, verlassen zu müssen, durch die Freude auf die Rückkehr in die Heimat gemildert wird, so trägt der Gedanke an Sie, deren Schönheit und liebenswürdige Gastfreundschaft ich oft genug rühmen hörte, viel dazu bei.

Aber ich wäre vielleicht nicht so unbescheiden, meine Ankunft in Straßburg jetzt schon anzukündigen, wenn nicht die Großfürstin mich beauftragt hätte, Ihnen in Erinnerung an die schöne Zeit gemeinsamer Jugendtage in Montbéliard und Etupes die herzlichsten Grüße zu übermitteln. »Sagen Sie der Marquise, daß Sie meinen scheidenden Kammerherrn als meinen Freund empfangen möchte,« war sie gütig genug, mir aufzutragen. Sie hofft, in nicht zu ferner Zeit, während des lange geplanten Besuchs in Frankreich, die Beziehungen zu Ihnen wieder anzuknüpfen. Mit aufrichtigem Bedauern hörte sie von dem Schicksalsschlag, der Sie, teure Cousine, betroffen hat.

Mir war es besonders schmerzlich, erst nach dem entsetzlichen Ende Ihres Kindes von seinem Leiden erfahren zu haben. Wäre ich doch imstande gewesen, Ihnen den richtigen Arzt zu empfehlen. Vielleicht haben Sie schon von der außerordentlichen Erscheinung gehört, die plötzlich hier auftauchte, ohne daß jemand zu sagen vermocht hätte, woher sie kam, welches ihr Ursprung war. Ich spreche vom Grafen Cagliostro. Er geht umher und heilt Kranke wie Christus; verteilt Geld unter die Armen wie Harun al Raschid, und zwingt Verstorbene, aus der Tiefe ihres dunklen Grabes an das Licht seiner mystischen Lampe.

Sie werden ihm sicherlich noch begegnen, denn er ist überall.

In fünf bis sechs Wochen hoffe ich im Elsaß zu sein, um Ihnen meine Aufwartung machen zu können. Empfehlen Sie mich, bitte, unbekannterweise dem Herrn Marquis, den mein Bruder mir als das Vorbild des Edelmannes der alten Schule geschildert hat.

Graf Guibert an Delphine

Paris, am 25. August 1779.

Die Begegnung mit Ihnen, teuerste Marquise, hat mich wie ein erschütternder Traum, der uns auch am Tage nicht los läßt, von Spa hierher verfolgt.

Keiner der Eindrücke der Reise, – und sie waren stark genug –, vermochte das rührende Bild der zarten, von schwarzen Schleiern verhüllten Gestalt zu verwischen, aus deren marmorweißem Antlitz der Blick dunkelglühender Augen mich bis ins Innerste traf. Sie waren gekommen, um in dem berühmten Bade Heilung zu suchen.

»Der Marquis hat es gewünscht,« sagten Sie mit einem bitter-schmerzlichen Lächeln. Der Marquis?! wiederholte ich im stillen erstaunt; wußte ich doch, was alle wußten. Sollte die Tragödie Ihres Kindes mit ihrem rätselhaft schauerlichen Schluß zwei Getrennte wieder zusammengeführt haben? – Aber noch ehe ich zu Ende gedacht hatte, bekam ich die Antwort: der

Marquis trat herzu, – ein alter Mann mit gebeugtem Rücken und eingefallenen Zügen, – ich hätte ihn fast nicht erkannt! Einen Augenblick lang erinnerte ich mich erschrocken der dunklen Gerüchte, die mir von den großen mißglückten Spekulationen des Herrn von Saint-James, an denen der Marquis ebenso wie der Kardinal Rohan stark beteiligt sein sollen, vor kurzem zu Ohren gekommen waren. Aber bald sah ich, welch andere Sorgen ihn bedrückten. Sorgfältig wie ein Vater hüllte er Sie in den Mantel und begrüßte mich mit einer Herzlichkeit, die ich nicht begriff, – hatten wir uns doch mehr als fern gestanden.

»Wie freue ich mich Ihrer Anwesenheit,« versicherte er mir immer wieder. Als ich dann mit ihm allein war, kannte ich ihn vollends nicht mehr: Die Angst um Sie ließ ihn jede Form vergessen; ich sah plötzlich einen Menschen, wo ich bisher nur einen vollendeten Aristokraten gesehen hatte. Er bat mich, Ihnen Gesellschaft zu leisten, Sie zu zerstreuen, Sie den Interessen des Pariser Lebens wieder zuzuführen.

Hätte es eine schönere Aufgabe für mich geben können? Sie wissen, mit welchem Feuereifer ich sie auf mich nahm, aber Sie ahnen nicht, wie sich an jedem Blutstropfen, der langsam in Ihre Wangen stieg, wenn ich meine Redekunst, meinen Witz, meine Phantasie anpeitschte wie der Reiter das Rennpferd, die Glut meines Herzens neu entzündete, wie jeder Schatten eines Lächelns, der Ihre Lippen teilte, alte, unerfüllte Wünsche stürmisch in mir aufsteigen ließ.

Eine Order des Kriegsministers, so sagte ich Ihnen, verlange meine Rückkehr nach Paris. Ich habe gelogen; ich wollte sogar die Lüge aufrecht erhalten. Erst jetzt, wo ich fern von Ihnen bin, fühle ich, daß ich die Wahrheit sagen muß.

Vor zwei Jahren warb ich um Ihre Gunst; Ihr Besitz wäre mir im Kranz meines Ruhmes als eins der kostbarsten, goldenen Lorbeerblätter erschienen. Keinen Augenblick störte mich der Gedanke an den rechtmäßigen Besitzer dieser entzückenden Frau; der Marquis Montjoie, an dessen Existenz in Ihrem Hause kaum etwas erinnerte; der Marquis Montjoie, der mit überlegen-ruhiger Kühle der reizenden Delphine gegenüberstand; der Marquis Montjoie, der die Hinterzimmer der Madame Gaillard dem Schlafgemach seiner Gemahlin vorzog, – die er freilich auch nur, als erfülle er eine peinliche Pflicht, mit ernst-gelangweiltem Gesicht zu verlassen pflegte –, dieser Marquis Montjoie war das geringste Hindernis auf dem Wege zu Ihnen. Aber selbst wenn ich gewußt hätte, daß er mehr für Sie fühlte, als irgend für ein besonders wertvolles Stück seines Haushalts, ich hätte die Hoffnung nicht fahren lassen. Solange ein Mann im Kampf um ein Weib einen ebenbürtigen Rivalen, – und wäre es der eigene Gatte seiner Schönen –, vor sich hat, so lange gab die Natur selbst ihm das Recht, um ihren Besitz mit ihm zu ringen. Nicht Stärke – nein, nur Schwäche entwaffnet vor dem Angriff.

Darum mußte ich jetzt von Ihnen fliehen. Ich hätte nicht wunschlos neben Ihnen leben und nicht als Mann von Ehre um Sie ringen können. Der alte kranke Marquis ist kein Rivale mehr.

Und doch: Wenn Ihr Herz einmal freiwillig entschiede!! Schönste Delphine, ich fange an, zu begreifen, daß Sie nicht nur ein goldenes Blatt in der Siegeskrone, sondern der Rosenkranz selber sind, mit dem das Leben seine Lieblinge krönt.

Darf ich nun zum Lohn für meine Entsagung, die ich mir nicht zum zweiten Male aufzulegen imstande wäre, nachdem die Kraft, sie zu tragen, schon jetzt nicht ausreicht, den Faden unseres letzten Gesprächs weiterspinnen? Darf ich hoffen, daß Sie ihn aufgreifen und er allmählich zu einem starken Bande zwischen uns wird?

Mit jener genialen weiblichen Güte, die uns sogar sachliches Interesse vorzutäuschen vermag, haben Sie an dem Schicksal meiner kriegswissenschaftlichen Arbeit Anteil genommen. Sie hat inzwischen die öffentliche Aufmerksamkeit in höherem Maße erregt, als ich es erwarten durfte. Seit dem großen Erfolg von Glucks Iphigenia schienen unsere großen Geister, – ich wäre fast geneigt, das »groß« in Anführungsstrichen zu schreiben –, wieder im musikalischen Krieg ihre Kräfte zu erschöpfen, eine Erscheinung, die nur in einem Lande möglich sein kann, wo man den Bürger als ein unmündiges Kind behandelt und seine tätige Teilnahme am politischen Leben mit der Bastille belohnt.

In der Verteidigung meiner Ideen war ich mit Herrn von Mesnil-Durand in eine sehr lebhafte Diskussion geraten, und ich war gezwungen, nicht nur gegen ihn, sondern auch gegen den Herzog von Broglie, meinen alten Freund und Wohltäter, kritisch vorzugehen.

Beide verteidigten sich persönlich, wo ich sachlich angegriffen hatte; ganz Paris wurde zu ihrem Echo, das mich der gröbsten Undankbarkeit zieh. Der Herzog von Broglie verschloß mir sein Haus. Ein trauriges Zeichen für die Gesinnungslosigkeit der Bürger Frankreichs, die im Grunde von mir verlangten, die Tugend der Vaterlandsliebe der Tugend persönlicher Dankbarkeit unterzuordnen. Ich teilte in diesem Fall das Schicksal meines Freundes Condorcet, der wegen seiner Kritik der Finanzpolitik des Herrn Necker auf das schärfste getadelt wurde. »Wie kommen Sie dazu, sich zum Richter des Ministers aufzuweisen?« frug man ihn entrüstet. »Soll ich mich auch noch verteidigen müssen, weil ich mich mit öffentlichen Angelegenheiten beschäftige?« antwortete er. »Das ist das Recht, ja die Pflicht, jedes Bürgers, der keiner besonderen Mission bedarf, um Rechte des Volks zu verteidigen oder Maßnahmen zu bekämpfen, die ihm entgegenstehen.«

Der korrumpierten Gesellschaft von Versailles, die keine anderen Gesetze kennt, als die der Hofetikette, die von der Vortrefflichkeit aller Einrichtungen überzeugt ist, wenn die Hofschranzen ihre Pensionen, die Bankiers ihre guten Köche haben, erscheinen Auffassungen wie die unseren nur als eine Lächerlichkeit. Als ob es keine anderen Leiden gäbe als die, die uns persönlich verletzen! Als ob die Natur selbst, die uns den Mut gab und ein fühlendes Herz, uns nicht zu Hütern des öffentlichen Wohles berufen hätte!

Wir haben es erleben müssen, daß der Aufruhr der Balletttänzer der Oper das öffentliche Interesse mehr in Anspruch nahm als die Verluste des französischen Handels, die Einnahme von Pondéchery, die unglückliche Expedition der Sainte-Lucie. Hätte ich nicht kurz vorher den frenetischen Jubel mit erlebt, mit dem die Pariser die heimkehrenden Helden des amerikanischen Freiheitskrieges begrüßten, ich würde an all meinen Hoffnungen irre geworden sein. Es war ein momentaner Ausbruch tiefgewurzelten Hasses gegen den Feudalstaat, eines Hasses jedoch, der nicht mehr ist als ein Gefühl, denn als der Marquis Lafayette und der Prinz Montbéliard, ohne sich einen Augenblick Ruhe zu gönnen und des Triumphes zu genießen, der ihnen überall bereitet wurde, der französischen Marine für den Kampf gegen England ihre erprobten Waffen zur Verfügung stellten, verstand sie niemand.

Kurz vor seiner Einschiffung hatte ich übrigens noch Gelegenheit, den Prinzen zu sprechen. Ich freute mich, auch in ihm einen jener seltenen Patrioten kennen zu lernen, die sich selbst nicht als Einzelnen, sondern als Teil des Ganzen fühlen. Er war sehr niedergeschlagen über das, was er vorgefunden hatte. »Amerika hat mir die Augen für Frankreich geöffnet,« sagte er. »Dort ein Volk, das mit Hingabe aller Mittel und Kräfte für die Freiheit kämpft, hier eines, dessen einzelne Glieder den Boden ihres Vaterlandes betrachten wie erobertes Gebiet, das jeder nach besten Kräften für eignen Vorteil zu plündern sich berechtigt glaubt. Dort Männer, von denen jeder sich als Vaterlandsverteidiger fühlt, hier Offiziere, deren Schlafzimmer den Boudoiren der Kurtisanen gleichen und die einander durch nichts eifriger zu übertreffen begehren als durch die Kostspieligkeit ihrer Mätressen.«

Im Laufe unserer langen Unterhaltung war ich versucht, auch Ihrer, teuerste Marquise, zu erwähnen und des merkwürdigen Zusammenhangs zwischen dem Namen des Prinzen und Ihrem gefährlichen Sturz, aber meine Diskretion siegte über meine Neugierde. Oder fürchtete ich am Ende im geheimen, einem ebenbürtigen Rivalen gegenüberzustehen?

Graf Guibert an Delphine

Paris, am 21. Juli 1780.

Kaum hätte ich noch auf einen Brief von Ihnen, teuerste Marquise, zu hoffen gewagt, und ich weiß nicht einmal, ob ich mich freuen darf, daß ich ihn endlich doch erhielt. Er ist kurz und kühl; ich würde danach glauben, daß nur die Höflichkeit ihn diktiert hat, wenn er nicht so viel Fragen als Sätze enthielte, – Fragen, die sichtlich nicht bloßer Neugierde entstammen, sondern hinter denen eine Empfindung lauert wie geheime Angst.

Kein Zweifel, die Zeiten sind ernst, Frau Marquise. Aber meine Reise von Spa nach Paris, die mich über die Kohlengruben von Anzin und Fresnes geführt hat, ließ mich schaudernd erkennen, für wen sie wahrhaft ernst sind: ich sah Kinder, sah werdende Mütter in den schwarzen Erdhöhlen, und das im Zeitalter Rousseaus! Ich sah Aufseher mit der Peitsche hinter ihnen, und das im Zeitalter der Befreiung Amerikas! Wer diesen Eindruck mit sich nimmt, lächelt geringschätzig über die Klagen jener »Notleidenden«, die heute in seidenen Westen mit Diamantboutons in den Vorzimmern der Minister über die schlechten Zeiten jammern. Sind sie nicht selbst daran schuld, daß die Landarbeiter dem Frondienst auf ihren Gütern sogar die Arbeit unter der Erde vorziehen?

Wenn man Ihnen die Finanzpolitik Herrn Neckers als Ursache der allgemeinen Bedrängnis angab, so hat man Sie falsch berichtet. Er ist unschuldig – im Guten, wie im Bösen. Seine Einschränkungen des königlichen Haushalts treffen natürlich den Hof empfindlich, – so sind eine Reihe Schloßoffiziere, deren ganze Aufgabe darin bestand, den Küchendienst zu überwachen und dafür zu sorgen, daß die Braten rechtzeitig aufgetragen wurden, zur Marine kommandiert, wo man wahrscheinlich, dank ihrer Vorkenntnisse im Kommandieren toter Gänse und Schweine, Wunder an Tapferkeit von ihnen erwartet; – aber diese kläglichen Maßnahmen sind nur ein verzweifelter Versuch, die öffentliche Meinung zu beruhigen, sie nützen so wenig, wie es etwas nützen würde, einen Urwald mittels eines Bratenmessers in fruchtbares Land verwandeln zu wollen. Die Steuern, die Necker sonst noch teils aufhebt, teils ausschreibt, sind ebensolche Sisyphus-Arbeit: sie stopfen ein Loch zu und reißen daneben ein anderes auf. Ich wiederhole: er ist unschuldig, und die ungeheure Schuld der Vergangenheit wird auch kein Größerer als er zu tilgen vermögen.

Sie sagen: »Ich fürchte mich nicht, aber der Marquis ist krank, und die Sorgen um finanzielle Katastrophen bedrücken ihn, darum möchte ich klar sehen.« Ich wußte, daß Ihr Stolz keine Furcht aufkommen läßt, aber ich weiß auch, daß das Riesenvermögen des Herrn Marquis selbst durch die gewagten Spekulationen des Herrn von Saint-James nicht in dauernde Gefahr geraten kann. Ängstlich ist im Augenblick alles, denn vom Ausgang des Krieges hängt außerordentlich viel ab. Vorläufig können wir von wesentlichen Erfolgen Frankreichs nicht sprechen, und der Lorbeerkranz, den der Admiral d'Estaing in der Oper entgegennahm, war dem Ort entsprechend nur Theater für das Volk. Wir haben uns, seit dem Zeitalter des großen Königs, der Siege so entwöhnt, daß wir geneigt sind, jeden kleinen Erfolg zu einer Heldentat aufzubauschen. Der König ist besonders überschwenglich bei solcher Gelegenheit, aber Orden und Titel, die er freudig ausstreut, vermögen den Epigonen nicht die Größe ihrer Ahnen zu verleihen.

Sie fragen nach der Stimmung des Hofs. Ich habe mich so viel als möglich zurückgezogen, kann also aus eigener Anschauung nur wenig berichten. Wenn man nach der Menge der Feste und Empfänge urteilen könnte, müßte sie sehr rosig sein, aber da Feste um so weniger ein Ausdruck des Vergnügens sind, je mehr sie zur alltäglichen Gewohnheit werden, so sind sie kein Gradmesser für die Laune der Fürsten.

Ich traf die Königin im Juni in Ermenonville, wohin ich der Einladung der liebenswürdigen Madame de Girardin gefolgt war. Ein göttlicher Landsitz! Rousseau selbst hätte sich für seine ewige Ruhe keinen schöneren Ort aussuchen können. An seinem Grabe auf der Pappelinsel, wo die hohen Bäume in lichtem Hoffnungsgrün prophetisch gen Himmel weisen, wo Trauerrosen sich liebevoll wie weinende Frauengesichter um das Denkmal schmiegen und die kleinen Wellen des Flusses nur leise miteinander flüstern, als wollten sie die Stille nicht stören, predigt alles die Seligkeit der Rückkehr zur Natur.

Die Königin war sehr verstimmt. Am Morgen hatte sie von der Absicht einer neuen Einschränkung der Zahl ihrer Dienerschaft erfahren, nachdem sie schon kurz vorher gezwungen worden war, ihre Wünsche für den Theaterbau von Trianon erheblich einzuschränken. »Man mißt, wie es scheint, den Hofhalt des Königs von Frankreich an dem bourgeoisen Budget des Herrn Necker,« sagte sie. Ihre weichen Züge, die ich bisher nur von einem Lächeln verklärt sah, bekamen dabei den harten Ausdruck, der ihrer kaiserlichen Mutter besonders eigentümlich ist. »Würden Sie sich von Ihrem Hausknecht das Menü Ihrer Tafel bestimmen lassen?« frug sie mich. »Von meinem Hausknecht – nein!« entgegnete ich, »wohl aber von meinem Verwalter, der für die geregelte Wirtschaftsführung verantwortlich ist.«

Bei dem Rundgang durch den Park kamen wir am Grabe des Unsterblichen vorüber. Die Königin streifte es durch ihre Lorgnette mit einem eisigen Blick und sagte dann mit hochmütig zurückgeworfenem Haupt, – einer Bewegung, der nur die Tochter Maria Theresias fähig ist – : »die Trauerrosen in Trianon blühen üppiger.« Darauf raffte sie ihr Kleid, als dürfte es den Boden nicht berühren, und schritt vorüber. Beim Souper machte ich der Gräfin Polignac mein Kompliment über die geschmackvolle Toilette der Damen: »Sie tragen weiche Schuhe ohne Hacken, große Strohhüte auf natürlich fallenden Locken, weiße, schlichte Musselingewänder – nennt man dies reizende Ensemble nicht eine Kleidung à la Rousseau?!« »Mademoiselle Bertin, die sie schuf, nennt sie Roben à la reine,« rief die Königin über den Tisch hinweg mir zu und geruhte danach, mich nicht mehr zu bemerken.

Ein paar Wochen später war ich beim Grafen von Provence auf Schloß Brunon. Wer nichts weiter kennt als diesen Palast eines Krösus, muß glauben, ganz Frankreich schwämme in Gold. Zu einem jener beliebten Herrenfeste, das unsere reizendsten Priesterinnen Terpsychorens durch pikante Tänze und noch pikantere Couplets so besonders anziehend zu machen pflegen, wurde der König erwartet. In der Nacht, ehe er kam, improvisierten die Kavaliere einen Raub der Sabinerinnen –, die Erzählung von dieser Posse, die in einem Bacchanal endete, amüsierte den König mehr als die wohlvorbereiteten Aufführungen. Er ist, wie Sie wissen, nur unfreiwillig tugendhaft. Es gab dann noch eine Jagd auf wahrhaft hoffähige Hirsche; sie schienen den Tod durch eine königliche Kugel als eine besondere Auszeichnung anzusehen.

Zum Schluß hatte der König eine Privatkonferenz mit dem Grafen. Er schied außerordentlich befriedigt.

Ein paar Tage später waren die Straßen von Versailles voll betrunkner Schweizer, – ihre gestundeten Gehälter waren ihnen bar ausgezahlt worden, – die Marställe voll englischer Pferde, und in Trianon wurde der unterbrochene Theaterbau fortgesetzt. »Geschäfte zu machen, ist so gemein,« sagten Sie mir in Spa mit einer unvergleichlichen, wegwerfenden Handbewegung. Aber Könige adeln alles, – nicht wahr, Frau Marquise?

Ich lese eben Ihre Zeilen noch einmal, und plötzlich scheint mir, als ob der leise Wunsch, nach Versailles zurückzukehren, zwischen ihnen stünde. Ich wäre trostlos, wenn ich ihn unterdrückt, statt angefacht hätte. Aber warum hüllen Sie auch Ihr Innerstes immer in tausend schimmernde Schleier? Sollten Sie wissen, daß das Geheimnis zu langweilen darin besteht, alles auszusprechen?

Kardinal Prinz Louis Rohan an Delphine

Versailles, am 30. August 1780.

Verehrteste Frau Marquise, die liebenswürdige Aufnahme, die Sie mir in Froberg bereiteten, der sympathische Eindruck, den ich, – Sie gestatten einem Priester die offene Bemerkung –, von der Erneuerung freundlicher Beziehungen zwischen Ihnen und dem Herrn Marquis gewonnen habe, treibt mich zu diesem Brief.

Sie entsinnen sich unseres langen Gesprächs im Anschluß an die höchst merkwürdigen Mitteilungen des Baron Wurmser über den Grafen Cagliostro, seine Heilungen und Prophezeiungen. In Erinnerung an die schmerzlichen Erfahrungen, die Sie, teure Marquise, mit Herrn Dr. Mesmer gemacht haben, erklärten Sie von vornherein alles für Schwindel, was Wurmser zu berichten wußte. Auch ich war skeptisch, obwohl ich als gläubiger Christ die Möglichkeit neuer Wunder niemals leugnen werde und überzeugt bin, daß grade so unruhige, von Hoffnungen und Erwartungen schwangere Zeiten besonders geeignet sind, verborgene göttliche Kräfte in einzelnen begnadeten Menschen hervorzulocken.

Sie werden sich daher denken können, daß ich nicht zögerte, die Bekanntschaft des mysteriösen Grafen zu suchen, der sich im Augenblick in Paris aufhält. Er hat meine kühnsten Erwartungen weit übertroffen. Ich kam zu später Stunde in bürgerlicher Kleidung und vollkommen maskiert zu ihm. Ohne einen Augenblick zu zögern, begrüßte er mich mit tiefer Verbeugung als den Kardinal Rohan und hatte, ehe ich noch ein Wort zu sagen vermochte, meinen Charakter, meine Wünsche und Neigungen, ja die geheimsten Ereignisse aus meiner Vergangenheit so detailliert beschrieben, wie ich sie mir selbst kaum je einzugestehen gewagt hatte. Diese Beweise seiner phänomenalen Fähigkeiten hätten schon genügt, meine Zweifel zu zerstreuen; aber was ich dann noch erlebte, machte mich zu seinem Adepten. Ich traf am nächsten Tage die Gräfin Bethune bei ihm, und ich sprach mit ihr, als wäre sie niemals taub gewesen; ich sah mit meinen eigenen Augen einen armen gelähmten Bettler, den er gehen hieß wie einen leichtfüßigen Jüngling, und ein blindes kleines Mädchen, dem er mit einem Hauch seines Mundes die Augen öffnete. Als ihn am Abend die Menge der Kranken verlassen hatte, – ihr heißer Dank war der einzige Lohn, den er annahm! –, hielt er mich noch zurück.

Im Lichte einer einzigen bläulich flackernden Flamme, die ohne Lampe und Docht mitten in seinem, von Phiolen und duftenden Essenzen gefüllten Laboratorium zu schweben schien, hatten wir ein denkwürdiges Gespräch, das die Gegenwart und die Zukunft Frankreichs umfaßte. Was er sagte, muß Geheimnis bleiben zwischen uns, es hat mich tief erschüttert, und die Rolle, die er mir in der Flut kommender Ereignisse zuwies, erfüllte mich mit einem so heißen Dank gegen Gott, daß ich in Gebet versunken in die Knie sank.

Das Geräusch knisternder Funken weckte mich erst aus der frommen Entrücktheit. Das ganze Gemach war erfüllt von Glut; ich wollte schon um Hilfe rufend zum Fenster stürzen, als eine Stimme, dröhnend wie die eines Erzengels, mich zurückhielt. Ich sah den Grafen vor mir stehen, und doch war er es nicht, denn eben erst war er mir wie ein Mann von kaum fünfzig Jahren erschienen, und jetzt war er ein Greis, dessen Alter niemand hätte bestimmen können: Die braune Haut spannte sich straff über die Knochen, tief in den Höhlen lagen die Augen, die mageren Hände griffen in die glühende Luft, die uns umgab, und wo sie hinfaßten, verdichtete sie sich zu rotem Golde, zu schimmernden Edelsteinen. Äffte mich ein Spuk der Hölle?! Ich riß das Kreuz von meiner Brust und streckte es beschwörend dem Grafen entgegen. Mit demütiger Gebärde drückte er die Lippen darauf! –

Glauben Sie mir, Frau Marquise: im Augenblick der höchsten Not hat Gott selbst Frankreich den Retter gesendet!

Ich habe in der Zeit meines Aufenthaltes alles versucht, um meiner Überzeugung Anhänger zu gewinnen; aber leider hat sich das Gift des Unglaubens wie eine Seuche verbreitet und selbst die ersten Diener des Staates und der Kirche nicht verschont.

Wie mir Graf Chevreuse erzählte, scheint jedoch die Königin lebhaftes Interesse für die Wunder Cagliostros zu haben. Als er ihr auf meine Veranlassung von seinen Leistungen berichtete, rief sie mit leuchtenden Augen: »Er macht Brillanten!« und klatschte wie ein glückliches Kind in die Hände dabei. Leider ist es mir jedoch noch immer nicht gelungen, eine persönliche Audienz durchzusetzen, von der so viel abhängen würde. Der Einfluß der Gräfin Polignac ist stärker denn je; sie weiß ihn mit wahrhaft infernalischer Klugheit für sich und ihre Familie auszunutzen, was nichts anderes bedeutet, als daß sie die Rohans und ihre Anhänger fernhält. Ich hatte gehofft, der Königin bei dem Einweihungsfest des kleinen Theaters von Trianon den Grafen im geheimen vorstellen zu können, aber die Späheraugen der Partei Polignac verhinderten geschickt jede Annäherung.

Wie bedauerte ich, an einem zauberhaften Abend wie diesem, Sie, schönste Marquise, nicht unter uns zu wissen. Das kleine goldstrotzende Theater, das von außen ganz den Charakter eines Tempels, von innen den eines liebeschwülen Boudoirs besitzt, ist der passendste Rahmen für das graziöse Spiel unserer reizenden Königin. Sie war eine Soubrette, der man es glauben muß, daß der Liebhaber, den Herr von Vaudreuil mit dem natürlichsten Feuer spielte, aus unbefriedigter Sehnsucht wahnsinnig werden kann. Das Stück des Herrn Sedaine – der König und der Bauer – ist freilich etwas schlüpfrig und nicht allzu reich an Geist, aber das entzückende Spiel der erlauchten Komödianten ließ schließlich alles verzeihlich erscheinen. Strahlend vor Stolz nahm die Königin die Huldigungen des illustren Publikums entgegen. Die neuen chinesischen Laternen verbreiteten ein magisches Licht im nachtdunklen Park, als das Theater sich wieder öffnete; man strömte hinaus, man suchte und fand sich.

»Und draußen auf dem Meer wird inzwischen mit Menschenleben um die Zukunft Frankreichs gespielt,« hörte ich einen Offizier neben mir sagen, einen der vielen, die mehr und mehr vergessen haben, daß es zur Treue gegen den Monarchen gehört, sich auch seinen unrichtigen Maßnahmen kritiklos zu beugen.

Ich sollte bald darauf noch ein Beispiel für den herrschenden Geist der Aufsässigkeit kennen lernen. Der Herzog von Chartres gab zu Ehren seiner geistreichen Freundin Frau von Genlis ein Nachtfest im Park von Monceau, das mit einer Wasserfahrt auf bekränzten Gondeln schließen sollte. Kaum hatte die ganze Gesellschaft Platz genommen, als sich herausstellte, daß sämtliche Ruderer betrunken waren. Erschrocken drängte alles hinaus. In diesem Augenblick sagte ein kleiner Kapitän laut zu unserem edlen Gastgeber: »Wir Franzosen machen auf dem Wasser anscheinend stets dieselben schlechten Erfahrungen.« »Und trotzdem sehen Sie, welch schönen Sieg wir erringen,« entgegnete der Herzog lächelnd und wies auf die Gruppen ängstlicher Damen, die sich zitternd in die Arme hilfsbereiter Herren schmiegten. Laharpe, der Unvermeidliche, ließ sich die Gelegenheit zu einer poetischen Improvisation natürlich nicht entgehen, wobei er Frau von Genlis als Venus, den Herzog als Mars feierte und es nur, – aus übertriebener Bescheidenheit! – unterließ, sich selbst als Adonis vorzustellen.

In wenigen Wochen kehre ich nach Straßburg zurück. Sollte Graf Cagliostro meinen dringenden Bitten, mitzukommen, noch Gehör schenken, so hoffe ich nicht nur für mich, sondern vor allem für Sie, teuerste Marquise, auf eine im höchsten Sinne bedeutungsvolle Zeit.

Marquis Montjoie an Delphine

Straßburg, den 15. September 1780.

Meine liebe Delphine. Rohan hat nicht zu viel gesagt. Ich bin aufs äußerste überrascht von dem Erlebten und glaube danach zu den größten Erwartungen berechtigt zu sein. Ich brauche Ihnen wohl kaum noch zu versichern, daß der Gedanke, meine körperlichen Kräfte zurückzugewinnen, und mein Vermögen, wenn nicht zu vergrößern, so doch zu erhalten, mit dem Wunsche, Ihnen nicht beschwerlich zu fallen und Sie mit dem Glanz zu umgeben, für den Sie geschaffen sind, so innig verschwistert ist, daß er fast identisch erscheint. Seit der großen Tragödie unseres Hauses, unter der ich Sie zusammenbrechen sah, habe ich immer danach getrachtet, Sie wieder froh zu sehen. Nichts würde mir größere Freude bereiten, als Ihre Wünsche erfüllen zu können, nichts bekümmert mich mehr, als daß die schwierigen, finanziellen Verhältnisse mich daran zu verhindern vermöchten. Der Graf Cagliostro hat mich dieser Sorge entrissen; es bleibt nur die eine noch drückendere, daß Sie wunschlos neben mir her gehen. Ich muß die Vergangenheit zu Rate ziehen, um zu wissen, was wenigstens damals Ihr Interesse hervorrief. Ich habe Gartenkünstler und Architekten engagiert, um Park und Pavillon durch sie vollenden zu lassen, und hoffe wenigstens auf ein zustimmendes Kopfnicken. Und nun habe ich eine Bitte an Sie. Ich legte dem Grafen die eine schwerwiegende Frage vor, ob ich noch auf einen Erben hoffen dürfte. Er behauptet, sie beantworten zu können, wenn er Sie gesehen hat. Diesem Wunsche Folge zu leisten, ist seit Jahren die erste Bitte, die ich Ihnen ausspreche. Sie haben mir selbst das Zeugnis ausgestellt, daß ich Sie behandle wie ein väterlicher Freund. Beweisen Sie mir jetzt die Dankbarkeit, die Sie mir so oft versichert haben.

Kardinal Prinz Louis Rohan an Delphine

Straßburg, den 26. September 1780.

Die Sorge um Sie, teuerste Frau Marquise, verfolgte mich bis in meine Träume. Lassen Sie mich umgehend wissen, wie Sie den fürchterlichen – leider durch Ihre eigene Schuld fürchterlichen Abend überstanden haben. Wie konnten Sie nur den Zustand der Entrücktheit, in dem der Graf sich befand, so jäh unterbrechen, daß er wie ein Toter zu Boden stürzte?!

Ist der Gedanke, noch ein Kind bekommen zu können, Ihnen so schrecklich, daß er jenen Aufschrei äußerster Verzweiflung auslösen mußte? Wollen Sie die ehelichen Pflichten nicht mehr anerkennen, Pflichten, die leider auch unter dem korrumpierenden Einfluß antichristlicher Moral auf den Schutthaufen der Vergangenheit geworfen werden?

Mit dem hoheitsvollen Lächeln eines überlegenen ging der Graf über den aufregenden Moment hinweg. Als er aber dann unter dem zauberhaften Licht der schwebenden Flamme aus Ihrem eigenen Ring Tropfen flüssigen Goldes, aus Ihrem eigenen Halsband schimmernde Edelsteine fallen ließ, und der Marquis und ich dem Wunder mit andächtigem Staunen zusahen, warum sprangen Sie auf und griffen in die Glut, so daß ihre weiße Hand sich mit roten Brandwunden bedeckte; warum warfen Sie einem Manne, der unser aller Wohltäter werden kann. Ihr »Schwindler!« entgegen?!

Als ich heute früh den Grafen begrüßte, – sein Aussehen bestätigte mir diesmal mehr als seine Worte, daß er das Alter Mose erreicht hat –, sprach er in Ausdrücken warmer Anteilnahme von Ihnen. Wir alle wollen Ihr Bestes, schönste Frau, und ich hoffe. Sie werden mich und den Grafen empfangen, wenn wir uns im Laufe dieses Tages bei Ihnen melden lassen. Vergessen Sie nicht, daß Ihre Weigerung auch Ihren Herrn Gemahl der Hilfe eines Menschen berauben dürfte, von dem er alles erwartet.

Graf Cagliostro an Delphine

Frau Marquise! Sie wollen mich nicht empfangen. Es scheint Ihnen unbekannt zu sein, daß alles, was mich betrifft, nicht vom Willen eines Sterblichen abhängt.

Der Marquis ist ohne mich ruiniert und Sie seine lebenslänglich Gefangene.

Auf Schloß Froberg sehen wir uns wieder.

Graf Guibert an Delphine

Paris, am 15. Dezember 1780.

Meine teure Frau Marquise! Ihre Mitteilung enthielt für mich nichts Neues. Ganz Paris ist erfüllt vom Ruhm Cagliostros, den die einen für einen geschickten Taschenspieler, die anderen für einen Zauberer halten. Daß der Kardinal Rohan ihm verfallen ist, daß der Marquis Montjoie in Straßburg ein Laboratorium einrichtete, um die Kunst des Goldmachens von dem mysteriösen Fremden zu erlernen, – das ist das Tagesgespräch in den Salons, und Cagliostro kann sicher sein, mit dem Ruhm, der ihm jetzt vorangeht, Paris zu erobern. Eine Gesellschaft, die zu Madame Bontemps strömt, um sich aus dem Kaffeesatz wahrsagen zu lassen, die an Stelle geistreicher Konversation Sitzungen mit Somnambulen treten läßt, ist reif für diesen Propheten. Würden unsere Philosophen sich wohl die Mühe gegeben haben, den Glauben zu vernichten, wenn sie geahnt hätten, daß sie dadurch nur dem Aberglauben die Wege bereiten?! Je mehr die Furcht vor der Wirklichkeit wächst, desto mehr flüchten die Feigen in das Reich phantastischer Träume.

Sie werden vom Mißerfolg meiner Tragödie »Der Tod des Cajus Gracchus« gelesen haben. Der Ernst erschreckte das Publikum; es verträgt den Witz, ja die Satire, es lacht über sich selbst und über unsere politischen Zustände, wenn man sie ihnen auch in Form der drastischen Karikaturen vorführt, aber es wird nie verstehen wollen, daß die Komödie im Grunde ein Trauerspiel ist.

Herr Necker scheint alle Mittel seiner Weisheit erschöpft zu haben, ohne es vor der Öffentlichkeit zugeben zu wollen. Herrn Linguet, der in seiner Zeitschrift nicht aufhört, die Maßnahmen des Generalkontrolleurs lächerlich zu machen, ist zwar in der Bastille Gelegenheit geboten worden, für seine literarischen Sünden Buße zu tun, aber jedermann weiß –, er selbst am genauesten –, daß der Hof seine gepfefferten Aufsätze mit Vergnügen liest. Ich bin kein Anhänger der steifen Würde Herrn Neckers, noch weniger der geistreichelnden Charakterlosigkeit des Herrn Linguet, der nur Leute zu blenden vermag, die des Tageslichts ganz und gar entwöhnt sind, aber angesichts der Möglichkeit der Verabschiedung Neckers kann ich mir nicht verhehlen, daß, wer auch sein Nachfolger sein mag, er sicher nur noch unfähiger sein wird, Frankreich vor dem Ruin zu retten.

Ist es nicht auch ein Zeichen bedenklichen Niedergangs, daß ich an die reizendste aller Marquisen schreibe, als wäre sie ein alter Diplomat? Wahrhaftig, der Franzose verlernt es, in seinem Klub- und Kaffeehausleben mit schönen Frauen Konversation zu machen. An Stelle der Kunst der Unterhaltung tritt der schlechte Stil der Journale oder der rohe Jargon der Grisetten.

Der Dienst, schönste Frau, führt mich in nächster Zeit nach dem Elsaß. Sie würden sich einer geistigen Lebensrettung rühmen können, wenn Sie mir auch nur für wenige Tage Aufnahme gewähren. Allein die Hoffnung, Sie zu sehen, Ihre kleine Hand ehrfürchtig an die Lippen ziehen zu dürfen, entreißt mich schon der morosen Stimmung. Die Gegenwart vergessen, indem man sie genießt, ist schließlich die beste Philosophie.

Graf Guibert an Delphine

Paris, am 20. März 1781.

Teuerste Delphine. Wie ich Adam beneide! Er wurde zwar gleich mir nach einer Zeit, die zeitlos war, darum so lang wie die Ewigkeit und so kurz wie ein Augenaufschlag, aus dem Paradiese vertrieben–, aber er hatte doch die verbotene Frucht genossen!

Habe ich Ihnen nicht wochenlang treu gedient? sogar das Grauen vor dem unheimlichen Gast Ihres Hauses überwunden, um Ihnen im Kampf gegen diese Riesenspinne beizustehen, die unsichtbar ihre Fäden um Sie zieht.

Habe ich in Ihren neuen Parkanlagen nicht den Obergärtner, beim Ausbau Ihres Pavillons nicht den Architekten gespielt, wobei ich die süße Hoffnung nährte, daß diese Grotten und Lauben, daß diese rosiggoldene Venusmuschel mir einmal mehr zu bieten hätte als künstlerischen Genuß?

Unser Jahrhundert ist ein mit den köstlichsten Gütern reich beladenes Schiff, das einem fremden Erdteil zusteuert, um, vom Orkan getrieben, an seinen Felsen zu zerschellen. Aber mag all sein Reichtum dabei zugrunde gehen, wenn nur gerettet wird, was zur höchsten Blüte sich entfaltete: die Kunst der Liebe. Und Sie, geboren zu ihrer Hüterin, wollen ihr jetzt schon treulos sein? Heißt das nicht, den Barbaren die Zukunft überlassen? Sollten nicht gerade wir, die Kinder einer sterbenden Epoche, noch jede Glücksmöglichkeit erschöpfen, damit sie im rotglühenden Glänze des Abendrots untergeht und nicht unter grauem Himmel und kühlen Regentränen?

O, es ist bitter für den Grafen Guibert, als Ersatz für die Liebe über Liebe philosophieren zu müssen! Ich würde ganz darauf verzichten, ich würde vor allem Ihren Wunsch, Ihnen nicht von Gefühlen, sondern von Literatur und Politik zu erzählen, unerfüllt lassen, wenn nicht Ihre leuchtenden Augen, Ihr roter Mund, Ihre kleinen weichen Hände, Ihre reizende mit holder Koketterie gekleidete Gestalt mich überzeugt hätten, daß Sie mit den politisierenden Damen des Palais-Royal nichts, aber auch gar nichts zu tun haben. Einer Delphine Montjoie werden diese Dinge nicht zum Lebensinhalt; sie dienen ihr nur, um ihren Geist zu entfalten, ihre Empfindung zu vertiefen, wie Blumen und Bänder, Seidengewebe und Edelsteine ihr dienen, um ihre Reize zu erhöhen.

In diesem Sinne ergebe ich mich sogar in das Schicksal eines bloßen Chroniqueurs.

Von Neckers Rechenschaftsbericht, den schon alle Welt in Händen hat, brauche ich Ihnen kaum noch etwas zu sagen. Er ist das, was ich von einem Manne, der Klugheit, aber keine

Größe besitzt, erwartete: eine geschickte Verschleierung der Tatsachen, ein Ablenken des Unwillens über eine allgemeine Mißwirtschaft auf die Häupter von wenigen Mitschuldigen. Das Volk, oder vielmehr diejenigen Kreise, die sich heute als Volk zu bezeichnen lieben, – Advokaten, Zeitungsschreiber, Krämer und deklassierte Aristokraten –, jubelt, die Parlamentsräte, die Intendanten und Generalpächter, denen Necker einige Wahrheiten sagt, sind empört. Es wird sich wahrscheinlich wieder einmal zeigen, daß in der Politik nicht die Mehrheit der Menschen, sondern die Macht des Geldes den Ausschlag gibt, um so mehr, als die Königin des Sparens müde ist und Necker zu Fall bringen wird, wenn nicht der Graf Cagliostro sich sehr beeilt, auch ihr die Kunst des Goldmachens zu lehren.

Sie sehen: meine Gedanken kehren trotz allen Sträubens immer wieder zu dem »Meister« zurück. Niemand konnte ihm skeptischer, ja feindseliger gegenübertreten als ich, vor allem, seit ich sah, wie er den Marquis und den Kardinal zu bloßen Werkzeugen seines Willens gemacht hat, und wie sehr Sie um seinetwegen litten. Trotzdem –, ich bin außerstande, ihn kurzerhand als einen raffinierten Betrüger abzutun. Er hat mir Dinge aus meiner Vergangenheit gesagt, die nur ich wissen konnte; er hat Prophezeiungen ausgesprochen, die nicht in die Rubrik billiger Träume zu verweisen sind; er hat Saiten in mir zum Klingen gebracht, die mir früher wie bloße Rudimente kindlicher Geistesbeschaffenheit erschienen und von denen ich glaubte, daß die Voltaire und die Holbach sie längst zerrissen hätten.

Wissen Sie noch, wie ich am letzten Abend vor dem Pavillon über den »Goldmacher« zu scherzen versuchte, um Ihre Angst zu zerstreuen? Keine Wolke trübte den strahlenden Himmel; purpurn senkte sich der Sonnenball. Da fiel auf einmal ein langer dunkler Schatten über den Rasen vor uns bis zum Teich; die Schwäne schlugen mit den Flügeln, Sie zogen fröstelnd das weiße Tuch um die Schultern – Cagliostro war vorübergegangen.

Ich wollte, Sie wären in Paris, teuerste Frau!

Marquis Montjoie an Delphine

Paris, am 25. Mai 1781.

Meine liebe Delphine! Kaum hier angekommen, bin ich Zeuge eines »umwälzenden Ereignisses« geworden, – genau wie Cagliostro es vorausgesagt hat. Ein neuer Beweis, der seinen Eindruck auf Sie nicht verfehlen dürfte!

Necker erhielt seine Demission, nachdem alle Welt zum Dank für die erstaunliche Leistung eines Plus von zehn Millionen im Staatsschatz mindestens seine Standeserhöhung und seine Ernennung zum Minister erwartet hatte. Sie wissen, daß er mich den Genfer Bankier nie vergessen ließ, daß ich aber zugleich großes und, wie sich herausstellte, berechtigtes Vertrauen in seine Geschäftsklugheit gehabt habe. Leider war er den Herren Finanziers und Generalpächtern, die immer mehr das große Wort führen, je mehr sie unsere Güter, unser Vermögen, unsere Bildung sich aneignen und sogar, den König dadurch zu täuschen versuchen, viel zu klug. Sie sind es in der Tat, die Necker gestürzt haben. Wie stark muß ihr Einfluß sein, daß dergleichen geschehen konnte.

Ich war Sonntag inmitten der Stadt, als die Nachricht sich verbreitete. Alles war aufs äußerste konsterniert. Die Promenaden, die Cafés waren im Augenblick überfüllt, aber es herrschte überall eine fast beängstigende Stille. Man sah sich vielsagend an, man drückte einander teilnehmend die Hand, als stünde man vor einer allgemeinen Katastrophe. In den nächsten Tagen entwickelte sich eine förmliche Völkerwanderung nach Saint-Quen, wohin Necker und seine Familie sich sofort zurückgezogen hatten. Man bemerkte die Herzöge von Orléans, von Chartres, von Choiseul und Richelieu, sogar den Erzbischof von Paris, und sah darin eine offene Parteinahme wider den König, die von neugierigen Massen vielfach lebhaft applaudiert wurde.

Am Abend kam es in der *Comédie Française* zu turbulenten Szenen. Man gab *La partie de chasse de Henri IV.* Bei den Worten des Herzogs von Vellegarde »sprechen Sie mit Respekt von einem so großen Minister!« brach das Publikum in minutenlange Bravo-Rufe aus, und bei dem Ausruf Heinrichs IV. »die Grausamen! Wie konnten sie mich um diesen Mann betrügen!« weinte alles.

In der Oper kam es am selben Abend zu einem lärmenden Auftritt, als ein Kavalier seiner Freude über den Rücktritt Neckers allzu lauten Ausdruck gab, und Herr von Bourboulon, dessen Broschüre den Generalkontrolleur wegen seines Rechenschaftsberichts der Fälschung zieh, kann sich öffentlich nicht sehen lassen, ohne insultiert zu werden. »Nun ist Frankreich verloren,« hörte ich auf offener Straße einfache Leute tränenden Auges zueinander sagen.

Ich kann nicht leugnen, daß ich Ähnliches empfinden würde, wenn ich nicht in letzter Zeit zu neuen Hoffnungen mich berechtigt glaubte, von denen ich nur bedauern kann, daß sie nicht auch die Ihren sind. Herr von Saint-James war nicht wenig verblüfft, als ich einen Teil meines Kapitals kündigte; er warnte mich vor Schwindlern, woraus ich entnahm, daß mein Verkehr mit Cagliostro nicht unbekannt geblieben ist, aber, meiner Abmachung mit dem Grafen getreu, habe ich mit keiner Silbe erwähnt, was ich nun schon Dutzende von Malen mit eigenen Augen sah: daß ein Louisd’or sich in der Glut des geheimnisvollen Feuers verdoppelte und verdreifachte. Ich habe bei Gelegenheit des Besuches auch Ihren Wunsch erfüllt und Ihr kleines Kapital aus dem Geschäft zurückgezogen. Ich hoffe, Sie werden es in ein paar Boutons für Ihre rosigen Ohren oder in eine Kette um Ihren weißen Hals verwandeln –, andernfalls würde mir diese Laune der schönen Marquise nicht ganz verständlich sein. Fast soviel als es ausmacht, habe ich bereits für Sie ausgegeben: Spitzen, Seidenstoffe, Hüte und Häubchen für Ihre reizende Person, entzückende kleine Möbel für den Pavillon – Ihren goldenen Rahmen – gehen heute nach Froberg ab.

Werden Sie jemals wieder daran denken, sich für mich zu schmücken, meine liebe Delphine? Sie haben keinen Liebhaber, – obwohl ich nur der Gatte bin, glaube ich, es behaupten zu können! – würden Sie nicht, versuchsweise, einmal mit mir vorlieb nehmen?! Ich heiratete Sie, weil Sie mich entzückten, Ihre junge Schönheit meiner Eitelkeit schmeichelte. Aber jetzt, Delphine, werbe ich um Sie, weil ich Sie liebe. Ich bin kein schmachtender Anbeter; ich kann Sie nicht einmal mit der ergreifenden Geschichte meiner Gattentreue rühren. Treue ist eine bourgeoise Tugend, die nach Frondienst schmeckt. Aber ich werde vermögen, was kein anderer vermag: Ihnen alle Herrlichkeit der Welt zu Füßen zu legen.

Marquis Montjoie an Delphine

Paris, am 3. Juni 1781.

Meine Liebe! Die Nachricht von Ihrer Abreise nach Spa, die Mitteilung von dem längeren Besuch, den Sie nach dem Badeaufenthalt Ihrer Freundin Clarisse machen wollen, – eine Freundschaft, der Sie sich gerade jetzt zu erinnern belieben! – ist die deutlichste Antwort auf meinen letzten Brief.

Ich kann warten! Der Meister sagte mir, als wir die letzte Sitzung miteinander hatten: sie kommt wieder. Ich glaube ihm. Erholen Sie sich, amüsieren Sie sich, lassen Sie Dutzende von Männern zu Ihren Füßen schmachten. Mir soll es recht sein, denn – Sie kommen wieder!

Graf Guy Chevreuse an Delphine

Versailles, am 18. Juli 1781.

Soeben erfahre ich von meiner Schwester, daß Sie, Holdseligste, endlich einer Einladung nach Chateau Larose folgen wollen. Sie ist entzückt, ich bin es noch mehr; und meine Neugierde kennt vollends keine Grenzen, denn die Marquise Delphine ist ein Rätsel, das einem Mann, der das Geheimnis »Weib« ganz zu ergründen geglaubt hatte, immer aufs neue zu lösen übrig bleibt.

»Die Marquise Montjoie hat den Schleier genommen,« wußte die kleine Lamballe noch vor einem Jahre mit dem himmlischsten ihrer Augenaufschläge zu berichten. Ich erschrak. Aber meine Phantasie arbeitete bereits an der entzückendsten aller Klosterentführungen.

»Die reizende Delphine ist des Grafen Cagliostro Adeptin,« erzählte wenige Monate später der Baron Wurmser bewundernd, als ob Sie es noch nötig gehabt hätten, das Zaubern zu lernen. Ich war empört. Und mein Entschluß stand fest, den Hexenmeister zu entlarven, um ihm sein Opfer entreißen zu können.

»Wissen Sie, wer der Marquise Montjoie einziger Liebhaber ist?« lachte Herr von Vaudreuil, als er im vorigen Winter in Straßburg gewesen war, »der Herr Marquis!« Ich war verzweifelt. Denn nun erst schienen Sie mir verloren.

Und jetzt erfahre ich von Ihrem Hofstaat in Spa, zu dem der Marquis nicht gehört, – denn ich sehe ihn in Paris im Gefolge Cagliostros –, von Ihrer bevorstehenden Ankunft in Larose – allein!

Versailles ist tot, seitdem der Zustand der Königin uns zur Tugend zwingt. Aber selbst wenn es im höchsten Glanze strahlt, selbst wenn alle Marmorgöttinnen seiner Gärten lebendig geworden wären, nur um mich zu umarmen, – Larose erschiene mir, von Delphine bewohnt, als der Himmel auf Erden – vorausgesetzt, daß es nicht der der Heiligen und der Erzengel, sondern der der Houris und der Grazien ist.

Ich werde kurz vor Ihnen in Larose eintreffen, um nicht nur des Vorzugs zu genießen, die holde Delphine aus dem Wagen heben zu können, sondern um auch der Erste zu sein, der Ihnen das neueste gesellschaftliche Ereignis von Paris zu berichten vermag: die Eröffnung des Hotels Dervieur in der Rue Chantereine, eines Meisterwerks von Bellanger. Die jüngste und schönste Dienerin Terpsichores wird dank der Gunst des Prinzen von Soubise seine Herrin sein, und ich rühme mich, sie entdeckt zu haben. Daß sie schön ist, wird die Marquise Montjoie mir glauben; wer könnte, der Sie kennt, mit einem anderen Maßstab messen als dem Ihren? Für den Geist der Kleinen zeugt dies Bonmot: Ein junger Mann bewarb sich um sie. Sie wies ihn ab. Er kam immer wieder; schließlich schrieb er flehend: »Gewähren Sie mir als Almosen Ihre Gunst.« Sie erwiderte auf rosigem billet-doux-Papier: »Ich bedaure lebhaft, mein Herr, ich habe schon meine Armen.« Sie werden mir zugeben, schönste Frau, daß Guy Chevreuse, dank der Erziehung durch Sie, auf der Höhe seines guten Geschmacks geblieben ist.

Je mehr die Gelehrten sich über die Entdeckungen neuer Wunder der Chemie und der Physik den Kopf zerbrechen und ihrer Unsterblichkeit die Genüsse ihrer Sterblichkeit opfern, desto mehr fühle ich es als heilige Pflicht, der gräßlich ernsthaft werdenden Menschheit Quellen der Freude zu erschließen, auch wenn mein Dank dafür in nichts besteht als im *jus primae noctis*. Das ist lateinisch, schönste Frau; ich lernte die drei Worte, in denen sich meine ganze Kenntnis der klassischen Sprache erschöpft, von Herrn von Beaumarchais, und bitte Sie, sie sich von ihm –, der mit uns in Larose und mein gefährlichster Nebenbuhler sein wird! – erklären zu lassen.

Übrigens wird noch eine dritte Schülerin von L'Abbaye aux Bois unter den Gästen sein: die Prinzessin d'Hénin. Es wird also an Beweisen dafür nicht fehlen, daß trotz Rousseau und seiner jüngsten Nachfolgerin in der Predigt von der freien und naturgemäßen Kindererziehung, der Madame d'Epinay, die des Klosters noch immer die beste ist, sie gab uns die reizendsten, die vorurteilslosesten, die liebenswertesten Frauen. Mit einer Grazie ohnegleichen hat sich die Prinzessin in das Verhältnis ihres Gatten zu Mademoiselle Arnould gefunden. Als eine Tugendhafte aus dem Salon Necker sie kürzlich bedauern wollte, sagte sie achselzuckend: »Was wollen Sie?! Mir sind Männer, die nichts zu tun haben, antipathisch. Der Prinz hat nun doch wenigstens eine Beschäftigung.« »Hat er denn keine Andere?« frug die Tugendhafte maliziös. »Bei mir jedenfalls nicht!« antwortete lächelnd die Prinzessin.

Ich greife schleunigst nach Siegellack und Petschaft, ich gerate ja fast in die Gefahr, meinen Witz noch vor unsrer Begegnung zu erschöpfen, und wollte ihn doch, als Strahlenbündel verpackt, nach Larose mitnehmen, um in blendender Gloriole vor Ihnen, Holdseligste, dazustehen.

Herr von Beaumarchais an Delphine

Paris, den 11. Oktober 1781.

Wer Laroje mit Paris vertauscht, ist weit mehr ein Sträfling, als wer die Freiheit der Hauptstadt mit den Ketten der Bastille vertauschte. Ich sitze vor dem Schreibtisch, statt vor der schönsten Frau Frankreichs, ich schaue durch trübe Scheiben auf Häusermauern, statt durch grüne Blätter auf blauen Himmel, und – Schrecken aller Schrecken! – ich lese Figaros Streiche einem Haufen hirnloser Komödianten vor, statt der *fine fleur* der Pariser Gesellschaft. Noch klingt mir Ihr perlendes Lachen im Ohr, – als ein gellender Mißton drängt sich die Kritik hochmögender Kollegen dazwischen, die zwar nichts besser machen, aber alles besser wissen wollen.

Es gibt Leute unter ihnen – à la Demoines, der der Dubarry Tugendkränze flocht und Ludwig XVI. so lange versichert hat, daß er ein Genie ist, bis er es selber glaubt –, die angesichts meiner Komödie um die Sicherheit des Staats und um die guten Sitten der Pariser zittern. Ich tröste mich; denn noch haben alle, die ihre Feder zum Schwerte schliffen, den Vorwurf ertragen müssen, daß sie Zustände schaffen, während sie lediglich den Mut hatten, deren Vorhandensein aufzudecken. Wie die ängstlichen Bedenken literarischer Streber mir bestätigen, daß mein Stück gut ist, so bestätigt mir der lebhafte Beifall, den seine Vorlesung bei dem alten Kanzler Maurepas vor einer Gesellschaft ehrwürdiger Kirchenfürsten fand, daß Figaro recht hat, mit der Narrenpeitsche auf die Almavivas einzuschlagen. Oder finden Sie nicht, daß sogar ein simpler Barbier dunkler Herkunft sich erlauben kann, die Gesellschaft zu verachten, die den Aussatz, an dem sie leidet, bloß – komisch findet?!

Sie haben recht, klügste aller Marquisen: Beaumarchais und Figaro sind identisch, – »Herr da und Knecht dort, wie es dem Glücke gefällt,« – und ich meine alle Maurepas, für die Frankreich nur da ist, damit sie Minister sein können, und alle Rohans, die mir die Herausgabe der Werke Voltaires verbieten und damit Voltaire selbst glauben vernichtet zu haben, wenn Figaro zu Almaviva sagt: »weil Sie ein großer Herr sind, meinen Sie ein großes Genie zu sein. Adel, Vermögen, Rang, Würden, all das macht stolz. Aber was haben Sie geleistet für so viel Herrlichkeiten? Sie haben sich nur die Mühe genommen, geboren zu werden! Im übrigen ein Alltagsmensch, während ich, im dunklen Haufen verloren, nur um mich fortzubringen, mehr Witz und Wissen aufwenden mußte, als man in den letzten hundert Jahren verbraucht hat, um den Staat zu regieren.«

Sie haben aber unrecht, wenn Sie sagen: Figaro wird die Bühne nie betreten. Er wird, Frau Marquise, er wird! Schon habe ich Madame Campan eine Abschrift meiner Komödie in die Hände gespielt, und sie hat sie dem König und der Königin vorgelesen. »Das ist abscheulich! Das ist unanständig!« hat Ludwig XVI. nicht aufgehört zu versichern. »Man wird das Stück nicht aufführen,« hat er mit der ganzen Autorität des absoluten Monarchen hinzugefügt. Ist das nicht ein Riesenerfolg, eine sichere Gewähr für die Aufführung?! Der König will nicht, daß Figaros Hochzeit gespielt wird; ich aber schwöre, sie wird gespielt werden und wäre es auf dem Chor von Notre-Dame!

Das Antichambre will in den Salon, Frau Marquise, und Figaro reißt zu dem Zweck die Flügeltüren auf.

Sie glauben mir nicht? Sie weisen mich wieder darauf hin, mit welcher Begeisterung die Geburt des Dauphin begrüßt worden ist, wie »das Volk« Vivat schrie, wie »das Volk« den Namenszug des Neugeborenen als Broschen und Busennadeln trägt. Was ist »das Volk«?! Einmal ein Haufe märchenseliger Kinder, die in jedem Prinzlein einen Erlöser verzauberter Prinzessinnen sehen, das andere Mal eine Herde blutdürstiger Raubtiere, die Tauben mit derselben Gier verschlingen wie Wildkatzen.

Sie wünschen noch ein Pariser Ragout? Cagliostro macht glänzende Geschäfte. Er ist, bei Gott, ein großer Erzieher, denn er beweist, daß man nur die Frechheit haben muß, Glassplitter für Edelsteine auszugeben, um alle Narren – d. h. die Mehrheit – glauben zu machen, daß sie es wirklich sind.

Die *Redoute chinoise* ist im Beisein der besten Gesellschaft eröffnet worden. Ein Varieté, wo man Dirnenlieder singt und Vagabundengeschichten erzählt, eine Bildungsanstalt also, die bestimmt ist, in den Theatern für »das Volk« Platz zu machen. Die Übersättigten kehren bekanntlich immer zum Schweinefett als zu einer Delikatesse zurück.

Die Muse Rétifs de la Bretonne ist wieder einmal kläglich niedergekommen. Für ein Siebenmonatskind ist das Kleine recht lebhaft, und dabei von einer Natürlichkeit – ! Zeigen seine älteren Geschwister nur den völlig feigenblattlosen Körper, so geht das jüngste so weit, auch seine primitivsten Funktionen bloß zu stellen. Sein Erfolg ist selbstverständlich enorm. Ist das am Ende ein Beweis für unser Greisentum? An Exhibitionen berauschen sich immer nur Zeugungsunfähige.

Übrigens ist Herrn Rétif in dem Chevalier Choderlos de Laclos ein gefährlicher Konkurrent erstanden. Seine »Liaisons dangereuses« sind ein graziöses Büchlein, und wie Rétif der Rousseau der Gosse ist, so dürfte Laclos der Rétif der guten Gesellschaft werden.

Von alten Freunden hat sich der gute Laharpe mit einer Ausgabe seiner gesammelten Werke eingestellt. Man pflegte das früher der Nachwelt zu überlassen, und wenn es mich schon überrascht, daß Laharpe den Mut besitzt, seine ganze Karriere – vom begeisterten Anhänger Voltaires bis zum Freunde Marie Antoinettes – offenherzig zu enthüllen, so wundert es mich weit mehr, daß er die Selbsterkenntnis besitzt, zu tun, woran nach seinem Tode niemand mehr denken würde. Er ist, wie Herr von Chamfort bissig bemerkte, eben ein Mann, der sich seiner Fehler bedient, um seine Laster zu verstecken.

Der Herzog von Chartres hat die große Allee vom Palais-Royal niederschlagen lassen, um gedeckte Wege anzulegen. Seitdem die Spekulanten wie Prinzen leben, ist es den Prinzen nicht zu verargen, wenn sie Spekulanten werden.

Madame de Genlis hat sich nun auch entschlossen, die Reform der Erziehung in die Hand zu nehmen –, natürlich indem sie ein Buch darüber schreibt. Ist der Eifer, die Kinder vor schlechter Erziehung zu retten, nicht schrecklich rührend in einer Zeit, wo die Eltern kein Brot mehr zu essen haben!?

Sie sehen, eine Überfülle erstaunlicher Ereignisse; kommen Sie bald, damit Ihnen nicht allzu viel entgeht, – vor allem aber, damit Sie Figaros Sieg erleben!

Baron Ferdinand Wurmser an Delphine

Paris, den 10. Februar 1782.

Verehrte Cousine. Wenn ich jetzt erst dazu komme, Ihnen zu schreiben, so werden Sie das einem Manne zugute halten, der nach einem Jahrzehnt der Abwesenheit nach Paris zurückgekehrt ist und bei jedem Schritt, den er tut, zu träumen glaubt.

Welch eine Umwälzung! Ich bin von ihr noch dermaßen benommen, daß ich nicht weiß, ob ich sie freudig begrüßen, oder vor ihr erschrecken soll. Ein Eindruck ist es vor allem, der geradezu verblüffend wirkt, und den ich in vier Worte zusammenfassen kann: Das Volk ist da!

Sind wir früher, als wir uns fast nur zu Pferde oder zu Wagen durch die Straßen bewegten, so rasch an ihm vorübergeglitten, oder wagte es sich wirklich nicht aus seinen Quartieren heraus, – ich weiß es nicht; jedenfalls ist es erst jetzt vorhanden. Es geht, ohne uns Platz zu machen, auf denselben Wegen wie wir, es schreit und lärmt auf den öffentlichen Plätzen, es spricht mit lauter Stimme von Freiheit, Demokratie, Republik, wo es früher nur den Mund aufzutun wagte, um *vive le roi* zu rufen. Das Erstaunlichste aber erlebte ich gestern.

Das Gerücht von der Ankunft Lafayettes hatte sich verbreitet. In Versailles wußte freilich niemand davon, als die Pariser Straßenjungen sich schon im *»vive Lafayette«* übten. Ich hielt mich von früh an im Palais-Royal auf, wo die Arkaden, die der Herzog zum Ersatz der verschwundenen großen Allee bauen ließ, der Vollendung entgegengehen und der Sammelpunkt geistigen Lebens zu werden scheinen. Man sprach voll Begeisterung von dem erwarteten Helden, von der endgültigen Befreiung Amerikas, von dem großen, ausschlaggebenden Sieg bei Yorktown.

»Ein Fanal der Freiheit war der Brand der Stadt!« schrie einer, der dabei gewesen sein wollte. »Bald brennt es auch bei uns!« rief ein andrer. »Und mit den Feudalrechten und den Steueredikten schüren wir den Scheiterhaufen der Monarchie«, frohlockte ein Dritter, – ein buckliger Mensch mit dem ausgemergelten Gesicht eines Savonarola. Alles applaudierte.

Der Ruf »Lafayette!« der irgendwo von oben zu kommen schien, übertönte den Lärm. Einen Augenblick tiefen Schweigens – –, dann wälzte sich die Menge einmütig dem Eingang zu, und schon in der nächsten Minute sah ich einen Mann in Uniform, von starken Armen getragen, hoch über ihren Köpfen schweben. Hüte flogen in die Luft, Taschentücher wehten, – lauter weiße Fahnen – ; als der Marquis endlich mit den Füßen wieder den Boden berührte, streckten sich ihm hunderte von Händen entgegen. Und breite, schmutzige Fäuste umklammerten seine schmale Aristokratenhand. Alles in mir empörte sich beim Anblick dieser Berührung. Ich versuchte, mich hinaus zu drängen. Da traf mein Blick von ungefähr einen anderen Uniformierten, der neben Lafayette stand: dies scharfgeschnittene Profil, diese stahlblauen Augen, diese hellen blonden Haare waren mir bekannt, ja vertraut. Friedrich-Eugen! Das Erstaunen löste den lauten Ruf von meinen Lippen. Er hörte mich nicht; er sprach – fast freundschaftlich, wie mir schien – mit jenem Buckligen, und seine braun gebrannten Wangen färbten sich dabei mit einem leisen Rot, seine schmalen Lippen umspielte ein Lächeln, – er freute sich dieser Begegnung!!

Ich wäre außerstande gewesen, den alten Freund zu begrüßen, und bahnte mir mit den Ellenbogen den Weg hinaus.

Als ich ziellos durch die Straßen stürmte, führte mich der Zufall – oder das Schicksal?! – an Cagliostros Haus vorbei. Ich zögerte unwillkürlich und schaute hinauf. Der Meister stand am offenen Fenster. Etwas wie ein teuflisches Grinsen, das ich nie vorher an ihm gesehen hatte, verzerrte seine Züge. Mit der großen gelben Hand winkte er mir zu und rief mit einer Stimme, als kratze eine Stahlklinge über eine Schiefertafel: »Die Luft weht schneidend heute, was, Herr Baron?! Machen Sie, daß Sie nach Hause kommen, für zarte Häute ist das nichts,« und, hell auflachend, schlug er krachend das Fenster zu. Ich stand noch wie gebannt, als ich den Marquis, Ihren Gemahl, unten aus dem Torweg treten sah. Er ging langsam, sehr gebückt, seine Schultern zuckten, als fröre ihn unter dem dicken schwarzen Mantel. Besorgt wollte ich ihn anreden. Aber er sah an mir vorbei ins Leere.

Es war ein böser Tag, teuerste Cousine, und ich würde am liebsten meine Koffer packen und den Weg, den ich kam, mit der schnellsten Post zurückkehren. Rußland erscheint mir jetzt wie eine stille, felsenumschlossene Bucht, in deren dunklen Wassern sich zwar die Sonne nicht spiegelt, die aber auch der Sturm nicht aufpeitscht.

Aber die bevorstehende Ankunft des Großfürsten fesselt mich hier, und ich knüpfe die Hoffnung daran, daß sie mit vielen Festen und Empfängen die Wirkungen schlechter Träume zerstreuen wird.

Graf Guy Chevreuse an Delphine

Versailles, am 15. März 1782.

Verehrteste Frau Marquise. Im Auftrage meiner erhabenen Gebieterin, Ihrer Majestät der Königin, habe ich die Ehre, Ihnen dero allerhöchste Wünsche ganz ergebenst zu unterbreiten.

Ihre Kaiserlichen Hoheiten, der Großfürst Paul von Rußland und seine Gemahlin, die Großfürstin Maria Feodorowna, geborene Prinzessin Montbéliard, gedenken im Mai den französischen Hof durch ihren Besuch auszuzeichnen, und Ihre Majestät will alles daran setzen, um den erlauchten Gästen den Aufenthalt so angenehm wie möglich zu gestalten. Sie bittet daher die Frau Marquise Delphine Montjoie als Jugendgespielin Ihrer Kaiserlichen Hoheit während der kommenden Monate die Gastfreundschaft des französischen Hofes gleichfalls akzeptieren zu wollen.

Bis hierher schreibt Ihnen, schönste Delphine, nur die von einem höheren Willen in Bewegung gesetzte Feder, und jetzt erst tritt Guy Chevreuse persönlich in Aktion, um seinem

Vergnügen darüber Ausdruck zu geben, daß auch die liebenswürdigste Bitte einer Königin selbst für die stolzeste Marquise einem Befehle gleichkommt, und daß Ihnen im Augenblick, wie ich vorsichtshalber schon vorher in Erfahrung brachte, jede Begründung eines möglichen Ungehorsams fehlt. Ich durfte mich in Larose selbst überzeugen, daß Sie nicht den Schleier zu nehmen willens sind, denn statt mit dem Rosenkranz für fromme Nonnenhände, sah ich Sie mit einer Kette aufgereihter Männerherzen grausam spielen. Immer, wenn ich hoffte. Sie hielten das meine fest, ließen Sie wieder ein anderes durch die weißen Finger gleiten. Ich weiß auch, daß Sie in Straßburg nicht so auf der Höhe der allerneuesten Mode stehen, um sich durch eine Turteltauben-Ehe fesseln zu lassen, und daß Sie nicht zu den Getreuen Cagliostros gehören, schon weil der Herr Marquis dazu gehört. Ich traf ihn erst gestern in der Loge des Großmeisters, wo die reizendsten Frauen und die vornehmsten Kavaliere in schauerndem Entzücken der Mysterien harren, die ihnen der wieder erstandene Priester der Isis enthüllen will.

Was mich zu ihm trieb? Die Spielleidenschaft –, sein Schmelzofen ist wie Würfel und Karten: er schafft und er verschlingt Vermögen. Die Neugierde –, in der Welt, die wir bis zur Neige ausgekostet zu haben glaubten, sind die okkulten Wissenschaften die neue, große Sensation, überdies: ein Priester, der Gold macht, belehrt selbst den ärgsten Ketzer, um so mehr, wenn Seine Hochwürden, der Kardinal von Straßburg und Großalmosenier von Frankreich seinen Segen dazu gibt.

Man könnte glauben, Cagliostro wäre ein heimlicher Agent der Condorcet und Mirabeau: er betäubt mit seinen Hexenkünsten ihre Gegner, er fasziniert die Geister, er schläfert alles Mißtrauen ein, er lenkt die Einbildungskraft von der Nüchternheit des öffentlichen Lebens ab. Glauben Sie, es würde sich in Paris noch irgend jemand über die Belagerung von Gibraltar aufregen, wenn jeder Mann Gold machen könnte und jedes Weib das Elixier ewiger Jugend besäße?!

Wir sind in Trianon schon mitten in der Vorbereitung reizender Aufführungen zu Ehren der kommenden Gäste. Herr von Calonne, der mit den Finanzen Frankreichs die Griesgrämigkeit aller seiner Vorgänger erbte, – genau wie ein *petit-maître* seinen Witz verliert, wenn er anfängt, seine Schulden nachzurechnen –, sagte neulich mit düsterem Stirnfalten zur Königin: »Sie tanzen auf einem Vulkan, Majestät.« »Wenn wir nur tanzen!« lachte sie, »und das Parkett glatt genug ist. Was kümmert es mich, was sich darunter versteckt!« Und Cherubins Romanze trällernd, ging sie dem König entgegen, dem bei dem Ton des verbotenen Liedes jedesmal die Zornader schwillt.

Ich dagegen dachte noch immer mit einem angenehmen Schauder an den Vulkan. Mir scheint es weit reizvoller, mit einem Feuerwerk in die Luft zu gehen, als ängstlich in das Tal hinabzukriechen.

Was meinen Sie dazu, schönste Frau?

Der Prinz

Prinz Friedrich-Eugen Montbéliard an Delphine

Versailles, den 12. April 1782.

Teuerste Frau Marquise. Im Augenblick, da ich den Boden Frankreichs wieder betrat und die Jahre zwischen damals und heute ausgewischt erschienen, war mir, als müßte ich Ihnen zuerst begegnen, als könne das neue Leben nur beginnen, wenn der Stern über ihm strahlte, der meiner ersten Jugend geleuchtet hat. Erst als der brave Gaillard, der Sie zwar nie mehr sah, aber trotzdem nie aus dem Auge verlor, mir von Ihnen und Ihrem Kinde erzählte, und als Sie im Schloß von Versailles zum ersten Male wieder vor mir standen und mich nicht anders begrüßten als jeden Fremden, fühlte ich, daß mehr als Jahre, daß Schicksale die Gegenwart von der Vergangenheit trennen.

Wenn Sie, an das Leben der großen Welt gewöhnt, das alle Abgründe der Seele mit Lärm und Zerstreuung füllt, imstande sind, während der kommenden Anwesenheit meiner Schwester, die uns notwendig täglich zusammenführen wird, gleichmäßig fremd neben mir herzugehen, – ich, Delphine, der auf den Steppen und in den Urwäldern Amerikas mehr denken lernte als reden, und mehr empfinden als überlegen –, ich vermag es nicht!

Es gibt nur zwei Wege für mich: entweder wir löschen aus, was uns trennte, und reichen uns als gereifte Menschen, die über kindische Torheiten zu lächeln lernten, die Hand, oder –, ich gehe. Ich habe Sie bitter gekränkt, – ich weiß es – ich habe aber auch bitter um Sie gelitten! Darum verzeihen Sie mir, wenn ich Ihnen Unrecht tat, und ich will den Stachel aus meinem Herzen reißen, der noch immer in ihm brennt.

Ich erwarte keine schriftliche Antwort. Sie sollen sich nicht, von irgendeinem äußeren Einfluß gezwungen, an den Schreibtisch setzen, und ich will nicht eins jener Billette von Ihnen lesen müssen, aus dem ich nicht zu sehen vermag, ob sein Inhalt Empfindung oder Höflichkeit ist. Wir sehen uns heute in der Akademie. Ein Blick von Ihnen wird mir mehr sagen können als viele Worte.

Prinz Friedrich-Eugen Montbéliard an Delphine

Versailles, den 13. April 1782.

Was ich gestern nicht auszusprechen vermochte, weil ich fürchtete, der lange zurückgedämmte Strom meiner Gefühle möchte nur zu stürmisch emporquellen, das muß ich Ihnen heute sagen: Ich danke Ihnen für Ihren Blick, für Ihren Händedruck; ich danke Ihnen dafür, daß Sie leben, daß ich Sie sehen darf!

Als Condorcet zu sprechen begann, war ich noch so bewegt von Ihrer Güte, teure Delphine, daß ich dem Redner trotz all meines Interesses für seine Persönlichkeit, lange Zeit nicht zu folgen vermochte. Ich stand in der Fensternische und sah nur Sie! An mein Ohr schlugen Worte, aber in ihm klang nur Ihre weiche Stimme nach!

Erst allmählich kam ich zu mir und horchte. Wie oft hatte ich mich draußen danach gesehnt, einen der führenden Geister Frankreichs zu hören. Nun stand er vor mir; das 18. Jahrhundert ist das Thema seiner Rede; die Entwicklung der Freiheit wird er rühmen, dachte ich –, der Freiheit, für die wir drüben bluteten.

»Ein junger Mann, der heute unsere Schulen verläßt, hat mehr Kenntnisse als die größten Genies der Antike«, – sagte er. Man klatschte Beifall, die jungen Männer am lautesten, als müßten sie sich selbst applaudieren.

Im stillen Zelt, am Lagerfeuer jenseits des Weltmeeres war unsere einzige Lektüre, die uns aufrichtete wie die Bibel die guten Christen, der Plutarch gewesen. Sind wir wirklich an Kraft und Tugend den Helden des Altertums überlegen, weil wir das Gesetz der Schwere kennen, oder weil wir wissen, daß die Erde sich um die Sonne dreht?! Ich hatte noch nicht zu Ende gedacht, als ich Condorcet weitersagen hörte: »Jedes Jahr, jeder Monat, jeder Tag ist gleicherweise durch neue Entdeckungen und Erfindungen ausgezeichnet.« Aber ich habe nicht gefunden, daß Frankreich darum reicher und glücklicher geworden ist: die Spinnmaschine lockt arme Weiber in den Frondienst der Fabriken; die Elektrizität dient Nichtstuern zu amüsanten Experimenten, Blanchards famose Flugmaschine ist nichts weiter als ein neues Seiltänzerkunststück.

Und mit Emphase schloß der Redner, während seine Stimme melodisch anschwoll, als stände nicht der Gelehrte Condorcet, sondern der tragische Mime Le Kain auf der Tribüne: »Als Zeugen der letzten Anstrengungen der Unwissenheit und des Irrtums sehen wir, daß die Vernunft aus diesem langen schweren Kampf siegreich hervorgegangen ist, und können endlich ausrufen: die Wahrheit hat gesiegt! Die Vernunft ist gerettet.«

»Cagliostro!« rief jemand, und ein Degen klirrte heftig gegen die Dielen. Sie sahen sich erschrocken um; Sie fühlten wohl, daß nur ein Verwilderter wie ich sich so formlos hatte benehmen können!

Ich versichere Sie, die Empörung schnürt mir noch jetzt die Kehle zusammen: nach drei Jahren der Abwesenheit kehre ich wieder, finde den Ruin vor der Türe, die Angst um die Existenz in den Mienen eines Jeden, sehe die einen in sinnloser Furcht fremden Gauklern in die Arme laufen, die anderen ihren Zorn in nichts weiter als Reden und Journalartikeln Luft machen, und muß erleben, daß einer der Ersten im Lande die Vernunft für gerettet, die Wahrheit für siegreich erklärt!

Ach, Delphine, wer sich in die Einsamkeit zu flüchten vermöchte, fern all den wirren Stimmen der Gegenwart! Ich denke oft des weißen Schlößchens zwischen geschnittenen Laubengängen und des Schwanenweihers davor und des kleinen hellen Tempels auf grüner Wiese!

Aber die Zeit ist zu hart, als daß wir uns erlauben könnten, sentimental zu werden. Wir dürften nicht einmal fröhlich sein. Ich würde mich der Teilnahme an den kommenden Festen schämen, wenn Ihre Anwesenheit nicht alles entschuldigte. Nur zum Komödianten, mit anderen Worten: zum Spaßmacher der Gesellschaft, vermöchte ich mich nicht herzugeben; – es tut mir weh, daß Sie dazu imstande sind! Zürnen Sie mir nicht wegen meiner Offenherzigkeit! Das Verstecken alles wahren Gefühls hat die allgemeine Verlogenheit so sehr züchten helfen, daß ich lieber grob und grade bin wie die Amerikaner.

Graf Guy Chevreuse an Delphine

Versailles, am 6. Mai 1782

Ihre Absage, schönste Frau Marquise, können wir nicht gelten lassen; Sie stören unser ganzes Ensemble, die künstlerische Einheit und vor allem: das Vergnügen der Gäste, die reizendste der drei Grazien vor sich zu sehen. Der Vorwand schlechten Befindens gilt im Paris Cagliostros nicht, noch weniger der der schlechten Stimmung, die eine Marquise Montjoie weder haben und noch weniger bei ihrer Königin hervorrufen darf.

Ihre Majestät ist ernstlich gekränkt, und es ist nicht unmöglich, daß sie nunmehr befiehlt, nachdem sie umsonst gebeten hat. Setzen Sie sich dem nicht aus, Holdseligste; Ungnade schmeckt bitter. Ich habe mich gestern schon von einem Sturm allerhöchst schlechtester Laune bis in meine innersten Gemächer wehen lassen. Die Ursache ist gewichtig genug: Der Juwelier Boehmer wurde in Audienz empfangen, um ein Brillanthalsband vorzulegen, das an Pracht alles Dagewesene übertrifft. Die Gräfin Polignac schmückte Ihre Majestät damit, – eine Märchenprinzeß, der ihre Mutter, die Sonne, alle Sterne des Himmels um den Nacken legt, hätte sie nicht überstrahlen können. Nur die Freude, die ihre Augen erhellte, schuf noch glänzendere Edelsteine.

Sie ging damit zum König. Eine Viertelstunde verrann nach der anderen; auf dem Gesicht des Juweliers wechselte schon die Röte der Aufregung mit der Blässe der Angst; da hörten wir die bekannten Vorboten königlichen Zorns: rasche Schritte – Türenschlagen. Ihre Majestät erschien, – mit roten Augen und bebenden Lippen, das Halsband in zusammengeballter Hand.

»Da haben Sie Ihren Theaterschmuck,« sagte sie und warf ihn auf die Marmorplatte des Tisches, daß er klirrte. »Die Steine sind falsch.«

»Majestät,« stotterte der Mann entsetzt. Sie wies statt aller Antwort nach der Türe.

Der Herzog von Breteuil, den ich nachher sprach, vertraute mir an, daß nur der ungeheure Preis des Halsbands, – man forderte nicht weniger als anderthalb Millionen –, den König gezwungen habe, den Ankauf zu verweigern. Ehe ich heute abend entlassen wurde, erzählte ich der Königin von der Goldmacherkunst Cagliostros; sie hörte, sichtlich erheitert, zu und verwies der Gräfin Polignar ihre spöttischen Einwendungen.

»Und der Kardinal Rohan, sagen Sie, ist im Besitz des Geheimnisses?« frug sie interessiert; ich verbeugte mich stumm, sie versank in Nachdenken. Meine Anwesenheit schien sie zu vergessen, und schließlich entließ sie mich mit einer zerstreuten Handbewegung.

Heute früh war sie wieder in strahlender Laune, wollte aber trotzdem von Ihrem Rücktritt nichts wissen. Der Graf von Artois schlug die alte Herzogin von Montpensier zum Ersatz für Sie vor; – fürwahr ein glänzender Witz. Sie verlor kürzlich ihre letzten Goldstücke im Spiel und kokettiert seitdem nicht übel mit Monsieur Watelet, dessen Millionen sie sogar die Herzogskrone opfern würde. Er scheint nicht unempfänglich; für einen Bourgeois ist eine Herzogin immer dreißig Jahre alt!

Sie werden, wie ich höre, schon in nächster Woche als Gast des Hofes erwartet. Bis dahin müssen Sie sich entschieden haben!

Wir spielten schon einmal miteinander, schönste Marquise. Erinnern Sie sich des Spiels? Es war das entzückendste meines Lebens!

Herr von Beaumarchais an Delphine

Paris, am 18. Mai 1782.

Als ein Bettler, teuerste Frau Marquise, erscheine ich vor Ihrer Türe. Wer, der Sie kennt, könnte anders erscheinen?!

Ich sah Sie gestern im Theater. Der Prinz Montbéliard saß neben Ihnen. Auf der Bühne schwangen antike Helden ihre Riesenschwerter, rollten mit den Augäpfeln und deklamierten von ihrer Tugend. Ich war nahe daran, das gequälte Publikum, das trotz der Verschwendung von roten und blauen und grünen Beleuchtungseffekten nicht an die Echtheit des Griechentums vor ihm glauben mochte, auf Ihre Loge aufmerksam zu machen: hier waren Mars und Venus in eigner Person.

Sie lachten, während die Helden des Dramas einander mordeten; Sie neigten Ihr rosiges Ohr dem Flüstergespräch des Prinzen, während das Liebespaar auf der Bühne ewigen Abschied nahm – kurz, Sie waren von der Dichtung auf das angenehmste angeregt. Ich wollte Sie nicht stören, beeile mich aber, die Stimmung zu benutzen, die dieser warme Maientag sicherlich festhalten wird.

Ihre Kaiserliche Hoheit, die Großfürstin, hat auf mein untertäniges Gesuch, ihr »Figaros Hochzeit« vorlesen zu dürfen, schon von Stuttgart aus zustimmend antworten lassen. Da ich aber die Erfahrung gemacht habe, daß die Menschen um so höflicher sind, je höher sie auf der Stufenleiter des Ranges stehen, – Höflichkeit ist immer nur eine Maske oder ein Parfüm, das die gute Gesellschaft allgemein anzuwenden für gut befand, nachdem sie ihres natürlichen schlechten Geruches gewahr wurde –, so glaube ich dieser Zustimmung nicht eher sicher zu sein, als bis Tag und Stunde mir angegeben worden sind. Das wird schwer halten. Um so mehr als die Gräfin du Nord das Versprechen der Großfürstin von Rußland vielleicht glaubt nicht erfüllen zu müssen. Das Vergnügungsprogramm der nächsten Wochen läßt kaum eine Stunde des Tages aus. Ich bedarf einer Zauberin, um Figaro einschlüpfen zu lassen. Wer anders könnte das sein als Sie?! Das Bild Pariser Lebens, das den hohen Gästen vorgeführt werden soll, wäre wahrhaftig unvollständig, wenn mein Barbier neben Herrn Laharpe, der Euripides von den Toten erweckte, Madame Bertin, über deren Roben man die Trägerinnen vergißt, Marmontel, der das Geheimnis der schönen Verse Racines zu besitzen behauptet, und es so gut wie keiner zu wahren versteht, den Herren Gluck und Piccini, die dafür sorgen, daß die großen Geister von Paris etwas zu tun haben, – fehlen würde.

Sie wissen, ich habe geschworen, daß Figaro die Bühne erobert. Sie sind zu gute Christin, teuerste Frau Marquise, als daß Sie einem armen Sünder nicht helfen würden, seinen Schwur zu halten. Hat erst der Großfürst von Rußland mir Beifall gespendet, wird der König von Frankreich mich – aus Höflichkeit gegen den illustren Gast! – nicht verdammen können.

Marquis Montjoie an Delphine

Paris, den 20. Mai 1782.

Meine Liebe. Sie sind nach Versailles übergesiedelt, und wenn schon Ihr Leben eine ständige Flucht vor mir bedeutete, so ist es jetzt fast ganz unmöglich geworden, Sie allein zu sprechen: In aller Frühe beginnt mit dem Eintritt des Friseurs die Toilette, es folgen die Morgenspaziergänge mit der Königin, die Besuche und Diners, die Exkursionen zu Wagen und zu Pferde, die Nachmittagstees, die Bälle, das Theater, die Soupers –, wo bliebe bei alledem für den Gatten noch eine Zeit übrig, der, durch die »väterliche« Stellung, die Sie ihm anzuweisen die Gnade hatten, gewöhnt worden ist, auch, die wenigen Stunden Ihrer nächtlichen Ruhe zu respektieren?

Ich sehe mich infolgedessen zu brieflichem Verkehr gezwungen, wenn es sich um Fragen handelt, die weder vor der Dienerschaft, noch zwischen zwei Tänzen erledigt werden können.

Sie besitzen die Gunst der Königin und haben als Französin in diesen außerordentlich schweren Zeiten die Verpflichtung, sie nicht nur zu genießen, sondern guten Zwecken nutzbar zu machen. Es dürfte Ihnen bei den Neigungen der Königin nicht schwer fallen, einem Manne wie dem Grafen Cagliostro, der all ihre unbefriedigten Wünsche zu erfüllen vermöchte, Zutritt zu verschaffen. Der Dienst, den Sie damit Frankreich geleistet haben würden, wäre von unschätzbarer Bedeutung. Zwar ist der Graf Ihnen antipathisch, – die Furcht vor dem Unerklärbaren hält Sie von ihm zurück, – aber seine Fähigkeit, Gold zu schaffen, haben Sie mit eigenen Augen gesehen. Und nur auf diese Fähigkeit, – die unbedeutendste vielleicht, die er besitzt –, käme es an.

In letzter Zeit, wo er in fiebernder Erwartung der Stunde harrt, die ihn zum Retter Frankreichs machen soll, ist sie in merkwürdigster Weise erlahmt. Ein anderer könnte an ihm irre werden. Ich aber verstehe, daß gegenüber dem Schicksal eines ganzen Landes, das Schicksal des Einzelnen zurücktreten muß. Überdies weiß ich ja, daß mit der Erreichung des großen Zieles auch meine Interessen gewahrt werden.

Noch eins: Rohan setzt alle Hebel in Bewegung, um Cagliostro durch sich und sich durch Cagliostro bei der Königin einzuführen. Es bedarf um so weniger dieses Umwegs, als ich an der Ehrlichkeit der Absichten Rohans irre geworden bin. Er ersehnt, wie ich fürchte, die Rehabilitierung bei Hof und den momentan vakanten Posten des Kanzlers mehr um seine Finanzen als um die Frankreichs aufzubessern.

Marquis Montjoie an Delphine

Paris, den 21. Mai 1782.

Sie lehnen es ab, meine Liebe?! »Gerade weil die Königin in gefährlicher Weise zu diesen Dingen neigt, will ich es nicht sein, die sie ins Unglück stürzt,« schreiben Sie. Verblendete! Sie verspielen vielleicht Ihre eigene Zukunft! Aber wir sind nicht so schwach, als daß mit Ihrer Weigerung unsere Hilfsquellen erschöpft wären!

Kardinal Prinz Louis Rohan an Delphine

Paris, am 24. Mai 1782

Verehrteste Frau Marquise. Noch stehe ich unter dem Eindruck des Staunens, den unser kurzes Gespräch in der Oper hervorrief. Sie wollen für einen alten Freund Ihres Hauses, wie ich es zu sein mir schmeicheln darf, kein gutes Wort bei der Königin einlegen?! Sie wünschen auch nicht den Schein zu erwecken, als gehörten Sie in die Reihe jener Intrigantinnen, die Frankreich als ihre melkende Kuh betrachtet haben?! »Nur auf geraden Wegen werden große Ziele erreicht,« – ich würde über diese Sentenz aus Ihrem blühenden Rosenmunde gelächelt haben, wenn nicht ein Blick auf Ihren illustren Nachbarn, der als Führer amerikanischer Rebellen gegen die geheiligte Majestät des Königs von England gekämpft hat, mich über ihren Ursprung und über ihren Sinn belehrt hätte.

Er ist der Freund Ihrer Kindheit, wie ich höre? Wie rührend ist eine solche Treue, die selbst die – Freundschaften mit Karl von Pirch, Guy Chevreuse, Guibert, Beaumarchais überdauert!

Die entzückende Königin von Golconda auf der Bühne vermochte keinen Blick des Prinzen Montbéliard auf sich zu lenken; Bestries, der Abgott aller Damen, tanzte für die Marquise Montjoie umsonst!

Besinnen Sie sich noch einmal, schönste Frau; ein Rohan ist ein gefährlicher Feind, selbst wenn er in Ungnade ist.

Herr von Beaumarchais an Delphine

Paris, am 27. Mai 1782.

Wo gäbe es eine Anrede für Sie, die imstande wäre auszudrücken, was ich sagen möchte?! Der gestrige Abend war im wechselvollen Feldzug meines Lebens der Einzug durch bewimpelte Siegespforten!

Die Szenerie war so unvergleichlich wie die Akteure des Stückes, das der Rahmen meiner Komödie war: Der rote Salon im weichen Licht duftender Kerzen; vor dem weißen Kamin, dessen knisternde Flammen meine Vorlesung begleiteten wie eine darauf abgestimmte Melodie, die stolze Gestalt der Großfürstin im leuchtend-gelben Atlaskleide; auf dem Taburett ihr zu Füßen der kleine Gemahl mit dem häßlichen Slawengesicht, das man um seines Geistes willen lieben muß; dicht dahinter, geschmückt wie ein Pfau, aufgeblasen wie ein Truthahn, Monsieur Laharpe, von dessen immer gelber sich färbenden Zügen ich den Grad meines Erfolges ablas, neben ihm, klug wie immer den Schatten suchend, der Ausdruck und Meinung Geheimnis bleiben läßt, der Baron Grimm, der Freund aller unruhigen Geister und Korrespondent aller Potentaten. Auf der andern Seite aber meine reizende Gönnerin, von den durchsichtigen Falten himmelblauen Seidenmusselins weich umflossen, frische Rosen in den Haaren und ein Gesichtchen darunter, vor dem alle Blumen der Welt beschämt erbleichen müssen.

Wissen Sie, daß ich während des ganzen Abends mit Ihrer Schönheit kämpfte wie mit dem gefährlichsten aller Rivalen?! Lenkte sie doch die Aufmerksamkeit von Figaro ab; der Prinz Yousoupoff richtete immer wieder seine schwarzen runden Augen auf Ihre blendenden Schultern; es bedurfte der drastischsten Witze um ihn loszureißen. Und der Graf Kurakin schien die geschwungenen Linien ihrer Füßchen studieren zu wollen, – erst Cherubins Liebesseufzer lenkten ihn ab. Trotzdem besiegte ich Sie nicht ganz, holde Zauberin, – den Prinzen Montbéliard, dessen gebräuntes Antlitz nur dann einige Bewegung verriet, wenn seine Blicke in die Ihren tauchten, gab ich auf!

Heute früh bereits bekam ich den Auftrag, meine Komödie der Kaiserin von Rußland einzusenden. Und das Frankreich der Enzyklopädisten, das sich rühmt, die höchste Kultur der Welt zu repräsentieren, verbietet ihre Aufführung! Zu gleicher Zeit erhielt ich die Nachricht, daß Voltaires Werke freigegeben wurden, – sie scheinen danach weniger gefährlich als Figaros Streiche!

Noch ein paar Jahre Kampf, – mit Ihnen als Bundesgenossin, schönste Marquise, noch ein paar Jahre Finanzwirtschaft des Herrn von Calonne, – und der Barbier besiegt den König!

Graf Guy Chevreuse an Delphine

Versailles, am 7. Juni 1782.

Teuerste Marquise – verzeihen Sie die Störung im Morgengrauen. Wir sind in schrecklicher Aufregung und fürchten einen Skandal von unabsehbarer Tragweite, wenn wir Sie nicht unbedingt zu den Unseren zählen dürfen. Die Intimen des Herzogs von Choiseul, der Herzog von Brissac und der Marquis de la Suze haben bereits während der Nacht das Gerücht verbreitet, die Königin habe während des gestrigen Festes in Trianon dem Kardinal Rohan in der Fischerhütte ein Stelldichein gegeben. Vor Tau und Tage haben sie die Nachricht dem König überbracht. Es gab beim Lever Ihrer Majestät einen Auftritt, wie ich ihn noch nicht erlebte. Die Lakaien liefen vom Lärm erschrocken, aus allen Winkeln zusammen! Die Königin leugnet alles. Sie beruft sich auf Sie, die Sie stets in Ihrer Nähe gewesen seien, auf mich, auf den Grafen Vaudreuil, auf Madame Campan, auf die Prinzessin Lamballe. Wir dürfen sie nicht im Stiche lassen, – wir dürfen nicht!

Man will den Schloßkastellan, der, wie es scheint, den Kardinal heimlich einließ, auf die Straße werfen. Er droht mit der Veröffentlichung der ganzen Affäre. Geschieht das, so haben wir bei der Stimmung in Paris noch heute die Revolution in den Straßen.

Der Überbringer des Billetts ist zuverlässig, übergeben Sie ihm Ihre Antwort und teilen Sie mir mit, ob Sie mich in einer Stunde ungefähr empfangen können.

Prinz Friedrich-Eugen Montbéliard an Delphine

Versailles, den 7. Juni 1782.

Geliebteste! So greift der Arm der Kabale bis in unser Geheimnis! Er reißt uns grausam aus dem süßen Traum dieser Nacht! Um mich hätte die Welt zusammenstürzen können, ich sah nur Sie, die Sie die Sehnsucht meines ganzen Lebens gewesen waren, ich hörte nur Ihre Stimme, die mir sagte, was ich nie zu hören gehofft hatte. Im Rausche höchster Seligkeit untergehen –, wäre es nicht vielleicht das beneidenswerteste Schicksal gewesen?!

Ich fühlte Sie plötzlich in meinen Armen erschauern; ich sah Ihre Augen, aus denen noch eben die Glut der Liebe mir entgegengestrahlt hatte, sich vor Entsetzen weiten, und ehe ich noch selbst um mich zu sehen vermochte, flüsterten Sie mit blassen Lippen: »Der Kardinal!« Ein Feuerrad, das auf dem Rasen hinter dem Laubengang, der uns verdeckte, Flammengarben nach allen Richtungen schoß, beleuchtete grell die schwarzvermummte Gestalt, die roten Strümpfe und Absätze darunter. Und wenige Schritte davor die weiße, schlanke Erscheinung, – und die stille Fischerhütte!!

Es war ein Weib, und meine Ritterpflicht ist es, dieses zu schützen. Aber es war die Königin, und meine Bürgerpflicht gebietet mir, sie preiszugeben. Die absolute Monarchie, an der dies arme Land langsam verblutet, würde einen Stoß empfangen, von dem sie sich nie mehr aufzurichten vermöchte!

Wenn ich trotzdem schweige, – nur schweige, denn ich wäre außerstande, das Gegenteil von dem zu bezeugen, was ich sah, – so unterwerfe ich mich damit dem einen, ungeheuren Gefühl, das wie ein Unwetter alle Dämme niederreißt, die der Verstand mühsam baute, alle Leuchttürme umwirft, die die Pflicht aufrichtete, um irrenden Schiffen Wege zu weisen: der Liebe, Delphine, zu Ihnen!

Sie haben die Königin gerettet, – durch eine Lüge! Und mich, geliebteste Frau, bitten Sie um Verzeihung deshalb?! O, daß ich die weichen Lippen um dieser Lüge willen, die sie aussprachen, küssen dürfte! Für das Weib ist rührende Tugend, was für den Mann eine schimpfliche Erniedrigung wäre.

Wäre ich der Beichtvater, zu dem Sie mich machen wollen, ich würde Sie freilich zu einer Buße verpflichten. Jetzt komme ich nur mit einer Bitte um unsrer Liebe willen – unserer, meine Delphine!

Sie ist so rein, – aber der giftige Atem dieser Gesellschaft droht, sie zu beschmutzen. Sie ist so tief, – aber die spürende Lüsternheit rings um uns wird kein Mittel scheuen, sie bis auf den Grund zu erforschen. Sie ist so heilig –, aber das ekle Gezücht der Hofschranzen wird alles daran setzen, sie ihren schmutzigen Zwecken dienstbar zu machen. Wir müssen sie retten –, sie ist vielleicht im Augenblick das beste auf der Welt.

Drüben, in der Nähe der Wälder, deren üppige Pracht noch keines Menschen rohe Faust entweihte, wo die Natur den Bewohnern auf eigenen Händen ihre Schätze entgegenträgt, wird sie frei atmen und zu wundervoller Schöne sich entfalten können.

Ich finde leicht ein Schiff, das uns hinüberträgt, und weiß hundert Arme, die sich uns zum Willkomm entgegenstrecken. Lassen Sie Ihr Herz entscheiden!

Prinz Friedrich-Eugen Monibéliard an Delphine

Paris, den 9. Juni 1782.

Eben erst komme ich von Ihnen, noch den Hauch Ihres Mundes auf meinen Lippen, von dem ich nicht begreife, daß ich ohne ihn, der mich erst zum Leben erweckte, jemals habe atmen können! – und schon muß ich in Gedanken wieder bei Ihnen sein.

Selbst die Wunden, meine Delphine, die Sie schlagen, tun wohl. Ich wiederhole mir jedes Ihrer Worte; mein inneres Auge sieht sie, als stünden sie in Marmor gemeißelt vor mir: »Es kann nicht sein. Es wäre der Tod des alten Mannes, dessen Namen ich trage,« sagten Sie. »Ich habe ihm viel zuleide getan, und er hat schließlich alles ertragen. Er ist mir in der schwersten Zeit Freund und Pfleger gewesen, ohne mich daran zu erinnern, daß er auch Gatte ist. Und als er mich erinnerte, hat er gegenüber meiner Abwehr seine Rechte nicht geltend gemacht, wie er durfte. Jetzt ist er krank und vergrämt, – ich würde mich ihm gern in Freundschaft nähern, wenn ich nicht fürchtete, daß er es anders auffassen könnte – ; nur eins kann ich für ihn tun: den Skandal, den er über alles fürchtet, von ihm fern halten.«

Und dann, als Sie fühlten, wie Ihr »Nein« mich traf, sangen Sie mir unter Küssen und Tränen das Hohelied der Liebe, wie ein sterbliches Ohr es noch nie vernommen haben kann.

»Ich habe nie aufgehört, mich der Ehe zu schämen,« begannen Sie, »das verbriefte Recht auf Liebe ist der Liebe Tod. Liebe muß zwischen zwei Menschen das größte Geheimnis sein, wie sie das tiefste aller Mysterien ist. Auf den schwindelnden Höhen hoher Berge, die nur die Stärksten erreichen, in der Stille grüner Wälder, zu denen nur Weltflüchtige die Wege finden, sollen ihre Tempel stehen. Und auch dort dürften nur wenige im verborgensten Heiligtum die letzte Weihe empfangen.«

Zürne mir nicht, angebetete Frau, daß ich Worte zu wiederholen wage, die ohne den Klang Deiner Stimme nur stumme Vögel sind!

Prinz Friedrich-Eugen Montbiliard an Delphine

Versailles, den 1. Juli 1782.

Nur noch einen Gruß – einen letzten vor Ihrer Abreise nach dem Gebirge! Daß ich mich Jahre von Ihnen zu trennen vermochte, wo vierzehn Tage mir wie eine Ewigkeit schienen!

Ich folge Ihnen nach Barrêge-les-Bains, der Verabredung gemäß, sobald der Hof Versailles verlassen hat.

Als ich gestern von Ihnen ging, traf ich den Herrn Marquis. Im trüben Licht der Öllampe an der Tür erschien er mir sehr blaß. Er grüßte mich mit einem Lächeln, das mein Herz zittern machte. Ich bin darum die ganze Nacht vor Ihren Fenstern auf- und abgegangen. Aber nichts rührte sich, und Ihr zärtliches Billett heute morgen beruhigte mich vollends.

Ich küsse Ihre weiße Stirn, damit kein Gedanke hinter ihr wach wird, der einem anderen gehört als mir, und Ihre weichen Arme, daß sie in Fesseln liegen, bis ich sie löse, um sich um meinen Hals zu schlingen, und Ihre roten Lippen, daß kein Liebeswort ihnen entschlüpfen möge, bis die meinen den Zauber brechen!

Prinz Friedrich-Eugen Montbéliard an Delphine

Paris, am 25. September 1782.

Geliebte Frau! Nun tobt der Lärm der Straßen wieder um mich, und mitten in der Menge fühle ich mich sehr allein. Aber während ich noch eben glaubte, nach Wochen seligsten Glücks im Schmerz der Trennung vergehen zu müssen, fühle ich plötzlich, wie reich, wie stark meine Delphine mich gemacht hat, – so reich, daß ich ihren Besitz empfinde, auch wenn sie fern von mir ist, so stark, daß ich es ertragen kann, sie nicht mehr neben mir zu wissen.

Einer meiner ersten Wege führte mich nach dem Palais-Royal. Waren es die Monate der Ruhe, die mir das Leben dort so erregt erscheinen ließen, oder ist das Fieber, das alle erfaßt hat, tatsächlich in der Zwischenzeit so gestiegen? Unsere klägliche Niederlage vor Gibraltar, die Bedingungen, unter denen der Frieden mit England verhandelt wird, bilden das Thema aller Unterhaltungen. Ich hörte Gaillard in einer eng geschlossenen Gruppe von Zuhörern eine Rede halten, die der Haß gegen die Regierung und die Liebe zum Vaterlande mit gleichem Feuer durchglühten.

»Warum sind wir an den Felsen Gibraltars gescheitert?« rief er aus; »weil unser Heer vom Ruhm der Vergangenheit zehrt, statt den Ruhm der Zukunft in täglicher Arbeit vorzubereiten. Hunderttausende sind fortgeworfen worden, um die famosen schwimmenden Batterien d'Arcons zu bauen, die Englands glühende Kugeln in wenigen Stunden in Brand geschossen haben, statt daß dieselben Hunderttausende verwendet worden wären, um aus hungernden Arbeitslosen kräftige Soldaten zu machen. Niemals werden Maschinen Männer ersetzen!.. Warum werden wir beim Friedensschluß tatsächlich die Unterlegenen sein? Weil ein Volk, das keine Knechte mehr kennt, unser Gegner war. Weil statt verantwortlicher Minister, statt eines Pitt und eines Fox, feile Höflinge die Regierung in Händen haben ... Und trotzdem preise ich diesen Krieg, für den wir uns in seinem Beginn begeisterten, – weil er uns im strahlenden Lichte des Freiheitskampfes der Amerikaner erschien, – und der uns ein so bitterer Lehrmeister wurde. Mehr als durch alle Bücher der Philosophen ist uns durch ihn eingeprägt worden, was uns fehlt. Und wir haben gelernt, was wir lernen mußten, wenn anders unser eignes Vaterland nicht zugrunde gehen soll: für Ideale zu bluten.«

Der häßliche kleine Mann wurde schön, während er sprach. Ich konnte nicht anders, als ihm dankbar und hingerissen die Hand zu schütteln wie einem Kameraden, dann aber, als ich mich umsah unter denen, die ihm Beifall klatschten und sich in der Kommentierung seiner Worte ins Maßlose verloren, kam – ich will's nicht leugnen – etwas wie ein Gefühl innerer Feindschaft über mich. Diese Männer mit den rohen Begierden, beherrscht vom Rachedurst, mehr als vom Durst nach politischer Freiheit, sollten je die Macht in ihren harten Fäusten haben?! Wäre letzten Endes die Tyrannei der Masse nicht fürchterlicher als die des Einzelnen?

Als ich dann am Abend einer Einladung unseres neuen Schatzmeisters der Marine, Herrn Boutin, nach seinem herrlichen Lustschloß gefolgt war, wo eine Gesellschaft von einigen hundert Herren auf goldenen Schüsseln mit allen Delikatessen der Welt bewirtet wurde, schämte ich mich eines Gefühls, das zwar einem Aristokraten natürlich, für einen Bürger des heutigen Frankreich aber nichts als ein Zeichen jämmerlicher Feigheit ist. Selbst wenn die Masse uns erdrücken sollte, hat nur die Gerechtigkeit gesiegt. Wir haben unser Leben verwirkt.

Verzeiht mir meine süße Delphine, daß es Momente gibt, in denen meine Gedanken sich von ihr verirren? Du mußt verzeihen; denn sieh: auch die allerentferntesten lege ich schließlich Dir, meine einzig Geliebte, zu Füßen!

Werde ich bald von Dir hören und wissen, wie Du die Reise bis Straßburg überstanden hast? Und wann, Geliebteste, – ach wann! – werde ich Dich wieder umarmen können?!

Prinz Friedrich-Eugen Montbéliard an Delphine

Paris, den 8. Oktober 1782.

Wie Du mich glücklich machst! Wie jedes Deiner Worte mich berührt! O, daß ich jetzt die Flügel hätte, die Monsieur Blanchard der kommenden Menschheit prophezeite!

Es bedurfte nicht mehr Deiner rührenden Bitte; meine eigene brennende Sehnsucht zieht mich unaufhaltsam zu Dir. Ich werde über Montbéliard, wo meine Anwesenheit dringend nötig ist, – seit dem Tode meiner guten Mutter bin ich nicht mehr dort gewesen –, im Laufe des nächsten Monats nach Straßburg gehen. Die Geschäfte, die ich dort in Verbindung mit meinen Besitzungen im Elsaß habe, rechtfertigen meine Anwesenheit.

Seit meinem letzten Brief bin ich mit den verschiedensten Menschen in Berührung gekommen. An der Unhaltbarkeit der gegenwärtigen Zustände zweifelt niemand – außer dem Hof von Versailles! Die Königin tanzt und spielt Theater –, selbst die Wohltätigkeit, die sie ausübt, sieht einem sentimentalen Rührstück ähnlich. – Der König jagt, und empfängt, um sein Verständnis für den Geist der Zeit zu markieren, hie und da einen biederen Bourgeois, dem er jovial auf die Schulter klopft und den er – wenn er reich genug dazu ist – adelt. Dann reden die Träumer wieder ein paar Tage lang von der »Leutseligkeit des Monarchen.«

»Die Schwäche, die weder das Übel zu verhindern, noch das Gute zu fördern weiß, befestigt die Tyrannei« –, für diese Sentenz ist Diderot kürzlich nur mit knapper Not der Bastille entgangen!

Ich war auch in Saint-Quen bei Herrn Necker und kehrte enttäuscht zurück. Man muß in seinen Ansprüchen sehr bescheiden geworden sein, um ihn für bedeutend zu halten. Er läßt sich vom Strom der öffentlichen Ereignisse hin und her werfen und ist dabei natürlich außerstande, ihn in die richtigen Bahnen einzudämmen. Eine überraschende Erscheinung ist seine Tochter; sie gleicht ihren Eltern nur in einem Rest nüchternen Genfertums; ihre prachtvollen Augen, ihre schöne Gestalt versöhnen mit ihrer sonstigen Häßlichkeit. Ihre überlegene Klugheit zwingt zur Bewunderung. Trotzdem ist sie mir in tiefster Seele antipathisch. Nicht ohne Mitleid mit den Männern der Zukunft möchte ich sie für einen Typus kommender Frauen halten. Wie glücklich preise ich mich, daß ich die holdseligste Inkarnation des achtzehnten Jahrhunderts noch mein nennen darf!

Ich traf den Grafen Guibert bei ihnen. Die Art seines Verkehrs mit der Familie Necker ließ auf seine Intimität im Hause schließen, was mich nach seiner bisherigen Stellung zur Neckerschen Politik nicht wenig in Erstaunen setzte. Der Reiz Fräulein Neckers besiegte alle Bedenken der Überzeugung! Männer wie er sind zugleich die Voraussetzung und die Konsequenz solcher Frauen.

Weißt Du, Geliebteste, daß ich meiner Schweigsamkeit wegen bekannt bin?! Vor Dir werde ich zum Schwätzer: jedes kleinste Ereignis, jedes vorüberhuschende Gefühl, jeden auftauchenden Gedanken habe ich das Bedürfnis, Dir mitzuteilen. Ich glaube, diese vollkommene geistige Hingabe unterscheidet Liebe von Liebelei.

Prinz Friedrich-Eugen Montbéliard an Delphine

Etupes, den 26. Oktober 1782.

Mit den letzten, blassen Rosen aus Etupes sende ich diesen Gruß, Du Einzige, zu Dir. Ich ging allein durch die verwachsenen Laubengänge, und, tiefer Andacht voll, sank ich vor dem Tempel der Venus in die Knie. Wie eine Erleuchtung kam es über mich: seitdem ich Dich einstmals dort fand, Delphine, habe ich Dich nie verloren!

Prinz Friedrich-Eugen Montbéliard an Delphine

Straßburg, den 3. Januar 1783.

Der Kurier brachte mir heute früh die erschütternde Nachricht, daß der Neffe des Kardinals, der Prinz Rohan-Guéménée Bankrott gemacht hat. Ich teile sie Dir, Geliebteste, unverzüglich mit, weil auch Deine Freundin Clarisse ihr Vermögen dabei verloren haben dürfte. Zahllose arme Leute, unter anderem seine eigene Dienerschaft, die dem Prinzen in ehrfürchtigem Vertrauen ihr bißchen Erspartes überließen, hat sein verbrecherischer Leichtsinn an den Bettelstab gebracht. Daß die Empörung eine allgemeine ist und statt des Zorns gegen die Vorrechte der Stände, den persönlichen Haß gegen den einzelnen Aristokraten züchtet, ist nur allzu begreiflich.

Ich habe heute, zum Teil auch infolge dieses Ereignisses, sehr viel Korrespondenz zu erledigen und muß mich daher des Glücks Deiner Nähe berauben.

Sieh, meine Delphine, nun steht dieser Satz schwarz auf weiß auf dem Papier, damit Du selber erfahren sollst, daß ich nahe daran war. Dich zu belügen! Nein: es gibt keine Arbeit, die mir die Möglichkeit nehmen könnte. Dich, – und wäre es nur auf Minuten –, in meine Arme zu schließen. Aber zuweilen ist mir, als könnte ich mich vor mir selbst nicht mehr sehen lassen, geschweige denn vor Dir! Gestern, als der Marquis zum ersten Male, seit ich in Straßburg bin, den Abend mit uns verbrachte und das Gespräch nur schwerfällig von der Stelle kroch, von Pausen unterbrochen, die endlos schienen, wobei Du jedesmal von wachsender Glut überhaucht das Köpfchen senktest, während er, schmal, müde, grau, die blassen Hände auf dem dunklen Samt der Armlehne matt ausgestreckt, mit den tief in ihren Höhlen ruhenden Augen langsam von Dir zu mir herüberblickte, – da fühlte ich mit nagendem Schuldbewußtsein das Entsetzliche unsrer Lage. Nicht daß mir uns lieben, Geliebte, ist schuld, sondern daß wir es vor ihm verbergen wie ein Verbrechen!

Ich kann nicht leben ohne Dich, und ich kann doch so nicht leben!

Laß mir den einen Tag, damit ich zu mir selber komme!

Graf Guy Chevreuse an Delphine

Chateau Larose, am 25. Januar 1783.

Teuerste Marquise. Meine arme Schwester ist von dem schweren Schlag, der sie getroffen hat, so erschüttert, daß sie noch nicht imstande ist, Ihren liebevoll teilnehmenden Brief zu beantworten; sie bittet mich, es an ihrer Stelle zu tun.

Ich kann nicht leugnen, Allerschönste, daß ich trotz des Unglücks, das den Anlaß zu diesem Schreiben bietet, die Gelegenheit freudig ergreife, wieder in Verbindung mit Ihnen zu treten. Zwinge ich doch auf diese Weise Ihr Auge, wenigstens auf meiner Schrift zu ruhen!

Sie sind ungeduldig? Gemach, ich komme bereits zur Sache! Clarisse hat fast ihr ganzes Vermögen verloren, was sie um so härter berührt, als sie infolgedessen fürchten mußte, in Abhängigkeit von einem Gatten zu geraten, der sie fortgesetzt betrügt. Aber kaum erfuhr unsere Königin von dem Unglück, als sie ihr aus freien Stücken eine Rente anbieten ließ, die den Zinsen ihres einstigen Besitztums entspricht. Wenn irgendetwas uns an Ihre Majestät noch fester hätte fesseln können, so ist es diese große Gnade, die vielleicht mehr noch um der Art, wie sie gewährt wurde, zu schätzen ist als um ihrer selbst willen.

Die Königin leidet; es gibt Stunden, wo sie stumm vor sich hin brütet und niemand von uns die Stille zu unterbrechen wagt, die gespenstisch den Saal beherrscht. Aber sobald jemand aus dem Kreise ihrer nächsten Umgebung Kummer hat, ist sie die erste, die hilft und tröstet, und dabei ihre alte Fröhlichkeit wiedergewinnt. Sie fand sogar, was allgemein auffiel, scharfe Worte, um die offene Schadenfreude der Partei Choiseul angesichts des Bankrotts der Rohan zurückzuweisen.

Ein Ausspruch der Herzogin von Grammont macht die Runde in Paris: »Die Rohans,« so sagte sie, »beanspruchen seit langem den Titel eines souveränen Hauses. Man darf hoffen, daß ihre jetzt enthüllte Geldwirtschaft der letzte Beweis für die Berechtigung ihrer Prätensionen, ist.«

Die Familie Rohan hat übrigens alles getan, um die Ehre ihres Namens zu retten: der Kardinal hat von seinem Schloß Savenne, wo er sich mit Cagliostro völlig einzuschließen scheint, die Nachricht von dem Bankrott mit der Zusicherung namhafter Summen beantwortet, – man akzeptiert sie nicht ohne leichtes Gruseln, da ihre Herkunft unter Umständen aus der Garküche Beelzebubs stammt! Die kleine Prinzessin Guéménée-Soubise hat ihre Juwelen geopfert; die Prinzessin Marsan nahm den Schleier und opferte ihr ganzes Vermögen der Ehre der Rohan.

Aber rührender als alle diese im Grunde selbstverständlichen Opfer der Nächststehenden ist folgende Geschichte:

Wir saßen beim Souper im Hotel Guimard; der Champagner hatte uns in die goldenen Tage völliger Sorglosigkeit zurückversetzt; in griechischem Gewände tanzte die entzückende Herrin des Hauses auf dem Parkett zwischen den üppig gedeckten Tafeln. Zum erstenmal führte sie uns vor, womit sie demnächst das große Publikum zu begeistern gedachte: eine antike Schale in der Hand, wiegte sie den schlanken Körper auf den nackten Füßen, um allmählich ihre Bewegungen, bei denen jede Linie ihrer Gestalt plastisch hervortrat, bis zum Taumel bacchantischer Lust zu steigern. Mit wogendem Busen, die Schale, die ich ihr füllte, in einem Zuge leerend, stand sie schließlich still, als vor dem Sultan der Oper, dem Prinzen Soubise, die Flügeltüren sich öffneten. Der Jubel über den Tanz verstummte bei seinem Anblick. Er brachte die Nachricht von dem Bankrott, der seine Tochter am schwersten treffen mußte. Ohne ein Wort zu sprechen, begab sich die Guimard an ihren Sekretär, schrieb ein paar Zeilen, reichte sie stumm ihren Kolleginnen vom Ballett, die sämtlich ihren Namen darunter setzten. Es war der formelle Verzicht auf die Rente, die der Prinz ihnen allen ausgesetzt hatte, zugunsten der verarmten Dienerschaft der Prinzessin Guömonee-Soubise! Sind sie nicht zum Küssen, diese kleinen lasterhaften Mädchen?

Wann wird Versailles Sie wiedersehen, reizende Marquise? Um das geschehene und das drohende Unheil zu vergessen, planen wir ausgelassenere Feste denn je.

Prinz Friedrich-Eugen Montbéliard an Delphine

Straßburg, den 11. März 1783.

Tränen, Geliebte, habe ich dir erpreßt – zum erstenmal! Ich würde mich töten lassen, wenn ich sie dadurch trocknen könnte, aber zu handeln vermag ich nicht anders, selbst wenn ich weiß, daß Du darum weiter weinst!

»Ich gebe mich Dir ohne Reue hin,« sagtest Du vorwurfsvoll. Verstehst Du denn nicht, Delphine, daß eines Weibes Liebe alles heiligt, während über der Liebe des Mannes seine Ehre steht? Ich weiß recht gut: Die Hofherrn von Versailles sind stolz darauf, einen Ehemann so raffiniert als möglich zu betrügen; ihr Ehrgefühl steht auf derselben Stufe wie das Gefühl, das sie Liebe zu nennen sich nicht mehr schämen. Ich aber fühle es mit wachsender Angst: die täglichen, häßlichen Heimlichkeiten, die verschlossenen Zimmer, die Furcht vor jedem Schritt, die Scheu vor den Augen der Lakaien, sind imstande, selbst meine große Liebe zu Dir in den Schmutz der Auffassung jener Männer herabzuziehen.

Ich muß fort, nicht weil ich aufhörte, Dich zu lieben, sondern weil ich Dich zu sehr liebe. Die Rolle des galanten Kavaliers liegt mir nicht. Erst wenn ich fern bin, werde ich wieder des ganzen Glücks unserer Liebe froh werden. Und erst dann, dessen bin ich gewiß, wirst Du mich verstehen lernen.

Über die Zukunft nachzudenken, bin ich im Augenblick dieses schrecklichen inneren Aufruhrs außerstande. Nur eins ist mir gewiß: daß nichts, am wenigsten die äußere Entfernung, uns zu trennen vermag.

Prinz Friedrich-Eugen Montbéliard an Delphine

Paris, den 6. April 1783.

Wie hätte ich mich in Dir täuschen können? Mit solcher untrüglichen Sicherheit würde Liebe nicht wählen, wenn Du nicht alles erfülltest, was ich von Dir träumte. Nur eine Liaison kann ein Ende nehmen –, gleichgültig ob sie durch das Sakrament der Ehe geheiligt wurde oder nicht –, wenn die Sinne sich nicht gegenseitig täglich aufpeitschen.

Meine Reise hierher war voller Abenteuer. Vielleicht wollte das Schicksal mir helfen, meine Gedanken abzulenken. Die Wege sind schlechter denn je, – es gibt kaum noch einen Bauern, der für ihre Ausbesserung Frondienste leisten will –, zuweilen sogar in offenbarer Absicht mit großen Steinen besät. Zweimal brach infolgedessen ein Rad meines Wagens; es erschienen im Augenblick zweifelhafte Gestalten in zerlumpten Röcke, die mit den Händen in den Hosentaschen zusahen, wie meine Diener sich mühten, den Schaden wieder gutzumachen. In meiner Herberge verweigerte man mir Futter für die Pferde; schon gab ich Befehl zum Aufbruch, als der Wirt nach einem kurzen Gespräch mit dem Kutscher es mir aufdrängte, ohne eine Bezahlung annehmen zu wollen. Wie ich erfuhr, hatte der Name meines Kriegskameraden Lafayette genügt, ihn umzustimmen. Als ich weiterfuhr, hatte sich die ganze Bewohnerschaft des Ortes um mich versammelt, und in der Stille der Nacht tönten mir noch lange ihre Rufe nach: »Es lebe die Freiheit!« – »Es lebe die Republik!«

Hier empfingen mich alarmierende Nachrichten. Die Schrift Mirabeaus über die Haftbriefe und die Staatsgefängnisse war trotz ihres Verbots in aller Händen. Sie ist eine glänzende Leistung voll Mut und Feuer, die die persönlichen Verfehlungen des Verfassers ganz vergessen läßt. Es gibt Zeiten, in denen Tatkraft und Kühnheit von so überwiegender Bedeutung sind, daß sie alle anderen Tugenden aufwiegen.

In den Cafés bilden noch immer die Ereignisse des letzten Opernballes den Gesprächsstoff, und auf der Straße den Gegenstand derber Chansons. Die Königin, die vollkommen maskiert und bis zur Unkenntlichkeit vermummt gewesen sein soll, wurde sofort – wahrscheinlich durch den Verrat eines Lakaien – erkannt und mit Späßen verfolgt, über die sie sich zunächst amüsierte, was natürlich ihre Dreistigkeit nur steigern half. Erst als eine Maske in Kardinalstracht sich ihr näherte und trotz aller Bemühungen nicht von ihr wich, brach sie schließlich in Tränen aus und entfernte sich rasch. Niemand hörte, was die Maske sprach; nur Guibert behauptet gesehen zu haben, daß sie ihr einen gefüllten Geldbeutel anbot. Erst widrige Szenen wie diese müssen die Monarchen davon in Kenntnis setzen, daß die auf ihren Empfang durch Hofansagen und Polizeimaßnahmen nicht vorbereitete Menge eher zu Pöbeleien als zu spontanen Huldigungen bereit ist.

Meine Feder stockt. Wie unwesentlich kommt mir vor, was ich schreibe, neben dem einen großen Gefühl, das mich beherrscht und das sich nicht in Worte fassen läßt. War es nicht doch Wahnsinn, daß ich von Dir ging? Ist nicht alles – alles einerlei, wenn ich nur Dich habe?! Delphine, Du geliebte Frau, was hast Du aus mir gemacht?! Das ganze Gebäude meines Lebens ist wie ein Kartenhaus vor dem Hauch Deines Mundes.

Prinz Friedrich-Eugen Montbéliard an Delphine

Versailles, am 3. Mai 1783.

Hast Du mich so lange auf einen Brief von Dir warten lassen, Geliebteste, damit alle anderen Empfindungen von der Glut meiner Sehnsucht verzehrt werden?! Und nun fragst Du mich, als wüßtest Du nicht im selben Augenblick schon die Antwort: »Darf ich kommen?« Wenn es zwischen uns etwas gäbe, das nur im entferntesten einem Befehl oder einem Verbot ähnlich sähe, so würde ich sagen: »Du mußt!« Du mußt, denn wenn ich auch lebe, atme, spreche, so bin ich es doch nicht selbst: mein ganzes Ich ist ja bei Dir! Nichts als ein Automat geht durch die Straßen von Paris, über das Parkett von Versailles. Komm, komm, so rasch deine Pferde den Weg von Froberg hierher zurückzulegen vermögen!

Die Königin frug oft nach Dir. Der liebenswürdige Empfang, der mir zu teil wurde, hatte mich zu der Hoffnung verleitet, sie vielleicht beeinflussen zu können. Aber schon die vierzehn Tage, die ich wieder in ihrer Umgebung bin, haben mir bewiesen, daß es nicht möglich ist. Sind es die Folgen der Monarchenerziehung, die sie zwingen, ihr eigentliches Wesen zu verstecken; oder – ist sie nicht anders, als sie sich zeigt? Ich habe versucht, ernstere Interessen wachzurufen, aber nichts vermag sie zu fesseln, was nicht eine persönliche Beziehung zu ihr selber hat: die Kunst nur, wenn sie ihre Schlösser schmückt, ihre Langeweile vertreibt, die Finanzen Frankreichs nur, insofern sie ihr Budget beeinflussen. Sie ist niemals glücklicher, als nach einer Toilettenkonferenz mit Madame Bertin oder nach einem Besuch Monsieur Boehmers.

Schlimm genug, wenn ein König nichts anderes zu sein vermag als der Träger der Krone, schlimmer noch, wenn eine Königin die Erde, auf der sie steht, nur insoweit bewertet, als sie ihr Nährboden ist!

Du schreibst mir noch, wann Du kommst. Ich wage nicht eher daran zu glauben, als bis ich Dich sehe, bis meine Arme Dich umschließen. Liebte ich Dich so wenig, daß ich sie jemals öffnen konnte, um Dich von mir zu lassen?

Herr von Beaumarchais an Delphine

Paris, am 10. Juni 1783.

Teuerste Marquise. Ihre Rückkehr nach Paris ist für den Aberglauben eines Glaubenslosen wie der Aufstieg weißer Tauben über dem Tempel Apollos.

Seit drei Monaten proben die Schauspieler der Comédie française meine Komödie, seit acht Wochen habe ich das Versprechen des Grafen von Artois, daß sie auf der Bühne von Versailles das Licht der Welt erblicken wird, – denn wo sie auch immer zur ersten Aufführung gelangt, und wäre es im kleinsten Theater vor einem Dutzend Zuschauer: es wird die Welt sein, die sie damit erobert!

Aber erst Ihre Ankunft, die Aussicht, Sie vor dem Vorhang zu wissen, im Augenblick, wo er sich meinem Triumphe öffnet, bietet mir die Gewähr dafür, daß er nicht schließlich doch geschlossen bleibt.

In drei Tagen ist die Aufführung. Nachher werden Sie mir gestatten, Ihnen die Hand zu küssen,

Herr von Beaumarchais an Delphine

Versailles, Freitag den 13. Juni.

Soeben – fünf Stunden vor dem Beginn der Vorstellung – überbringen die uniformierten Boten des Marschalls Duras und des Polizeileutnants von Paris den Schauspielern und mir den Befehl des Königs: Figaros Hochzeit darf nicht gespielt werden.

Ludwig von Frankreich wirft mir seinen Fehdehandschuh vor die Füße. Ich, Caron Beaumarchais, nehme ihn auf. Jetzt ringen wir nicht mehr um die Daseinsberechtigung eines Stückes, sondern um die eines Standes!

Herr von Beaumarchais an Delphine

Paris, den 3. Juli 1783.

Verehrte Frau Marquise! Der Abend bei Ihnen war deliziös! Um Ihretwillen nehme ich das ganze achtzehnte Jahrhundert in den Kauf; ja, ich wäre geneigt, wenn der Herrgott mich zu seinem verantwortlichen Minister ernennen wollte, es in Permanenz zu erklären.

Die Bekanntschaft mit dem Grafen Vaudreuil, die Sie vermittelten, ist unschätzbar. Ich fahre bereits morgen nach Gennevilliers, um die Bühne zu besichtigen, eventuell in aller Eile, – der Graf gab mir plein pouvoir, – umbauen zu lassen, und dann – !!

Seitdem der aerostatische Globus in die Lüfte stieg, und die Brüder Montgolfier sich anschicken, in eigener Person allem, was Flügel hat – den Adlern und den Engeln, den Amoretten und der Phantasie – Konkurrenz zu machen, rückt das Unmöglichste in den Bereich der Möglichkeit, – also auch die Geburt des Kindes meiner Laune.

Sie sollten nur hören, mit welch wahrhaft patriotischem Schmerz unsere Kaffeehauspolitiker die wachsenden Ausgaben erörtern, die die unabweisliche Schaffung einer Luftflotte notwendig verursachen wird, wie sie mit der Ausgestaltung der glücklichen Idee beschäftigt sind, für diejenigen, die vergebens auf einen irdischen Ministerposten warten, ein neues Departement der Lüfte einzurichten, und wie ernste Vaterlandsfreunde sich mit der brennenden Frage beschäftigen, was zu geschehen hat, um England beizeiten zu verhindern, daß es das Reich des Aeolos nicht usurpiert, wie es das des Poseidon bereits usurpierte. Was mich in Gedanken an all die luftigen Zukunftsmöglichkeiten am meisten lockt, ist die Aussicht, ganz sacht emporzusteigen und, mit einem guten Fernrohr bewaffnet, in aller Ruhe dort oben abzuwarten, bis unser Planet sich soweit gedreht hat, damit sich mein Ballon eines schönen Abends auf China herablassen kann. Für französische Dichter, Philosophen und Freiheitsschwärmer muß es ein ideales Land sein!

Marquis Montjoie an Delphine

Froberg, den 20. Juli 1783.

Meine Liebe! Für Ihre freundliche Erkundigung nach meinem Befinden danke ich Ihnen bestens. Ihr Interesse dafür hätte ich nicht erwartet. Von einer Reise nach Paris will ich in diesem Jahre absehen. Seine Vergnügungen sind mit zu anstrengend und zu kostspielig. Ich ziehe die stille Arbeit in meinem Laboratorium vor. Da Sie vor dem Spätherbst nicht zurückzukehren gedenken, wird es Sie nicht genieren, wenn der Graf Cagliostro, der vor kurzem aus England wieder hier eintraf, sich bei mir aufhält, sobald der Kardinal ihn freiläßt.

Ich wünsche Ihnen so viel Amüsement, als Ihre Gesundheit und Ihr seelisches Gleichgewicht es irgend ertragen kann.

Prinz Friedrich-Eugen Montbéliard an Delphine

Versailles, den 1. August 1783.

Du klagst über meine finsteren Mienen; Du grämst Dich, Geliebteste, weil Du meinst, ich verschwiege Dir aus Schonung irgend einen geheimen Schmerz. Ach, Du weißt nur zu gut, was mich quält! Ich ertrage die lächelnden Fratzen nicht und die vielsagenden Mienen und das heimliche Flüstern um uns her! Ich habe oft die Empfindung, als stündest Du – Du, mein Heiligtum! – aller Hüllen bar vor den lüsternen Augen der Menge. Unwillkürlich faßt meine Hand nach dem Degen – .

Wie war es gestern auf dem Champ de Mars angesichts der ungeheuren Menschenmasse, die in atemloser Spannung den Aufstieg Mongolfiers mit dem Marquis d'Arlandes als erstem seiner

Passagiere erwartete? Die Equipagen der Hofgesellschaft hielten nebeneinander; zu Fuß und zu Pferde umdrängten die Kavaliere die Damen darin. Als ich kam, suchte Dich mein Blick nicht lange, denn wo der Kreis am dichtesten war, da warst Du – »die schöne Montjoie« – »die süße Delphine« – »die Rose der Vogesen«. Wie die anderen trat ich heran und grüßte Dich. Und alles wich mit verständnisinnigem Ausdruck zur Seite, – etwa wie zu Zeiten Ludwigs XV. die Damen des Hofs, wenn die *maîtresse en titre* hineingerauscht kam. Ich verbeugte mich stumm und ging davon, ohne mich von Deinen schönen, tränenfeuchten Augen rühren zu lassen. Ich beneidete den Luftschiffer, der in der Lage war, auf Nimmerwiedersehen in den Wolken zu verschwinden.

Laß mich Dich von nun an nur in Deinem stillen Zimmer sehen; morgens, ehe die Nichtstuer ihren Tageslauf mit Besuchen beginnen, mittags, wenn die von tausend Klatschgeschichten Erschöpften sich zurückziehen, und nachts. Du geliebteste Frau, wenn ein gütiges Dunkel allen neugierigen Blicken den Zugang verwehrt.

Herr von Beaumarchais an Delphine

Paris, den 26. August 1783.

Teuerste Marquise! Mein erster Weg nach meiner Rückkehr aus London war nicht zum Grafen Vaudreuil, sondern zu Ihnen. Ermessen Sie daraus, was ich für Sie empfinde! Und an Ihrer Türe erfahre ich, daß Sie krank sind –, grade jetzt!

In drei Wochen müssen Sie gesund sein, und wenn ich Ihnen die Wunderdoktoren der ganzen Welt verschreiben sollte! Haben Sie es schon mit den neuesten Heilweisen: den Zuckerkügelchen Herrn Dillons, dem Mäusefett Madame Renards, der elektrischen Behandlung Doktor Durands versucht?! Sie sind ja nicht Madame La France, der es für alle Kuren durch erste Autoritäten am Notwendigsten fehlt: am Gelde! Sie wird sich darum die Behandlung eines Barbiers gefallen lassen müssen, die Arme!

Darf ich auf Nachricht hoffen, sobald Sie mich empfangen können?

Herr von Beaumarchais an Delphine

Paris, den 12. September 1783.

Sie sind nirgends zu sehen, Ihre Fenster sind verhängt –, und doch grübeln Sie nicht im einsamen Laboratorium über das Geheimnis des Goldmachens! Ihre Türe bleibt mir verschlossen, und doch sah ich einen Gast, dem sie sich öffnete.

Fürchten Sie nichts: was sich laut oder leise gegen Gesetz und Herkommen empört, steht unter Figaros Schutz.

Wissen Sie, daß ich aus diesem Grunde beginne, eine sehr hochgestellte Dame unter meine Schützlinge zu zählen?! Sie denken vielleicht an die Herzogin von Bourbon, die ihrem ungetreuen Gatten mit gleicher Münze zahlte, an die kleine Prinzessin Chartres, die, während ihr Gemahl bei Madame Genlis die – Harfe spielen lernte, mit seinem schönen Adjutanten – Duette sang, oder an die hübsche Condé, die in süßer Mädchenunschuld von irgend einem unsichtbaren Gott erobert wurde, und, – wahrscheinlich zur Belohnung ihrer Heiligkeit! – doch noch einen Prinzen königlichen Geblütes fand, der sie zum Altar, aber nie zum – Bett geleitete? Gehen Sie auf diesem Gedankengang nicht weiter, meine Schöne; er ist zwar fast endlos, aber er führt doch nicht zu meiner Dame.

Ich wollte Ihnen erzählen, was mir begegnete, in Ihren ausdrucksvollen Augen Neugier, Bewegung, Erschrecken lesen, kurz –, all die Empfindung, die Ihr Mund mir aus Diskretion verschweigen würde. Soll ich nun schweigen? Ich bin zu sehr Dichter, als daß ich es ertragen könnte, den spannenden Akt des Schauspiels, den ich sah, – der zweifellos weder der erste noch der letzte gewesen ist! – ganz für mich zu behalten. Hören Sie also:

Ich gehe, wie Sie wissen, nur des Nachts spazieren. Wenn die Körper sich ihrer Paruren entledigen, die rote Farbe von den gelben Wangen wischen, die Lockenperücke von dem kahlen Kopfe nehmen, die schönen reinen weißseidenen Strümpfe mit dem üppigen Wadenpolster von den schmutzigen, dürren, haarigen Beinen ziehen, dann entkleiden sich auch die Geister. Auch ihre Nacktheit ist nicht immer erfreulich, aber stets unglaublich interessant. Ich sah Marschälle von Frankreich als blutige Revolutionäre, Erzbischöfe als Teufelspriester, und auch Possendichter als tragische Helden, Hetären als Madonnen, Königinnen als – . Schweigen wir, um endlich zu meinem Abenteuer zu kommen!

Im Parke von Versailles war es. Niemand in Frankreich hat solch gesunden Schlaf wie seine Wächter, und in jener Stunde vollends hemmte kein Ruf, kein Säbelklirren meinen Schritt. Spätsommernacht. Der erste leise Duft der Verwesung, – viel sinnenverwirrender noch als die ersten unschuldigen Frühlingsgerüche, – lag schwer über dem Park.

Da hörte ich ein Rascheln, dann ein Knirschen im Kies, – ich versteckte mich rasch hinter dem nächsten Boskett, – nicht um den Späher zu spielen, sondern um das Liebespaar ungestört zu lassen. Aber die Männer und Frauen, die in Mäntel gehüllt hin- und herhuschten, führte nicht Liebessehnen zueinander. Zuweilen zuckte ein scharfer Strahl verborgener Blendlaternen unter den Mänteln hervor. Schon wollte ich die Wache alarmieren, »Diebe!« schreien, – doch mein Blick fiel auf zarte Füßchen, elegante Schnallenschuhe.

Und plötzlich zogen sich die Gestalten zurück. Drei andere tauchten auf: ein schlanker Elegant, nur eine Halbmaske vor dem Gesicht, vielleicht: – der Graf Chevreuse! – ein kleinerer folgte ihm; ich sah den seidenen Mantel des Priesters, die Tonsur auf dem unbedeckten Kopf, vielleicht: – Rohan, der Kardinal! – und dann ein Weib, das Haupt von Schleiern umweht, unkenntlich, aber von einer Haltung! – vielleicht – : die Königin Marie Antoinette. Ich hielt den Atem an. Die drei sprachen kein Wort. Irgend ein dunkles Etwas legte der Priester in zwei Hände, so schneeweiß, daß sie zu leuchten schienen. Pariser Klatsch fiel mir ein: daß Rohan sich mit dem famosen Halsband Boehmers die Gunst der Königin erkaufen wolle –, aber ich hatte keine Zeit, nachzudenken. Wieder ein Rascheln, ein Knirschen, – ich rieb mir die Augen; vielleicht war alles nur nächtlicher Spuk! Vielleicht hat es mich gerade darum so erschüttert; ich glaubte bisher nicht an Geister.

Ist der Graf Chevreuse nicht Ihr Freund? Warnen Sie doch durch ihn die Dame mit der verräterischen Gestalt! Nicht alle unberufenen Lauscher sind Figaro!

Graf Guy Chevreuse an Delphine

Versailles, am 15. September 1783.

Der Gedanke, verehrteste Marquise, daß ich mich bei meinem gestrigen Besuch ungeschickt benahm, erregter zeigte, als es der Sache entsprach, – einer offenbaren Dienstbotenaffäre, wie ich Ihnen schon versicherte, – nötigt mich zu diesen Zeilen. Die Parkwächter sind bereits aufs strengste instruiert, nächtlichen Spuk der Art nicht mehr zuzulassen. Um alle Ihre Befürchtungen zu zerstreuen, möchte ich Ihnen noch versichern, was ich gestern, – empört über die Verdächtigung unserer teuren Königin, – zu sagen vergaß: ich befand mich in derselben Nacht in Paris bei der Guimard; sie und alle ihre Gäste würden meine Anwesenheit bezeugen. Und Ihre Majestät hatte sich, wie mir die Prinzessin Lamballe erzählte, wegen starker Kopfschmerzen bereits um neun Uhr zur Ruhe begeben.

Die Pariser sehen überall Gespenster, seit Cagliostro Geister erscheinen läßt.

Daß Sie hartnäckig dabeibleiben, nicht nach Gennevilliers fahren zu wollen, bedaure ich nicht nur um meinetwillen. Sie warnten mich; darf ich Ihnen meine Dankbarkeit für Ihre gute Absicht auch durch eine Warnung beweisen?

Es ist oft sehr unklug, krank zu sein!

Wenn ich hoffe, Ihnen bei dem versprochenen Bericht über den großen Tag sagen zu können, daß man Sie – und den Prinzen! – nicht zu sehr vermißte, so müssen Sie fühlen, daß ich nicht aus Unhöflichkeit, sondern aus Freundschaft diese Hoffnung hege.

Graf Guy Chevreuse an Delphine

Versailles, den 27. September 1783.

Daß Sie nicht dabei gewesen sind! Es war ein Tag ohnegleichen: Die Straße nach Gennevilliers von früh an überflutet mit Karossen und Reitern; die Säle des Schlößchens überfüllt von allem, was durch Schönheit, Geburt, Geist und Reichtum Paris zur Zentralsonne des Erdballs macht; dabei jene fieberische Spannung auf allen Zügen, die die Augen leuchten und jeden glauben läßt, daß der beschleunigte Herzschlag nichts als das Zeichen der Kraft und der Jugend ist. Man vergaß in der Erwartung die neuesten Skandale und Chansons, von denen man sonst zu leben pflegt. Der Saal war kaum imstande, die Masse der Gäste zu fassen. Noch hatte sich der Vorhang nicht geteilt, und schon lag es wie Gewitterschwüle über allen Köpfen. Sie steigerte sich mit jeder Szene. Recht und Gesetz, Moral und Religion, Philosophie und Politik –, all das zog in den Gestalten des Guzmann und des Bartholo, des Basilio und der Marzeline, des Almaviva und des Figaro auf der Bühne an uns vorüber, wurde besprochen, verhöhnt, mit den Geißelhieben des Witzes blutig geschlagen. Und wir saßen da, wie gebannt, zwischen Empörung und Beifall, Zähneknirschen und Gelächter hin und her gerissen.

War es die Erregung, die heiß aus allen Poren drang, war es das Feuer der zahllosen Kerzen, – die Sonne der Sahara kann nicht glühender sein als die Luft, die wir atmeten. Schon hörte ich Schreckensrufe ohnmächtig werdender Damen, als die Scheiben der hohen Fenster in gleichmäßigen Intervallen klirrend zerbrachen: Beaumarchais selbst schlug sie mit der Krücke seines Stockes ein, um die Frische von draußen hereinzulassen. Erst als sie mir den Kopf umwehte, wurde mir klar, daß sein Stück wie ein Sturmwind über uns weggefegt war.

Er wurde mit Beifall überschüttet. Kein Zweifel, daß er nun in kurzer Zeit die öffentliche Aufführung seines Werkes durchsetzen wird. Ob es uns dann noch ebenso amüsiert? Ich lache gern über mich selbst, aber es wäre das Zeichen einer gefährlichen Gleichstellung, wenn der Pöbel sich je erlauben sollte, über mich zu lachen.

Die meisten Gäste, die Graf Vaudreuil nicht zu logieren vermochte, fuhren in der Nacht noch zurück. Die Pariser Ärzte werden zu tun haben; es regnete in Strömen, und bei den aufgeweichten Wegen und der fast undurchdringlichen Finsternis bewegten sich die Wagenreihen mit ihren frierenden Insassen nur ganz langsam vorwärts.

Ich fuhr mit Herrn von Wurmser. Er ist in sehr gedrückter Stimmung. Sollte er in seinem Vertrauen zu Cagliostro zu weit gegangen sein? »Ich fürchte, die Zeit der Goldmacher ist vorüber und die der Barbiere gekommen,« meinte er bitter.

Marquis Montjoie an Delphine

Schloß Froberg, den 2. Oktober 1783.

Meine Liebe. Ihre Absicht, das seit langem unbenutzte Schloß Laval zu ihrem Aufenthalt zu wählen, noch dazu jetzt, wo der Winter vor der Türe steht, ist befremdend. Da es aber ausschließlich Ihr Besitztum ist und Sie, wie mir scheint, nur zwischen diesem und irgendeinem andern Ort wählen wollen, um weiter von mir getrennt zu leben, so will und kann ich Ihre Entschlüsse nicht beeinflussen. Ihre Erlaubnis vorausgesetzt, werde ich einen Teil der Dienerschaft nach Laval senden, um wenigstens das Notwendigste für Sie vorzubereiten.

Mir geht es gut.

Prinz Friedrich-Eugen Montbéliard an Delphine

Montbéliard, den 19. Oktober 1783.

Meine geliebte Delphine. Wie recht Du hattest: schon atme ich freier in der trauten alten Umgebung; schon sehe ich, wie viel hier vernachlässigt wurde, seitdem mein Bruder, der regierende Herzog, sich ganz auf seine preußischen Besitzungen zurückgezogen hat, wie ich alle Kräfte anspannen muß, um die Folgen jahrelanger Mißwirtschaft durch gewissenlose Verwalter wieder gutzumachen. Daß ich notwendig bin, daß Arbeit meiner wartet, macht mich schon froh.

Ich ritt heute nach Laval, – den schönen Waldpfad, der mich täglich zu meinem Engel führen soll. Klopfenden Herzens sah ich die altersgrauen Türme vor mir aufsteigen, aus deren Fenstern das süße Köpfchen eines kleinen Mädchens mir einst schelmisch entgegennickte.

Im Schloßhofe fand ich reges Leben: man lud von hochbepackten Wagen Möbel und Kisten und Kasten ab. Sonderbar: mir schnürte der Anblick, der doch ein Zeichen Deines Nahens ist, das Herz zusammen! Ich fühlte, daß hier die Sorge dessen waltet, der Dich mir stumm überläßt –, ob aus verächtlicher Gleichgültigkeit, oder aus großmütiger Entsagung, beides ist gleich niederdrückend.

Aber ich will Dich nicht wieder quälen, Du armes Herz, die Du mir alles zu Liebe tust und so grenzenlos um mich leidest!

Marquis Montjoie an Delphine

Schloß Froberg, am 1. November 1783.

Meine Liebe! Es bedarf nicht des Dankes. Ich habe nur meine Pflicht getan, indem ich das Schloß Ihrer Väter, aus dem ich einst ein unwissendes Kind entführte, für seine Rückkehr empfangsbereit machen ließ. Ich wünsche nur eins: von Zeit zu Zeit, – nach vorheriger Ansage, – empfangen zu werden, um möglichem Getuschel böser Zungen die Spitze abzubrechen. Da ich Anfang nächsten Jahres in Sachen meiner Vermögensverwaltung nach Paris zu gehen beabsichtige, werde ich mir erlauben, mich in den Weihnachtstagen nach Ihrem Befinden zu erkundigen.

Prinz Friedrich-Eugen Montbéliard an Delphine

Montbéliard, den 6. Januar 1784.

Heute nur einen zärtlichen Gruß, Geliebteste. Ich kann nicht kommen; Scharen von Landleuten strömen in die Stadt und sammeln sich vor dem Schloß. Die fürchterliche Kälte treibt sie her, aber obwohl ich fast allen Vorrat an Holz und Nahrungsmitteln verteilen ließ und die Erlaubnis gab, den Wald von Navire zu schlagen, nehmen vor allem die fremden Leute eine drohende Haltung an. Ich habe die Ställe und die Reitbahn öffnen lassen, um wenigstens den Frauen und Kindern Unterkunft gewähren zu können.

Mein Bote ist beauftragt, Deine Antwort entgegenzunehmen und sich durch eignen Augenschein zu überzeugen, ob Laval in Sicherheit ist. Im Notfall lasse ich selbstverständlich alles im Stich und komme zu Dir.

Prinz Friedrich-Eugen Montbéliard an Delphine

Montbéliard, den 7. Januar 1784.

Geliebteste! Fürchte Dich nicht. Wie kann mir etwas geschehen, da ein Engel wie Du mich mit seiner Liebe schützt! Der Reitknecht erzählte mir alles, selbst gerührt von dem, was er gesehen hatte: im Rittersaal von Laval die Menschenmenge, blasse Gesichter, zerlumpte Kleider, magere, von Frostbeulen bedeckte Glieder, von den glühenden Scheiten im Kamin grell beleuchtet. Du selbst mitten unter ihnen, furchtlos auch angesichts der rohesten Gesellen!

Ich schicke Dir heute ein paar handfeste Leute zum Schutz. Ein Feuersignal auf dem Bergfried, und ich selbst bin in kürzester Frist bei Dir.

Prinz Friedrich-Eugen Montbéliard an Delphine

Etupes, den 9. Januar.

Landstreicher erbrachen das Schloß. Ich warf sie mit meinen Leuten hinaus. Ein Schuß traf mich in die Hüfte. Ich habe nur einen Gedanken: Dich. Mein Reitknecht jagt dem Wagen voran, der mich zu Dir bringt. Niemand außer ihm und dem Kutscher kennt das Ziel der Fahrt.

Baron von Wurmser an Delphine

Straßburg, den 10. Februar 1784.

Verehrteste Frau Cousine. Vergebens habe ich versucht, Sie hier und in Froberg aufzusuchen und erfuhr erst dort, daß Sie sich in Laval befinden. Nach langem, inneren Kampf halte ich es für meine Pflicht, Ihnen folgende Mitteilung zu machen: der Graf Cagliostro ist ein Betrüger. Die Kräfte, die er besitzt, – und ich hörte und sah zu viel, als daß ich an ihnen zu zweifeln vermöchte, – hat er in teuflischer Weise benutzt, um seine Opfer zu fangen. Auch ich gehöre zu ihnen. Das kleine Vermögen, das ich besaß, ist in seinen Händen. Ich dachte daran, ihn ohne weiteres arretieren zu lassen, aber ich habe keine Beweise, und die Zeugen, die ich nennen könnte, würden teils aus Feigheit, teils aus Angst, sich lächerlich zu machen, versagen; außerdem ist dem Grafen alles Geld, das er erhielt, freiwillig gegeben worden. Mich selbst kann ich nicht mehr retten, vielleicht aber andere.

Um klar zu sehen, habe ich mein Mißtrauen noch nicht laut werden lassen und habe vor wenigen Tagen einer Sitzung im Palais des Kardinals beigewohnt, an der sich außer dem Hausherrn und mir nur Ihr eben aus Paris wieder zurückgekehrter Herr Gemahl beteiligte. Man erwartete so etwas wie ein Wunder; Haufen Goldes lagen bereit, die ja von jeher die Voraussetzung aller Experimente waren. Je länger die Versuche resultatlos blieben, desto erregter wurde der Kardinal. »Ich bin verloren – ich und sie!« schrie er schließlich in fassungsloser Verzweiflung. Und als der Graf als Antwort grell auflachte, stürzte er sich auf ihn, packte ihn mit eisernem Griff an die Kehle und brüllte mit der Stimme eines wilden Tieres: »die Million oder – .« Wir rissen ihn los und während ich noch um den Tobenden beschäftigt war, verließ Cagliostro mit dem Marquis das Zimmer.

Rohan reiste gestern nach Paris. Der Marquis hat sich mit dem Schwindler eingeschlossen; er vertraut ihm um so mehr, als er seine Kräfte nun für sich allein in Anspruch nehmen zu können hofft.

Nur Sie, teuerste Cousine, können den Verblendeten retten und damit Ihre eigene Existenz. Was Sie auch immer von ihm trennen, was Sie in Laval festhalten mag, kommen Sie rasch! Könnten Sie den Marquis sehen, wie er gebeugt, mit zitternden Knien durch die Straßen schleicht, rotgeränderte, des Schlafs entwöhnte Augen über den spitz hervortretenden Backenknochen, – das Mitleid würde Sie zu ihm führen, auch wenn er Ihnen ein Fremder wäre.

Marquis Montjoie an Delphine

Straßburg, den 15. Februar 1784.

Meine Liebe. Ihr Anerbieten ist gut gemeint, aber Ihre Besorgnis unbegründet. Ich bin gesund. Meinetwegen brauchen Sie Laval nicht zu verlassen. Die chemischen Experimente, mit denen ich mich beschäftige, sind rein wissenschaftlicher Natur. Es kann Sie nur beruhigen, daß diese Tätigkeit mir alles ersetzt, was ich bisher als Lebensinhalt betrachtet habe: den Hof, die Politik, die Frauen.

Ich höre, daß Sie im Schloß so etwas wie ein Hospital eingerichtet haben. Frauen, Kinder und Greise finden bei Ihnen Schutz vor Hunger und Kälte, auch Kranke werden gepflegt. Das ist sehr lobenswert und wird einer frommen Frau wie Ihnen die Freuden von Versailles vergessen machen.

Der Vetter Wurmser, nach dem Sie fragen, widmete sich neuerdings eifrig in Verbindung mit Herrn Adorn der Konstruktion eines neuen aerostatischen Globus. So findet jeder eine Ablenkung von Gedanken und Erinnerungen, die nicht immer belustigend sind.

Herr von Beaumarchais an Delphine

Paris, am 30. April 1784.

Schönste Marquise. Sie lieben nur die Unterlegenen und finden größeren Genuß darin zu trösten, als zu bewundern? Denn seit Figaro triumphiert, sind Sie ihm untreu geworden. Ich aber dachte mitten im tobenden Theater an Sie; ich suchte Ihr reizendes Köpfchen in allen Logen; mir fehlte die Herzenskönigin, vor der der Sieger im Turnier das Knie beugt, um von ihr allein den Kranz zu empfangen.

Figaro hat gesiegt, Frau Marquise! Und er hat Gedanken aus dem Gefängnis feiger Köpfe befreit, Stummen die Sprache gegeben und Blinden das Gesicht. Bald gibt es in Paris kein Fischweib mehr und keinen Lastträger, der ihn nicht jubelnd begrüßt hätte; Hunde und Katzen ruft man an allen Straßenecken mit seinem Namen; mit Hüten und Mänteln à la Figaro schmücken sich Dirnen und Hofdamen, so daß sein Name schließlich auch denen gellend in die Ohren klingt, die ihn verdammen.

Es war eine Komödie in der Komödie: Von früh an belagerten die Eintrittheischenden die Pforten des Theaters. Vornehme Frauen hielten, um rasch ein Plätzchen zu erhaschen, stundenlang in den Toilettenzimmern kleiner Schauspielerinnen aus. Herzoginnen kämpften mit Freudenmädchen um einen Sitz. Ganz Versailles war im Theater. Der König muß sehr verlassen gewesen sein!

»Worin besteht das Handwerk des Höflings?« frug Figaro; »im Empfangen, im Nehmen, im Fordern« –, und die Herren und Damen in den Logen hörten erblassend den brüllenden Beifall des Parketts.

Wahrhaftig noch toller als mein Stück ist sein Erfolg!

Der laute Lärm erstickte tagelang alles heimliche Flüstern, das immer schärfer, immer feindlicher durch die Hintertüren der Schlösser kriecht.

Sie erinnern sich des Schauspielaktes, den ich sah. Nun: die vornehmen Akteure und Aktricen machen nicht den Eindruck, als ob der Schluß, wie der des Figaro, in Chansons bestehen würde. Selbst der Graf Chevreuse, – er muß als Knabe meines Cherubin Zwillingsbruder gewesen sein, – hat seinen Leichtsinn so sehr verloren, daß die Guimard ihm den Laufpaß gab.

Warum ich Ihnen schreibe? aus Eitelkeit und aus Neugierde. In Frankreich zieht sich eine schöne Frau wie Sie nur aus drei Gründen von der Welt zurück: entweder sie hat die Blattern, oder einen Blaubart zum Mann, oder ihren Lakai zum Geliebten. Da keiner dieser Gründe auf Sie zutreffen kann –, die Blattern würden sich schämen, ein Gesicht wie das Ihre zu zerstören, der Marquis hat sich dem Teufel verschrieben, und Sie haben zu viel Geschmack für eine Liebschaft mit einem Bedienten; so fragt sich alles, was hindert Sie, uns zu beglücken?!

Ich suche nach einem neuen Stoff für ein Stück. Vielleicht liefern Sie ihn mir, wenn es sich um keine Tragödie handelt.

Marquis Montjoie an Delphine

Straßburg, im Juli 1784.

Meine Liebe. Damit Sie nicht aus den Journalen davon erfahren, teile ich Ihnen mit, daß Baron Wurmser gestern beim ersten Aufstieg im Ballon Monsieur Adorns verunglückt ist. Er brach beim Absturz aus einer Höhe von kaum dreißig Metern beide Beine. Die Ärzte geben Hoffnung, ihn am Leben zu erhalten. Ich sprach ihn heute. Er hat mir Grüße an Sie aufgetragen und mich ausdrücklich gebeten, Ihnen zu erzählen, daß er sich nun erst tatsächlich »nicht auf der Höhe erhielt«.

Ich habe heute noch eine Bitte an Sie. Meine Gesundheit ist nicht die beste; ein Aufenthalt in Spa würde mir gut tun, und es wäre mir erwünscht, wenn Sie mich begleiten wollten. Alle unliebsamen Gerüchte würden durch diese gemeinsame Reise im Keime erstickt. Falls Sie zustimmen, werde ich sobald als möglich meine weiteren Dispositionen treffen.

Prinz Friedrich-Eugen Montbéliard an Delphine

Montbéliard, den 25. Juli 1784.

Das war ein böser Ritt: in der schwülen Nacht, die fern am Horizont nur fahle Blitze hie und da erleuchteten, das Herz von Kummer schwer, die Stirne heiß von Zorn. Zorn auf Dich, meine süße Delphine, die Du unser Glück zerstörst aus lauter grausamer Güte!

Weil einen alten Mann plötzlich die Laune packte, sich mit seinem schönen jungen Weib der Welt zu zeigen, warst Du sofort bereit, ihm zu willfahren? Du behauptest ihm Dank schuldig zu sein. Wofür?! Weil er Dir Freiheit läßt. Tut er es vielleicht aus Güte, oder nicht vielmehr aus Selbstsucht? Er stört Dich nicht, weil er in seinem dunklen Beginnen nicht gestört sein will. Und weil er unsere Beziehungen nicht sieht, nicht sehen will, hältst Du ihn für einen entsagenden bewundernswerten Freund. Ich halte ihn für einen jämmerlichen Feigling! Dir erscheint als ein bescheidener Wunsch, worin ich die Geltendmachung verbriefter Gattenrechte sehe. Er kümmert sich nicht um Dich, solange es ihm paßt, er fordert Dich, sobald die greisenhafte Lust ihn reizt. Und Du beugst Dich seinem Verlangen! Mich, den die Natur selbst Dir angetraut hat, dem Du allein gehörst im Namen ewiger Liebe, mich ließest Du von Dir gehen!

Du sagst, der Marquis sei unglücklich. – Auch zu einem großen Unglück gehört ein großer Mensch; dieses Mannes Unglück ist klein, kalt, verächtlich, und Du willst ihm unser großes, heißes überreiches Glück opfern?!

Du sagst, er ertrüge es nicht, wenn Du den Mut der Wahrheit hättest. Was wäre verloren, wenn er wirklich daran zugrunde ginge? Gibt es auch nur einen einzigen Menschen, dem er unersetzlich wäre? Würde er eine Lücke hinterlassen, die kein anderer auszufüllen vermöchte?

Ich liebe Dich um Deiner rührenden Güte willen, die niemanden wehe zu tun vermag, um Deiner sorgenden Liebe willen, die alles Schwache und Alte schützt und pflegt. Wo wäre ich heute ohne Deine weichen zarten Hände?! Aber das Leben, Geliebte, ist männlich und hart, der morsche Stamm kann nicht erhalten werden, wenn junge Bäume zum Licht verlangen, und den alten Staat, der schon in seinen Grundfesten zittert, dürfen wir nicht stützen, wenn er einem neuen Geschlecht zu eng geworden ist.

Wir werden Monate getrennt sein und wollen einander auch nicht mit brieflichen Klagen und Vorwürfen quälen. Aber prüfen sollst Du, Geliebte, Dein Herz, damit Du zu entscheiden vermagst, wenn wir uns wiedersehen. Er oder ich –, das ist die Frage, die ich Dir stelle.

Marquis Montjoie an Delphine

Paris, den 30. September 1784.

Meine Liebe. Es freut mich zu hören, daß Sie die Reise gut überstanden haben und ich benutze die Gelegenheit, Ihnen für die Zeit zu danken, die Sie mir widmeten. Ich hoffe, Sie werden nicht ganz ohne Befriedigung an die vollkommen ruhigen Wochen zurückdenken, die auch Ihnen notwendig waren.

Mein Aufenthalt hier wird höchstens zwei Monate dauern. Paris, wo der Pöbel überall das große Wort führt, und Versailles, wo nichts als Lakaiengesinnung herrscht, widern mich an.

Die Königin spielt ihre Schäferspiele jetzt nicht nur auf der Bühne, sondern auch im Boudoir. Man erzählt sich in allen Pariser Kaffeehäusern, daß Chevreuse und Vaudreuil ihre Partner sind. Herr von Calonne, den ich sprach, ist in schlechtester Stimmung. Er würde denjenigen zum höchsten Orden der Monarchie vorschlagen, der ihm die Möglichkeit einer neuen Steuer nachweisen könnte. Die unaufhörlichen Fürstenbesuche, – eben erst hat der König von Schweden Paris verlassen –, verschlingen Unsummen, was in dieser Zeit ungewöhnlicher Teuerung sehr verbitternd wirkt. In den ärmeren Stadtteilen von Paris hat die Polizei immer häufiger Revolten zu unterdrücken, an denen sich sogar Frauen beteiligen sollen. Über die Hilfsaktionen der königlichen Familie, des Adels und der Finanziers schwirren die Spottlieder durch ganz Paris. Daß der König von Schweden zehntausend Franken den Armen stiftete und für dreimalhunderttausend allein in Sèvres Porzellan kaufte, daß Ihre Majestät fünfhundert Louisd'or für Suppen hergab und Mademoiselle Bertin zu gleicher Zeit tausend für eine neue Toilette – schuldig blieb, – das alles bietet freilich, da es in die breiteste Öffentlichkeit getragen wird, Stoff genug. Man müßte die halbe Bevölkerung von Paris einsperren, wenn man wie früher jeden Witz, jede Beleidigung der Krone und der Kirche bestrafen wollte.

Ich bin zufrieden, in die ungestörte Ruhe meines Laboratoriums zurückkehren zu können. Daß ich den größten Teil der Dienerschaft von Froberg entließ, braucht Sie wirklich nicht zu beunruhigen. Es hieße Tagediebe erziehen, wenn ich sie behalten hätte.

Prinz Friedrich-Eugen Montbéliard an Delphine

Etupes, den 3. Oktober 1784.

Wie habe ich auf einen Brief von Dir gewartet! Je mehr meine Sehnsucht wuchs, in je glühenderen Farben meine Erinnerung mir das Bild vergangenen Liebesglücks vor die Augen zauberte, um so gewisser wurde mir, daß Delphine mein, ganz mein werden würde! Und nun diese geheimnisvollen Zeilen: »Erwarte mich in Etupes. Jeder Baum, jede Blume, jede kleine Welle im Teich werden für mich bitten.« Du kommst zu mir, und doch bedarfst Du noch irgend welcher Fürsprache?! Aber ich will nicht grübeln, will Dich mit keinem Zweifel verletzen, will nur der seligen Erwartung leben!

Jeden Tag lasse ich die Blumen in allen Vasen durch frische ersetzen, stelle Körbe voll Obst auf den runden Tisch im Gartensaal, fülle, wenn ich einsam vor meiner Mahlzeit sitze, immer zwei Gläser mit feuerrotem Wein. Mit dem Fernrohr sehe ich stundenlang die Straße hinab, stehe, bis der feuchte Herbstwind mich frösteln macht, auf der Terrasse und warte, ob nicht drüben ein Kleid auftaucht, eine Stimme ruft.

Wann wirst Du kommen, Geliebte, um nie mehr weg zu gehen?! Es ist alles bereit!

Prinz Friedrich-Eugen Montbéliard an Delphine

Etupes, den 23. November 1784.

Und nun bist Du wieder fort! Ein dunkler Trauerschleier, hängt der Nebel über den Gärten, mit geschlossenen Läden trauert das weiße Schlößchen. Ich kann nicht hier sein ohne Dich. Wie auf einem Kirchhof ist es: In jedem Raum, auf jedem Sessel, vor jedem Tisch, – draußen unter den Buchen und Trauerweiden, und tief unten im Teich schlummert ein totes Glück. Die letzten späten Blumen, die Du pflücktest, welken in den Gläsern und füllen mit Modergeruch die Räume, die eben noch Deines Duftes voll waren.

Du überschüttetest mich mit unsagbarer Seligkeit, Du machtest die Tage zu einem süßen Traum der Nacht und die Nächte zu einem Fest der Götter. Warst Du heimlich bei Aphrodite zu Gast und lerntest von ihr den Zaubertrank der Liebe bereiten, der Gedanken bändigt, Zweifel verscheucht, Willen in Ketten legt? Jetzt erst beginne ich vom Rausch zu erwachen. Sagtest Du nicht: »habe Geduld«? Sprachst Du nicht von ein paar Wochen, oder waren es am Ende gar Monate?!

Du hast also meine Frage nicht beantwortet, die ich Dir stellte, als Du mich damals gehen hießest? Ich saß heute vor dem Tempel der Venus im Regen gelber Blätter; das Lächeln der Göttin erschien mir plötzlich so spöttisch, so – zweideutig.

Delphine, wäre es möglich, daß Du nur mit mir spielst?! Pirch, Chevreuse, Altenau – alle fallen mir ein, deren bloßer Name mich einst zur Verzweiflung brachte, und die ich in Deinen Armen vergaß. Bin ich nur einer mehr in der Reihe?!

Prinz Friedrich-Eugen Montbéliard an Delphine

Montbéliard, am 6. Dezember 1784

Geliebteste. Daß auch ich Dich quälen mußte, als Du so Böses erfuhrst! Von dem plötzlichen Verschwinden Cagliostros hörte ich. Es kamen mir sogar Gerüchte zu Ohren, daß Rohan sich infolgedessen zu töten versuchte. Er soll alles verloren und andere in den finanziellen Zusammenbruch mit hineingerissen haben.

Was Du, Geliebte, selbst erlebtest, erschütterte mich aufs tiefste. Entsetzlich, wie der Marquis in sinnloser Wut mit dem Hammer sein Laboratorium zerstörte, so daß das Volk, vom Lärm gelockt, vor seinen Fenstern zusammenlief! Und wie muß Dein sanftes Herz geblutet haben, als der Betrogene weinend vor Dir zusammenbrach!

Etwas wie Mitleid mit ihm regt sich sogar in meinem Herzen. Alle Zweifel, alle Vorwürfe, alle Ungeduld will ich zurückdrängen, bis der alte Mann zu sich selbst gekommen sein wird und Du klarer siehst. Für ihn mag es schon jetzt eine Beruhigung sein, daß er nur die Hälfte seines Besitztums verlor; für Dich, meine süße Delphine, ist all das einerlei. Wenn Du zu mir kommst, nur vom schimmernden Seidenmantel Deiner Haare umhüllt, bringst Du mir den unerschöpflichsten Reichtum der Erde.

Prinz Friedrich-Eugen Montbéliard an Delphine

Montbéliard, am 15. Januar 1785.

Du kehrst nach Laval zurück, so plötzlich?! Deine Schrift zittert auf dem Papier, als hätte Dein Herzschlag die Feder regiert? Ich folge dem Boten auf dem Fuße.

Marquis Montjoie an Delphine

Straßburg, den 17. Januar 1785.

Meine Liebe. Ihre Mitteilung hat mich weniger überrascht, als Sie geglaubt haben. Schon vor drei Jahren hat mich der Kardinal auf Ihre Beziehungen zum Prinzen Montbéliard aufmerksam gemacht. Ich hielt sie damals nur für eine Liaison mehr und war überzeugt –, nicht nur im Vertrauen auf den Ausspruch Cagliostros, sondern auch in Erinnerung an die schnelle Verabschiedung Ihrer früheren Liebhaber –, daß Sie um so eher ein Ende machen würden, je rascher ich Sie zur beneidetsten Frau Europas zu machen imstande wäre. Ich habe mich nach beiden

Richtungen getäuscht, und wenn trotzdem mein Glaube in die hellseherischen Fähigkeiten des Grafen eine Stärkung erfuhr, so deshalb, weil er Ihnen, wie Sie sich erinnern werden, noch ein Kind prophezeite, von dem ich allerdings fälschlicherweise annahm, daß es auch das meine sein würde.

Über die Sache selbst wollen wir uns nicht mehr erregen, als es nötig ist. Sie ist bestenfalls eine – Ungeschicklichkeit, die sich unter Umständen reparieren läßt. Ich kenne in Paris Ärzte, die sich ausschließlich mit dergleichen Operationen befassen und infolge ihrer sehr großen Praxis den besten Ausgang gewährleisten.

Was nachher zu geschehen hat, wird sich finden. Gewöhnlich wirkt ein solches Ereignis wie Frostwetter auf den lustigen Quell der Liebelei. In dem Fall steht mein Haus Ihnen als Zuflucht offen.

Marquis Montjoie an Delphine

Straßburg, den 22. Januar 1785.

Meine Liebe. Ich muß gestehen, daß Sie mich diesmal wirklich überrascht haben. Sie wollen das Kind: »und wenn ich mich vor der ganzen Welt zu seiner Herkunft bekennen müßte«. Sie behaupten sogar, es bereits glühend zu lieben: »weil ich nie einen andern Mann geliebt habe und lieben werde als seinen Vater«. So bleibt denn nur ein Ausweg.

Mir ist im Leben alles unter den Händen entschlüpft: Liebe, Macht, Reichtum. Nur eins war ich stark genug, festzuhalten: den unbefleckten Schild meiner Ehre. Ich war nahe daran, ihn mir von Ihnen entwenden zu lassen. Das Gefühl, das ich für Sie besaß, und das Sie immerhin Liebe nennen können, machte mich schwach, so daß ich es unterließ, Sie gewaltsam an mich zu fesseln, und schuldbewußt, so daß es mir wie Entsühnung schien, Ihre, wie ich annahm, flüchtigen Freuden nicht zu stören, die ich nicht zu schaffen vermocht hatte.

Jetzt aber, glaube ich, gleicht sich unser gegenseitiges Schuldkonto aus.

Behalten Sie das Kind, – aber es wird vor der Welt mein Kind sein. Sie kehren unverzüglich in mein Haus zurück, und ich brauche Ihnen wohl nicht erst zu versichern, daß Ihre Stellung genau dieselbe sein wird wie immer.

Mein Entschluß ist in diesem Punkt unabänderlich. Ich würde sogar vor ernsteren Maßregeln nicht zurückschrecken, wenn Sie sich widersetzen sollten.

Prinz Friedrich-Eugen Montbéliard an Delphine

Straßburg, den 30. Januar 1785.

Meine geliebte Delphine! Soeben komme ich von einer stundenlangen Unterredung mit dem Marquis. Ich verschwieg Dir meine Absicht, ihn aufzusuchen, um Dich nicht zu erschrecken. Jetzt schreibe ich Dir, du Einzige, selbst in zitternder Angst, denn an Dir wird es liegen, ob wir uns wiedersehen!

Ich habe dem Marquis nahe gelegt, mich unter den schwersten Bedingungen zum Zweikampf herauszufordern. Er lehnte es mit einem verächtlichen Lächeln ab.

»Wenn es sich um eine bloße Liaison der Marquise handeln würde, könnte vielleicht davon die Rede sein,« sagte er; »ob ich oder Sie am Platze blieben, würde nur ein paar Tränen mehr oder weniger kosten; ein Ersatz für jeden von uns wäre bald gefunden. Aber es handelt sich leider um jene unbequeme Passion, die im Roman schöner ist als im Leben. Glauben Sie, meine Ehre wäre gewahrt, wenn Sie fielen? Glauben Sie, die Marquise würde je wieder in mein Haus zurückkehren? Und halten Sie es für möglich, daß sie über meinem Sarge mit Ihnen, durch dessen Hand ich gefallen sein würde, jemals glücklich zu werden vermöchte?! Nein, die Geschicke der Menschen und der Völker lösen sich nicht mehr durch einen Schwertstreich.«

Ich hatte ihm stumm, gesenkten Hauptes zugehört. Ich mußte ihm recht geben. Als ich dann versuchte, ihn zu einer Trennung von Dir zu bewegen, blieb er unerbittlich.

»Die Marquise kennt meine Antwort, sie hat die Wahl. Nur dann, wenn sie die Folgen ihres Verhältnisses nicht sichtbar werden läßt, bin ich bereit, – da ich auf die Ansprüche des Gatten ein für allemal verzichte –, sie zeitweise in Laval wohnen zu lassen. Kommt das Kind zur Welt, so ist es mein Kind und gehört in mein Haus.«

Du mußt wählen zwischen mir und dem Ungeborenen, zwischen deinem Geliebten und einer Hoffnung, die noch nicht einmal Leben ist.

Wirst du so unbarmherzig sein und gegen unsere Liebe entscheiden? Du kannst mich nicht töten wollen, Delphine; Du kannst Dich nicht in Ketten schmieden! Bei jeder Erinnerung, die uns gemeinsam ist, bei jedem Glauben, bei jedem Gefühl, das wir teilen, beschwöre ich Dich: bleibe Dir treu! Opferst Du mutig die erste Frucht unserer Liebe, so bleibt uns die süße Gegenwart und die Hoffnung auf eine befreiende Zukunft, in der Du glückliche Kinder gebären kannst. Tust Du es nicht, so ist nichts mehr unser als der Schmerz um ewig Verlorenes.

Antworte mir nicht. Du könntest vorschnell sein, wenn Deine Augen nicht in den meinen lesen, daß Du mein Todesurteil sprichst.

Prinz Friedrich-Eugen Montbéliard an Delphine

Montbéliard, am 5. Februar 1785.

»Ich kann das Kind nicht töten, weil es Dein Kind ist. Sein Leben ist mir Gewähr, daß nichts uns trennen kann« –, ich trage den Zettel auf dem Herzen, den der alte Gärtner mir gab, als ich vor dem veröbeten Hof, vor Deiner verschlossenen Pforte stand – ein Ausgestoßener.

Ich versuche, Dir zu zürnen und liebe Dich nur immer mehr, ich versuche, das Kind zu hassen, und ein Gefühl tiefer Zärtlichkeit erfaßt mich.

Die Zeit, in der es unter Deinem Herzen ruht, soll mir heilig sein. Auch mein Schmerz soll Dich nicht stören.

Lebewohl!

Marquis Montjoie an Delphine

Straßburg, am 12. Juli 1785.

Meine Liebe. Da es mir wünschenswert erscheint, Ihnen die letzten Wochen vor der Entbindung jede Erregung fernzuhalten, will ich Ihnen zunächst nicht nach Froberg folgen, sondern erst in dringenden Geschäften nach Paris geben. Habe ich bisher vergebens versucht, unser Vermögen zu vergrößern, so muß ich es jetzt erhalten, – schon um des Erben willen, den ich mir gewählt habe.

Ich werde zugleich mit Herrn Dr. Douzet Rücksprache nehmen und ihn veranlassen, zur rechten Zeit in Froberg zu sein.

Marquis Montjoie an Delphine

Paris, den 25. Juli 1785.

Meine Liebe. Ich fürchte, die alarmierenden Nachrichten in den Journalen könnten Sie erschrecken, darum beeile ich mich, ihnen zuvorzukommen. Man spricht in Paris laut und leise von einem märchenhaften Schmuck, den der Kardinal im Auftrag der Königin für sie erwarb, und den sie zu bezahlen offenbar – vergessen hat. Gestern war ich zum Souper in Trianon geladen. Als ich das Schloß betrat, hörte ich lautes Lachen und Schwatzen fast wie auf einer Bauernkirmes. Erstaunt stand ich still, da öffneten sich die Türen zum Theatersaal, ein Schwarm von Menschen strömte daraus hervor, mitten unter ihnen die Königin, sehr erhitzt, sehr ausgelassen, dicht hinter ihr mit der Miene eines Triumphators – Herr von Beaumarchais. Ich verbeugte mich um einen Zoll weniger tief als sonst.

»Wir probieren den Barbier von Sevilla,« hörte ich laut wie ein Kommando auf dem Paradeplatz Herrn von Beaumarchais Stimme. Aufs äußerste überrascht von dieser unerhörten Formlosigkeit, erwartete ich einen Eklat. Aber die Königin lachte nur noch lauter. Es war jedoch, wie mir schien, ein falscher Ton in ihrer Stimme.

Beim Souper beobachtete ich sie: Röte und Blässe wechselten auf ihren Zügen. Unter Außerachtlassung jeder Etikette verließ sie nach dem Schluß des Essens die Tafel und verschwand, – allein mit Herrn von Chevreuse –, in den Laubengängen des Parks. Wir alle verstummten. Nur Herr von Beaumarchais versuchte mit gewagten Späßen die Stimmung aufzuheitern.

Herr von Beaumarchais als Regisseur der Königin –, ich bin geneigt, jetzt an die bösesten Gerüchte zu glauben.

Gestern abend entschloß ich mich, die berühmten Arkaden des Palais-Royal zu besichtigen, die der Herzog von Chartres eigens gebaut zu haben scheint, um allerlei wüstem Gesindel Obdach zu gewähren. Mit den frechen Reden der Männer wetteifert nur die Schamlosigkeit der weiblichen Besucher. In diese Gesellschaft mischten sich mit sichtlichem Vergnügen Damen und Herren des Hofes, als sie aus der Oper kamen, und ich muß zu ihrer Schande gestehen, daß im Ton und Benehmen zwischen ihnen und den anderen kaum ein Unterschied mehr zu bemerken war.

Marquis Montjoie an Delphine

Versailles, den 16. August 1785.

Ein schreckliches Ereignis, meine Liebe, verzögert meine Abreise: Der Kardinal, Prinz Louis Rohan, wurde gestern vor der Schloßkapelle von Versailles in vollem Ornate, angesichts aller versammelten Würdenträger des Hofes verhaftet!

Kaum war das Ungeheuerliche geschehen, als die ganze Familie Rohan, die Prinzen Soubise, Guéménée und Montpensier zugleich mit den Bischöfen und Kardinalen das Schloß verließen. Der König und die Königin fanden sich bei ihrem Erscheinen einem fast leeren Saal gegenüber. Marie Antoinette schien einer Ohnmacht nahe.

Was geschehen ist, weiß niemand genau. Man sagt, daß Rohan sich für die Königin habe opfern lassen. Und Cagliostro hatte ihm prophezeit: »An Ihren Namen wird Frankreichs Befreiung sich knüpfen!«

Prinz Friedrich-Eugen Montbéliard an Delphine

Die ganze Nacht stand ich wie ein Dieb unter Deinem Fenster. Geliebte. Jeder Schrei, den ich hörte, zerriß mir das Herz, Dann wurde es still – totenstill. Die Angst schnürte mir die Kehle zusammen. Bis plötzlich ein leises Weinen wie Vogelzwitschern durch die Finsternis zu mir drang: Unser Kind, Du meine süße Frau! Leg ihm die roten Blätter dieser Rose aufs Herz; sein armer Vater grüßt es tausendmal!

Der letzte Akt

Prinz Friedrich-Eugen Montbéliard an Delphine

Paris, den 3. Mai 1786.

Endlich ein Lebenszeichen, Geliebte, das den Bann von uns nimmt, das mir nicht nur auf ein Wiedersehen die Aussicht eröffnet –, im Gedanken daran schwanke ich zwischen Qual und Seligkeit, denn mit zuviel Selbsterniedrigung muß ich es erkaufen, – das mir vor allem die Zunge löst, um die große Frage unserer Zukunft mit Dir zu besprechen. Monatelang habe ich geschwiegen; vielleicht hätte ich Deinen Wunsch danach nicht zu erfüllen vermocht, wenn nicht ein holdes Wunder mir begegnet wäre.

Im Oktober vorigen Jahres war es. Die Sehnsucht zehrte an mir, ich vergaß alles: Deine Wünsche, meine Versprechungen, und ritt vor Sonnenaufgang fort, entschlossen, Dich zu sehen, und wenn ich Mauern sprengen müßte. Je näher ich dem Ziele kam, desto mehr spornte ich den Rappen, so daß er, solcher Behandlung ungewohnt, wie gehetzt vorwärtsstürmte. Unten im Dorfwirtshaus ließ ich ihn stehen und ging den Berg hinauf zu Fuß; das verschlossene Parktor gab meinem Rütteln nach; weiß leuchtete schon das Schlößchen durch das Laub. »Mont de joie« flüsterte ich, seliger Erwartung voll, vor mich hin, – da stockte mein Fuß.

Ich hörte ein leises Singen; so zärtlich klang es und war doch kein Liebeslied, so viel Jubel lag darin und war doch keine Siegeshymne. Die Stimme kannte ich; ihrem Klange wollte ich nachstürzen, aber etwas Fremdes, Neues in ihr zügelte meine Leidenschaft. Ich schlich durch das Dickicht. Und da sah ich Dich: auf der weißen Bank unter dem dunkelroten Dach der Kastanien, das Knäblein im Arm, dessen winziges Mündchen durstig an deinem hüllenlosen, rosigen Busen lag. Du sahst mich nicht; gebannt hing Dein Blick an dem Kinde; Du fühltest nicht meine Nähe; all Dein Empfinden gehörte ihm. Mein Begehren verstummte, und doch liebte ich Dich noch nie so stark, so tief wie jetzt. Ich ging, wie ich kam, – ungesehen, – diesen Frieden zu stören, wäre mir wie ein Sakrilegium vorgekommen.

Nun aber, Du süße Mutter meines Sohnes, darf ich Dich wiedersehen, darf es wagen, Dich all den Aufregungen ausgesetzt zu wissen, die unserer endlichen dauernden Vereinigung vorausgehen werden. Du schreibst kein Wort darüber, ich vermisse sogar den helleren Ton der Freude über Deinen Aufenthalt in Paris; Du klagst, daß der Marquis Dich immer um sich haben will, daß er den Kleinen von Tag zu Tag mehr mit dem Stolz des echten Vaters betrachtet. Ich wollte, er zeigte sich als ein noch größerer Tyrann, damit Du die Freiheit um so rücksichtsloser erkämpfen möchtest!

Denn, nicht wahr, das eine steht für Dich unverbrüchlich fest: daß Du mir gehörst, – mir allein?

Wenn ich in Etupes durch die menschenleeren Räume ging, hörte ich oft plötzlich das Rauschen eines Kleides neben mir, und aus dem Gang tönte mir helles Kinderlachen entgegen. Waren es Gespenster der Vergangenheit, oder nicht vielmehr süße Ahnungen der Zukunft?! Sind wir nur erst vereint, Geliebteste, was könnte mich dann noch in den brodelnden Höllenpfuhl der Hauptstadt locken?

Alles Erleben wird hier zum Fieber, jedes Geschehnis zum Ausgangspunkt katastrophaler Ereignisse. Vor dem Parlament, das jetzt seit Wochen die Halsbandaffäre verhandelt, strömt ein täglich wachsender Haufe erregter Massen zusammen. Erscheint Rohan auf dem Wege von oder zur Bastille, so begrüßen ihn lärmende Ovationen, und man würde nicht begreifen, wie dieselben Leute, die jeden politischen Reaktionär niederbrüllen, den Kardinal, den Feind jeden Fortschritts, fast zu ihrem Idol zu machen vermögen, wenn man nicht zu genau wüßte, daß er ihnen in diesem Augenblick nur als ein Opfer monarchischer Willkür erscheint. Ihre scheinbare Liebe für ihn ist nichts als der deutliche Haß gegen den Absolutismus.

Ich selbst folge mit steigender Anteilnahme den Verhandlungen, deren traditionelle Geheimhaltung nachgerade lediglich auf dem Papiere steht wie so viele andere Traditionen. Rohan benimmt sich dabei wie ein Edelmann: ruhig, würdevoll, ohne ein Wort zuviel zu sagen.

Die Lamotte dagegen, seine Helfershelferin, gebärdet sich wie eine Wahnsinnige und zeigt dadurch, daß das Blut der Valois, dessen sie sich rühmt, schon recht stark verdünnt in ihren Adern rollen muß. Kein Zweifel, daß der Kardinal sich von dieser geschickten Abenteuerin zu seinen letzten unvorsichtigen Schritten verführen ließ. Aber ihre Gestalt, die jetzt im hellen Lichte der Untersuchung steht, wirft einen dunklen Schatten auf die einer anderen, die im Saale selbst niemand anzugreifen wagt, die aber jene unheimlich wachsende Macht, – die öffentliche Meinung, – in tragischem Ernst wie in zügellosen Witzen als die wahrhaft Schuldige bezeichnet: die Königin. Das Halsband, dessen glänzende Steine der letzte Pesthauch des sterbenden Königs trübte, hat eine verheerendere Seuche verbreitet als die war, an der Ludwig XV. zugrunde ging.

Das Herrscherpaar ist fast ganz isoliert. Der Klerus und der Adel vergessen ihm nie die infamierende Art, mit der es einen seiner ersten Würdenträger verhaften ließ, das Volk erfaßt mit Freuden die Gelegenheit, um die Königin in den Schmutz seiner Menschlichkeiten hinabzuziehen. Seitdem überdies bekannt wurde, daß der Finanzminister, Herr von Calonne, einen Teil der Staatsanleihen benutzte, um die Schulden des Grafen von Artois und des Herzogs von Bourbon zu bezahlen, wird jede Art abenteuerlicher Geldbeschaffung ohne weiteres geglaubt. Sogar ein ehrlicher Kerl wie Lucien Gaillard, den ich allabendlich im Palais-Royal zu sehen pflege, war überzeugt von der Existenz des Diamantsaals und des silbernen Fußbodens im Schloß von Trianon!

Um seine Popularität könnte ihn übrigens jeder Minister beneiden. Mit jenem letzten Rest sklavischer Unterwürfigkeit des Bürgers vor dem Aristokraten pflegt sonst die öffentliche Meinung um so mehr zu verstummen, je höher der Rang desjenigen ist, dem sie sich gegenübersteht, um von den Mauern des Königsschlosses nur wie ein fernes Murren wiederzuhallen; Gaillard dagegen steht so ganz auf der Höhe seiner Zeit und fühlt so gar nicht mehr die hergebrachten Standesunterschiede, daß ich, – laß mich Dir lächelnd diese Schwäche gestehen, – die Selbstverständlichkeit seiner Gleichstellung bei aller theoretischen Anerkennung, die ich für sie habe, oft peinlich empfinde! Ich dachte daran, ihn einmal als unsern Haushofmeister nach Etupes zu nehmen, aber ich kann mich doch nicht recht an den Gedanken gewöhnen, meinem Angestellten kordial die Hand zu schütteln, seine Ansichten als den meinen gleichberechtigt gelten zu lassen.

An der Schwierigkeit, die mir Abweichungen von den bloßen Formen der Vergangenheit bereiten, ermesse ich, wie fast unmöglich es einem absoluten Monarchen sein muß, mit ihrem Inhalt zu brechen.

Ich war kürzlich zur Tafel in Versailles. Der König sieht schlecht aus und ist merkwürdig ernst geworden; die Königin ist von forcierter Lustigkeit. Man sagt, daß die Zartheit des Dauphin ihr Sorgen bereite, die selbst der Anblick ihres blühenden zweiten Söhnchens nicht zu verscheuchen vermag. Sie hat die Farm im Park von Trianon, wo sie ihre fröhlichsten Stunden verlebte, zwölf armen Paaren zum Wohnsitz überlassen, und seit der unheilvollen Aufführung des Barbiers von Sevilla, die zwei Tage nach der Verhaftung Rohans stattfand, und wo die Königin es erleben mußte, vor einem halbleeren, beifallskargen Saal zu spielen, das kleine Theater nicht mehr betreten.

Erscheint mir nur die Welt so dunkel, weil Du sie mir nicht erhellst, sind es die reiferen Jahre, die sie uns nicht mehr im rosigen Licht der eigenen Jugend malen, oder ist sie wirklich umhüllt von gewitterschwüler Sommernacht? Mit Dir, Geliebte, traue ich mir erst zu, der Wahrheit näher zu kommen.

Noch einer Begegnung muß ich gedenken: ich traf Herrn von Altenau im Klub. Er schien mich meiden zu wollen. Da er im Organ Neckers, dem Journal de Leyde, einen einflußreichen Posten bekleidet, interessiert er mich, und ich nötigte ihm, als er ging, meine Begleitung auf. Er blieb einsilbig. Erst auf dem Pont neuf, unter dem die Seine sich im Schein der neuen roten Laternen wie ein Strom von Blut langsam dahinwälzt, wurde er lebhafter. Er frug nach Dir und erzählte überhastig, was Dir einst an dieser Stelle begegnet ist. Als ich ihm sagte, daß Du Dich wieder eines Sohnes freutest, stürzten ihm die Tränen aus den Augen. Hast Du gewußt, daß er Dich so sehr liebte? Wer, der Dich kennt, vermöchte Dich nicht zu lieben!

Ich wage noch kaum zu hoffen, daß Du wirklich in vier Wochen schon hier sein willst, – Du und Dein Kind – unser Kind, Delphine!

Warum nur die Vorsichtsmaßregeln mit diesem Brief? Sollte der Marquis Deine Korrespondenz überwachen?! Das sieht seiner vornehmen Natur wenig ähnlich!

Ich schließe Dich an mein Herz, Du liebe, geliebte Frau; ich lebe der Stunde, wo ich Dich nie mehr von mir lasse.

Marquis Montjoie an Delphine

Paris, den 20. Mai 1786.

Meine Liebe. Nachdem ich im *Hôtel des Rois* ein geeignetes Quartier für uns gefunden habe, bitte ich Sie, so bald als möglich von Froberg abzureisen. Ich habe bereits unserem Haushofmeister die nötigen Anweisungen erteilt, an denen nichts geändert werden soll. Die Benutzung der Post ist der des eigenen Wagens in dieser unruhigen Epoche unbedingt vorzuziehen. Als mir unterwegs ein Pferd stürzte und der Kutscher in einem nahen Gehöft Hilfe suchte, verweigerte sie ihm der Bauer mit der Bemerkung: »Die Zeiten sind vorüber, wo der Edelmann, wenn er keine Gäule mehr hatte, uns vor seine Karosse spannte.« Die Postreisenden, die ihren Stand nicht verraten, werden weniger leicht insultiert.

Sie werden übrigens während der Fahrt bemerken, wie recht ich hatte, als ich Ihr übertriebenes Mitgefühl, das uns alle Bettler nach Froberg lockte, zu bekämpfen versuchte, überall begegnet man jetzt offenbaren Zeichen steigender Wohlhabenheit: neuen oder gut ausgebesserten Häusern, gepflegteren Feldern, behäbig gekleideten Leuten.

Trotzdem ist der einmal erweckte Geist der Unzufriedenheit unausrottbar. Je mehr man dem Pöbel mit Reformen entgegenkommt, desto mehr verlangt er. Und wie ich aus den Berichten meiner Pariser Freunde schon entnahm, wirkt die Schwäche des Königs und die Angst des Finanzministers vor gewaltsamem Umsturz zusammen, um uns auf diesem Wege vorwärts zu treiben. Der Prozeß Rohan konnte die Lage nur verschlimmern. Nach dem Affront dieser Verhaftung ziehen sich alle Gutgesinnten vom Hof zurück. In diesem Fall fühle ich mich auf selten des brüllenden Pöbels vor dem Pariser Parlament, der peremptorisch die Freiheit des Kardinals fordert.

Es ist mir nicht leicht geworden, die Ruhe von Froberg mit Paris zu vertauschen. Aber unser aller Schicksal hängt vielleicht von den nächsten Wochen ab, und ich kann nicht untätig zusehen. Der Einfluß, der mir beim König noch geblieben ist, muß ausgenutzt werden. Warum ich Ihnen die Reise zumute und damit leider auch dem Kleinen, von dem Sie, obwohl er auf dem Lande viel besser aufgehoben wäre, zu trennen sich weigern, mochte ich noch mit einigen Worten erklären, da ich, wie Sie wissen, mündliche Auseinandersetzungen, die leicht in Szenen ausarten, vermeide. Mir fehlt noch das Vertrauen zu Ihnen. Montbéliard und Etupes sind zu nah, als daß ich nicht fürchten müßte, die Mutter meines Erben könnte sich vergessen.

Marquis Montjoie an Delphine

Paris, den 22. Mai 1786.

Meine Liebe. Ich sehe mich genötigt, Ihnen vor Ihrer Abreise noch diese Zeilen zukommen zu lassen, damit Sie orientiert sind, was ich von Ihnen erwarte. Ich sah gestern den Prinzen Montbéliard. Sie werden ihm also in der Gesellschaft auch begegnen, und es ist selbstverständlich, daß wir, um jedes Gerede unmöglich zu machen, ihm nicht aus dem Wege gehen können.

Ich nehme Ihnen dabei das feierliche Versprechen ab, daß Sie die Beziehungen zu ihm nicht erneuern werden. Ich will Sie nicht an die Pflicht der Dankbarkeit erinnern, die Sie mir gegenüber, der Sie und Ihr Kind vor öffentlicher Schande rettete, empfinden müßten. Ich will Ihnen nur hiermit erklären, daß ich, von dem Augenblick an, wo ich den Erben anerkannte, die Ehre des Namens, den ich ihm gab, zu schützen weiß.

Gestern wurde Rohan freigesprochen. Das Volk brachte ihm stürmische Ovationen dar, die bis in die innersten Gemächer von Versailles geklungen haben müssen. Die Königin schloß sich allein in ihr Zimmer. Sie mag empfunden haben, daß dieser Freispruch zugleich ihre Verurteilung war.

Prinz Friedrich-Eugen Montbéliard an Delphine

Versailles, den 10. Juni 1786.

Mein armer Liebling, was hat er aus Dir gemacht! Mußte ich meine tapfere Delphine so ängstlich, so kleinmütig wieder finden?! Selbst der Scharfblick meiner Liebe hätte Dich nicht zu durchschauen vermocht, als Du gestern in der Akademie vor mir standest, blaß und schüchtern wie ein kleines Mädchen. Erst Deine flüchtigen, hastig hingeworfenen Zeilen klärten mich auf. Du gabst dem Marquis das Versprechen, das er forderte; »ich erkaufe mir mit dieser Sünde den letzten Rest von Freiheit«, schreibst Du und in rührenden Worten bittest Du mich, – mich, von dem alles Leid Dir kam! – Dir das Unrecht zu verzeihen; als ob Deine Sünden, Geliebteste, jemals Sünden sein können! Nur Deine Schwäche, die es zugab, daß der Marquis unser Kind für das seine erklären durfte, war ein Unrecht gegen Dich selbst, gegen uns, und rächt sich fürchterlich. Aber unsere Liebe wird stark genug sein, auch das zu überwinden.

Wir dürfen einander nicht schreiben, sagst Du, »wenn sich der Marquis auch nie dazu verstehen würde, die Dienerschaft zu Spionen zu machen, so sieht und fühlt er alles, seitdem kein Cagliostro mehr seine Blicke ablenkt.« Sollten wir nicht doch noch klüger sein können als er?!

Gaillard, dessen Verehrung für Dich sogar stärker ist als seine republikanische Gesinnung, habe ich die Besorgung dieses Briefes ruhig anvertraut. Ich bin seiner vollkommen sicher. Wir werden uns zunächst in Gesellschaften sehen, und je größer sie sind, desto leichter können wir in ihrer Mitte allein sein. Wir müssen beraten, was zu tun ist, und – ich muß Dich wieder küssen dürfen, Du Süße, damit Deine Lippen sich röten und das Blut in Deine Wangen zurückkehrt. Ich habe Dich ja so lieb, so lieb, und meine Sehnsucht ist so riesengroß, daß es mir scheint, als könnte ich sogar all die häßlichen Heimlichkeiten verborgener Liebe ertragen!

Werde ich Dich morgen bei Herrn von Puységur sehen, der, wie er mir sagte, eine neue Somnambule entdeckt hat, die »erstaunlich« sein soll, und übermorgen bei Frau von Staël, die in einem neuen Gesellschaftsspiel ihren Geist leuchten lassen will? Nie sahst Du so entzückend aus, Holdseligste, als gestern: die süße kleine Marquise mit den zarten Händen und Füßen und der feinen Taille, aus der der Busen wie eine Rose aus dem Kelch schimmernd emporsteigt, neben der neuen Gesandtin Schwedens mit den starken Knochen, dem breiten Gesicht, den forschenden Augen, in einem Gewand, das halb eine Mönchskutte, halb ein griechisches Peplos schien. Selbst Guibert, der die ehrgeizige Tochter Neckers als die Aspasia Frankreichs feierte, und seine Bewunderung für die ganze Familie sogar in seine Eintrittsrede unter die Akademiker einflocht, um die Erinnerung an seine frühere Stellungnahme ganz zu verwischen, war einen Augenblick lang wie benommen, als er Dich sah.

»Sie sind ein Sammler von Zeitdokumenten, Herr Graf,« sagte ihm beim Ausgang Herr von Champcenetz, »Mademoiselle de Lespinasse, Madame la marquise de Montjoie, Madame de Staël – «. Aber schon ging der Angeredete stirnrunzelnd und wortlos an ihm vorüber, während ich nicht übel Lust hatte, dem Spaßmacher gehörig heimzuzahlen. Aber mit welchem Recht darf ich für Dich eintreten, Geliebteste?

Graf Guibert an Delphine

Paris, den 23. Juni 1786.

Schönste Frau Marquise, Ihre Marmorkühle scheint keiner Huldigung weichen zu wollen. Sie zürnen mir anscheinend mit Recht, weil ich mich zurückzog, in Wahrheit: zurückgestoßen fühlte. Ein Soldat erinnert sich nur ungern seiner Niederlagen und geht darum den Festungen aus dem Wege, die ihm Trotz boten.

Aber wenn ich auch Ihr Herz nicht erobern konnte, möchte ich doch wenigstens Ihre gute Meinung nicht verlieren.

Madame de Staëls Geist hat mich gerade in einem Augenblick fasziniert, wo das verletzte Gefühl sich in sich selbst zurückzog. Es gibt eine Ermüdung der Sinne, die der geeignetste Zustand ist, um den Kopf in seine unbeschränkten Herrenrechte einzusetzen. Damals lernte ich Herrn Necker mit den Augen seiner Tochter sehen und fand in ihm schließlich einen Lehrer, ja einen Freund. Wenn Sie öfter mit ihm zusammen kämen, – und ich hoffe, Frau von Staël wird Sie allmählich zu fesseln verstehen, trotz Ihres Spottes über die »geistigen Seiltänzereien« der von ihr beliebten Gesellschaftsspiele –, würden Sie ihr beipflichten, daß die einzige Rettung für Frankreich die konstitutionelle Monarchie nach englischem Muster ist. Aber während die Anglomanie der Galanterie der Franzosen, ihrem gesellschaftlichen Geist, ihrem künstlerischen Geschmack in gefährlicher Weise Eintrag tut und kostbares französisches Gold für englische Pferde, Wagen und Kleider eingetauscht wird, können wir uns nicht entschließen, das Beste, was unser »Erbfeind« geschaffen hat, seine Staatsform, von ihm zu übernehmen.

Sie sehen, teuerste Marquise, wie Ihre Nähe mir notwendig ist. Wären Sie erst etwas länger hier, ich würde mit Ihnen nicht mehr zu politisieren vermögen!

Ich schicke Ihnen hiermit das versprochene Programm des Lyceums; möchte es Sie ebenso anziehen, wie es die Damen der Gesellschaft bisher angezogen hat; ich dürfte dann hoffen. Ihnen auch dort zu begegnen. Herr von Condorcet hat seine mathematischen Kurse, denen die schönen Zuhörerinnen mit besonderem Eifer folgen, sehr gut eingeleitet, indem er sagte: »Alle Prätensionen entspringen gleicherweise der Ignoranz der Menschen und der noch größeren Ignoranz derer, vor denen sie geltend gemacht werden. Wir glauben daher, daß das beste Mittel, um die Zahl der Prätentiösen zu vermindern, das ist, die Zahl der von ihnen Düpierten herabzusetzen. Kenntnisse, welcher Art sie auch sein mögen, sind nur dann nützlich, wenn sie Gemeingut sind. Es gibt kein Wissen, das nicht schädlich wäre, wenn nur eine kleine Anzahl Bevorrechteter es besitzt. Er hätte nichts Treffenderes für die Schöpfung allgemein zugänglicher Lyceen sagen können, zugleich nichts Schärferes, um die Geistlichkeit gegen sie aufzureizen. Jung und alt – Frauen vor allem – strömen in die Vorlesungen.

Würden Sie gestatten, daß ich Sie für eine der nächsten abholen darf? Wüßte ich Ihr Interesse gefesselt, würde ich mir die Zeit nehmen, stets in Ihrer Gesellschaft dort zu sein. Man trifft sich heute vor dem Katheder wie früher im Salon.

Durch die großen Reformen der Armee, mit denen ich angestrengt zu tun habe, – der König Friedrich von Preußen wird für uns jetzt erst lebendig, und des armen Baron von Pirch Mitteilungen erwachen aus dem Staub der Archive, – bin ich natürlich sehr in Anspruch genommen. Aber mein Herz, schönste Marquise, ist frei!

Lucien Gaillard an Delphine

Paris, den 4. Juli 1786.

Verehrte Frau Marquise. Das Lyceum ist eine Freistatt, läßt also auch Bucklige zu. Nachdem neulich der angeblich von Ihnen bestellte Blumentopf vom Diener des Herrn Marquis zurückgewiesen wurde, wobei der darin versteckte Brief unbeschadet an mich zurückgelangte, wähle ich diesen bequemeren Weg. Wenn Sie nicht anders befehlen, behalte ich ihn bei.

Da Sie so gütig sind, nach meinem Ergehen zu fragen, – was sonst niemandem jemals einfiel, – gestatte ich mir dem beiliegenden Schreiben des Prinzen das meine hinzuzufügen.

Es geht mir gut. Die Frau, die mich in ihrer schwächsten Stunde zur Welt brachte, ist gestorben. Mit dem schmutzigen Geld, das sie zusammenscharrte, erhalte ich meine Kinder, – lauter Garantien für die künftige Glückseligkeit Frankreichs! Ein paar Burschen, die aus dem Kloster entkamen, sind ihre Anführer. Ich selbst schreibe Artikel, Libellen, Chansons; – da es an Stoff nie fehlt, so fehlt es auch nicht an Leuten, die dafür zahlen.

»Die Laufbahn offen dem Talent!« – Beaumarchais' Worte fangen an Wahrheit zu werden. Ich würde dem, der sie aussprach, weiter verbunden gewesen sein, – er ließ sich seine Mémoires und Streitschriften gern von mir entwerfen, – wenn sie ihm nicht als ein letztes Ziel erschienen wäre. Seitdem die Königin ihre Worte von ihm sich diktieren, ihre Bewegungen von ihm dirigieren ließ, kämpfte seine Eitelkeit mit seinem Witz einen siegreichen Kampf. Er baute sich ein Palais gegenüber der Bastille, an der Straßenecke, wo täglich Scharen armer Arbeiter aus den Vorstädten vorüberströmen! Sie fangen an zu verstehen, was Steine sprechen: das Schloß des Worthelden und die Hochburg der Tyrannei!

Als er gegen den Grafen Mirabeau die *Compagnie des Eaux de Paris* verteidigte, wurde ich zum erstenmal stutzig. Ich wußte, daß er von ihr Aktien besaß, die auf das Dreifache ihres ursprünglichen Wertes gestiegen waren; daß das notwendigste Volksbedürfnis zum Gegenstand skrupellosester Spekulation gemacht wurde. Mirabeaus Antwort war ein Gewittersturm für den dürren Baum seines Ruhms. Selbst der Erfolg seiner Oper rettete ihn nicht mehr. Die Worte unserer großen Denker hörte man wohl, aber ihr Geist fehlte. Ich kündigte ihm den Dienst; die christliche Tugend, die Schwachen zu unterstützen, habe ich damals zuerst als Verbrechen erkannt. Man soll nur mit den Siegern gehen.

Daß ich diese Sieger kommender Schlachten fand, mit ihnen Schritt halte, die Erfüllung unserer Hoffnung in der eigenen Hand habe, weil ich handle – das läßt mich des Lebens froh werden. Meine letzte Broschüre »Nieder mit der Bastille!«, die ich anonym erscheinen ließ, – man liefert sich nicht leichtsinnig ans Messer der anderen, wenn man das eigene wetzen muß, – wurde konfisziert. Aber Hunderte hatten sie schon gelesen; Tausende wissen heute, daß die Bastille kein bloßes Bauwerk ist, von veralteten Kanonen und halben Invaliden bewacht, sondern der Staat selbst.

Verzeihen Sie mir, Frau Marquise! Meine Feder ist so sehr an Freiheit gewöhnt wie ich. Ich wollte Sie nicht erschrecken, die Sie auf einem anderen Sterne leben. Wenn ich es könnte, würde ich nur für Sie diesen Stern erhalten wollen. Aber er ist ja auch Ihnen kein Glücksstern.

Prinz Friedrich-Eugen Montbéliard an Delphine

Paris, den 4. Juli 1786

Teuerste Delphine! Trotzdem ich in der Dämmerung des Zimmers Deine Hand in der meinen halten, Deine weiche Wange leise mit meinen Lippen streifen konnte, bitte ich Dich, die Besuche bei Herrn von Puységur aufzugeben. Du bist nicht stark genug, um den Reden der Somnambulen mit der Ruhe gefestigten Geistes zu begegnen. Und ich selbst gestehe zu, der Eindruck, den das arme Bauernmädchen der Vogesen hervorruft, wenn sie aus dem Schlafe spricht, ist erschütternd. Ich habe sie heute nur im Beisein von Herrn von Puységur geprüft; sie erzählte Szenen aus dem amerikanischen Feldzug, die nur ich so deutlich hätte schildern können, und als wir sie nach der Zukunft frugen, befiel sie wieder jene quälende Angst. Sie stammelte: »Blut – Blut«, sie schlug entsetzt die Hände vors Gesicht, als ob sie mit geschlossenen Augen Gräßliches sähe; sie ging auf Fußspitzen mit hochgehobenem Rock durch das Zimmer, »das Blut steigt – steigt« stöhnte sie.

Ich würde ihren Aussagen nicht mehr Bedeutung beilegen als den Wahnsinnsausbrüchen einer Kranken, nicht, weil ich nur glaube, was sich beweisen läßt, – wir haben nachgerade eingesehen, daß Holbachs *System de la nature* mehr das Produkt menschlicher Überhebung als menschlicher Weisheit ist! –, wenn nicht überall Phänomene auftauchten wie dieses. Mein alter Reitknecht hat in einem Wirtshaus der Vorstadt St. Antoine ähnliches erlebt; eine kleine Tänzerin von Vauxhall hat neulich mitten in der Probe, von Schlaf überfallen, gräßliche Visionen gehabt. Es gibt viele Leute in allen Kreisen der Bevölkerung, die von der »großen Furcht« wie von einer Krankheit befallen sind.

Vielleicht wären wir beide, meine einzige Geliebte, weniger leicht der Ansteckung ausgesetzt, wenn unsere verfolgte Liebe nicht selbst voll Furcht wäre. Wie soll es enden?!

Da der Marquis Sonntag nach Saint-Cloud fahren will, werden wir endlich Gelegenheit haben, uns allein zu sehen. Sei um Mitternacht im Garten Deines Hotels unter der großen Linde. Ich weiß einen Eingang, der mich vor allen Blicken schützen dürfte. Wir müssen uns sprechen, obwohl ich zum erstenmal empfinde, daß ich einen Mann betrüge, der mir vertraut.

Graf Guy Chevreuse an Delphine

Saint-Cloud, den 25. Juli 1786.

Allerschönste Frau Marquise. Erst jetzt erfahren wir von Ihrem Aufenthalt in Paris. Haben Sie am Ende – es soll das sehr in Mode sein! – Ihr Herzchen an irgend einen Mirabeau verloren, daß Sie so herzlos sein konnten, unserer zu vergessen? Die Prinzessin Lamballe schreibt Ihnen zu gleicher Zeit, um Sie nach Saint-Cloud einzuladen, und ich putze den Rost von meinem Witz, damit er mit dem Geist der Pariser konkurrieren kann. Sind Sie doch, wie ich zu meiner lebhaften Betrübnis vernehme, auch eine Schülerin des Lyceums. Kennen Sie nicht den reizenden Chanson darüber? Sie bekommen ihn, wenn Sie hier sind. Heute – als Lockmittel! – nur den Schluß.

> Craignons, qu'une jalouse fée
> Bornant les sages du Lycée
> Dans leur projets
> Hors du gironn de la science
> Ne les change pas sa puissance
> En perroquets

Glauben Sie wirklich, daß Männer und Frauen stundenlang in einem Raum zusammen aushalten, ohne daß alle trockene Weisheit vom lebendigen Gefühl besiegt wird? Oder sollte vor all den Theorien und Prinzipien, die mir vorkommen wie Schulbuben mit dem Schmetterlingsnetz, die ausziehen, reizende Falter zu fangen, um sie schließlich aufzuspießen, die arme Liebe die Flucht ergreifen? Anzeichen genug gibt es dafür.

Allein die Kleidung, – für die Frauen halb Sack, halb Hemd, für die Männer der dunkle Frack und das Gilet, – scheint auszudrücken, daß sie ihre Aufgabe, zu schmücken, die Reize der Trägerin hervorzuheben, nicht mehr erfüllen will. Aber wo der Wunsch zu gefallen aufhört, da werden die Sitten roh, der Ton der Konversation wird schwerfällig, die Phantasie weicht der Nüchternheit, die Künste verarmen. Der Geist der Gesellschaft bildet sich nur in Kreisen, wo Männer in der Nähe der Frauen durch den Wunsch, liebenswürdig zu sein, alle Gaben ihres Geistes leuchten, zur höchsten Vollkommenheit sich steigern lassen, wo Frauen sich im stillen Ringen um den Würdigsten stets erinnern, daß sie der Natur schönstes Kunstwerk sind.

Aber die Philosophie unserer Tage, die uns, die nicht Unsterblichkeitsgläubigen, lehrte, daß kein Besitz so kostbar, kein Verlust so unersetzlich ist als der der Zeit, hat diese Reize der Geselligkeit grausam zerstört. Man will genießen, statt sich die Mühe zu machen, zu gefallen. Ohne die sichere Aussicht auf ihren raschen Besitz schenkt man der Frau kaum noch Beachtung. Jedes weibliche Wesen wird als Kurtisane gewertet, und wenn sie Erfolg haben will, muß sie mit der Kurtisane konkurrieren.

Wir, schönste Frau, ein kleines Häuflein Verehrer der Vergangenheit, sind vor Paris und seinen Reformen bis nach Saint Cloud geflohen, um jetzt schaudernd zu bemerken, daß die

Reformen in Gestalt des Herrn von Calonne uns folgen. Der Kauf von Saint-Cloud, den die Königin ihm schließlich abtrotzte, hat ihn um den letzten Rest seiner Ruhe gebracht. Selbst für die Polignac, die seinen allzeit offnen Geldbeutel dem Herzoginnentitel vorgezogen hätte, ist er der Mann der zugeknöpften Taschen.

Kommen Sie, teuerste Delphine, um uns durch den Reichtum Ihrer Schönheit und Ihres Geistes den schauderhaften Anblick gähnend leerer Schatzgewölbe vergessen zu machen. Bringen Sie der Königin frische Luft aus den Vogesen. Sie leidet sehr, und der kleine Dauphin ist wie die Verkörperung ihrer Sorgen. Ein frohes Ereignis genügt jedoch, um sie aufzuheitern.

Als sich die reizende Komtesse Turpin mit dem Marquis Lemierre verlobte, wurde die Gelegenheit gleich zu einem Fest benutzt; wir erschienen alle im Hofkostüm der Regentschaft und träumten uns in jene schöne Zeiten zurück. Ein Bonmot des geistvollen Vaters der Braut machte die Runde. Lemierre, der seiner Schulden wegen, – die übrigens die Königin bezahlte, – bei Turpin nicht im besten Ansehen stand, suchte sich auf alle Weise bei ihm einzuschmeicheln. So sagte er einmal: »Man braucht Sie nur zu sehen, um zu glauben, daß Sie Toinettens Vater sind.« Mit der ernstesten Miene von der Welt entgegnete der Graf: »Sie vergessen, mein Herr, daß wir so glücklich sind in einer Zeit zu leben, wo man nichts mehr glaubt.«

Aus diesem langen Brief mögen Sie die Länge der Konversationen ermessen, die Ihrer warten. Madame Campan will freilich gehört haben, daß das Neueste in Paris die Verachtung der Konversation ist. Irgend ein Held der Feder hat im Mercure de France auseinandergesetzt, sie sei »eine verächtliche Kunst schmarotzenden Hofgeschmeißes« –, das ist der liebenswürdige Ton, mit dem man uns auf Grund des Schimpflexikons, das das Pariser Parlament einführte und eifrigst zu bereichern trachtet, zu behandeln pflegt! –, und er fügt hinzu, man möge endlich aufhören, die Jugend in ihr zu unterrichten, um so mehr, als sie die brotloseste aller Künste sei.

Wahrhaftig: Idealisten vom Schlage Lafayettes können nicht soviel Unheil anrichten als die revolutionären Philister, die den Zweck als ihren Gott anbeten. Sie werden noch unsere Schlösser in Kasernen umwandeln und in unseren Rosengärten Rüben pflanzen.

Sie wissen, das Feld meiner Schlachten war stets das Parkett. Erst neuerdings habe ich mir den Degen schleifen lassen und trage Pistolen in der Manteltasche. Denn ich bin gesonnen, mich dem Pöbel von Paris erst zu ergeben, wenn ich nicht mehr ich, sondern nur ein Bündel blutiger Lumpen bin.

Prinz Friedrich-Eugen Montbiliard an Delphine

Paris, den 2. August 1786.

Du fragst mich, ob Du der Einladung nach Saint-Cloud folgen sollst? Daß Du fragen kannst, Geliebteste, trägt die Antwort schon in sich. Wir wollen einander nicht aus Schonung belügen; das wäre der Anfang geistiger Trennung. Freudlosigkeit ruht schwer auf unserer Liebe, auf unseren heimlichen Zusammenkünften lastet die Schuld. Reise ruhig, armer Liebling, vielleicht daß die Luft fern von mir Dich leichter atmen läßt.

Ich fand heute früh an den Mauern von Paris ein Gedicht angeschlagen, worin die Lämmer glücklich gepriesen werden, deren Hirte einen Zaun um sie zieht, damit Füchse und Wölfe sie nicht schrecken können. Zum Schluß heißt es:

Mais si ces mêmes loups avaient formé l'enceinte pour vous mieux dévorer sans péril et sans crainte Du berger vigilant, de la garde des chiens, que seriez-vous, hélas? ... De pauvres Parisiens

Mir scheint, als ob auch wir zu diesen gehörten.

Graf Guibert an Delphine

Paris, den 26. August 1786.

Teuerste Marquise. Erst jetzt erfuhr ich, daß Sie Paris mit Saint-Cloud vertauschten. Ein böses Omen, würde ich sagen, wenn es sich um jemanden anders handeln würde als um Sie. Denn wer heute den Hof sucht, ohne zu müssen, gehört zu seiner Partei.

Sie werden vermutlich von der Reise des Königs in die Normandie jetzt ein anderes Bild bekommen, als ich es Ihnen malte: weißgekleidete Mädchen, vor Rührung weinende Bauern, vivatschreiende Massen, Männer und Frauen, die glücklich waren, wenn sie den Rock des Monarchen küssen konnten! So sieht jeder Fürst seine Untertanen, auch wenn sie alle schon heimlich den Dolch im Mantel trügen, um ihn in seine Brust zu stoßen. Die Krone und die Kirche haben, wenn sie all ihren Glanz entfalten, die gleiche faszinierende Gewalt. Der mystische Zauber, der sie umgibt, wirkt selbst auf die Ungläubigen.

Auch von den Regimentern, die der König inspizierte, sah er nur die schönen neuen Uniformen. Daß Glieder desselben Volkes darin stecken, das ihn in allen Wirtshäusern mit Spottliedern verfolgt und über alles räsonniert, was von der Regierung ausgeht; daß die Unzufriedenheit mit ihrer persönlichen Lage und mit der Frankreichs die Offiziere wie die Gemeinen ergriffen hat, und die Armee, die vor kurzem noch befürchten ließ, sie könne vor dem Feind nicht schlagfertig sein, weil ihre Führer sich zu viel amüsierten, jetzt in Gefahr steht, sich ihrem Kriegsherren zu widersetzen, weil ihre Führer zu viel denken, – das alles sieht kein König.

In Brest will man, wie ich las, Ludwig XVI. ein Denkmal errichten, – selbst unter dem großen König hat man dergleichen der Nachwelt überlassen; sollte man es jetzt damit so eilig haben, weil man befürchtet, sie könnte es vergessen?! Herr von Calonne wird es ihm als ein Zeichen der Treue seiner Untertanen darstellen, was nur ein Zeichen für die Servilität einiger titellüsterner Bürger ist.

Ich würde von Ihrer Klugheit und Ihrer Königstreue hoffen, daß Sie bei Marie Antoinette den Einfluß der Polignacs untergraben, wenn ich nicht überzeugt wäre, daß ihre Popularität seit dem Prozeß Rohan und dem Kauf von Saint Cloud, – eine Million für ein neues Schloß, während das Volk von Paris bei der allgemeinen Teuerung kein Fleisch essen kann! –, endgültig verloren ist.

An der Kirche von St. Géneviève ist kürzlich ein neues Portal geweiht worden, das die Königin gestiftet hat; es ist so prächtig, daß man den lieben Gott, wollte man ihm den besten Platz seines Hauses anweisen, vor die Türe setzen müßte. Das Volk stand umher und machte die bösesten Witze: »Die Österreicherin schenkt uns ein Portal, wir werden sie zum Danke dafür höflichst hinausgeleiten.«

Frau von Staël, die der Szene zufällig beiwohnte und sich beeilte, sie in ihrem Notizbuch festzuhalten, bedauerte sehr, Ihre Gesellschaft, teuerste Marquise, so rasch schon entbehren zu müssen. In ihrem Salon herrscht eine neue Passion; jeder überbietet einander in der Erfindung von Geschichten über das gleiche Thema: den Liebeswahnsinn. Sie selbst hat mit ihrer Erzählung »Die Wahnsinnige des Waldes von Sénart« alle übertroffen.

Da ich demnächst dem König über den Fortschritt der Heeresreform Vortrag zu halten habe, hoffe ich Sie in Saint-Cloud noch zu sehen. Es gibt für mich dort keinerlei andere persönliche Anziehungskraft. Selbst mein Ehrgeiz weiß nicht, wie lange es unter diesem Regiment noch eine Ehre ist, ihn zu befriedigen.

Prinz Friedrich-Eugen Montbéliard an Delphine

Paris, den 27. August 1786.

Geliebteste. Die überraschende Nachricht von der Berufung der Notabeln, die Du mir gibst, nötigt mich zur Abreise in die Provinz. Da von ihrem Zusammentreten ungeheuer viel abhängt, muß ich alles daran setzen, die Stimmung in meinen Kreisen zu beeinflussen. Ich habe natürlich von Deiner Mitteilung keinen Gebrauch gemacht, glaube aber, daß sie trotzdem eher, als es Calonne lieb ist, in die Öffentlichkeit dringen wird. Für ihn ist die Notabelnversammlung der Strohhalm des Ertrinkenden, denn die Steuerreformen, die er vorschlägt, und von denen Du in Deinem leicht entflammten Enthusiasmus das Heil der Welt erwartest, sind nichts anderes als die süße Oblate, in der dem großen Kinde Frankreich die bittere Medizin des Defizits gereicht werden soll. Ich begrüße trotzdem diese Entwicklung der Dinge, sie wird Klarheit bringen, und das ist, – auch wenn sie schrecklich sein sollte, – besser als der ewige Dämmerzustand.

Daß der Marquis sich ihr mit aller Kraft widersetzte und selbst die Ungnade des Königs nicht gefürchtet hat, ist vollkommen begreiflich. Für ihn ist der Appell an irgendeine Körperschaft und wäre es auch nur die seines Standes, eine Konzession an die öffentliche Meinung; für ihn sind die Reformen, vor allem der Vorschlag der Aufhebung der Grundsteuerfreiheit des Adels ein Waffenstrecken vor dem dritten Stand. Ich glaube aber auch, daß er einer der ersten ist, der die Veröffentlichung des Defizits zu fürchten hat, denn er ist zu sehr mit den großen Banken liiert, als daß eine allgemeine finanzielle Deroute ihn nicht treffen müßte.

Vielleicht, – und diese Hoffnung stärkt meine Kraft für den kommenden Kampf, – läßt er Dich frei, wenn er einen Erben nicht mehr braucht!

Unsere Korrespondenz wird erschwerter sein denn je. Meine offene Gegnerschaft zu der politischen Stellung des Marquis wird über dem schmalen Landstrich, der Montbéliard von Montjoie trennt, ihre Wirkung haben, seinen Zorn gegen mich also noch steigern. Kannst Du mir nachempfinden, Geliebteste, daß mich diese Gegnerschaft innerlich befreit? Mag kommen, was da will, wir bleiben vereint, auch wenn wir einander unerreichbar erscheinen. Verstummen zu können, ohne sich zu verlieren, ist ein Prüfstein der Liebe.

Graf Guy Chevreuse an Delphine

Saint-Cloud, den 3. September 1786.

Daß auch Sie uns verlassen konnten, schönste Delphine! Denn diesmal ist es ein Verlassen! Die Königin, die sich bei der letzten Audienz wahrhaft königlich benahm, – sie lächelte Ihnen zu, als Sie kamen, sie legte Ihnen mit eigenen Händen die Kette mit ihrem Bildnis an, die Ihnen beweisen sollte, daß die Haltung des Marquis nicht als die Ihre empfunden wurde, sie flüsterte beim Abschied »Auf Wiedersehen!« –, und warf sich aufschluchzend in die Arme der Lamballe, als die Türe hinter Ihnen zufiel.

Sie waren zu den königlichen Kindern gegangen. Bald danach kam der Dauphin langsam, in Nachdenken verloren zu seiner erhabenen Mutter; seine dunklen Augen blickten fragend aus dem schmalen Gesichtchen, er hob die kleine blasse Hand zu ihr empor, – »ich glaube,« sagte er kopfschüttelnd, »die Frau Marquise Montjoie hat geweint.«

Sind so viele Tränen nötig gewesen, holde Freundin? War der Moment nicht der geeignete, um – zu bleiben, während der Marquis ging?! Als uns vor einem Jahr die Nachricht von der Geburt Ihres Kindes erreichte, als dann der Marquis voll väterlichem Stolz von seinem Sohn und Erben sprach, war es mir gleich vollkommen klar, daß Sie nichts getan hatten als Ihre Pflicht. Aber nun sind Sie ihrer entbunden, – kommen Sie zurück, schönste Marquise, ehe der Abgrund zwischen uns unüberbrückbar wird.

Meine Devise bleibt: *»Ma vie au roi, mon coeur aux dames";* seien Sie barmherzig und werden Sie nicht die Ursache, daß der zweite Satz mit dem ersten in Zweikampf gerät!

Graf Guibert an Delphine

Paris, den 9. September 1786.

Verehrte Frau Marquise. Mit einer fluchtähnlichen Hast hat die Familie Montjoie Paris verlassen. Und doch wäre es von solchem Interesse gewesen, uns über die bedeutungsvollen Ereignisse der letzten Zeit mit Ihnen zu unterhalten.

Herr von Calonne ist von der Not zu einem Schritt genötigt worden, der unter Umständen der Anfang konstitutioneller Entwicklung sein kann, – freilich nicht mit ihm, sondern gegen ihn. Im Kreise Neckers herrscht nur die eine schwere Besorgnis, daß er, der nur von Augenblickssorgen getrieben und von Augenblickserfolgen geblendet wird, töricht genug sein könnte, die finanziellen Verhältnisse in einer Weise zu enthüllen, die nur geeignet wäre, die Autorität der Regierung zu untergraben. Necker, der mir, – das möchte ich gerade Ihnen anvertrauen, der gegenüber ich mich seinerzeit so rückhaltlos gegen den damaligen Minister aussprach, – unter vier Augen mitteilte, daß er mit vollem Bewußtsein dessen, was er tat, im *Compte rendu* von 1781 die Wahrheit verschleierte, hegt nach dieser Richtung die ernstesten Befürchtungen.

Wissen Sie etwas Näheres?

Es wäre vielleicht noch möglich, wenn man beizeiten die nötige Kenntnis davon besäße, folgenschwere Entschlüsse rückgängig zu machen. Schreiben Sie mir, bitte, auch von Ihren nächsten Plänen. Bleiben Sie bis zur Notabelnversammlung in Froberg? Mein Dienst führt mich vielleicht nach dem Elsaß, und ich möchte nicht verfehlen, der schönsten Frau Frankreichs die Hand zu küssen.

Lucien Gaillard an Delphine

Paris, den 11. Oktober 1786.

Verehrte Frau Marquise. Mit Freuden erfülle ich Ihren Wunsch, von dem ich nur bedaure, daß er sich so leicht erfüllen läßt. Sie werden stets im Besitz meiner Adresse sein, auch wenn sie noch so häufig wechselt. Meine Feder von der kein Geringerer, als der Polizeileutnant Lenoir behauptete, daß sie mit Gift statt mit Tinte schreibt, wird mich während der Notabelnversammlung zwingen, im Dunkeln zu bleiben. Selbst von meinen Gesinnungsgenossen verstehen nur wenige mein Entzücken über die Aussicht auf das Ereignis des nächsten Jahres.

Die Notabeln, die das naive Volk immer noch durch den Glanz ihres Auftretens und die gewandte Form ihres Benehmens zu blenden verstehen, werden jetzt vor aller Welt gezwungen sein, auch den Blindesten Einblick in ihr Innerstes zu gewähren. Man wird ihre Selbstsucht erkennen, die auch ihre guten Handlungen regiert.

Ihre Wohltaten sind Opium für das Volk; ihre Königstreue ist das Mittel, ihnen die reichsten Pfründen zu sichern, ihr Stolz die Maske für ihre innere Leere!

Nur unter den Frauen gibt es Ausnahmen. Durch die schönste und bitterste Erfahrung meines Lebens weiß ich es: eine gibt es, die alle Tugenden und alle Vorzüge des Adels in sich vereinigt, ebenso wie ich eine andere kannte, deren Seele die offene Gosse war, die die Schmutzfluten aller Laster des dritten Standes in sich aufnahm. Die eine war meine Mutter. Werden Sie verstehen, Frau Marquise, daß meines Daseins glühendste Sehnsucht ist, mich so weit als möglich von ihr zu entfernen? Daß Sie darum der Stern sind, zu dem ich den krummen Körper emporrecke?

Die Kinder der Zukunft dürfen keine Mütter mehr haben wie die meine. Das ist das höchste Ziel der Revolution.

Prinz Friedrich-Eugen Montbéliard an Delphine

Montbéliard, den 20. Oktober 1786

Geliebteste. Endlich ein zärtlicher Gruß auf sicherem Wege. Wie danke ich. Dir, Du Süße, für all die liebevollen, sehnsüchtigen Zettelchen, die Du mir schicktest. Ich trage sie auf dem Herzen; sie könnten mich vor feindlichen Hieben schützen, wie Deine Liebe mich für alles persönliche Leid unempfindlich macht.

Was Du von unserem Sohne schreibst, beglückt mich aufs tiefste; daß er kräftig ist, wird ihn fähig machen, den Stürmen der Zukunft zu trotzen. Wie das Kind Dich über die Qual der Gegenwart hinweghebt, – »wenn ich es sehe, sehe ich dich,« sagst Du, – so hilft mir die Arbeit.

Unter dem kleinen Landadel spürt man den Hauch eines neuen Geistes. Grade der Umstand, daß er verarmte, macht ihn fähig zur Aufnahme moderner Ideen. Um so leichter wird er die

Steuerprivilegien fallen lassen, wenn er auf der anderen Seite sieht, daß die Finanziers, die »an Papieren Reichen« zu neuen Steuern herangezogen werden. Mit den großen Grundbesitzern allerdings steht es anders. Der Marquis Montjoie hat unter ihnen die stärkste Anhängerschaft, und wenn der schlanke Greis mit dem Adlerprofil und den ruhigen Bewegungen seiner langen, blaugeäderten Hand vor die Versammlung tritt, um das ganze ehrwürdige Rüstzeug der Tradition gegen unsere neuen, unerprobten, blanken Waffen ins Feld zu führen, so hat er von vornherein gewonnenes Spiel. Jede Interessengemeinschaft mit dem dritten Stand lehnt er ab, am energischsten die mit den Parvenüs, – »weil sie unsere Herrensitze usurpierten, glauben sie uns gleich zu stehen. Reich kann man werden, aber vornehm muß man sein.« Selbst im Kampf gegen mich verläßt ihn nicht seine äußere Ruhe; nur ich höre den schärferen Ton seiner Stimme und sehe das Aufblitzen unversöhnlichen Hasses in seinen Augen. Aber wir sind ja erst beim Vorpostengefecht; der Feldzug beginnt in Paris.

Einen einzigen Mißton, geliebte Frau, hat Dein letzter Brief in den reinen Akkord Deiner Liebesworte gebracht. Du willst während der Notabelnversammlung des Kindes wegen, dem die Pariser Luft nicht gut bekommt, in Froberg bleiben. Du freust Dich sogar, mit ihm allein zu sein, der täglichen, stündlichen Pein enthoben, die die Zärtlichkeiten des Marquis für den Kleinen Dir verursachen. Und ich?! Und die Möglichkeit, daß wir den rechten Augenblick versäumen könnten, einander ganz zu gehören?!

Überlege mit dem Herzen, Geliebte, das in Wahrheit der Kopf der Frauen ist.

Prinz Friedrich-Eugen Montbéliard an Delphine

Paris, 16. Februar 1787

Geliebteste. Dich nicht hier zu wissen, ist qualvoll genug, aber zu denken, daß Du allein in Froberg trüben Gedanken nachhängst, verwundet mein Herz noch mehr. Mir ist, als hätte auf dem Papier Deiner Briefe Deine Hand gelegen, heiß von der Stirn, auf die sie kurz vorher gepreßt war, als schwebe um jedes Wort ein langer Seufzer. Und doch sollte ein einziger Gedanke genügen. Dich aufzurichten: daß unser Schicksal von Deinem Willen allein abhängt. Willst Du Dich trennen von dem Manne, der Güte, Rücksicht, Vornehmheit benutzt, um Dich unter diesem Deckmantel nur um so mehr quälen zu können, so kannst Du es auch. Wahrhaftig, Du hast ihm seine grausamen Wohltaten genug gedankt. Nimm unser Kind auf den Arm und komm zu mir; wer Dich um dieser Tat willen ächtet, dessen Urteil trifft uns nicht.

Trübe Ahnungen, sagst Du, schienen den Schlaf des Marquis zu stören; stundenlang hörtest Du ihn in der Nacht auf und nieder gehen, und wenn er, wie es neuerdings seine Gewohnheit ist, zuweilen vom neuen Schloß zu der alten, verlassenen Burg hinüberging, dann sahst Du ein Licht unruhig hinter ihren Fenstern auftauchen und verschwinden. In einer solchen Nacht hat Dein mitleidiges Herz Dich zu ihm getrieben und Du hast ihm stumm die Hand gereicht!

Wie könnte ich Dir darum zürnen. Du Einzige Du?! Vergiß nur nicht, daß ein anderer Mann noch bemitleidenswerter ist!

Die Mitglieder der Notabelnversammlung dürften schon vollzählig eingetroffen sein. Die Pariser, für die das Schauspiel doch nur hinter verschlossenen Türen vor sich geht, benehmen sich wie Kinder vor den Vorhängen des Kasperltheaters. Alles scheint Zeit zu haben, denn alles ist auf der Straße. Man scherzt und lacht, aber die Fröhlichkeit, die wie ein leichter Luftzug die Oberfläche des Wassers zierlich kräuselt, läßt nicht vergessen, daß ein Sturm seine dunkle Flut bis in ihre schlammigen Tiefen aufwühlen kann.

Als Herr von Calonnes Erkrankung bekannt wurde und man verbreitete, er speie Blut, frugen die Witzbolde der Journale: seins oder das der Nation? Als er zum ersten Male das Haus verlassen durfte, fand er an seiner eigenen Tür folgenden Anschlag: »Die Schauspieler des Finanzministers werden zur Aufführung bringen: ›überflüssige Vorsicht‹ und ›Trügerische Hoffnungen‹. Die Rolle des Souffleurs übernimmt er selbst.« Im Theater zu Versailles wurde in Anwesenheit der Königin die Oper »Theodor« von Paësiello aufgeführt. Als der Titelheld, ein verlassener König, seine Schmerzen klagte, rief eine Stimme im Parterre: »Berufen Sie doch die Notabeln!« Schallendes Gelächter und endloses Bravorufen unterbrach die Aufführung. Man versuchte, die Unruhstifter zu verhaften, die Königin erhob Einspruch; das Publikum jedoch empfand ihre Güte nur als Schwäche, als ein Buhlen um seine Gunst, und laute Pfiffe folgten ihrem davoneilenden Wagen.

Wer es in den Journalen oder gar in den erregten Diskussionen versucht, die Reformen zu verteidigen, von deren Inhalt manches bekannt wurde, begegnet meist dem stärksten Unwillen. »Wir wollen keine Almosen, wir wollen Rechte,« rief Gaillard vor ein paar Tagen solch einem geheimen Emissär der Regierung zu. »Der Mensch ist frei geboren, und überall liegt er in Ketten. Die Reformen sind nichts als neue Mittel, ihn den Machthabern unterwürfig zu machen. Wir verwerfen sie. Wir verlangen die Anerkennung der Souveränität des Volkes, nicht die Stillung unseres Hungers durch Brosamen, die von des Reichen Tische fallen.«

Die Notabeln sind äußerlich ruhiger, umso erregter im Innern. Es ist ein andrer Adel als der von Versailles, der sich den erstaunten Blicken der Pariser preisgibt: viele Männer mit großem Namen in geflicktem Rock, viele Priester mit arbeitsharten Händen.

Ehe Du diesen Brief erhältst, werden wir zusammengetreten sein. Eine eben erschienene Broschüre steigert noch die Erregung. Sie trägt den Titel: »Letzte Gedanken des Königs von Preußen« und enthält unter anderem folgende Sätze, die heute früh in großen Lettern an den Straßenecken prangten:

»Nationen, die mit geborgtem Geld Kriege führen, werden niemals Frieden haben; nach dem Krieg mit dem Nachbarn beginnt der Krieg mit den Geldgebern; das Volk kommt nie zur Ruhe. Bleibt schließlich nur der Ausweg des Bankrotts, und er ist unvermeidlich.«

Marquis Montjoie an Delphine

Paris, den 3. März 1787.

Meine Liebe. Die außerordentlich anstrengende Tätigkeit im dritten Bureau der Notabelnversammlung macht es mir erst heute möglich. Ihnen für die gewünschten regelmäßigen Berichte zu danken. Es freut mich zu hören, daß Sie und Godefroy sich wohlbefinden.

Obwohl die Geheimhaltung der Verhandlungen mir verbietet. Ihnen ihren Verlauf im einzelnen zu schildern, halte ich mich doch für verpflichtet, Ihnen, im Vertrauen auf Ihre unverbrüchliche Verschwiegenheit, – jede Veröffentlichung der Tatsachen würde unabsehbares Unglück heraufbeschwören –, den Ernst der Lage nicht vorzuenthalten.

Stutzig gemacht durch die Andeutungen des Finanzministers über die Höhe der Schulden, und empört über die uns zugemutete neue Grundsteuer, – der Adel Frankreichs hat sich bisher die Steuer des Bluts und des Lebens für den König selbst auferlegt und braucht sich darum nicht wie ein jeder Krämer des dritten Standes behandeln zu lassen, dem man die Opfer für das Vaterland erst abzwingen muß, – haben wir einen Rechenschaftsbericht verlangt, um ihn mit dem Compte rendu Neckers vergleichen zu können. Er ist uns gestern in unzureichendster Weise gegeben worden. Danach scheint die Schuldenlast seit 81, wo ein Überschuß von 10 Millionen konstatiert wurde, auf nicht weniger als 112 Millionen angewachsen zu sein. Das bedeutet, wenn die Aufstellung richtig und wenn eine Deckung nicht zu beschaffen ist, den Staatsbankrott, und wenn die Öffentlichkeit unterrichtet wird, eine ungeheure finanzielle Deroute. Diese beiden Möglichkeiten bitte ich Sie, ins Auge zu fassen und sich darauf vorzubereiten, daß auch ich den größten Teil, wenn nicht den ganzen Rest meines Vermögens bei dem stark engagierten Bankhaus Saint-James verlieren könnte.

Es ist selbstverständlich, daß wir alles tun, um ein Unglück zu verhindern. Es ist aber auch ebenso selbstverständlich, daß wir uns nicht, wie die Regierung Zu erwarten schien, zu ihrem willenlosen Sprachrohr machen. Alle sieben Vureaur haben trotz des leidenschaftlichen Widerstandes des Herrn von Lafayette und seiner Anhänger, die um den Beifall der Straßenpolitiker zu geizen scheinen, die Grundsteuer abgelehnt, ehe uns nicht die detailliertesten Nachweise über die finanzielle Lage gegeben werden. Verschwendungen ungeheurer Art oder schmähliche Veruntreuungen innerhalb der Regierung sollen wir gezwungen sein, auf unsere Schultern zu nehmen? Der König, der sein Ohr schlechten Ratgebern lieh, hat es verstanden, den Adel, auf den er sich sonst allein stützen konnte, ins Lager seiner Gegner zu treiben.

Sollte Außerordentliches geschehen, so werde ich Ihnen durch besonderen Kurier Nachricht geben.

Graf Guibert an Delphine

Paris, den 22. März 1787.

Verehrte Frau Marquise. Ihre Antwort auf meinen Brief war so diplomatisch, daß ich wieder einmal von der Begabung der Frauen für die Politik überzeugt worden bin.

Inzwischen haben die Ereignisse mir rechtgegeben. Calonne wird über ihnen stürzen, jetzt besonders, wo sein kopfloser Appell an die Öffentlichkeit sich als ein Schlag ins Wasser erwiesen hat. Das Volk steht auf Seite der Notabeln, nur weil sie die Frondeure der Regierung sind. Die Zahlen, die allmählich, trotz des strengsten Schweigegebots durchsickern, steigern die Aufregung und rauben uns allen Kredit und alles Ansehen. Man hört von geheimen Rüstungen in England, von preußischen Truppen, die sich an der holländischen Grenze zusammenziehen. Der Tod Vergennes', eines tüchtigen Mannes, der verstand, unsere auswärtige Politik durch die bedrohlichsten Stürme zu steuern, die Unfähigkeit des Lakaien Montmorin, seines Nachfolgers–, das alles sind Vorboten trüber Tage.

Aber nicht, um Sie mit ihnen zu schrecken, schreibe ich heute, sondern um Sie um die Gnade zu bitten, Sie bei meiner Inspektionsreise im Elsaß aufsuchen zu dürfen. Sollten Sie im Mai nicht in Froberg sein, so darf ich noch eine Nachricht erwarten. Oder dürfte ich, trotz Ihrer offenbaren Ungnade, darauf hoffen, auf alle Fälle eine Zeile von Ihnen zu erhalten? Meine unerschütterte Verehrung für Sie sollte wenigstens auf die Gewährung eines Handkusses rechnen können!

Prinz Friedrich-Eugen Montbéliard an Delphine

Paris, am 9. April 1787.

Geliebteste Delphine. Ich beeile mich. Dir durch besonderen Kurier mitzuteilen, was Dich und uns auf das Nächste berühren muß. Calonne wurde heute seines Amtes enthoben, über die schwindelnde Höhe des Defizits herrscht in der Pariser Bevölkerung kein Zweifel mehr. Die Bankhäuser Saint-James und Boutin sind seit gestern geschlossen. In der heutigen Sitzung erschien der Marquis als ein Gespenst seiner selbst, aber in grader, tadelloser Haltung. Er bat, wie ich erfuhr, um Urlaub. Wie weit er an dem Ruin des Herrn von Saint-James beteiligt ist, weiß niemand.

Ich hoffe mit Bestimmtheit, daß diese Zeilen Dich vor seiner Ankunft erreichen und Dein gütiges Herz nicht unvorbereitet seinem Unglück gegenübersteht.

Marquis Montjoie an Delphine

Paris, den 9. April 1787.

Meine Liebe. Das Gefürchtete ist eingetroffen, ohne mich noch überraschen zu können. Ich habe mein Vermögen verloren. Das Wenige, was ich im Laufe der letzten Tage sicherzustellen vermochte, wird gerade nur ausreichen, uns vor Entbehrungen zu schützen. Ich bedaure die Sachlage um Ihretwillen, die Sie an ein luxuriöses Leben gewöhnt sind. Für meinen Erben möchte ich sie dagegen beinahe als ein Glück bezeichnen. Der Reichtum hat den Adel Frankreichs in Bahnen gelenkt, die ihn seiner besten Kräfte berauben; die Armut wird ihn unweigerlich vor die Wahl stellen, untergehen zu müssen oder sie zurückzugewinnen. Die Zukunft bedarf eines Geschlechtes von Eisen.

Ich werde meiner Gemahlin keine anderen Kleinodien und meinem Erben nichts mehr zu hinterlassen haben als die Ehre meines Namens. Ich erwarte, – das einzige, was mir das Leben noch zu erwarten übrig ließ –, daß sie sich dieses Schatzes würdig erweisen.

Ich folge diesem Brief auf dem Fuß, da ich zunächst in Straßburg alles Geschäftliche zu erledigen habe. Froberg bleibt uns. Wir werden uns jedoch auf die Burg beschränken müssen.

Graf Guy Chevreuse an Delphine

Saint-Cloud, den 4. Mai 1787.

Teuerste Delphine! Das Unglück, das Sie traf, hat mich mit betroffen, wenn ich auch zu sehr zur alten Schule gehöre, als daß ich öffentlich Tränen darüber vergießen kannte. Sie wissen doch: sogar die Notabeln weinten, als Calonne, der arme Prügelknabe, gegangen war und der König ihnen die Vorlage aller Rechnungen versprach; sie haben ihre Tränendrüsen offenbar für Schmerzen und Freuden ordentlich eingeteilt.

Die Königin erstarrte förmlich, als sie von Ihrem Schicksal erfuhr; sie kam gerade vom Krankenbett des Dauphin, wo sie ihren Vorrat an Tränen gelassen haben mochte. Heute sagte sie mir, ich möge Ihnen mitteilen, daß sie noch so glücklich ist, Ihnen beistehen zu können.

»Daß die kleine Marquise ihre Perlen verkaufen mußte, erregt mich nicht,« sagte sie, »vielleicht hing auch an diesem wundervollen Geschmeide ein böser Fluch! Aber daß sie verurteilt wurde, in der dunklen Burg zu wohnen – ein sonnengewöhnter Paradiesvogel im Käfig! – das macht mich schaudern.« Sie bietet Ihnen an, in ihren Hofstaat einzutreten, und würde Ihnen im geheimen aus ihrer Schatulle die Mittel dafür bewilligen.

Könnten wir nicht doch noch inmitten des schwarzen Weltmeeres eine Insel der Seligen mit den Flüchtigen vom anderen Ufer bevölkern?!

Eine Ahnung von ihrer Möglichkeit hatten wir kürzlich.

Die Guimard tanzte auf der kleinen Bühne des Schlosses, mit ihr die kaum zwölfjährige Laure, die wunderbare, jüngste Schülerin von Vestries. »Vergangenheit und Zukunft« war der Titel der Pantomime, die sie aufführten: die Guimard als Marquise Pompadour in der üppigsten Courrobe, übersäet mit funkelnden Juwelen, die kleine Laure in flatterndem Hemdchen, als einzigen Schmuck ein rotes Tuch turbanartig um das Köpfchen gewickelt. Sie hob und senkte sich, sie schwebte und wirbelte um die feierlichen Menuettpas der Marquise, daß diese »Zukunft« jeden erobern mußte.

Die Königin befahl die Tänzerinnen zum Souper. Noch einmal hatte die Göttin der Freude der hohen Frau ihr Zepter in die Hand gedrückt. Immer wieder sprangen die Korke der Champagnerflaschen gegen die Decke und trafen wie Pfeile Amors die bloßen Brüste gemalter Najaden; immer kecker wurden die Chansons, vom perlenden Lachen der Königin unterbrochen.

Es war wie einst!

Gegen Mitternacht öffnete sich die Türe zu den Gemächern des Königs. Er trat ein, fahl im Gesicht; der Gesang verstummte, die Tänzerinnen standen still, angstvoll flüchtete sich die zitternde Zukunft in die Arme der blassen Vergangenheit; der König flüsterte mit seiner Gemahlin; das Licht in ihren Augen erlosch.

Es war der Tag, an dem Lomenie de Brienne Finanzminister geworden, Calonne nach England entflohen und das böse Wort vom Staatsbankrott in der Notabelnversammlung zum erstenmal gefallen war! Von der Insel der Seligen waren wir allzu rasch an das Gestade der Wirklichkeit zurückgekehrt. Aber wenn Sie bei uns sind, Holdseligste, werden wir uns nicht mehr von ihr vertreiben lassen.

Prinz Friedrich-Eugen Montbéliard an Delphine

Paris, den 27. Mai 1787.

Geliebteste, ich höre nichts von Dir und bin in größter Angst. Da ich nicht weiß, was geschehen ist und was geschehen kann, habe ich der Post oder einem gewöhnlichen Kurier diese Zeilen nicht anzuvertrauen gewagt. Gaillard hat es übernommen, sie sicher in Deine Hände gelangen zu lassen.

Ich flehe Dich an, stelle den Marquis endlich vor die Entscheidung. Er wird, er muß Dich frei geben, nachdem er weder auf seine Stellung am Hofe, noch auf eine Rolle in der Öffentlichkeit mehr Rücksicht nehmen zu müssen glaubt. Tut er es nicht, so entschließe Dich, liebste Delphine, und komm unter dem Schütze Gaillards zu mir. Nicht nach Etupes, nicht nach Montbéliard, wo man Dich suchen würde, sondern nach dem stillen Nest, das wir nicht weit von Paris gefunden haben.

Meine Liebe ist nur noch Sehnsucht.

Selbst der Tumult der letzten Tage, die Auflösung der Notabelnversammlung, die stürmische Forderung nach der Einberufung der Generalstände, – das heißt nichts anderes als unsere Kriegserklärung an den König, – haben keinen Augenblick den lauten Ruf meines Herzens nach Dir, Du Süße, zu ersticken vermocht.

Zu Zeiten der Gefahr gehören Liebende zueinander. Und jetzt, wo alles zusammenstürzt, wo die Götter, vor denen wir einstmals knieten, deren Unersättlichkeit wir in frommem Glauben Opfer um Opfer brachten, sich als tönerne Götzen erwiesen haben, wo die harte Faust einer eisengepanzerten Epoche alle Heiligtümer – die Ehe, die Familie, die Freundschaft, die Königstreue – der juwelenbesetzten Gewänder entkleideten, mit der die Jahrhunderte sie behängten, und armselige Gerüste uns nur noch entgegenstarren, – jetzt, meine Delphine, können befreite Menschen über die Trümmer hinweg sich ruhig die Hände reichen. Sie sind nicht nur die Baumeister neuen Menschenglücks, sie sind auch bestimmt, die Tempel der neuen Gottheit aufzurichten.

Doch warum spreche ich so zu Dir? Bedarf es der Überredung, wo nichts entscheiden soll als das Gesetz in Dir?

Prinz Friedrich-Eugen Montbéliard an Delphine

Paris, den 19. Juni 1787.

Meine Delphine – mein, trotz allem! Ich habe den ersten Sturm in meinem Innern erst austoben lassen; – nun ist von ihm nur die Verwüstung übrig geblieben!

Wenn der Marquis Dich im tiefsten Kerker gefangen hielte, wenn Du eiserne Fesseln an Händen und Füßen trügst –, ich würde Dich erobert haben! Aber da Du selbst – Du selbst! – Dich in Ketten schlägst, wer vermöchte Dich zu befreien!

Weißt Du denn, was Du mir geschrieben hast, kennst Du die Dolchspitzen, die auch Deine süßesten Worte mir ins Herz bohrten?!

»...Mit eiserner Kraft hielt der Marquis sich noch in Straßburg aufrecht. Als der Marstall sich leerte, als die bepackten Möbelwagen sich unter Peitschenknallen und Räderknarren schwankend von Montjoie fort bewegten und der alte Gärtner mit zitternden Händen die Läden des leeren Schlosses über die schwarzen Fensterhöhlen legte, als die Dienerschaft Abschied nahm –, einer nach dem anderen in endlos scheinender Reihe, da stand er immer noch gerade aufgerichtet und hatte ein Lächeln für jeden wie bei einem großen Empfang...« Rühmst Du nicht mit jedem Wort den hartherzigen, alten Mann, der für scheidende Untergebene ein Lächeln, für sein Weib nur die Folter hat?!

»Am Abend aber fand ihn der einzige, alte Diener, den wir behalten haben, bewußtlos am Boden neben seinem Schreibtisch. Erst nach Tagen der Sorge« – (Sorge um einen Menschen, der Dich kaufte?!) – »kam er zu sich. Seitdem wird das Sprechen, das Gehen ihm schwer. Unermüdlich läßt er sich im Rollstuhl durch die düsteren Räume fahren. Nur die Arme kann er bewegen, wie immer.« –

Um Dich zu halten. Dich und unser Kind! –

»Und gerade jetzt, in dieser gräßlichen Not sollte ich von ihm gehen, sollte in dem Mann, der alles verlor, den Glauben erwecken, daß ich wohl seinen Reichtum genieße, nicht aber seine Armut teilen kann? Die Frage, die zu stellen Du von mir verlangst, die Flucht, die mir übrig bleibt, wenn ein hartes Nein seine Antwort ist, würden den Geschwächten töten. Kannst Du verlangen, daß ich seine Mörderin werden soll?«

Aber daß er in uns alles tötet, was Glück und Hoffnung ist, – also mehr als das bloße armselige Leben eines vom Tode schon Gezeichneten –, das gibst Du zu?!

Ich kann nicht anders: ich balle die Fäuste gegen Dich, Delphine!

Gaillards Bericht hat das Bild vollendet, das Du mir maltest. Ich sah den starken, fast rohen Mann nie so bewegt.

»Sie ist ganz blaß, ganz schmal,« sagte er; »sie irrt durch die hohen, dunklen Räume, vor denen sie sich graute, seit sie sie zum erstenmal betrat. Und unter den weißen Tüchern, in die sie sich hüllt, zittern ihre Schultern mitten im Sommer. Sie trägt den Kleinen jedem Sonnenstrahl nach, der hier oder dort durch die tiefen Fenster fällt. Seitdem die Bauern, von der Haltung des Marquis in der Notabelnversammlung unterrichtet, die Räumung des Lustschlosses im Park mit Vivatrufen begleiteten, und ein kleiner, schmutziger Dreikäsehoch nach ihrem Sohn mit einem Feldstein warf, als sie draußen mit ihm spielte, verläßt sie den engen Burghof nicht mehr.«

Bist Du wahnsinnig, Delphine, daß Du Dein eigen Kind dem Greise opfern willst?! Oder ist es etwas anderes als ein Opfer, wenn Du es in dieser Atmosphäre des Grauens atmen läßt?!

»Schreib mir nicht mehr,« bittest Du, »Deine Sehnsucht facht meine Liebe an, daß sie alles verbrennen könnte, was an Pflichtgefühl, an Lebensmut in mir ist...« Aller Entfernung, allen Gefahren zum Trotz würden, hättest Du Deinen Wunsch nur mit diesem Satz begründet, meine Kuriere täglich zu Dir fliegen, denn alles, alles soll verbrennen, damit Deine Liebe, ein Fanal des Sieges, hell auflodere. Aber Du fügst einen anderen Satz hinzu: »Jedes Deiner Worte ist Gift in der großen, offenen Wunde meines Herzens, ich vergehe daran, und ich muß doch leben, um des Einzigen willen, den das kurze Liebesglück mir ließ: um unser Kind...«

Ich verstumme, Delphine. Vielleicht, daß vollkommene Ruhe Dir hilft, Dich wiederzufinden. Alle Zweifel an Deiner Liebe, Deiner Treue, die in mir aufsteigen, will ich zu ersticken, alle Sehnsucht durch das Übermaß der Arbeit, die vor uns liegt, zu unterdrücken suchen.

Lebewohl!

Lucien Gaillard an Delphine

Paris, den 25. Juni 1787.

Verehrte Frau Marquise! Meinem Versprechen getreu sende ich heute einen ersten Bericht. Ich würde, auch ohne Ihre bestimmte Aufforderung, stets rückhaltlos wahr sein.

Der Prinz war ganz gebrochen. Er weinte nach innen, wie alle Starken. Tagelang schloß er sich ein. Erst die Nachricht, die der Marquis Lafayette ihm überbrachte, daß die beiden Minister des Kriegs und der Marine angesichts der drohenden Haltung der preußischen Truppen an der Grenze Hollands und der leeren Kassen Frankreichs ihren Abschied eingereicht haben, riß ihn aus der Versunkenheit.

Er ist ein Mann der Tat, darum wird er nicht untergehen, Frau Marquise!

Das Gerücht, daß wir zu der Ehrlosigkeit gezwungen sein könnten, unsere holländischen Verbündeten im Stich zu lassen, empört die Pariser. An der *Place de la Dauphiné* verbrannte man die Bilder des Finanzministers, die vorher gewaltsam aus den Buchhandlungen entfernt worden waren. Vor dem Schloß von Versailles versuchte man eine laute Demonstration; es wäre zu einem Zusammenstoß mit den Schweizer Garden gekommen, wenn nicht die Nachricht sich verbreitet hätte, daß die neugeborene Prinzessin soeben verschieden sei. Das Volk ging ruhig auseinander. Es ist jetzt noch ein lenkbares Kind. –

Meine Adresse« ist im Augenblick die Ihnen bekannte. Ich unterschreibe nicht. Eine Verbindung mit mir könnte Ihnen einmal gefährlich werden.

Lucien Gaillard an Delphine

Paris, den 19. August 1787.

Verehrte Frau Marquise! Der Prinz hat Paris verlassen. Nur auf kurze Zeit, wie er sagte, und um die Stimmung in der Provinz kennen zu lernen. Auch Lafayette und Mirabeau sind fort. Ich glaube, daß sie, seitdem das Parlament durch königliche Haftbriefe nach Troyes verwiesen ist, ähnlichem Schicksal aus dem Wege gehen wollen.

Wir leben in dauernder Erregung. Wir erzwangen uns den Eintritt ins Parlament während der stürmischen Verhandlungen. Ich wahrte mir, so sehr ich konnte, die Kühle meines Kopfes und sehe in der Verweigerung der Grund- und Stempelsteuern weniger ein Zeichen des allgemeinen demokratischen Geistes, der sich keinem Machtwort eines absoluten Monarchen mehr fügen will, als einen Beweis für den Egoismus der Stände. Wären sie Vaterlandsfreunde, wie sie zu sein behaupten, so würden sie im Augenblick höchster Gefahr, wo die Regierung an ihren Opfermut appelliert, nicht krampfhaft die Hand auf den Beutel halten.

Mir und meinen Gesinnungsgenossen kann diese Enthüllung der Motive ihres Handelns nur recht sein. Mit um so größerer Wucht werden wir im geeigneten Augenblick neben die von ihnen erhobene Forderung bürgerlicher Freiheit die der sozialen Gleichheit stellen.

In den politischen Klubs tönt sie laut genug. Und die Polizei hat sie längst gehört. Vor kurzem rief ein Leidenschaftlicher im Palais-Royal über die Köpfe der Flaneure hinweg: »Mit den Gedärmen des letzten Priesters erdrosseln wir den letzten König.« Man wollte ihn verhaften, ließ ihn aber laufen, als sich zur Beschämung des Polizeibeamten herausstellte, daß der Satz von Diderot stammt, dem am gleichen Tage in der Akademie eine tönende Gedächtnisrede gehalten worden war.

Die gewaltsame Registrierung der Steuern, – der König will seine Selbstherrlichkeit in einem Augenblick beweisen, wo sie nichts als eine Chimäre ist, – ruft noch ständig erregte Szenen hervor. Der Graf von Artois wurde gestern auf dem Wege zur *Chambre des Comptes* ausgepfiffen. Kein Steuererheber – davon bin ich überzeugt – wird gegen die Haltung des Parlaments den Mut haben, die Order des Königs auszuführen.

Verzeihen Sie, wenn die Leidenschaft mich weit über meinen Auftrag hinausgehen ließ!

Lucien Gaillard an Delphine

Paris, am 26. September 1787.

Ich danke Ihnen, verehrte Frau Marquise, für Ihren Brief und freue mich innig, Ihnen ein wenig helfen zu können, indem ich Ihr Interesse an den politischen Vorgängen wach erhalte.

Der Prinz ist zurück. Die Provinzialversammlungen, die jetzt überall tagen, sind, nach seinem Bericht, vom gleichen Geist erfüllt. »Ich habe«, sagte er, »einmal um den Tod Rousseaus, Voltaires, Diderots geklagt. Jetzt weiß ich, daß wir Tote nicht zu betrauern haben, deren Geist unsterblich ist!«

Der König glaubte die Parlamente übergehen zu können, er behandelte sie wie ungezogene Kinder; er lernte inzwischen, daß er Männer vor sich hat, und die Zurückziehung der bereits registrierten Steueredikte war ein Eingeständnis seiner Verlegenheit und seiner Schwäche, über die keine tönende Rede der Monarchisten mehr hinweghilft. Der Einzug Wilhelms von Oranien im Haag mit Hilfe preußischer Truppen, über den das ehrliebende Frankreich heute in helle Wut gerät, hat den Rest von Respekt vor dem Kriegsherrn und seinen Ratgebern zerstört. In Kriegshäfen, Schiffe und Armeereformen haben wir Millionen gesteckt und besitzen nicht einmal so viel politische Macht, um uns vor dem Hohngelächter der Nachbarn zu schützen. Die preußischen und englischen Diplomaten, die hier zusammentreffen, haben leichtes Spiel.

Daß der Herr Marquis der Provinzialversammlung in Straßburg beiwohnen will, ist sehr erstaunlich. Darf ich vielleicht dem Prinzen mitteilen, daß Sie um jene Zeit allein sein werden?

Graf Guy Chevreuse an Delphine

Versailles, den 22. November 1787.

Schönste Marquise. Bisher zögerte ich, Ihnen zu antworten, denn was blieb mir zu sagen übrig? Sollte ich klagen, weil Sie nicht kommen mögen? Sollte ich Hoffnungen aussprechen, die nichts als leere Worte gewesen wären? Oder sollte ich Ihnen zur Erheiterung im Tone der Pariser, Parlamentsräte das »üppige Hofleben« schildern, den »Taumel des Vergnügens«, in dem wir leben, den »Goldregen«, der sich über uns ergießt, »während das Volk im Elend verkommt?!«

Hier statt dessen ein Bild der Wirklichkeit: Nur von wenigen ihrer Getreuen begleitet, durchstreifte die Königin die herbstöden Gärten von Trianon. Den Tod der neugeborenen Prinzessin hat sie um so weniger überwunden, als irgend ein altes Weib in ihrer Umgebung ihn als böses Omen deutete. Sie trug, wie wir alle, Trauerkleider; der kleine Dauphin klammerte sich, wie immer, an ihre Hand, sein schwarzes Röckchen ließ seine Blässe doppelt durchsichtig erscheinen. Unser Ziel war der Pachthof.

»Ich will mir einmal einen fröhlichen Tag bereiten,« hatte die Königin mit wehmütigem Lächeln gesagt und die Börse gefüllt für ihre Schützlinge in den kleinen Häusern.

Als wir uns näherten, kamen uns die Lakaien, die den Besuch der Königin gemeldet hatten, mit verlegener Miene entgegen. Die Leute seien bei der Arbeit, hieß es. Die Königin grub die Zähne in die Unterlippe. »Wir werden warten, sagte sie dann und ließ sich auf der Steinbank nieder. Ein paar Gesichter tauchten hie und da hinter den kleinen Fenstern auf und verschwanden wieder. Schließlich lief eine fröhliche Schar kleiner Kinder von der nahen Wiese uns entgegen. Die Königin rief sie, nahm den Kleinsten auf den Schoß, küßte ihn und drückte einem jeden ein Geldstück in das Fäustchen; die Eltern sahen hinter den Büschen und Hecken heimlich zu.

»Vor einem Jahre haben sie noch alle vor mir im Staube gelegen,« sagte die Königin bitter. Wir gingen schweigsam zurück. Nur sie schritt stolz und hochaufgerichtet vor uns, einen hochmütig-verächtlichen Zug um die Lippen.

Wir empfanden seitdem eine merkbare Umstimmung nicht nur bei ihr, sondern auch beim König, der die geheimen Unterhaltungen mit seiner Gemahlin mehr als sonst zu suchen scheint und nie versäumt, sie zum Ministerrat zuzuziehen. Das Maß seiner Güte scheint endlich erschöpft.

»Die Neuerer wollen ein Frankreich, das englisch ist«, meinte er kürzlich erbittert, und bei Gelegenheit einer der letzten offiziellen Empfänge in Versailles erklärte er laut: »Die Idee, dauernde Generalstände zu schaffen, ist umstürzlerisch gegen die Monarchie. Wird sie verwirklicht, so existiert zwischen dem König und dem Volk als intermediäre Macht nur noch die Armee.« Jeder erstaunte; es war das erste Mal, daß der König an die Gewalt erinnert hat.

Vor wenigen Tagen fand eine königliche Parlamentssitzung statt, in der sein Stimmungswechsel zu klarem Ausdruck kam. Sie wissen, daß ich der Politik bisher weiter aus dem Wege gegangen bin als den häßlichen Frauen. Wenn ich dieser Sitzung beiwohnte, so nur, weil Schauspiele der Art, seitdem die Theater immer langweiliger, die Tänzerinnen immer älter werden, und selbst die Somnambulen, die uns so angenehm gruseln lehrten, anfangen, sich mit politischer Hellseherei abzugeben, die Ode des Lebens allein noch unterbrechen. Es war der Mühe wert.

Im Namen des Königs hielt der Großsiegelbewahrer, aufgeplustert wie ein Truthahn und feuerrot wie er, eine donnernde Philippika, zwischen jedem Satz eine Pause machend, um ihre Wirkung zu beobachten.

»Der König allein hat die souveräne Gewalt im Reich – «, ein paar Räte zuckten merklich die Achseln. »Gott selbst hat ihn eingesetzt; nur Gott ist er verantwortlich – «, auf allen Gesichtern stand ein spöttisches Lächeln. »Die gesetzgebende Gewalt ruht allein beim König – «, ein lebhaftes »Oho!« machte sich hörbar.

Dann wurde das Anleiheedikt – es handelt sich um die hübsche Summe von vierhundert Millionen! – verlesen, und die Schleusen der Beredsamkeit waren geöffnet.

Welche Wasserfälle sahen wir! Ein Herr Duval d'Esprémenil zeichnete sich besonders aus; den ganzen Katechismus der Enzyklopädisten betete er herunter: »Menschenrechte« – »Volkssouveränität«, – »Gemeinwohl«, – »Gesamtwille«, – noch im Traum dröhnte mir das alles im Ohr. Von der Anleihe wollte keiner etwas wissen, ungefähr wie ein dressierter Hund, dem zwar nach dem fetten Bissen das Wasser im Munde zusammenläuft, der aber schielend den Kopf davon abwendet, wenn man ihm sagt: »Pfui – das kommt vom König!«

Trotz des Widerspruchs wurde die Registrierung des Edikts befohlen. Ein unwilliges Gemurmel erhob sich; den Augenblick benutzte der Herzog von Chartres, – es wird mir schwer, ihn mit dem Titel seines vornehmen verstorbenen Vaters Orleans zu bezeichnen, – und erklärte das Vorgehen des Königs für ungesetzlich.

Eine kurze Pause allgemeiner Verblüffung, die aber leider niemand benutzte, um dem neuen Volkshelden die Krone anzubieten, obwohl Madame de Genlis die Rolle der Pompadour schon ohne Souffleur zu spielen imstande ist.

»Weil ich es will, ist es gesetzlich,« tönte des Königs Stimme scharf und hell durch den Saal. Und der Hof zog sich mit seinem Gefolge zurück.

Heute ist der verbannte Herzog der Märtyrer der Volksfreiheit! Ich kenne eine erkleckliche Zahl Glieder des dritten Standes, die bitterlich um ihn weinen: die kleinen Mädchen aus den Singspielhallen, die Venuspriesterinnen vom Palais-Royal.

Possen wie diese erinnern mich an Sankt Nikolaus, mit dem man uns als Kinder schreckte; wenn die »große Revolution«, mit der man die Erwachsenen zu schrecken sucht, nichts anderes aufzuführen weiß, als daß sie mit der Rute droht, mit faulen Äpfeln wirft und bunte Pfefferkuchen verteilt – !

Ach, wenn die Tage von Chantilly noch einmal wieder kämen! Wir sind doch noch so jung, schönste Delphine!

Marquis Montjoie an Delphine

Straßburg, den 12. Dezember 1787.

Meine Liebe. Die Verhandlungen der Provinzialversammlung werden sich noch bis Ende des Monats hinziehen. Ich fühle mich kräftig genug, sie auszuhalten, obwohl ich keinen leichten Stand habe. Die Mehrheit der Mitglieder neigt zur Annahme der Grundsteuern. Daß Rohan durch den Weihbischof seinen Protest mit dem meinen vereinigt, hat unserer Sache natürlich mehr geschadet als genutzt. Baron Flachslanden frug mich erstaunt, wieso gerade ich auf meinem Eigensinn beharre, da ich doch die Besteuerung nicht mehr zu fürchten brauche! Ein Zeichen der Zeit: man begreift nicht, daß ein Mensch uneigennützig nach Grundsätzen handeln kann!

In allen anderen Fragen herrscht erfreuliche Einmütigkeit. Der Wunsch, die Machtvollkommenheit der Regierung auf alle Weise einzuschränken, die Übergriffe der durch unsere bisherige Nachgiebigkeit reich gewordenen Intendanten unmöglich zu machen, beherrscht die Verhandlungen.

Daß die unaufhörlichen Regengüsse sich in der Feuchtigkeit des Schlosses so unangenehm bemerkbar machen, bedaure ich sehr. Beschränken Sie sich möglichst auf einen Raum, dessen Kamin dauernd geheizt bleibt, damit das Kind nicht Schaden leidet.

Prinz Friedrich-Eugen Montbéliard an Delphine

Montbéliard, den 15. Dezember 1787.

Meine Sehnsucht siegt über meinen Stolz und meine Vernunft. Du bist allein. Ich bitte Dich, übergib meinem Reitknecht Deine Antwort auf meine Frage: Kann ich Dich sehen?

Prinz Friedrich-Eugen Monibéliard an Delphine

Montbéliard, den 18. Dezember 1787.

»Ich ertrüge es nicht,« sagst Du, »die Augen gehen mir über, wenn ich einmal aus der Burg ins helle Licht des Tages komme. Das Herz würde mir brechen, wenn ich Dich sähe – «

Wüßte ich nicht so sicher, daß niemand bei Dir ist – bei Gott, Delphine, ich könnte nicht anders, als an einen Nebenbuhler glauben!

Die Gespenster der Vergangenheit steigen vor mir auf. Gut, daß es ein Feld atemlos heißer Kämpfe gibt, in die ich mich stürzen kann.

Lucien Gaillard an Delphine

Paris, den 11. Mai 1788.

Verehrte Frau Marquise. Was ich versprach, vergesse ich nicht. Wenn ich nicht schrieb, so darum, weil ich den Prinzen monatelang aus dem Gesicht verloren hatte und fürchten mußte, zudringlich zu erscheinen, wenn ich eine Nachricht von ihm nicht geben konnte.

Gestern erst sah ich ihn mitten im Tumult des Palais-Royal. Er schüttelte mir die Hand. »Es wird ernst,« sagte er mit einem Blick auf die gestikulierende, durcheinander schreiende Menschenmenge. »Der Todeskampf der absoluten Monarchie beginnt,« antwortete ich, und er nickte. Dann verlor er sich wieder im Gedränge.

Seit dem achten Mai, wo der König die Parlamente ihrer Macht entkleidete, wächst die Erregung. Parlamentsräte, Aristokraten und Priester fraternisieren auf der Straße mit Krämern, Arbeitern und Journalisten. Und dem verblendeten Volke erscheinen sie plötzlich wie lauter Freiheitshelden.

Die Sturmflut von Paris überschwemmt bereits die Provinz und wetteifert mit den Unwettern, die der Himmel sendet. Die berufenen Wächter des Thrones – der Priester und der Edelmann – erheben die zu seinem Schutze bestimmten Waffen gegen ihn und zerstören damit im Volke den letzten Rest des Kindertraums von der unantastbaren Heiligkeit des Königs.

In der altersgrauen Burg des Absolutismus sucht er sich zu verschanzen, zu blind, um zu sehen, daß sie schon eine Ruine ist.

Graf Guibert an Delphine

Grenoble, den 20. Juni 1788

Teuerste Marquise. Meine Reise in den Elsaß wurde im vergangenen Jahre durch die Kriegsunruhen vereitelt; in diesem Jahre wäre sie durch den Krieg im Innern beinahe wieder verhindert worden. Ich habe Tage erlebt, die sich nicht leicht vergessen lassen und den Soldaten mit dem Bürger in mir in schwere Gewissenskonflikte gerissen haben.

Wir hatten in Paris erfahren, daß die Registrierung der neuen Edikte in der Dauphiné selbst mit Hilfe der Bajonette auf bewaffneten Widerstand der Bevölkerung stieß. Der Kommandant, der Herzog von Tonnerre, bat um Hilfe. Ich wurde zur Rekognoszierung nach Grenoble gesandt. Kaum war ich angelangt, als erschreckte Landleute die Straßen füllten.

»Das ganze Gebirge ist in Aufruhr,« erzählten sie; »Männer wie Wilde, in Lederjacken und geschnürten Schuhen, mit Sensen und Dreschflegeln, Mistgabeln und Stöcken bewaffnet, steigen in hellen Haufen von den Bergen – .« Ich alarmierte die Besatzung, aber es war zu spät; schon drangen Scharen abenteuerlicher Gestalten, Leute wie Riesen mit langen wirren Bärten in die Stadt. Der Herzog von Tonnerre, den sie in seinem Palais überfielen, wurde schwer verwundet; der General Joucourt, der zur Hilfe gerufen worden war, meldete sich krank, und der erste Offizier, dessen Truppe den Angreifern gegenüberstand, warf den Degen fort, breitete die Arme aus und rief: »Wir schießen nicht auf unsere Väter und Brüder!«

Es war eine verzweifelte Situation, der wir erst nach einigen blutigen Zusammenstößen Herr geworden sind. Aber wir fühlen uns wie in Feindesland; der kleinste Bursche zeigt seine Vaterlandsliebe, indem er vor jedem Uniformierten die Zunge ausstreckt.

Sie kennen meine Ansichten und werden begreifen, daß ich dem Befehle, nunmehr im Elsaß den Manövern beizuwohnen, mit Freuden folge, nur um hier nicht weiter den Schergen des Absolutismus spielen zu müssen.

Ich bin nächsten Monat in Straßburg und werde mir von da aus gestatten, Ihnen in Froberg meinen Besuch zu machen.

Graf Guy Chevreuse an Delphine

Versailles, den 10. August 1788.

Allerschönste. Eine Zeichnung Guiberts macht die Runde in Versailles: unter dem düsteren Torbogen einer Burg steht die zarte Elfengestalt eines reizenden Weibes; weich fließt das weiße Kleid um ihre schlanken Glieder, aus dem schmalen süßen Gesichtchen glänzen übergroße erschrockene Kinderaugen. »Delphine« steht darunter – mitten in einem flammenden Herzen!

Delphine –, welch ein Zauber umfängt mich wieder! Wie beneide ich den Glücklichen, der Sie sehen durfte; wie preise ich das Unglück, das Sie nur noch schöner werden ließ!

Seit der Dauphin von uns gegangen ist –, es war wirklich ein leises Davongehen, kein Sterben, – hat die Königin nicht mehr gelächelt. Ihr Bild zauberte endlich wieder einen hellen Schein auf das Gesicht der Unglücklichen.

»Ich küsse sie zärtlich in Gedanken, die liebe, kleine Marquise,« sagte sie.

Und noch eine andere, eine ganz andere, hat das Bildchen angelächelt: die Guimard.

»Zum letzten Tanz« hatte sie ihre alten Freunde geladen. Ihr Hotel strahlte von hundert Kerzen, ihre Tafel bog sich unter dem Silbergerät; ein Netzwerk köstlicher Rosen hing unter dem Plafond.

Sie tanzte noch einmal alle Tänze, die ihre Triumphe gewesen waren, nur langsam, gleichsam zögernder als einst, – wie im Traum. Und währenddessen regnete es Rosenblätter.

»Die Rosen welken,« meinte die Tänzerin wehmütig. »Es liegt in Ihrer Hand, sie wieder blühen zu machen.« – »Wie können Sie von uns gehn!« – »Was ist die Oper ohne Sie!« rief alles durcheinander. Aber ihr Entschluß, der Bühne zu entsagen, war unwiderruflich.

»Perückenmacher und Lakaien sind die Richter der Talente geworden; ich aber habe meine Erfolge nur dem Urteil der besten Kreise verdankt; soll ich mich dazu hergeben, mich von der *crapule* kritisieren zu lassen,« erklärte sie, und wir widersprachen nicht mehr.

Ein paar Tage später sandte sie mir eine Karikatur: unter federngeschmückter Perücke eine Frau mit geschminktem Totenkopf, unter dem rosa Gazeröckchen ein Knochenbein in die Luft werfend –, »das Skelett der Grazien« stand daneben, »der Dank der Pariser« auf der anderen Seite in der Schrift der Guimard.

Es ist heimlicher in Ihrer alten Gespensterburg, süße Delphine, als mitten in Paris.

Graf Guibert an Delphine

Paris, den 23. August 1788.

Meine teuerste Marquise. Noch fühle ich Ihre Atmosphäre um mich und bin doch schon über zwei Wochen in Paris. Ich glaube, sie kann sich nie mehr verflüchtigen, denn sie ist, – das haben Sie mir ja rasch und deutlich genug zu verstehen gegeben –, nicht jene von flüchtigen Liebesspielen parfümierte Salonluft, die dem bloßen offnen Fenster weicht, sondern die herbe Luft der Vogesen selbst.

Ich kenne Frauen – sehr wenige nur! – die in ihrer Ehe die Erfüllung ihrer Glücksträume fanden. Um sie ist es ebenso ruhig; kein leichtsinniges Verlangen vermag neben ihnen wach zu werden. Wie kommt es nur, daß ich bei Ihnen wie bei jenen mich fühlte, obwohl das Leid, die Entbehrung Ihre Züge zeichnen?!

Auf der ganzen Reise träumte ich noch, so daß ihre Bilder fast spurlos an mir vorüber zogen. Der böse Sommer, die Überschwemmungen des Frühjahrs machten die Landschaft traurig, wie die Menschen. Seltsam ist es, wie das Gesicht jedes Bauern sich erhellt, wenn die Generalstände erwähnt werden. Das Volk erwartet von seinen Vertretern, wie früher vom lieben Gott, die Erlösung von allem Übel.

Seit Neckers Zurückberufung, die mir, wie ich Ihnen sagte, schon lange als einziger Ausweg erschien, fange auch ich an, daran zu glauben. Er ist entschlossen, die Generalstände so rasch als möglich zu berufen und den Parlamenten alle ihre Machtbefugnisse zurückzugeben. Es wird das im Augenblick wie eine Niederlage des Königs erscheinen, ist aber die einzige Möglichkeit, ein starkes konstitutionelles Königtum aufzurichten.

Gegenwärtig steht Paris unter einem Platzregen von Broschüren. Linguet, der nichts weniger verträgt, als vergessen zu werden, schlägt allen Ernstes vor, zur Beruhigung der Gemüter – als »Symbol der Freiheit«! – die Bastille abzutragen; ein anonymer »Brief eines Bürgers« ergeht sich in überschwenglichen Lobpreisungen des dritten Standes: »er allein schafft den Reichtum der Nation, aus ihm allein erwachsen die führenden Geister der Kunst und Wissenschaft«; eine andere Schrift spricht von den »reinen Sitten des tugendhaften Volkes, das, aufgeklärt über seine Macht, die Tyrannei des Adels brechen wird, wie es die des Königtums gebrochen hat«. Ein ähnlicher Ton findet sich überall; wenn der kleine Mann diese ewigen Verbeugungen sieht, die übereifrige Volkstribunen vor ihm machen, wird er sich bald für den einzig berufenen Beherrscher Frankreichs halten müssen.

Als ich Necker gegenüber ähnliches aussprach, war er empört; er übertreibt den Respekt vor der öffentlichen Meinung, die, wie er selbst versicherte, die einzige Richtschnur seiner Handlungen ist.

Man spricht übrigens von einer neuen Notabelnversammlung, die über die Zahl der Deputierten, die Größe der Ständevertretung und dergleichen mehr beraten soll. Würde ich dann vielleicht das Glück genießen dürfen. Sie wieder in Paris zu sehen?

Lucien Gaillard an Delphine

Paris, den 8. Oktober 1788.

Verehrte Frau Marquise. Zum erstenmal hat der Prinz mich gestern nach Ihnen gefragt, und ob ich Nachricht von Ihnen hätte. Ich verneinte, meinem Versprechen gemäß. Er war außerordentlich erregt – etwas, was man heute nur dann bemerkt, wenn es den Grad der Erregung aller noch wesentlich übertrifft.

Das Schicksal scheint sich gegen die Regierung verschworen zu haben. Was sie auch tun mag, um ihre Position zu stärken, schwächt sie nur.

Der König genehmigt die Generalstände. Das hätte entweder alles mit ihm versöhnen oder wenigstens die drei Stände zu gemeinsamer Friedensarbeit vereinigen können. Er will aber noch mehr tun, will sein diktatorisches Auftreten vom achten Mai vergessen lassen, und fragt seine guten Bürger nach ihrer Ansicht über die Zahl der Deputierten für jeden Stand. Mit dieser Tat hat er den Zankapfel in ihre Mitte geworfen. Die Privilegierten, die eben noch die Vorkämpfer der Freiheit waren, sind die Gegner der Gleichheit. Der dritte Stand sieht sich seinen Feinden gegenüber!

Auf diesen Moment habe ich seit Jahren gewartet, Frau Marquise. Aber nie hätte ich geglaubt, ihn der Initiative des Königs verdanken zu müssen.

Jetzt kommt es zur Abrechnung! Jetzt rollen wir die Rechnung der Jahrhunderte auf! Das Defizit des Staates ist nichts gegen sie.

Die Knechtschaft, der Frondienst, die Peitsche, der Hunger, das Blut der Männer, die Ehre der Töchter des Volkes –, das alles steht darauf und fordert Bezahlung.

In einer Gesellschaft vornehmer Leute hat, so sagte man mir, ein Mann namens Cazotte ein Gesicht gehabt: er sah ihre Häupter unter dem Richtschwert des Henkers. Sie lachten über den Verrückten und würfelten seitdem in ihren Klubs unter zynischen Witzen um ihre eignen Köpfe. Die Wahnsinnigen, – sie wollen nicht wissen, daß der Würfel schon gefallen ist.

Erschrecken Sie nicht, verehrte Frau Marquise. Sie wissen, ich litt immer an blutigen Träumen. Aber nie, solange ich atme, soll Ihnen, soll dem kleinen Godefroy auch nur ein Haar gekrümmt werden. Wie könnte ich je vergessen, daß er mir mit seinen kleinen Händchen streichelnd über die Wange fuhr, als sähe er gar nicht meinen Buckel. Oft bin ich so ganz verwirrt, daß ich nicht zu entscheiden vermag, was ich sehnlicher wünsche: Frankreich von der Tyrannei zu befreien, oder Sie beide aus der dunklen Burg!

Prinz Friedrich-Eugen Montbsliard an Delphine

Paris, den 8. November 1788.

Ich sah ein Bild von Dir mit einem brennenden Herzen darunter und Deinem Namen darin. Ich sprach den Grafen Guibert, der wochenlang bei Dir war und in Verzückung gerät, wenn er Dich nur nennen hört. Ich sah in der Notabelnversammlung den Marquis –, weder gelähmt, noch krank, nur ein wenig schmaler, ein wenig greisenhafter.

Ich fordere von Dir die Wahrheit – rückhaltslos. Und was ich bisher in blinder Liebe nur leise zu bitten wagte, das verlange ich jetzt: Trennung oder Vereinigung. Kein wehleidiges Klagen kann mich mehr erschüttern.

Marquis Montjoie an Delphine

Paris, den 22. November 1788.

Meine Liebe. Sie fordern die Freiheit noch einmal, nachdem ich zuversichtlich glaubte, der romantische Traum sei ausgeträumt wie alle Träume in unserer nüchternen Zeit. Ich erfahre nunmehr, daß Sie sich mir »opferten« aus »Mitleid mit dem Kranken, mit dem Verarmten.« Tränenselige Schwächlinge mögen diese Handlungsweise sehr rührend finden. Ich nicht. Denn Sie taten, was Ihre Pflicht war – nichts anderes.

In einem Punkt gebe ich Ihnen recht: Ein alter, armer Mann ist keine Gesellschaft für eine junge, schöne Frau. Ich ziehe die Konsequenz aus dieser Erkenntnis und gebe Sie frei. Sie allein – selbstverständlich. Denn das Kind ist vor der Welt mein Sohn und bleibt der Erbe meines Namens.

Die Scheidung wird in diesen aufgeregten Zeiten keinen unübersteiglichen Hindernissen begegnen. Ich werde die nötigen einleitenden Schritte tun, so bald Sie über die grundlegende Frage entschieden haben: das Kind oder die Freiheit?

Ich würde zurückkehren, um mit Ihnen persönlich zu verhandeln, – in aller Ruhe selbstverständlich, nicht im Straßenjargon von Paris –, aber im Augenblick ist jeder Einzelne unentbehrlich, da die Regierung den dritten Stand inbezug auf die Zahl seiner Vertreter uns gleich stellen will.

Ihre Antwort erwarte ich durch denselben Kurier.

Die Trennung von Godefroy müßte natürlich eine unwiderrufliche und vollständige sein.

Prinz Friedrich-Eugen Montbéliard an Delphine

Paris, den 3. Dezember 1788.

Geliebte, einzige Frau, verzeih mir. Du Süße, verzeih! Deine Briefe, – das Schreiben des Herrn Marquis, – die Mitteilungen Gaillards –, zwischen Seligkeit und Empörung, zwischen Freude und Schrecken rissen sie mich hin und her! Armes Herz, wie leidest Du, und bist so grenzenlos allein! Du hoffst, den Marquis zu erweichen, nachdem der erste Schritt schon getan ist; ich aber fürchte, die Niederlage seiner Partei hat ihn vollends steinhart gemacht. Die Ehre des Standes, die Ehre des Namens ist sein einziges Idol; läßt er uns das Kind, so wäre das ein Eingeständnis seiner Schmach, – er wird es niemals zugeben. Es bleibt uns nur eins: die Flucht. Da ich Deiner Liebe sicher bin, mute ich sie Dir zu. Bist Du bereit, so ist alles übrige ein Kinderspiel.

Marquis Montjoie an Delphine

Paris, den 10. Dezember 1788.

Sie haben mein letztes Wort. Ich bin nicht gesonnen, einen Schritt zurückzuweichen. Nur insofern will ich Ihren Wünschen entgegenkommen, als ich nicht zur sofortigen Entscheidung dränge. Ich gebe Ihnen ein Jahr Bedenkzeit. Sie werden in dieser Zeit jede direkte Verbindung mit dem Prinzen vermeiden. Sie mögen während seiner Dauer ermächtigt sein, die eventuell geeignete Pflegerin für das Kind selbst zu wählen.

Ich höre, daß die Kälte im Elsaß noch stärker ist als hier; da es uns an Holz fehlen dürfte, habe ich den Auftrag gegeben, die Parkbäume fällen zu lassen.

Prinz Friedrich-Eugen Montbiliard an Delphine

Paris, den 23. Dezember 1788.

Meine geliebte Delphine. Unten jubelt das Volk. Trotz der eisigen Nacht ziehen singende Scharen durch die Straßen, – ich möchte mir die Ohren verstopfen, um nichts zu hören, was nach Freude klingt.

Du kannst nicht fliehen. Du kannst das Kind nicht ins Elend stürzen und in die Schande, das Kind, das Dich dann einmal fragen könnte: »Wer ist mein Vater, der, dessen Namen ich trage oder der, dessen Mätresse Du bist?« »Ich allein,« schreibst Du, »würde alles lächelnd auf mich nehmen, um Deinetwillen; um des Kindes willen aber darf ich es nicht.«

O, Ihr Frauen, so frei und stark, und doch so schwach und gebunden!

Aber warten willst Du und des alten Mannes versteinertes Herz zu rühren suchen! Ich will mich an Deiner Hoffnung stärken, Geliebte; müßte er nicht einen Stein in der Brust tragen, wenn Deine Bitten ihn nicht zu erweichen vermöchten?!

Ich bleibe zunächst noch hier. Neckers Bericht über die Generalstände, wonach die Regierung den Vertretern der Nation das Steuerbewilligungs- und Budgetrecht zuerkennt und die Zahl der Deputierten des dritten Standes denen der beiden ersten gleichstellt, ist klüger, als ich von ihm erwartet hatte, und sicherlich der einzige Weg zur Beruhigung der erhitzten Gemüter. Wir dürfen anfangen, auf eine ruhige, konstitutionelle Entwicklung zu hoffen.

Lebewohl, mein heißgeliebtes Kind. Küsse unseren Sohn, den ich zärtlich liebe, obwohl ein gräßliches Schicksal den zwischen uns schiebt, der uns am innigsten vereinen sollte.

Lucien Gaillard an Delphine

Paris, den 5. Januar 1789.

Verehrte Frau Marquise. Ihr Schicksal traf mich härter, als mich jemals das meine hat treffen können. Aber so wahr ich der bucklige Sohn einer Dirne und eines Edelmanns bin und an nichts glaube als an meine Kraft, so wahr wird sich eine Lösung finden, wie das Schicksal Frankreichs eine Lösung finden wird. Ich, Lucien Gaillard werde das Werk Ihrer Befreiung, das Johann von Altenau begonnen hat, zu vollenden wissen!

Ich wollte, ich wäre imstande. Ihnen die Hoffnung einzuflößen, die eine Sicherheit ist, und von der wir alle erfüllt sind. Das Bewußtsein der Stärke hat sie möglich gemacht –, jener Stärke, die jeden Satz der herrlichen Schrift: »Was ist der dritte Stand?« zu einer Waffe in unseren Händen schmiedet. Gestern erschien sie, abends bereits war sie in allen Händen; heute dröhnen ihre Worte allen Privilegierten ins Ohr: »Was hält die Gesellschaft zusammen? Die gewerbliche und die geistige Arbeit. Wer verrichtet sie? Der dritte Stand. Wer ist in der Armee, in der Kirche, in der Rechtspflege, in der Verwaltung mit allem belastet, was Mühe und Anstrengung kostet und weder Ehre noch Reichtum einbringt? Der dritte Stand.« Das prägt sich unauslöschlich den dumpfsten Gehirnen ein. »Wer aber besetzt die besten Stellen, die einträglichsten Ämter, wer regiert nicht nur das Reich, sondern auch den König, wer umgibt ihn wie eine Mauer, daß er sein eigenes Volk nicht sehen kann? Die Aristokratie – .« Das weckt den Haß in der leidenschaftslosesten Seele, den Haß, der zum Beil und zum Feuerbrand greift, wenn er ein Schwert nicht zu führen gewohnt ist.

Geduld, Frau Marquise. Der dritte Stand, der sich selbst befreit, wird alle Unterdrückten und Entrechteten befreien – auch Sie!

Graf Guibert an Delphine

Paris, den 26. Februar 1789.

Teuerste Frau Marquise. Ihr Schweigen läßt mich fürchten, daß ich Sie unbewußt verletzt haben könnte? Das würde ich aufrichtig bedauern, denn gerade jetzt, wo man sich gewöhnt hat, seinen besten Freunden mißtrauisch gegenüberzustehen, – bis in die Intimität hinein reicht der Parteihader –, sollte kein Band zerrissen werden, das noch so leise mit einem anderen verknüpft.

Die Wahlkämpfe in den Provinzen haben die Luft förmlich mit Sprengstoff gesättigt; selbst Necker ist besorgt und versucht, die Maßlosigkeit des dritten Standes einzudämmen. Aber die Presse kennt keinerlei Rücksicht mehr; schon jetzt ist in ihren Augen die konstitutionelle Monarchie, die von den Generalständen erst geschaffen werden soll, ein Überwundener Standpunkt.

Der strenge Winter, der der schlechten Ernte des vorigen Jahres folgte, treibt die Vagabunden von ganz Frankreich nach Paris, wo sie auf allen öffentlichen Plätzen rückhaltlos das große Wort führen. Sie würden die Stadt nicht wiedererkennen. Ein Edelmann, der Insulten aus dem Wege gehen will, ist genötigt, bürgerliche Kleidung zu tragen.

Von der Agitation des Grafen Mirabeau in der Provence werden Sie gehört haben. Mit Freiheits- und Gleichheitsdeklamationen sucht er sich von seiner Vergangenheit rein zu waschen, und das Volk jubelt ihm zu, wo er sich zeigt. Wir dürfen uns der Einsicht nicht verschließen, daß es die Hetzreden der Ehrgeizigen und der Fanatiker sind, die wilde Gelüste in den Massen aufpeitschen, von denen ihre Bescheidenheit bisher keine Ahnung hatte. Ich las nicht ohne tiefe Besorgnis, daß auch die ruhigere Bevölkerung des Elsaß nicht unberührt geblieben ist, und hoffe dringend, von Ihnen zu hören, daß Ihr stilles Schloß so fern wie von der Welt, so fern allen inneren Kämpfen blieb.

Lucien Gaillard an Delphine

Paris, den 12. Juli 1789.

Verehrte Frau Marquise. Die atemlose Hast alles Geschehens ließ mich verstummen, aber nicht vergessen machen, was ich gelobte. Sie wissen durch die Journale, was sich begab: Die Niederlage des Königs, die wundervolle Erhebung des dritten Standes, der Beginn der Nationalversammlung. Vor ihren Türen wartet das Volk, kampfbereit, um, wenn es sein muß, Worte zu Taten zu machen.

Ungeheures ist geschehen; die Kunde von der Entlassung Neckers und der Berufung eines volksfeindlichen Ministeriums unterbrach meinen begonnenen Brief. Ich stürzte zum Palais-Royal.

»Sie beraten in Versailles die Bartholomäusnacht der Patrioten,« schrie man mir entgegen.

Mit zornbebender Stimme rief Demoulins die Bürger zu den Waffen. Wie von einer fremden Gewalt getrieben, marschierten Tausende in geschlossenen Reihen in derselben Richtung. Aus allen Nebenstraßen ergossen Menschenmassen sich in unseren Strom. Ganz Paris war von einem Gefühl durchdrungen.

Entsetzt von den ungezählten Scharen, die den Truppen auf dem Platz Louis XV. gegenüberstanden, gab der Marschall Besanval den Befehl zum Rückzug. Der fürchterliche Plan der Herrschenden war vereitelt.

Am nächsten Tage glich Paris einem Kriegslager, und als der Morgen des 14. Juli graute, bedurfte es nicht mehr des lauten Rufes: »Zur Bastille!« Jeder von uns wußte, als hätte das Schicksal selbst ihm seine Befehle diktiert, wohin der Weg ging. Ich will Ihr weiches Herz nicht mit Schilderungen quälen, die mir in der Erinnerung das eigene Blut gerinnen machen. Ich will nur sagen, was geschah: die Zwingburg fiel! Die erste von Hunderten, die rings im Lande ihre Kanonen drohend gegen uns richten, in ihren Kellern die Schätze bergen, um die ihre Herren uns betrogen haben, in ihren Verliesen arme Menschen gefangen halten, die die Not zu Dieben und Mördern oder zu Vorkämpfern der Freiheit machte.

Ich habe eine dringende Bitte, Frau Marquise, im Interesse Ihrer eigenen Sicherheit.

Suchen Sie unter irgend einem Vorwand in der nächsten Zeit nach dem Palais im Park überzusiedeln. Ich habe Verbindungen mit den Elsässer Bauern; drückt der lang niedergehaltene Haß auch ihnen die Brandfackel in die Hand, so wird nur die bewohnte Burg, nicht das verlassene Schlößchen ihr Ziel sein.

Prinz Friedrich-Eugen Montbéliard an Delphine

Besançon, am 23. Juli 1789.

Geliebteste! Auf dem Wege zu Dir, – die Angst läßt mich jede Rücksicht vergessen –, habe ich hier flüchtig Station machen müssen. Mein Kurier ist beauftragt. Dir diese Zeilen zu überbringen und mich zu erwarten. Die ganze Provinz ist in Aufruhr. Die brennenden Schlösser erhellen, ungeheuren Fackeln gleich, die gewitterschwangeren Nächte. Ich entging mit knapper Not der Raserei der Bauern, die Ambly, wo ich übernachtete, anzündeten. Sie banden mich, so daß ich hilflos daneben stehen mußte, als sie dem Chevalier das Herz durchbohrten und seiner unglückseligen Frau die Kleider vom Leibe rissen. Vergaß man mich im Taumel der Plünderung? Half mir ein unbekannter Freund? Ich weiß es nicht. Irgend jemand zerschnitt meine Fesseln; ich fand mein Pferd und jagte hierher, wo ich mich verbinden ließ. Ich hatte der Wunde am Arm bisher nicht geachtet.

In vierundzwanzig Stunden hoffe ich bei Dir zu sein. Rühre Dich nicht aus der Burg. Laß vom Wartturm die Fahne wehen zum Zeichen, daß Du da bist.

Prinz Friedrich-Eugen Montbéliard an Delphine

Montbéliard, den 6. August 1789.

Es ist vorüber. Ich habe abgeschlossen. Nur eins bleibt mir übrig: der Abschied von Dir! Du hast gegen mich entschieden, Delphine. Jede Stunde des Tages und der Nacht sehe ich den Augenblick noch vor mir, der über unser Leben das letzte Urteil fällte.

Wie alles gekommen ist, wird mir ewig dunkel bleiben, denn Gaillards Mund verstummte auf immer. Ich habe seine Leiche auf meinem Pferde hierher geführt und hier begraben. Der Marquis hätte sie von den Wölfen im Wald zerfleischen lassen.

Die Burg brannte schon, als ich kam. Gaillard rief mir mit dem Ausdruck strahlender Zuversicht nur zwei Worte zu: »Im Palais!« Ich stürzte in den Park, ich rüttelte wie ein Wahnsinniger an den verschlossenen Läden; das morsche Holz gab nach; ich lief, Deinen Namen rufend, durch die moderduftenden Räume –, Du warst nicht da. In großen Sprüngen jagte ich zurück.

Dicht vor den niederprasselnden Balken stand der Marquis, das Gesicht blutüberströmt, auf dem einen Arm den weinenden Knaben, in der anderen Hand die rauchende Pistole, Gaillard, ein Sterbender, ihm zu Füßen, Du, wie leblos an sein Knie Dich klammernd.

Ich riß Dich empor. Du starrtest mich an, wie geistesabwesend.

Der Marquis lachte schneidend auf: »Brandstifter!« Schon wollte ich mich auf ihn werfen, aber als Schutzwehr hielt er mir das Kind – mein Kind! – entgegen!

»Delphine!« schrie ich.

»Die Freiheit oder das Kind«, dröhnte seine Stimme durch den Lärm zusammenstürzender Mauern.

Und da – wandtest Du Dich ab von mir! Ich klage Dich nicht an. Du konntest nicht anders. Ich nehme Abschied auf immer.

Prinz Friedrich-Eugen Montbsliard an Delphine

Etupes, am 21. Juni 1827.

Teure Frau Marquise. Seit gestern bin ich mit dem Leben versöhnt.

Nach Jahrzehnten eines abenteuerreichen Daseins suchte ich die Stätte auf, wo jeder Baum und jede Blume mir heilig sind, an einem Tage, da ich, fast noch ein Knabe, meines Herzens einziges Glück zum erstenmal in die Arme geschlossen hatte.

Ich ging die Allee hinunter, am ausgetrockneten Teich, an verwilderten Hecken vorbei, dem kleinen weißen Schlößchen zu, des mir verträumt entgegensah.

Da bemerkte ich, dicht davor auf den verwitterten Stufen sitzend, eine schwarze Gestalt, den verschleierten Kopf in den Händen vergraben.

Und als ich hastig nähertrat, blickten mich plötzlich zwei Augen an, – zwei Augen, die mir überall bis zu den Eisfeldern Rußlands wie wundertätige Sterne geleuchtet hatten –, Deine Augen, Delphine!

Wir haben beide geweint –, es waren, glaube ich, Freudentränen!

Morgen will ich nach Italien zurück. Seit der Kaiser starb, ist Frankreich die Fremde für mich.

Ich breche das Versprechen, das ich Dir gab: ich komme nicht mehr nach Laval.

Ich will mir durch keine trübselige Greisenfreundschaft die Erinnerung an Deine Treue, Deine Liebe zerstören.